长篇社会小说

银行档案

马笑泉◎著

中国青年出版社

（京）新登字083号

图书在版编目（CIP）数据

银行档案/马笑泉著. —北京：中国青年出版社，2008
ISBN 978-7-5006-8097-0

Ⅰ.银… Ⅱ.马… Ⅲ.长篇小说-中国-当代 Ⅳ.I247.5

中国版本图书馆CIP数据核字（2008）第035208号

责任编辑：熊耀冬

*

中国青年出版社出版 发行
社址：北京东四12条21号 邮政编码：100708
网址：www. cyp. com. cn
编辑部电话：（010）64034340 营销中心电话：（010）84039659
聚鑫印刷有限责任公司印刷 新华书店经销

*

700×1000 1/16 19印张 2插页 300千字
2008年5月北京第1版 2008年10月河北第2次印刷
印数：8001-12000册 定价：30.00 元

目　录

编号:001

姓名:龙向阳

龙向阳眉骨耸起，颧骨也高，三角眼神采足得很。在部队里当营指导员的时候，磨炼出一副好口才。在队伍面前一站，不用打草稿，能滔滔不绝讲上半天，而且不跑题。他并不爱读书，只不过能把规定要学的马恩列毛活学活用，加以发挥罢了。在他看来，世界上非读不可的书就那么几本，其他的，都没卵用。看到连队战士有读文艺书的，他就感到很恼火，在会上叉着腰，目光射人地讲，有些同志，正书不读，净读些酸文人写的歪书，小资产阶级情调，有个什么用喽？未必那样的书会帮你入党？会让你提干？文学爱好者顿时心虚虚的，觉得那样的书确实不应该读。思前想后，还是主动站出来作了检讨，深挖思想上的根源，并且以后随身总是带本《毛泽东选集》，这才让龙向阳转怒为喜，半年后把他发展为预备党员，让这名战士深切地认识到，该读的书一定要读，不该读的书，碰都不要去碰。

龙向阳训导战士有方，本该再往上提。他家三代务农，根正苗红，正是让党让人民放心的培养对象。但党和人民都不能直接提拔他，决定龙向阳升级问题的是坐在他头顶上的那几个人。师政委是个白面书生，对苏俄文学甚为倾心，听人传来龙向阳那一番小资产阶级情调的议论，嘴上不好说什么，心下自是不喜。再加上龙向阳农民习气重，经常不刷牙，张嘴就是一股臭气；喜欢端起个碗蹲在地上吃饭；当众放很响的屁而若无其事。这些，都很不对师政委的知识分子胃口。不过他修养好，不动声色，只是听其言，观其行而已。等到决定龙向阳升级的关键时刻，师政委就开口讲话了，龙向阳这个同志，我看知识文化水平还是差了点，不然也不会讨自己表妹当老婆。管一个营,还可以,当团政委,显然不是很合适。师长本来对龙向阳的看法不错,但考虑到等一下就要讨论他堂弟的提拔问题,不想得罪师政委,也就没表示反对。

龙向阳做梦都没想到,讨表妹做老婆,居然影响了他的前程,真是悔不当初。当初怕找不上老婆,在去当兵的前一个星期,快刀斩乱麻,把表妹从生米煮成了熟饭。这本是他的得意之作,现在却成了败笔。看来坏事不仅能变好事,好事也能变坏事。毛主席讲了前一句,后一句却藏在前一句之中。自己对《毛选》领悟还是不够深啊。师政委可是军区的红人,背景很深,斗不过的。自己也是三十有几的人了,再等下去,不但机会渺茫,而且到时人也快老了,两头空。"树挪死,人挪活",那就只有到地方上去开辟新的广阔天地。想通了,龙向阳就把烟头往地上一甩,打报告坚决要求复员。

回到地方上,龙向阳第一件事就是去找战友徐武芳。徐武芳是县团级干部,飞龙县人大主任。当兵的,大都有战友情结,就算在部队里有矛盾,以后再见面,还是亲切得很。何况徐武芳跟龙向阳一直处得不错,所以是真心实意想帮他谋个好位子。只是政府这边,肥缺都被人占了。虚职倒是有几个,但那样的空壳子,外面光鲜,中看不中吃,龙向阳瞧不上的。在脑袋里把县里这些科级单位梳理了一遍,徐武芳还是想不出什么好去处,眉头就皱了起来。龙向阳开玩笑说,你干脆开个人民代表大会,发动群众来替你想。听到人民两个字,徐武芳就一拍脑袋,对了,有个人民银行,正在组建,你愿不愿意去当行长?

人民银行,做什么的?

我也不太清楚,反正是管票子的。

龙向阳深知票子的重要性,看看也没有别的什么好单位了,就点了头。

照说龙向阳对金融业务一窍也不通,人行行长这个位子,坐上去只怕有点烫屁股。但他坐得好,坐得稳当。业务不懂,那就多挖些业务人才过来。听说煤机厂有个昭市财校毕业的妹子,叫张凤华,做账,打算盘,全县第一流。龙向阳跑了两趟,硬是把小张妹子要了过来。按说像这样的业务尖子,煤机厂怎么会放?张凤华是业务尖子,这没错,但她一走,财务室就空出个位子,而厂长同志正好有个学财会的姨妹子快要毕业。此中关窍,龙向阳打听得一清二楚,所以才跑得那么有劲。

小张妹子,真是人才,不但把自己的一身武艺带了过来,还向龙向阳推荐了她的一个同学。此人叫赵人瑞,毕业后分配在种子公司,业务之强,还在张凤华之上。只是性格有点清高,不爱往领导面前凑,很不对一把手的胃口,经常在会上被点名批评。龙向阳跟种子公司的一把手很熟,喝酒的时候拍着他的肩膀说,这样的人才,你不用,给我用算了。见他不吭声,他又说,你想想,小赵对象的舅老爷是县委宣传部部长,你犯不着得罪宣传部吧。你又不想用他,那就干脆开个欢送会,做个顺水人情,你看呢。

这位一把手思量了半晌,才鼻子哼哼地说,要不是看他舅老爷的面,我就把他卡在手里,让他上也上不得,走也走不脱。

龙向阳这么求才若渴,好名声立刻就传了出去,来荐人的把他家门槛都踏破了。但龙向阳坚持两条原则:一是要有真才实学;二是要能够带点用得着的社会关系。这两条,缺一条他都不爱答理。就说小张妹子,虽是他主动去要的,但事先也打听清楚了,小张爸爸是人武部部长,掌握枪杆子的。不过也不全是,也有部队转业回来的,学校毕业分配过来的,还有跟别人搞交换对调过来的。龙向阳是个交换大师,轻易就把乡下两个侄子都交换到城里吃商品粮,让他乡里那一大家人都对他热乎得不得了,只要他一回去,连八竿子也打不着的远戚也巴巴地跑过来奉承他。就这样,他人才也得了,人情也做在那里了,还不动声色以权谋私了两把,真是样样都做来了。

龙向阳这个行长,一开始当得像个生产队长。他身上流的就是生产队长的血。他爸爸、他爷爷,都是当这个的。他就是用管生产队的方式来管理人民银行的。大到重要的行政事务,小到行员的家庭纠纷,龙向阳都管。他说什么就是什么,从不准别人有异议。慢慢地大家都习惯了听他的,一点屁大的事都要仰仗他拿主意,最后搞得那些婆媳吵嘴之类的事也闹到他这里来了。龙向阳忙是忙了点,但他很乐意看到这种局面。他是上班带着大家搞业务,下班带着大家打字牌。龙向阳是字牌高手,十几岁就打起的,摸在手里就能算得出牌。但也有打输的时候,那时他也和大家一样,钻桌子。大家觉得龙行长虽然严厉,但是能跟群众打成一片,骨子里是很亲的。龙向阳又不注重修饰,夏天套件要旧不旧的老头衫,冬天就披件从部队带回的军大衣,还喜欢挽裤脚,经常一只裤脚高一只裤脚低。这形象走出去,知道的当他是行长,不知道的还以为是社会闲杂人等。但龙向阳无所谓,就算到县里开会也是这种态势,在一帮衣冠楚楚的干部中格外打眼。

有一次开经济方面的会,县里忘了通知他。不久后,县里想帮造纸厂搞笔贷款,龙向阳却顶住不放。开协调会喊他去,他屁股都不挪一下,并在电话里说,开经济工作会你们不喊我,要贷款你们就想起我来了。后来还是主管财政的熊克平副县长打电话向他解释,并批评了政府办的有关人员,龙向阳才慢腾腾地夹着个包上政府去。造纸厂的领导本来就窝火,现在又有县领导出面了难,心想你一个人行行长还摆什么谱?言语之间就不太恭敬。龙向阳当场就说了句,就你们这态度,想在我这里贷款,做梦,然后拂袖而去,到楼上找徐武芳喝酒去了。后来造纸厂的党组四个成员集体登门道歉,龙向阳理都不理。等熊克平给他打电话时,龙向阳就说,造纸厂我是不得给它贷,还有其他什么厂要贷喽?最后这笔款就贷给了卷烟厂。这件事后,不要说龙向阳,就算是人民银行的一个普通干部,到这些企业去办事,都顺水顺风得很。大家都说是沾了龙行长的光,龙向阳听了,只是嘿嘿地笑。

到了一九九二年,全国燃起房地产热。龙向阳发动全行职工贷款,搞了两百万元到海南去炒地皮。对这事,他上心得很,跟县里另外一家单位合伙搞,并派了个业务尖子去那边当会计,自己也前后跑了五六趟,亲自看盘子,下资金。等赚了一笔后,他又坚持把钱收了回来。有人不理解,问他怎么不乘胜追击,他摇摇头说,你去那边看看就知道了,都是空中楼阁,不长久的。

这话说了没多久,国家出面干预,很多人的钱都被套在那里,永世也收不回了。周边几个县的支行,全亏,就飞龙县支行的人钱包鼓起来了。钱,是最能说明问题的。对龙向阳,大家这一下是真的佩服到家了。龙向阳也昂然受之无愧,并马上拍板买了辆“奥迪”。结果去市里开会,其他行都是烂车一部,就飞龙支行的车乌黑锃亮地摆在那里。中心支行的领导看在眼里,把龙向阳找了去,说,老龙啊,连我们都还没有这么好的车,你一个人坐了,就不怕其他支行有想法。

龙向阳听了,很爽快地说,那就送给中支好了。中支领导见他如此通味,表扬了一番,并答应马上给飞龙支行配台“蓝鸟”。但据说他回来之后,关起门来大骂中支的领导是鸟人,红眼鸟。到底骂了没有,谁也说不准。

“奥迪”不让坐,龙向阳就向中支打了报告,说办公楼太旧了,要翻修一下。中支领导平白无故把人家的好车收了上来,有点说不过去,不好再驳他的请求,大笔一挥就批了。这事,本来交给副行长就可以了,但龙向阳要亲自抓。不但亲自抓,他还表现出对房屋设计的热爱,把行里的大门修成了仿古模式，大红柱子，明黄瓦。单位的墙头也通通配上明黄瓦。办公大楼外贴上瓷砖，四楼平台上建了一座仿古亭子。这么一搞，就是一百多万元。到底要不要这么多？行里的同志不好说，也不好问。反正龙向阳说好多就是好多，没人动过告状的念头。翻修完毕，人民银行多了个称呼：故宫。商业银行的人来办事，总是说，到故宫去。后来连徐武芳也知道了这个外号，对龙向阳说，你比我还雄一些，住在故宫里。龙向阳听了，嘿嘿地笑，十分之得意。

办公楼翻修过后，还没半年，龙向阳自己就修楼了。自家的房子，他却不去操心，让稽核股股长潘俊去搞。四层高的楼，害得潘俊掉了十几斤肉，龙向阳居然连句感谢的话都不讲。但潘俊毫无怨言，依然鞍前马后地为龙向阳跑腿，脸上的笑容也看不出是装的。过了两年，人行开始设总稽核，潘俊就被提了上去。再过一年，县里要设建行，龙向阳极力推荐潘俊去当一把手。消息传来，大家都说潘俊掉十几斤肉就换个行长，太值了。

潘俊走后，总稽核的位置就空了出来。论资历能力，有三个人可以当。一个是办公室主任赵人瑞，一个是会计股股长孙建设，一个是稽核股股长江平。三个人，三把好刀，各有所长：赵人瑞是一支笔打天下，替龙向阳写文章写到《中国金融》这样的刊物上去了；孙建设，老会计，做账是一把好手，不管什么糊涂账，在他手里一过，就清清楚楚；江平就是龙向阳派到海南炒地皮的那位，最灵性的一个人，做事利索，和谁都不会红脸。这三个，很难取舍。龙向阳却在一夜之间作了决定，让当中最年轻的江平上。这结果，大家都觉得有点意外。但再想想，老龙这么做，很有道理啊——赵人瑞要是当了总稽核，也是行级领导了，那谁来替老龙写高档次论文了？孙建设，资格老，性格又有点桀骜不驯，在会计股长这个位置上，已经有点自作主张，再往上提，只怕连老龙的话也不听了。只有江平，资历浅，最听话，就算当了总稽核，还要老龙帮他压住那些不服气的人，绝对不会反水的。

任命书下来后，赵人瑞没说什么，依旧埋头写他的文章，孙建设却站在坪里对天骂了一阵。本来按龙向阳的性子，孙建设这对天一骂就得挨处分。但老龙心里觉得有点对不住孙建设，也就没吭声。结果这一骂后，孙建设胆气愈壮，非但对江平爱理不理，连对龙向阳他也摆出一副打擂台的相。本来在费用问题上，行长说什么就是什么，会计股长只有做账的份儿。但现在孙建设总是用专家的口气告诉龙向阳哪项费用不能这么摆。让他调账，他又说哪里哪里违反了规定，中支查出来不得了。龙向阳不懂会计的，没办法和他理论，只有两眼一鼓，说，反正不管你怎么摆，都要把钱给我报了。

见龙向阳说霸蛮话了，孙建设才慢腾腾地动手做账，嘴里还嘀嘀咕咕的。龙向阳有钱都使不顺手，心里憋了口气。但孙建设说到底是元老，这么多年来会计股又搞得不错，动了他也不好。想来想去只有让主管会计的王庆生副行长敲他几下警钟。哪知道孙建设不买王庆生的账，白眼一翻，说，我还不知道做事，要你来教？搞得王庆生直摇脑袋。

这事一传两传就让外面的人知道了。有次龙向阳跟金融系统的几个头头在一起喝酒，喝到耳朵根热起来的时候，有人就拍着龙向阳的肩膀说，老龙啊，你现在越来越没用了，连自己的会计股长都奈不何。

龙向阳这一听，也不做声，喝完回来后，当晚就召开股长会议，免掉了孙建设的股长职务，把他发配到保卫股去守金库。孙建设还要吵，王庆生、江平他们都站出来指责他狂妄自大，不把领导放在眼里。其他人也有发言劝孙建设不要闹的，也有站出来给老孙提两条意见的，也有在一边冷笑的，也有心里叹息嘴上不做声的。反正没人出来帮孙建设的腔。孤掌难鸣，孙建设只有认了。冲出会议室的时候，他对龙向阳甩下一句话，这么多年了，我就算没有功劳也有苦劳，你就这么对我？

龙向阳马上回了一句，在座的哪一个没有功劳，有你这么自高自大，不把党组人员放在眼里的么？看着孙建设走出去，龙向阳对在座的说，当然了，对党组人员有意见都可以提，但不能像孙建设这样。

王庆生在一边说，他那不叫意见，叫牢骚。

其他人都不做声。

此后，龙向阳听到的都是正面舆论，心情愉快。跟徐武芳交流心得时他说，看来当领导的只有搞一言堂，不是你自己要搞，是那些不听话的人逼你搞的。凡是搞不起一言堂的，都是没卵用，迟早要被拱下来。

徐主任深表同意。

说完这话的第二天，经管股的唐光华和货币信贷股的罗剑去农行搞利率检查，抽到了前进路储蓄所。该所所长资格老，脾气大，跟孙建设有的一比。唐、罗二人刚出道不久，摆出一副公事公办的表情，让储蓄所的人拿凭证出来翻。所长就把他们轰了出去，鼓着眼睛说，你们要查到别的地方去，这里不欢迎你们。

唐光华和罗剑简直不知道该怎么应付，只有仓皇撤退，跑回来向江平汇报。江平问他们，你们是不是态度不好？唐光华和罗剑猛摇头。江平就带他们到龙向阳办公室。龙向阳正在审查由他主编的《飞龙金融志》。这部书有三个字是他写的，那就是序言下面的签名。这三个字，让赵人瑞他们累死累活编了大半年。龙向阳正在享受某种成就感和权威感，江平却进来报告了这么一桩事，惹得他差点拍了桌子。但激动归激动，他还是很冷静地指示江平去把这件事调查清楚。不到一天，江平就把一份详细的报告摆在龙向阳桌上。当中记叙了江平和该所长的对话：

你真的说了不欢迎人行的人来检查？

我是不欢迎他们两个。

你真的要他们出去？

我是要他们出去。怎么啦，告诉你，老子做了就做了，你们要怎么样？

龙向阳边看边冷笑，然后打了个电话要农行行长周进喜马上来，说有急事。周进喜正在参加职工大会，说，晚一点吧。

龙向阳就在电话里说，现在你连自己的职工都管不住，还开什么职工大会喽。

周进喜没办法，发了言后就委托副行长主持会议，自己坐着小车过来了。龙向阳也不跟他多说，指了指桌上的报告，你看看喽。

越看眉头皱得越紧，周进喜最后苦笑道，这个人，脾气是臭得很，仗着自己资格老，经常在会上放冲天炮，搞得我们都不好做。

那你看怎么处理？

我让他写份检讨交到你这来吧。

我不想看什么检讨。这样的人，要是还当所长，我们人民银行的人哪还敢上门。我看你们贷款也不要来批了，结算也不要来搞了。

话说到这份上，周进喜叹了口气，说，龙行长，你放心，我回去就处理。绝不会让这种人影响我们两行之间的关系。

没想到该所长是个外强中干的家伙，听到要撤他的职，马上就软了下来，在周进喜面前痛哭流涕，请求行党组再给他一个机会。周进喜说，你跟我说没用，要说到人民银行去说。

该所长请人用毛笔在张大红纸上写了份检讨，带到人民银行去。没想到门卫得到指示，把他从大门口轰了出去。最后是这个所长的爸爸找到龙向阳，当场下跪，请龙行长放他儿子一马。龙向阳很客气地扶他起来，说了句，他要是像你这么老成就好了。

老人只是怯怯地笑。龙向阳保证他会公平处理的，要老人不要操心。第二天，该所长还是被免职。农行又摆了一桌酒，请龙向阳、江平和受了委屈的唐、罗二人过去，极尽赔礼道歉之能事。龙向阳喝得高兴，初步同意放农行五千万的再贷款，具体事宜以后再谈。双方皆大欢喜，只有被免职的原所长想不开，喝闷酒喝得烂醉，夜里走在路上被部车子撞死了。

龙向阳在外面要狠，在行里威风，简直是通吃飞龙县。但屋里有三个人，他摆不平。一个是他的儿子。儿子长得跟龙向阳有七分像，但很遗憾，是个白痴。十六七岁的人了，还要喂饭。见到行里的漂亮女打字员章萍就流着口水笑，然后去搂，骇得章萍满楼地跑。奇怪的是，龙向阳又喜欢带着这个白痴儿子抛头露面。上次中心支行的万大同行长下来巡视，龙向阳硬把自己的儿子往万行长面前推，声明这是我的儿子。他那儿子傻呆呆地笑，搞得老干交际的万大同不知道怎么做，只有呵呵地笑，连连点头。大家目睹这一幕，便在私底下说龙行长心里有个结，他生怕别人瞧不起他的儿子，甚至不愿意承认他的儿子是个白痴。是啊，精明强干的龙行长怎么会有个白痴儿子呢？

在这事上，大家都有点同情龙向阳。但龙向阳的老婆王铁梅就从不同情他。自从知道近亲结婚对后代不利后，王铁梅就再没对龙向阳有过好脸色。王铁梅年轻时是县里毛泽东文艺宣传队的骨干，经常跳忠字舞、唱《红灯记》，并对那一时代无限缅怀，在二十世纪九十年代她都还宣称生是革命的人，死是烈士，让大家听了觉得很新鲜，同时不知道她置龙向阳于何地。王铁梅也没觉得这话说得有什么不对，照样剪着个男人头，穿着黄色的女式军上衣，腰杆笔挺地在行里出没；动不动就口气很硬地命令这个，支使那个。江平当了总稽核，已经是行级领导了，她还是小江小江地喊。好在江平脾气好，总是笑嘻嘻地应着。有时连龙向阳都看不过眼，要她回去搓麻将看电视。王铁梅眼睛一鼓，她说，那是资产阶级一套，我不感兴趣。

硬是拿她没办法，龙向阳只有在会议上自我解嘲地说，评模范家庭，我目前是没有希望的。但大家充分体谅龙行长的难处，到了年底，还是给他评了个模范家庭。龙向阳拿他老婆跟儿子没辙，把一腔威严全倾泄在他女儿龙素云身上。龙素云在商业局工作，脑子倒还正常，经常坐在办公桌上高声说笑，颇有女中豪杰的风范。她读高中时跟一男同学谈恋爱，被龙向阳知道了，吊起来打。龙向阳又施展手腕，硬是逼那个男的从县一中转回乡下中学。龙素云性格之倔不在龙向阳之下，也不哭，也不闹，只是经常偷偷地跑到乡下去。她后来读完大学，分配到商业局，就跟那个男同学结了婚。婚礼上没看到龙向阳的影子。那一年，龙素云连过年也不回来。两父女一直就这么僵着。连龙素云生了个儿子，龙向阳也只是说了句，那是替别人传宗接代的。

龙向阳一生不肯向人低头，上面的领导对他就有忌讳。那年中心支行要从下面提一个人上去任副行长，龙向阳是候选人之一。本来论能力论业绩，公认他是第一。但最后还是选了别人。为什么不选他？上头连个理由也不说。龙向阳也不去问，照样喝他的酒、打他的牌、耍他的手腕。只是中支开会，他经常托病不参加。见他这个态度，上头就给他搞了个副处级，结果他就成了昭市地区唯一在任的副处级支行行长。对这种虚名，龙向阳根本没放在眼里，在背后说，以为我是三岁小孩，给颗糖吃就没事了。此后他一趟一趟地往省里跑。第二年昭市组建城市商业银行，龙向阳就被任命为筹备委员会常务副主任，实际上主持全面工作。临走时他还忙里偷闲办了次酒，在大发宾馆开了六十桌，上至县委常委，下至社会老大，都亲临祝贺，堪称盛况空前。连对他一向不满的保卫股股长胡伟也点着头说，确实是三教九流，路路通。在众人的围拥下，龙向阳的刀条脸上放着光彩，在灯下显得有点异样。

筹备商业银行，龙向阳可是投入得很，一个人瘦了十多斤。只是精神很好，走起路来脚底生风。半年中，他回过飞龙支行几次，每个股室都去转了一下。虽然不是行长了，但虎威仍在，就算对他不满的人，也是起立让座，陪着笑听他得意地宣称全国这一批城市商业银行，就数昭市的组建工作最快。大家都注意到他身上的大路货已经鸟枪换炮，从头到脚清一色“金利来”。这在别的领导，不算什么。但龙向阳过去是出名的不修边幅，走出去别人都以为他的司机是领导，他是跟班。所以这次转变，格外打眼。大家就笑龙行长毕竟是市里领导了，洋气多了。龙向阳颇有感慨地说，人是要享受一下，不要舍不得。

龙向阳去昭市这么久，王铁梅看都没去看一下，更不用说留在他身边洗衣做饭。但龙向阳显然过得很滋润。据说他身边有个女人在服侍。大家就都叹服，说龙行长样样都搞到手了，真是划得来。这叹服没过一两天，检察院一部车子开进飞龙支行，把江平带走了。接着龙向阳也被从昭市请了下来。两个人是分开审讯：江平在飞龙；龙向阳，检察院考虑到他在本地势力太大，怕受干扰，就带到邻近的小梁县审问。事情很快就清楚了：在海南炒地皮的时候，江平跟合作单位的会计私分了三十八万，两人各拿九万，各自的领导一个给了十万。大家一个个都是做惊诧莫名状。行里专门派车去小梁县那边看龙向阳。龙向阳两个颧骨更加高了，估计是吃了不少苦头，但依然不倒架子，口口声声说市里领导会出面的。但领导们没有出面。有人就猜测把龙向阳搞下去是市里某个要人的意思，不然何解连徐武芳也只是摇头叹气，没敢插手。审讯完了，检察院把龙向阳带回来，准备上诉。车子经过飞龙支行的时候，龙向阳的一家人都在大门口等着。王铁梅照旧板着张脸；他的白痴儿子仍是嘿嘿地流着口水笑；只有龙素云面露悲戚之色，把才一岁的儿子抱给龙向阳看。龙向阳摸了摸外孙的脸，往后面一靠，闭上眼睛，两行泪就流了下来。

王庆生在一边看到了，轻轻叹了口气，又微微摇摇头。

编号:002

姓名:王庆生

龙向阳走人后,接他脚的是王庆生。王庆生是个高中生,矮瘦矮瘦,额头上刻着密密的抬头纹;没想到有生之年还能够有个正科级到手,他真的是心满意足之极。但王庆生是个张扬不起来的人,仍然摆出一副苦巴巴的样子,皱着眉头,背着手,在行里面走来走去。瞥见车库门没关好,上去推一把;看到地上积了一摊水,就把门卫喊来训几句,吩咐扫掉,似乎他还是那个分管内务的副行长,并没有扶正。他是个很谦虚的人,在会上表示自己能力远不如龙行长,并历数了龙行长的种种过人之处:比如在党组会上本来已经研究决定好的事,在开大会宣布时老龙又会临时突然改变;又比如善于抓大放小,行里一切琐事比如大搞卫生组织灭鼠,都推给他王庆生,从来不过问,就连职工要求加工资调岗位,也是很豪爽地一挥手,要他们去找王行长。结果职工缠着王庆生不放,连吃饭时间也泡在他家里磨他。王庆生又根本不能决定这些重大问题,只有好言相劝。职工不听,最后搞得双方脸都青起来,不欢而散……

王庆生在台上讲这些的时候,大家听得出奇的认真,目光都聚焦在他那干枯的瘦脸上,心想,王行长,不容易啊。等到王庆生追述完前任的德政,开始宣讲自己的施政计划时,底下的人就开始分神了,有的看报纸,有的讲小话。王庆生重重地咳嗽了好几次,都无法起到根治之效,也就只好视而不见听而不闻了。

王庆生,确实不容易。做龙向阳的副手,十多年啦,只是一个字——忍。就算满肚子怨气,也是关起门来独自消受,绝没有和龙向阳对着干的勇气。

龙向阳最欣赏的大概就是他这一点，所以十多年来，王庆生这个位子坐得牢靠得很，想让贤都不行。

在单位忍，在家里还是忍。他的老婆是从农村带出来的，大脑壳、眯缝眼、发乱如草，每天的主要工作就是侍候煤棚里的一大群鸡，兼带盯王庆生的梢。王庆生有时候在办公室里和人商量事情，门无声无息地被推开，探进一个大脑壳来，目光在十多平方米的屋子里刮了一轮，确定没有其他异常情况，就很扎实地对着屋里的人一笑，又缩了回去，消隐在被顺手带上的门后面。

王庆生很窝火，却又不便当场发作，只有回去后跟他老婆说，我把窗帘打开，你要看就在窗子上看，要得么？但下次门还是无风自开，静悄悄地探进一个大脑壳。王庆生回去就摔碎了一只碗。他老婆马上竖起两道眉毛说，你欺负我矮是不是？窗户那么高，我怎么看得到？王庆生这才想起下面那层窗户是毛玻璃，至于上面那层清玻璃，他老婆恐怕要搬条凳子来才能抵达，顿时无语，叹了番气后把碎碗片收拾了起来。好在同志们很懂味，每当在王庆生办公室遭遇到此情此景，只不过是对王夫人笑笑，或者装做没看到，继续谈工作。

其实对王夫人，大家也很能理解。五六年前，王夫人还只是关注她的鸡，对庆生同志放心得很。只是有次行里组织大家去井冈山参观学习，王庆生可能是因为到了革命圣地，兴致颇高，跟办公室的陈丽照了几张合影。陈丽能歌善舞，长得甚是白净丰腴，比王庆生还高半个头。这照片一洗出来，王庆生穿着中山装，双手贴在裤线上，呈立正姿势站在那里，被穿着时尚的陈丽衬托得老气横秋，活脱脱一个出土文物。看到这照片的人几乎都想放声大笑，但碍于王庆生在一边，只有拼命忍住，在肚子里闷笑，结果差点把肠子都绷断。但有一个人绝无笑意，那就是王庆生他老婆。本来王庆生是把照片收在办公室抽屉里的，并没有打算带回去让他老婆欣赏。但不知道是哪个嘴巴快的人告诉王夫人有这回事，这婆娘马上长驱直入副行长室，对着王庆生叫道，拿出来！

王庆生正在看文件，没反应过来，说，拿什么？

你讲拿什么？

王庆生实在有点火，一拍桌子，说，你到底要拿什么？

他老婆往地上一坐，嚷道，好啊，你和野婆娘照相，全世界的人都知道了,就瞒着我一个,我看你能瞒几时?

一听是这事,王庆生有点急,忙站起来把门关好,压低声音说,你是听哪个乱讲的?同事之间,照个相,很正常嘛,你不要东想西想。然后就去拖他婆娘。

他婆娘不肯起来,说,你把照片给我看。

王庆生无法,只有打开抽屉,准备抽出一张。没想到他老婆自动爬起来,如影随形跟在旁边,看到照片,出手如风,捉鸡一样就抓起一大沓,然后一张一张地审视。凡是王庆生跟陈丽的合影就往口袋里塞,最后居然塞了有三四张之多。王庆生拦又不好拦,只有在一边干看着,嘴里连声问,你要做什么?你要做什么?

他老婆咬着牙说,王庆生,你要记得,你当初是找不到老婆的,要不是我肯嫁给你,你现在只怕还在打光棍,然后夺门而去,直奔办公室。陈丽拿了开水瓶在倒水喝,冷不防滚进来一大坨肉,扇了她一耳光,惊得手中的杯子掉了下去,滚烫的水正好倒在王庆生老婆脚上,烫得她龇牙咧嘴。这下好看了,王庆生的老婆顿时大嚷起来,野婆娘打人了,野婆娘把开水往我身上倒,要把我害死了。

这一嚷立刻惊动了周边股室的人。有把戏看,大家都积极得很,纷纷跑出来。见观众云集,王庆生老婆愈发来劲,举着照片控诉,几乎是声泪俱下,最后大叫一声,我跟你拼了,一头撞在陈丽肚子上,乱扯乱踢。王庆生苦着个脸,上去拦,她把王庆生也踢了一脚狠的,说,好啊,你帮着野婆娘来打我。这顶帽子就扣得大,王庆生顿时就不能动弹。大家看不下去了,上来边劝边把她拦住,一面向陈丽使眼色,要她快走。陈丽双手捂面,哭着冲出办公室。王庆生瞟了一眼她的背影,不住地唉声叹气。

事情最后还是龙向阳出面摆平的。陈丽出了五百块钱(其实是行里出的),算是给王夫人的烫伤补助。王庆生写了份深刻检讨交到他老婆手里,保证以后不和任何女人照相。王庆生的老婆大获全胜,并得到了一部分老同志家属的表扬,连王铁梅都说,闹得好,不闹一下,他们还以为我们是死人。陈丽在底下操坪里大哭了一场,三天没来上班。后来还是赵人瑞上门请她回来。大家少不得安慰她一番。自此陈丽和王庆生形同陌路,就算工作上有什么事,也是托第三人转告。王庆生几次想打破这种僵局,但思前想后,最终作罢,只是摇头叹气一番。此后他愈加严肃,整天锁着两道眉头,专门找些鸡毛蒜皮的事来训人。挨他骂的人,往往嬉皮笑脸,不当真。大家都很理解王行长,等他骂完了,就在背后宽宏大量地说,他心里苦,寻个事来骂,也算是个发泄。

现在好了,多年的媳妇熬成婆,王庆生同志是飞龙县人民银行的老大了,理论上也该扬眉吐气了,但实际上好像不是这回事。龙向阳没出事之前,时不时还回来指导一下。他随便往哪里一站,大家都习惯了聚集在他身边,聆听他的高谈阔论,潜意识里都还把他当成是一把手。连司机李建华四十大寿,宴请全行职工,站出来宣讲祝寿词的还是老龙。王庆生同志缩在一边,闷不做声,唯一的表示不满,就是没跟龙向阳同桌。不满是不满,但老龙站在那里声宏气壮,口齿伶俐,很像回事,王庆生,扪心自问,确实不如人家。他发言,开头三句还好,主题还算鲜明,讲到后面就越讲越散,牛胯里扯到马胯里,最后是离题万里,说起话来声音又枯涩,毫无感染力,所以也怪不得李建华要请龙向阳发言。

等龙向阳出事,大家议论纷纷,王庆生怀着复杂的心情,一言不发。但当听到大家很同情江平,说他是人在江湖,身不由己的时候,王庆生就摆出一副烂脸发言了,他这是贪污,应该受点惩罚。同志们认为江平一向对王庆生很尊敬,没想到王庆生会这么说,都觉得有点诧异,相互看了一眼,就闭紧了嘴巴。过了几天后,王庆生又在大会上说,大家要安定,做好自己的工作,天塌不下来。

天确实是塌不下来,但飞龙人行似乎被抽去了一根主筋,从此疲软了下来。这也难怪,单位和人都一样,不可能老是那么得意。飞龙县人行在龙向阳手里神气了那么多年,每年的先进支行都少不了它,现在龙向阳倒台,他所培养的实际接班人江平也出了事,似乎就象征着飞龙人行的全盛时期已经结束。但王庆生不这么想,他既不认为自己比龙向阳差到哪里去,也不认为自己原本只不过是个过渡人物,是为江平做铺垫的。他王庆生,也是有两手的。这不,龙江事件才发生没多久,他就开始动手抓行风行貌了。

原来搞考勤,只不过是大家早上来的时候在本子上签个名,本子由各股股长轮流保管。但这样很容易发生作弊现象——那些晚来的人照样可以找到值勤人,补签一个就行了。反正都是一个单位的,没有哪个股长愿意为了这点事得罪人。就算有人想坚持原则,但想想别的股长不一定会顶住,好人让别人去做,自己做恶人,没这个道理,所以最后还是灵活处理了。还有的人更过分，仗着跟执勤人的关系好，一天就把一星期的名都签好了。王庆生深知个中情弊，就改了规矩，由办公室专人负责抓考勤，不但早上抓迟到，白天也会去各股室看看，抓那些中途开溜的“不法分子”。这个专职人员就是陈丽。

听到任命后，她就撅起个嘴巴，很不高兴地说，得罪人的事，就让我去做。但这是党组研究决定的，她陈丽可以不理会王庆生，但没胆量不理会党组。抓就抓吧，陈丽每天早上拿了个本本站在楼下做样子，碰到人就把本子一塞，说，快签快签。有人受到她的鼓舞，干脆把半个月的名都签上了。至于白天查离岗，就成了陈丽串岗的绝佳掩饰。她到这个股室扯十分钟白话，到那个股室说一通笑话。由于手握尚方宝剑，大家都丽姐丽姐地喊得格外亲热，她这把拿剑的手就格外软，执勤两个月，一个人都没戳到，也算是充分说明了大家都是遵纪守法的好同志。

对这个结果，王庆生深表怀疑。有天他御驾亲征，搞了次突然袭击，结果抓蚱蜢一样抓到了一串人，计有迟到四人，离岗三人，按规定每人扣十块钱。十块钱本是小事，但被扣的人都感到面上无光，纷纷跑到王庆生那里闹。有的说是出去搞调查，忘记跟股里打招呼了；有的说自己当时正在厕所里，屁股还没擦，无法迅速及时出现在王行长面前。被缠得无法，王庆生只好宣布这次只作为一种警告，下次要是再抓到，就一定要照章处罚了。就这样，王庆生在关键时刻没顶住，第一炮就成了哑炮，后面的改革，大家就根本不信那一套了。龙向阳讲话是吐口唾沫砸个坑，王庆生就成了春风过驴耳，毫无影响力。对着这满行的犟驴子，王庆生是无可奈何。

他开始体会到当一把手的艰难了。

在中国的任何地方当一把手，有两件事是硬指标：一是对内要摆得平；二是在外面要立得起。前面一点还好。就算有些人吵吵嚷嚷，只要哄一哄，不出大问题，也就算过得去，反正没人会蠢得把你这个一把手往死里得罪。但外面的人，可就没这么多顾虑了，只要吃得下，那是不吃白不吃。王庆生上任不到半年，就被县政府吃了一口。一个什么卵农村经济工作会议，硬要放到人民银行来开。王庆生没敢顶回去，就只有招待那些政府干部吃香的喝辣的。没想到这些政府干部都是搞惯了的人，绝对没有感谢你的意思，会开完了还伸出手来问你要纪念品。这个，王庆生可没准备，临时上哪去凑。没办法，封个红包，一人两百块。这些干部兴高采烈，都说人民银行肥得流油，下次再来。行里的人就骂王庆生蠢，拿着钱不知道自己用，硬要送到别人手里，真是蠢到家了。

其实王庆生有他的考虑，他是想借此机会建立起跟地方政府的良好关系。但他不懂关系不是这么建立的。你要送钱，送给几个头头就行了，那些一般干部，理都不要理，他们拿了你的就拿了你的，帮不上你什么忙，而且会盘算着什么时候再来咬你一口。现在钱也花了，几个头头却都不满意，因为他们发现自己跟下属一样，都只拿了两百块。居然跟下面的人拿一样多的红包，这还有面子？领导们简直是勃然大怒，一致认为王庆生这个人不会做，比起龙向阳，差得远。

此后经济方面的决策，县政府不再征求人民银行的意见。等到成了文，甩一份文件过去就算回事。还过分一点的就是连文件也不给。结果人民银行消息闭塞，成了睁眼瞎，在工作中很被动。有人到工行去检查，查出有不合规的，工行的人却把脸一扬，拿出一纸最新的地方政府红头文件，按此文件规定，这样做是很合规定的。检查的人顿时无语，饭也不吃了，回来后就问王庆生是怎么回事。王庆生也很纳闷，不明白自己哪里做得不对头，得罪了政府。这个事，他也不好打电话去问，只有背着手，在办公室里踱来踱去。踱了半天，还是没结果。他叹了口气，又去电脑边玩他的空心接龙。

新配的电脑，可以说成了王庆生的精神寄托。其余的他没学会，那些纸牌扫雷什么的，却玩得溜熟。有时候晚上吃了饭，他也不待在家里，一个人背着手，身影孤寂地走到办公室，打开电脑，一直玩到晚上十一点才肯回去。本来对现在层出不穷的新鲜玩意儿，王庆生都有种隐隐的排斥——他是希望世界一成不变，永远像过去那样的。但对发明了电脑游戏的人，他却感激得很。行里搞电脑维护的谢明，见王庆生如此痴迷，就主动帮他安装了几个大游戏，搞得王庆生有段时间茶饭不思，心思全在怎么过关上面。有时股长们来汇报工作，正碰上他在玩游戏，那就不用汇报了。反正没讲几句，王庆生就会很不耐烦地说，哎呀，这个事你自己不会处理？

股长们只好偃旗息鼓而退。有的人把握住了他这个特点，有什么事想自己做主，就选这个时候去汇报，十次有九次王庆生会放权给他。反正人民银行制度化建设搞得不错，就算王庆生什么都不管，它还是照样运行，绝不会散架。王庆生乐得沉浸在电脑的虚拟世界中，现实中的那些烦心事，简直是无聊透顶，不值得理。所谓业精于勤，至少在玩游戏方面，王庆生远远地超过了龙向阳。

龙向阳是判了四年，缓刑四年。这个结果不坏，还是有人暗地里打了招呼的。但他不服气，嚷着要上诉。缓刑终究是刑，背在身上，他就没有一切政治权利。已经摸到边的市商业银行行长的位置，也成了小孩子吹出的肥皂泡泡，一下子就炸开，没影了。本来还有点钱的，但都在情妇手里，卡着不肯给他。王铁梅又不准他归屋，闹着要离婚。这个世界，无钱寸步难行。龙向阳只有厚着脸皮，四处借钱。他来找王庆生的时候，老王正在玩游戏，正是紧要关头，一双小眼睛像是要粘到电脑屏幕上。龙向阳喊了他两声，王庆生才勉强把眼睛从电脑上移开。见是龙向阳，王庆生很不情愿地搞了暂停，陪老龙聊了两句。龙向阳才说了声现在手头有点紧，王庆生马上从铁皮柜里拿出五百块钱来，心里只希望龙向阳快走。

见王庆生如此爽快，有些感动，龙向阳觉得过去对他是苛刻了一点，现在唯有多陪他聊两句。他却没想到王庆生是打发叫花子的心态，哪有陪他聊天的兴致。气氛不对，两人怎么也聊不热乎。龙向阳虽已潦倒，但察言观色的本事还在，见不是个路，就告辞出来了。王庆生这才觉得心里有点过意不去，起身送他到门口。等龙向阳走了后，他才摇摇头，心想，做人，还是老实一点好，不然连游戏也没得打喽。

王庆生在游戏世界里自得其乐，简直不想跟外界打交道。政府那些人，他现在想起就恶心，看都不想看到他们。有什么事，他总是推三阻四。你别说，地方经济上的事，没有人民银行的协助，还真不好办。县里的头头以为王庆生在闹情绪，彼此议了一下，以后文件也及时发了，会议也通知他参加了。哪知道王庆生已经不稀罕这个了，总是冷冷淡淡，拖拖拉拉，就连县里牵头搞的金融维权工作，他也只是派个副行长去开会。到会的除了人民银行，其他单位来的都是一把手。这就有点扎眼了。政府的领导注意到了，本来安排要人民银行发个言，也不提了。倒是几个商业银行行长发了一通牢骚，成了全会的焦点。总之，这个会开得有点乱糟糟的，没解决什么问题。而之所以开得不成功，一大原因就是因为王庆生拒不到会。政府的头头们统一了这个认识，彼此很深沉地点点头。

他们决定要搞王庆生一下。

飞龙人行开了个金店，就在单位对面。货都是直接从长沙的芙蓉金店进的，质量过得硬，在飞龙县是一等一的店子，生意很火，压得其他两个小金店出气不赢。搭帮有这个店子，人行的同志们每年才有四五千块的麻将本钱。这消息不知怎么就泄露出去了，搞得飞龙县人人都知道这个金店是块大肥肉，随便咬一口就油水四溅，眼红的人起码有一个加强排。但在龙向阳手里，一直都没人敢打它的主意。现在王庆生主政，不幸得罪了领导，这块肥肉就出问题了。

没过多久，检察院一辆车开进飞龙人行，把王庆生带走，关了他一夜。这一夜他都是坐在高脚凳上过的。那种凳子，是特制的，一米八的人脚也踩不到地，凳面又非常窄。饶是王庆生身轻如燕，坐在那样的凳上过夜，也是苦不堪言。审问的重点就是金店的偷税漏税问题。王庆生一再声明当初是龙向阳亲自抓这个店子，自己不清楚。检察院的人见王庆生一副油盐不进的蔫茄子相，气不打一处来，很想抽他两个嘴巴。但考虑他在县里毕竟是一方诸侯，不便过分得罪，见没审出什么，就把他放了。

但跟金店有直接关系的工会主席黄建国就没那么容易过关，被审了两天，硬要他供出做假账的事。据说金店有两本账，一本是实际账目，另一本就是专门做给税务部门看的。到底有没有这回事，一直是查无实据。黄建国深知要是在自己这里被撕开了口子，会被同志们的口水淹死，便硬着脖子说只有一本账，结果挨了顿好打。黄老同志虽然有点扛不住，但到底不敢松口，只有用革命先烈的精神来替自己打气。检察院的好汉见他年纪大，怕出人命，便住了手。后来他们通过政府领导去找地税局帮忙。地税局跟人民银行有重要业务关系，对此一向是睁只眼闭只眼。但这次不同了，有领导在后面押阵，总得查出点什么。这些人都是业务里手，一旦认真起来，有什么查不出？飞龙人行做假账的事就此浮出水面。检察院拿到这个结果，精神大振，不但提出要罚八十万元，还要对有关人员提出起诉。

王庆生这下就慌了神，游戏也不打了，一趟又一趟地往政府跑。但领导们闭门不见。你讲这何解得了？幸亏龙向阳当初虑事深远，给徐武芳入了干股。徐武芳可不想倒了这座合法金矿，主动打电话给王庆生，要他不要去找县政府，直接找县委领导。接了电话后，王庆生痛骂自己糊涂。他立刻喊车子去请徐武芳，要他陪自己去找县委书记。徐武芳义不容辞，帮他把县委书记的门敲开了。

在书记面前，王庆生痛哭了一场，讲人民银行这么多年来为地方做了不少事，没有功劳也有苦劳。徐武芳也表示把人民银行一棍子打死，不利于大局,似乎是有人别有用心。书记是经过大风大浪的,对王庆生的倾情哭诉并不在意,但徐主任的猜测却让他若有所思。最后他表了个态,说,人民银行不能乱,还是那句话,稳定压倒一切。

徐武芳就等他这句话,现在如愿以偿,见王庆生还要啰嗦,硬把他拉了出来。回来后,王庆生召开紧急大会,向广大职工传达了自己临危不惧,登门请县委书记援手的事迹,同时要求全行职工动用一切用得上的社会关系,务必把这事顶住。

因为牵涉到自己的钱袋子,大家表现出了空前的集体主义,一时人行的电话费猛涨。这一下就显出了龙向阳当初的英明——飞龙人行职工的社会关系可就非同小可,几乎占了全县政坛的半壁江山。检察院顿时感到了巨大的压力。背后撑腰的领导说话似乎也有点中气不足,虽然指示说要顶住,但绝无当初的慷慨激昂。检察院又想拿这八十万元,又摸不清人民银行的水到底有多深,生怕翻了船。当一切都变得暧昧难明的时候,检察长接到了县委的电话,顿时找到了正确的方向。最后的结果是象征性地罚了六万块钱,至于提出起诉的事,就成了天方夜谭。王庆生颇有劫后余生之感,打定主意以后一定要听组织上的话。

这件事就这么过去了,但王庆生的麻烦显然还没了结。外面的人放过了他,单位上的职工却还要秋后算账。都说是他没杀气,不会做,外面的人才敢打人行的主意。王庆生的威信顿时降到了零下几度。除了几个还想往上爬的人敷衍一下他外,其他的同志对他几乎是爱理不理了。当行长当到这个份儿上,真的是没卵味。王庆生开始变得有点精神恍惚,勾着个头走路,像是犯了什么重大错误。

见他这个样,大家也心软了。有人说,其实也怪不得他的。又有人说,他也有他的好,在他手下做事,没什么压力。说是这样说,大家始终认为王庆生不太适合做一把手。年终上面来考查班子,发了调查表,结果有一大半人勾了不满意那一栏。结果一出来,王庆生在会上流了泪,说,有什么意见,我们内部可以解决。捅到上面去,支行的地位降低,对你们每个人都不好嘛。

他的声音干涩,时断时续,大家听着,心里都不好过,眼睛就看着桌面。有的人在心里叹了口气,说,何苦呢?

散会后,有人在背后偷偷说,黄主席这次替我们挨了打,干脆让他当行长算了。

另外一个人叹了口气说，黄主席比王行长灵活得多，可惜犯过错误，上面不得准他当喽。

远远地看见第三人走过来，两个忧国忧民之士对视一眼，把话题扯开了。

编号:003

姓名:黄建国

黄建国,好歹也是人民银行的工会主席,在穿着上,实在不敢恭维。穿的裤子有门板那么厚,颜色要蓝不蓝,要黑不黑,也不知道是什么料子做的。陈丽心直口快,说,黄主席,你也买条新裤子吧。

黄建国就很认真地说,你莫看走眼,我的裤子比你的好,又耐磨,又宽松。你知道毛主席穿的什么裤子吗,就是我这种。

没想到谈论一条裤子他还把毛主席搬出来了,陈丽顿时无语,只好默认自己两百多块钱一条的"自由鸟"确实比不上黄主席的地摊货。

其实只要不牵涉到裤子之类的问题,黄主席还是很能够跟大家统一认识的,尤其善于跟最高领导统一认识。龙向阳主政的时候,每次在会议上发完言,第一个带头热烈鼓掌的必定是我们的黄主席。黄建国口才在金融系统绝对是一流,甚至不在龙向阳之下。但他从不乱表现,主要是应用在深刻领会龙行长高屋建瓴的讲话上。龙向阳有时都没想到自己的发言竟然会有如此深刻的内涵,却被黄建国及时地认识和指出。虽然他讲究喜怒不形于色,但还是忍不住咧嘴一笑。他的三个副手,王庆生是块挡箭牌,专门帮他应付单位上那些烦人琐事;江平是业务总管,除了批贷款和处罚金融机构的权龙向阳牢牢抓在手里外,剩下的就是江平的事了;黄建国却是个吹号手,虽然做的事不算多,但在关键时刻往往立下奇功。

比如有次选人大代表。人民银行是属于城关镇选区,该选区有两名候选人,一名在人民银行产生,一名在盐业公司产生。人民银行的选举过程是这样的:龙向阳把大家喊到操坪里,排成两排,举手表决。黄建国第一个把手臂高举,说,选龙行长。大家就纷纷举手同意。有不同意见的,也只不过是把手举得潦草了一点,举起来马上又放下,略表抗议而已。

自己单位的人,好解决。问题是盐业公司的职工,就不见得会尿你龙向阳这一壶。让龙向阳头疼的是,该公司的人头比自己单位的要多。怎么办?他实在想不出好法子,整天都是闷闷不乐。黄建国察颜观色,猜到了几分,盘算了一阵,就去探他的口气。龙向阳感叹道,人家的枪比我们多啊。

黄建国马上奉献奇计一条,道是盐业公司的二把手跟一把手矛盾很深,而自己跟这个二把手交情不薄。龙向阳也不等他深入说下去,就讲了句,去试一下也好。

黄建国平时办事有点拖沓,唯独这种时候显得干脆利落,马上去联系人做策反工作。怎么做的?大家都不清楚。反正盐业公司几乎有一半的票是投给了龙向阳。搞得盐业公司经理一张胖脸涨成了猪肝色,瞪着眼睛看龙向阳。龙向阳不跟败军之将计较,很大度地一笑。黄建国站在旁边,一副要笑不笑的表情。大家看在眼里,都觉得这个军师不简单。

黄建国也是部队出身,跟龙向阳在一个兵团,只不过转业晚了一年。他是工程兵,讲起当年修桥修路就口水四溅。哎呀呀,我们那个时候思想就是好,只要有口饭吃,干起活儿来猛得很,生怕落在别人后面。他这工程兵当了十多年,有些习气现在都还没改过来。比如他从不刷牙,洗脸时就用脸布擦一下牙齿。在黄建国眼里,牙刷牙膏纯粹是多余的。又比如他现在抽烟都还是买了烟叶用纸卷着抽。别人送他盒装烟,他也抽,而且抽得很香。等到抽完了,又去弄他的土法卷烟。这两样坚持下来,他那一口牙齿,真的是黄中透黑,色彩斑斓。开口说话时,嘴里就喷出一口难以言喻的气味。他自己还不觉得,说得神采飞扬。听的人就悄悄地挪位,避免跟他正面对垒。只有跟龙向阳在一起,两人算是臭味相投,彼此不嫌弃。

不过跟龙向阳的冷冽不同,黄建国看上去很和蔼可亲,一张圆脸气色甚好,见人带三分笑。他经常夸奖这个,小刘啊,今天穿得很漂亮啊;又夸奖那个,赵主任啊,昨天在报纸上看到你一篇文章,写得好啊!被夸奖的人往往职务比他低,年龄比他小,受此褒奖,不高兴也会高兴起来。但有些年轻一点的女同志比较怕被他夸奖,因为黄主席在夸奖的同时往往会在这些女同志身上拍一下、捏一把。张凤华、宋小红、陈丽她们都尝到过这种礼遇,却又不好说什么,只有小心翼翼地保持距离。打字员章萍可就没这么多顾忌,被捏得烦起来了,见到他就躲。黄主席就开始批评章萍,说这妹子穿着打扮不注意,穿件那样的衣服,露出半个背,像什么样子?给章萍造成了很大压力。所幸章萍跟办公室的人处得好,才没有被辞退。

黄建国资格老,能力也有,跟龙向阳关系又铁,样样条件都具备。提副行长,怎么说也得先考虑他。但当副行长的却是江平。提起这事,大家都摇头,说,老黄是自己害了自己。

一九九二年,黄建国同志在外单位办事,回来时晚了点,就在路边一个饭店吃饭。没想到这饭店不但供应饭菜,还提供另一种服务。据说那个服务员长得不错,跟章萍有点像。她弯下腰,胸脯挨着老黄的肩,娇声道,老板,要不要舒服一下?

黄建国顿时身子酥了半边,看着这个论年纪可以做他女儿的小姐呆笑。估计当时他脑袋里也是一窠糨糊,忘记那天快到六月底了,财政收入要过半,人民公安正四处出击,只想多搞些罚没收入进来。等小姐快把脸贴上来时,黄建国热血沸腾,不能自已,怀着"一万年太久,只争朝夕"的豪情,跟着小姐上了楼。人民公安也真的是做得出,老黄同志才脱了裤子,还没尝到个味,他们就飙了进来,一把就铐了回去。

那时嫖娼可是件惊天动地的事,要放在现在,两个钱就解决了。事情传到单位,就像发动了一场小型地震。龙向阳,够义气,马上找到县委领导,要求先把人放出来,其他事好商量。亏得县委领导给面子,打了电话到公安局,交了两千块钱保释金,老黄同志才没在拘留所里多受罪。

回到行里,大家看到他那副蔫相,就像是霜打的茄子,心里难免有些幸灾乐祸。但考虑到黄建国平时还算好人,所以大家面子上还是略表同情。至于去安慰他,那就不知道怎么开口好了。最好的办法就是装做不知道这回事,碰了面,跟平常一样打个招呼就过去了。黄建国也明白大家的心理,他也当大家不知道这回事,见了人还是打招呼,只是眼睛好像蒙了一层灰,全无往日的神采。到了办公室,关上门,龙向阳痛骂了他一顿,然后就开始上下活动。

这个事,中支很快就知道了。按规矩,是要开除的。但龙向阳没这个念头,他要保黄建国——黄建国为龙向阳当了这么多年吹号手,现在就看出效果来了。政府那边龙向阳就去了几次,最后是主管财政的副县长熊克平出面摆了桌酒,喊了政法委书记、公安局局长出来,大喝一通后,又去人武部招待所潇洒了一回，就销了案，那两千块钱算是做了贡献。摆平了地方这块后，龙向阳又专程去了中支一趟。见地方上销了案，中支也不想把自己人搓得太过分，就搞了个党内记大过处分。黄建国又在全行大会上作了深刻检讨，痛悔自己经不起资产阶级那一套的诱惑，思想上放松了警惕性，对不起党，对不起单位领导，也对不起大家。说到动情处，声泪俱下。四十多岁的人了，还这么低声下气，大家都于心不忍，只有报以热烈掌声，欢迎老黄同志重新回到纯洁的革命队伍中来。

黄建国就这么过了关，但也付出了代价，眼睁睁地看着纯属小辈的江平爬到了他头上。他这个工会主席，还是过了几年后，事情冷了下来，龙向阳替他申请撤销了处分，转了个大弯才弄到手的。不过他心态算好，有种农民的乐观。嫖娼被抓、升迁受阻，这两样，随便拿一样放在别的老同志身上，都是生命中不能承受之重。他却扛了下来，至少是表面上扛了下来。他常说，一个人只要吃饭吃得香，睡觉睡得落，就要得了，其他事，少想。想多了，没用的。大家也确实没听到他发什么牢骚。跟江平相处，黄建国也是亲热得很，丝毫看不出有什么隔阂。就算是面子功夫，做到这一步，也很不容易了。

人对于自己这一边的，总是容易谅解些。自己家里的人犯了天大的错，打两下，骂几句，也就过去了，不往心里记。黄建国很少摆什么架子，总是笑嘻嘻地跟大家在一起，算是自己人。时间一长，人行职工就很少在背后说黄建国的不是。就算谈起那回事，也是一副深表同情的口吻。新提的会计股股长陈卫东就说，随便换了哪个，碰到那事，一下子没悟清，稀里糊涂也就上去了。

大多数人就点头称是，只有几个女同志心下不以为然，但也没有出声反驳。黄建国同志就得以继续存在，继续跟同志们勾肩搭背哈哈大笑。后来任命他当工会主席时，居然没有一个人去告状。这结果，连中支领导都感到意外，不知是该表扬飞龙人行职工的宽宏大量呢，还是该佩服一下黄建国的处世有术。

不管怎么样，黄建国当这个工会主席，蛮合适，也许比坐副行长那个位子更合适。反正他跟领导保持高度一致，从不唱反调。这样的工会主席，哪个一把手都欣赏。所以在龙向阳手里，他吃得开。龙向阳倒了台，在王庆生手里，还是一样的香，甚至更得倚重。因为龙向阳能力出众，很多事不需要也不容黄建国插手。王庆生本事稀松平常，有些什么事拿不准，他不好跟那些小辈商量,只有找黄建国来拿主意。黄建国并没有袖起手站在一边看把戏,反而积极地献计献策,似乎对龙向阳和王庆生之间的隔阂浑然不知。在开会时,哪怕王庆生的发言再怎么没水平,黄建国还是一样的捧场。他这么做,自然得很,看不出有什么内心的冲突。同志们坐在底下听着,心情复杂得很。老黄这么做,也不能说有什么不对。大家都平等嘛,没有什么规定说他永远只能是龙向阳的兵,只能够效忠一人。只是他转弯也转得未免太快了,一般的人,做不到。看着黄主席满面红光地坐在那里,嘴巴一开一合,一副诚恳厚道的表情,几个年轻一点的同志都面露迷惑之色。只有胡伟把嘴巴一撇,蹦出句老泥鳅。骇得旁边的人都看着他。但胡伟眼睛盯着天花板,若无其事地抽着烟,好像根本没有说过什么。

编号:004

姓名:胡　伟

胡伟是侦察兵出身,对于龙向阳、黄建国这样的工程兵是看不上眼的。他在中越边境上搞过,许世友、杨得志这些名将,他谈论起来像是在说自己屋里人。到底胡伟见没见过许、杨,不好说,不过他左脸上那一条伤疤倒是千真万确。

说起这伤疤来,胡伟就来了精神,口水四溅。

一次去执行侦察任务,出师未捷,自死一人,毙敌一名,功过相抵,还挨了一顿批评。在部队混了几年,眼见提拔无望,他就申请退伍。什么奖章都没带回,只有脸上那一道疤痕,狭长而深刻。这道疤痕,让龙向阳都对胡伟高看一眼。虽然胡伟很少拍领导马屁,但保卫股长那个位置,他还是坐得很稳。大概连龙向阳在潜意识里也认为,由胡伟来总揽把守金库大门,是老虎打猎——本色行当。

干保卫,乍一看是个苦差,仔细琢磨,却是人民银行县支行的第一美差。说是苦差,因为上班是二十四小时连着来的,而且如果有不怕掉脑袋的来劫金库,那就还存在流血牺牲的可能。但上班是上一天休息一天,而且两个人坐在那里,又不要想事;看看电视,讲讲白话,再搞瓶酒,弄点菜,哪里是在上班,简直是在度假;时间嘛,可以内部调度,哪个连上一星期,就可以玩一星期整的。至于说到会不会有江洋大盗前来拜访,那个理论上倒有可能。但实际上,只要脑子还正常的人,就不会到这里来送死。保卫股的那几条枪都是从部队里转业回来的,利索得很。金库又是易守难攻,光那扇吨把重的大门,没有炸弹,是难得弄开的。对于开启的方法和钥匙的保管,人民银行又有一套严密的程序：保卫股只负责守，开大门是发行股的事。而且两把钥匙分人掌管，密码又在第三个人心里。外面的人搞不清这一套，就算把保卫股的人全干掉，也进不了金库大门。再退一步想，就算打劫成功，那么多票子，重得能压得死人，不弄辆车来，是难得运出去。就算什么都有，运气又特别好，历尽千辛万苦，终于装了一车人民币逃窜。但打劫国家金库，性质比抢什么储蓄所分理处要严重一百倍，是公安部直管的事。天罗地网一布下来，除非你是组建了一支武装部队，打算占山为王，否则没有反抗的余地。抓到了也不会有什么死缓无期赏给你，统统都是子弹侍候。现在的人，不怕死的越来越少，就算是犯罪，也要拣轻松活儿干。所以胡伟的枪虽然擦得很亮，这十多年来，却一点都没派上用场。

虽然如此，但他们名义上毕竟是担着风险，所以每月都有津贴，再加上值夜班的补助，比别的股室要多上五六百块钱。玩也多玩了，钱也多赚了，不是美差是什么？因此那些仕途上没有什么想法的人，都削尖了脑袋往这里挤。只是胡伟把关把得严。龙向阳把孙建设的会计股长卸了，想摆到保卫股来，胡伟开始还不要。王庆生找他做思想工作，口水话说了两大箩筐，硬是说不进。最后还是龙向阳下死命令，要也得要，不要也得要，胡伟这才松了口。

保卫股的人，基本上都是粗豪汉子，就算不是科班出身的孙建设，性格也是桀骜不驯。胡伟却管理得很好。他搞的就是部队里那一套，执行制度很严格，其他事情，就纯用哥们儿义气做感召。大家经常在一起喝酒骂娘说黄段子，气氛很不错。孙建设在这里混了半年后，对胡伟说，这日子，过得。

胡伟虽然当初拦了他一道，但后来发现孙建设性格直，脑袋又很好用，学什么很快，也就打消成见，跟其他兄弟一般看待。孙建设是落魄之人，牢骚难免多一些。胡伟就拍着他的肩膀说，老弟，受点委屈算了。老龙这个人，是个整人里手，斗他，你是斗不赢的。

我替他做了这么多年事，落了个这样的下场，想起真是寒心。

你也不要想是替他做事。这年头，都是为钱在做。我领我的工资，喝我的酒，睡我的觉，其他事，关我卵事。

老胡，我就佩服你看得开。

我从战场拣了条命回来，还有什么想不通的。

当初那一枪没要了胡伟的命，他把这归结为是身上戴的菩萨在显灵。

那个檀木菩萨，是他未婚妻从南岳求回来的，硬要他带上。部队是禁止封建迷信的，胡伟生怕被谁发现，打个小报告上去，影响他入党。一般他都收起来，只有执行任务时才戴上，没想到还真管用。那个越南女兵枪法好，打他的战友是正中要害，却没搞死他，这不是菩萨保佑又是什么？胡伟从此对一切大小菩萨心悦诚服，那个檀木菩萨更是让他顶礼膜拜，宠爱有加，此后一直都戴在身上，连睡觉也不取下。对他的乡下未婚妻，胡伟也是心存感激，转业回来后进了人民银行，并不嫌弃她既没工作又没文化，更没想过要甩掉她，而是结了婚，把她带到城里。他老婆虽然大字不认识几个，但家里搞得井井有条，不要胡伟操半点心。又炒得一手好菜，只要是胡伟值夜班，她总会用木盘子装上几碟小菜送过来做夜宵。大家都恭维老胡福气好。胡伟听了，呵呵地笑，对生活感到很满意。

这两口子全都是迷信种子。胡伟的老婆隔两个月就去南岳烧一次香。她可不是单身前往，而是有组织有章程的。本地的善男信女都是组了团的，大都是中老年妇女，间或也掺杂几个年轻媳妇在里面。进香之时，统一穿玄衣玄裤，肩挎一个香袋，包车前往。从飞龙到南岳只要两个多小时。早上五点去，一般傍晚时就可以回来，还能赶上给家人做晚饭。因为要表示虔诚，这些大娘大嫂们都是走上山去的，辛苦啊。但到了胡伟老婆这种境界，就根本不觉得苦，反而乐此不疲。

对他老婆的活动，胡伟是十二分支持。他家里大大小小的菩萨请了好几尊回来，终日香火不断，搞得像个庙宇。后来他的儿子提出强烈抗议，才改为电子香火。胡伟不但在家里搞，还把一尊伏魔显圣关帝像请到了保卫股。买像的钱当然不是自己掏，而是放在保卫股的小金库里报销。神龛就设在供他们休息的内室里。对于这个，保卫股的几条汉子都没意见。不管信不信，心理上总是稳妥些。

供了半年后，中支管发行保卫的宋卫国副行长下来搞年终检查。领导同志总是很关心基层同志的，在值班室抽看了两盘监测录像带后，他就指了指里面，问，晚上就睡在这？

胡伟见领导连这个都知道，未免感动，点头称是。宋卫国就走了进去，实地勘察一下基层同志的起居情况。里面光线比较暗，就摆了张钢丝床，空间显得狭仄。厕所开在一边，空气中的味道不是那么纯正。转过身，宋卫国要出去，抬头就看到神龛上的关帝正俯视着他，两边的电子香火红得很诡异。像是突然受到了藐视，宋卫国脸色一变，快步走了出去。

领导的涵养总是很好的，没有当面批评胡伟。但半个小时后，胡伟被龙向阳喊了上去，训了一顿饱的。龙向阳说，你还是不是一个共产党员？你到底是信关公还是信毛主席？你以为关公能保佑你。告诉你，今年我们的三防一保工作，在中支评不了优了，就是你信得好。

胡伟没吭声，心里却不服气，出来后说，他龙向阳还不是个迷信种子，到市里开会，出发还要看时辰，以为我不知道？牢骚归牢骚，关帝爷还得收起来。用胡伟的话说，是没办法，发工资的不是关帝爷。

不知是这句话没说好还是怎么回事，几天后，孙建设擦枪时走了火，挨了中支的通报批评，飞龙支行的三防一保风险金也被扣去一千块。别的股长遇到这事情，肯定是垂头丧气，胡伟却是理直气壮，找到龙向阳说，龙行长，我说关帝爷是随便动不得的。你看看，才两天，就出了这事。关帝爷是在跟我们胀气。

龙向阳又训了他一顿，说他不从自身找原因，把问题归结到迷信上去，是严重违背马克思主义。这一说，胡伟更不服气。但龙向阳打的是官腔。官腔是场面话，就算说的人和听的人都不信，也是滴水不漏无从反驳。胡伟也没打算辩论下去，他只是暗地里又把关帝爷请了回来。中支的领导下来，他就收起来。才转身，又摆上去。你别说，这关帝爷一供，保卫股确实平平安安，后面这几年，风调雨顺，年年评优。

其实胡伟这么做，大家都知道。但龙向阳装做不知道这事，只是在会上说，凡事要把握个度，既要有原则性，又要有灵活性。同志们啊，这个度要把握好哇。胡伟在底下听了，觉得原则性就是一定要请关帝爷，灵活性就是偶尔得在领导面前掩饰一下。龙向阳讲了那么多官话、废话、霸蛮话，就这句话讲得好，讲得妙。

胡伟也有烦恼，就是他的宝贝儿子胡均。胡均长得帅气，轮廓像他爸，这让胡伟很是得意。胡均从三湘金融学校毕业回来，光女孩子送的照片就有一大沓。此事让胡伟津津乐道。孙建设调侃他，说，老胡，怎么没看胡均带个媳妇回来？

带回来了，又被我轰出去了。

是喽，肯定是你扒灰不成，恼羞成怒，就把个漂亮媳妇轰走了。

胡伟咧开嘴笑，说你不赢。孙建设就问胡均工作的事怎么样？叹了口气，胡伟说，难，他当初考得不好，没有带指标。

胡伟是很少叹气的。这事，真的难。他找过龙向阳。龙向阳说，行里要解决的子弟有几个，解决了你的，别人就有意见。一起解决，哪有这么多空位。

解决人，总会有个先后，未必一个都不解决？

慢慢来，看机会吧。

这话，只能哄哄老实人，胡伟，可不信这一套。真要信了他，等到死也没你份。也不多求，胡伟自己去跑。

城市信用社刚成立不久，班子里人胡伟全认识，差不多个个一起喝过酒的。上门找到这些领导，胡伟以一副平等商量的口吻说，我知道你们缺人。毛主席说得好，举贤不避亲。我推荐一个人，就是胡均。

城市信用社的领导们忙得屁股冒烟，也无暇去考证毛主席是不是说过这话，只有对胡伟上门来推荐人才深表感谢，并表示，今年人满了，看来年。来年要是还加人，就优先考虑。

胡伟听了，面无表情，站起来跟他们握手。领导们说，吃了饭再走。来我们这，饭都不吃一餐了？

胡伟说，算了，你们太忙了。一手夹烟，一手插在裤袋里，快步下楼而去。城市信用社领导亲手给他泡的茶，那是一口也没动，还在微微散发热气。

回到单位，胡伟把城市信用社的领导们都骂了一遍，说他们没当官的时候一个个都好得很，见了面笑嘻嘻的，当了官就变脸了，不认人了。然后又说人民银行没威信了，说话不灵了。他的话，引起了很多人的共鸣。有的人很愤慨，说，不卡一下他们，就不知道姓什么了。胡伟听了这话，不做声，只低下头去，猛吸烟。

过了两天，城市信用社来出库，被挡了驾。现金支票没问题，就是保卫股不肯放行。信用社的人很疑惑，陪着笑脸说，帮帮忙喽。

这天正好是孙建设和谢解放值班。孙建设坐在那里不动，眼睛盯着电视。谢解放倒是个和气人，说，你找我们说，没用。

这几个出库的人脑袋还不转，说，那找哪个喽？

见他们这么不开窍，谢解放也懒得跟他们扯，坐回去看电视。出库的人没办法，说要进来打个电话给他们领导。孙建设就板着脸说，我们这里是不准放人进来的。跑到发行股,发行股的人说,我们现在电话是实行包干,要钱的。最后还是在会计股打了个电话。

城市信用社的主任方铁心接到告急,马上打电话给龙向阳,龙向阳正在省里参加领导干部高级培训班,要他找王庆生。王庆生一听就明白是怎么回事,说,你们找胡伟吧。

方铁心就在电话里苦笑,说,老胡是对我们有意见。王行长,你一定要帮我这个忙。

王庆生经不起他求,只有打电话找到胡伟。胡伟没等他讲完,就说,我是不得给他出。

王庆生口气严肃起来,说,老胡,你这就不对了。

是喽,我不对,是他们对。他们现在不把人民银行放在眼里,你还帮他们说话,你很对。

被呛住了,王庆生一时说不出话来,胡伟就在那边把电话挂了。见胡伟要搞蛮的,王庆生就直接把电话打到保卫股,要求先出库,其他事以后再说。没想到孙建设说,老胡讲了,不准出。

王庆生顿时火了,说,我是行长,你到底听他的还是听我的?

孙建设一向不把王庆生放在眼里,不紧不慢地说,你管老胡,老胡管我。我只能听老胡的。你是行长,你有本事,就要老胡听你的。

王庆生顿时气得手脚冰凉,又拿着这几个土匪没办法。等方铁心打电话过来,他没好气地说,你去找胡伟,我不管了。

方铁心这边正等着要钱用,只有屈尊给胡伟打电话。胡伟拖长了声音问,是哪位啊?

方铁心笑道,是我,老方。

哪个老方?

是我呢,方铁心。

哦,是方主任,有什么好事啊?

老熟人了,你也跟我来这套?

你也记得我们老熟人了?我还以为你忘记了。

哪会忘记?不会忘的。老胡,今天你就当帮我个忙。

帮忙,我也想帮。我帮你的忙,哪个来帮我的忙?

方铁心不敢松口,只是在电话里笑,反复说,老胡,帮个忙?

胡伟说了句，我能力差，帮不上，就把电话挂了。

这一天，城市信用社硬是没出成库，只好从建设银行拆借了一笔钱过来应急。班子成员坐在一起，讨论这个事。有人说，我们手续都合规，他不肯出，我们就告到上面去。

想了很久，方铁心摇摇头，说，现在是胡伟一个人对我们有意见。告到上面去，只怕龙向阳会对我们有想法，不划算。此话一出，大家就都沉默了下来。得罪了龙向阳，就等于得罪了整个人民银行，确实不划算。见其他人都不吭声了，方铁心说，再看看。

另外一个副主任说，对，他胡伟不可能老是搞下去。

城市信用社的领导估计错误。为了儿子，胡伟是铁了心要干一场。怕股里的同志夹在中间难做，胡伟干脆搞了内部调度，自己连续值班。凡是城市信用社的人过来，他一律挡了回去。王庆生下来了两次，胡伟都不理睬，只有打电话给龙向阳。他就说了句，城市信用社刚成立，是要给它个下马威。主要是不出乱子。你把握一下。

放下电话，王庆生惊讶胡伟把龙向阳的思路摸准了，难怪这么硬桩。信用社的人再打电话给他，王庆生就说，等龙行长回来再讲。

这就麻烦了。龙向阳在外面参加培训，据说培训完了还要去北海参观学习，起码要个把月才能回来。向商业银行拆借吧，一次两次倒可以，搞多了，就会惹他人笑话：没钱还搞什么信用社？面子上下不来。其实讲到编制，还比较松动，要求也不高，县里领导批个条子就能放个初中生进来。方铁心只是不愿意便宜那些没权的人。现在胡伟这么搞，他才知道看上去没权的人，你把他惹毛了，他也能卡死你。反正自己的人解决得差不多了，把胡均解决了，也没碍着什么。再说了，人家好歹是科班出身。城市信用社是支杂牌军，什么关系户都有，就是缺专业人才。招了胡均进来，又没亏什么。如果不招，就这么僵下去，也不是办法。悟清楚了后，方铁心跟班子成员通了气，就拿起电话，拨通了人民银行保卫股。

办好手续的那天，胡伟请信用社的领导和股里的同志吃了一顿。胡伟说，对不起啊。

方铁心说，以后我们的工作还要你多支持。

绷了很多天的脸松弛了下来，好像坚冰融化，露出满湖涟漪，胡伟说，这个好讲、好讲。大家推杯换盏，又开始称兄道弟。酒酣耳热之际，胡伟搂着方铁心的肩膀，说，方主任，我这人没什么，就是当过兵，在阎王老子那里走过一道来的，凡事看得开，豁得出去。你讲是不是？

方主任只有点头，举起杯来，说，老胡，我再敬你一杯。

那天胡伟喝完酒回来，在大门口碰见尹桂花。尹桂花知道胡均已经进了城市信用社，把头一低，走到一边去。但胡伟偏偏拦住她，满嘴喷着酒气，说，老尹，你屋里陈小兵还没解决啊？告诉你，那些人都是欺软怕硬的货，你不要打退堂鼓，天天上门去磨就是，总有一天……

头一直看着地面，尹桂花胡乱应了两声，夺路而走。

编号:005

姓名:尹桂花

十五年前,尹桂花还在供销社当会计。虽然那时已结了婚,但天生的娃娃脸,剪着齐耳短发,怎么瞧也是一小姑娘。龙向阳和王庆生去看人,都还记得尹桂花很慌乱而羞涩地一笑,又低下头去拨打算盘珠子。那时的算盘珠子比现在大,起码大两倍不止,黑亮黑亮,像是茨菰。尹桂花的手指纤细苍白,在拨动算盘珠子的时候给人以不胜娇弱的感觉。龙向阳和王庆生心里都生了一点怜惜,对视一眼,点点头,就要走。这时门口蹿进一个小孩,拖着两筒鼻涕。看到两个生客,就立住了,噙着手指,圆睁双眼。尹桂花就放下手中活计,把这个小孩拖进来,又是笑又是骂,替他拍去满身的灰。这个举动,却让龙向阳心里不爽。上班怎么能带小孩呢?尽管在八十年代的飞龙县,妇女上班带小孩、打毛线成风。但对这股风气,龙向阳看不惯。在正组建的人民银行里,他是不希望有这种景象出现的。

不过尹桂花给他的印象不错,老实、单纯,推荐的人又是有来头的。在路上走了一阵后,龙向阳不禁笑自己迂。飞龙县哪个妇女没这个毛病?关键是以后要改。王庆生全不懂龙向阳的心思,只是想着尹桂花比他在乡下喂猪的婆娘要秀气得多。城里女人就是城里女人啊。他开始后悔为什么当初那么急,何不多等两年,在城里找一个。当龙向阳问他,你看这个人怎么样?王庆生连声说,要得、要得。

到人民银行上班的第三天,尹桂花就在会上被龙向阳不点名地批评了一顿。龙向阳说,我们有些女同志,当单位是自己屋里。有的带小孩、有的打毛线,像个什么样子?人要自觉一点,要通味,不要等到别人讲才晓得。我告诉你，以后再看到有这样的情况，就扣奖金。等散会后，尹桂花回到会计股，坐下来就抹眼泪。旁人就劝她，说，龙行长就是这脾气，你不要放在心上。

尹桂花边哭边说，我又不是不通味的人，私底下跟我讲一声就是了。连个招呼都不打，就在大会上这样批评人，这不是在往人心上插刀子吗？

劝的人见她这样说，也不再做声，只在心里说，尹桂花啊尹桂花，老龙是杀鸡给猴子看呢。尹桂花还在哭，她的儿子陈小兵从操坪里玩了一身灰进来了。一看到这小子，尹桂花就把他按在凳子上，边打屁股边骂，我要你到地上打滚。告诉你，以后人民银行没有你的来场了。要打滚，你只有到马路上去滚。陈小兵顿时大哭起来。尹桂花看着她儿子，住了手，自己又哭了起来。

回到家里，尹桂花向丈夫陈虎诉苦。陈虎跳起来要去剁下龙向阳的舌头，骇得尹桂花赶紧把他扯住，又小声跟他商量，是不是把自己老娘从乡下接过来带孩子。陈虎重重地出粗气，说，房子这么小，怎么住？

那就只有把小兵送到乡下去了？

陈虎不做声。尹桂花就流起泪来，说，你爸爸妈妈都是政府干部，贵气得很，只有我屋里人活该受苦受累。

陈虎眼睛一瞪，尹桂花就不敢再说了，只是转过身子去抹眼泪。陈虎也不劝，起身出了屋，自去找人打牌。

从那时起，尹桂花就下了决心，一定要起个房子。人民银行的工资虽不低，但也就那么几十块。陈虎是在税务局工作，待遇也不差，但他是要喝酒吃肉的，就算有两个余钱，也花在打牌上面了。尹桂花也没别的办法，只有从自己身上抠钱。别的女同志，间两个月就要做件新衣。她是一套灰咔叽布衣服长年穿到头。夏天那件的确良衬衣，还是做姑娘时缝的，穿在身上有些紧了。为了让衣服穿长久一些，她预备了两副套袖，屋里一副，办公室一副。只要做事就戴上。有时候忘记取下，她就会带着套袖上下班。陈虎看不惯，说，你也穿得时髦一点呢，怎么跟个管家婆一样？

撅着嘴巴，尹桂花说，我不当管家婆，你来当？我也想穿得时髦，你拿钱来？陈虎说，随你、随你，就趿着一双懒汉鞋出去了。

陈虎爱打牌，不管家，但有一桩好处，心不花，没闹出什么风流韵事。凭这点，尹桂花就很满足了。她把陈虎服侍得好，在饮食上从不愿亏了他。不像有些过分节俭的人，专门等菜市场快收尾了，买那种不新鲜的减价菜。她买吃的很讲究:肉,最好要当天杀的,放在锅里炒出来颜色要嫩白;菜,叶子看上去要水灵,那种蔫蔫菜,看都不待看。苦不了陈虎,就只有苦自己,当姑娘时爱吃个零嘴,现在也差不多戒了。有时实在是嘴馋,就去路边小摊买炒葵瓜子,一毛钱一竹筒的。买上两竹筒,倒在口袋里,零零碎碎地能嗑上一天。单位的女同志约她逛商店,碰见有打折的布卖,她总是热心地替别人选颜色,看尺寸,自己却不要。倒是有什么减价的日用品,她的手就伸得飞快,一买就是一大包,估计可以用到明年。取得这样不凡的业绩,一般的妇女,省不了要回家向男人夸耀几句,以表示自己能干持家。尹桂花却没有这桩嗜好,回到家,只是抿着嘴,把东西妥帖地收起来,确保不会还没用完就坏了。

陈虎虽然粗,但心里还是明白他婆娘的好。有次发了工资,居然给尹桂花买了件红色的中长上衣。等她回来,就让她猜买了什么。白了他一眼,尹桂花说,你还会买东西?不把钱丢到水里就算好的了。

陈虎就把那件新衣晃了出来。眼睛亮了一下,尹桂花嗔怪陈虎买这么艳的颜色,自己不好穿出去。陈虎说,你以为自己很大了?三十几岁的人,哪样颜色穿不得?

尹桂花在镜子前试了一回,连声说太洋气了,要拿去退。陈虎有点生气,说,我给你买衣服你不要,你要我买给野婆娘穿啊?尹桂花这才收下,那天晚上在梦里都笑过好几回。

衣服洋气,裤子也要时兴,穿着才协调。尹桂花最好的一条蓝裤子,是毛料做的,式样却太土。正好单位这个月多发了三十块钱,买上两条好裤子都还能再多买条裤腿。想了两天,尹桂花还是把裤子放到裁缝师傅那里改了一下,花了五块钱。这一身穿出去,倒还能让人眼前一亮。王庆生直夸尹桂花漂亮,在会计股多坐了半个钟头,硬要尹桂花请客。尹桂花脸皮薄,不经缠,就称了半斤瓜子来请大家吃。顿时会计股响起一片嗑瓜子的声音。大家一致建议尹桂花里面那件旧毛衣也该换了。不做声,尹桂花只是低着头嗑瓜子。

八十年代中期,尹桂花的工资还只是三四十块钱。照这个样子,她怕要攒到下半辈子才能把栋房子竖起来。等到八十年代末,工资才涨到九十来块。五六年间死攒死攒,尹桂花也只攒了五千来块。她急于把儿子接回城读初中,咬咬牙,就去东凑西借。好在尹桂花为人本分,又在银行工作,这些亲戚朋友都愿意借,利息也开得低。三百五百地累积起来,也借了五千来块。还不够,就去信用社贷款。她想着自己在会计股,普通一兵,怕信用社的人不买账。这样思量着,尹桂花走在路上眉毛都是锁起的,见到人,才勉强一笑。那笑,太潦草了,很不自然。直到那天在路上碰见王庆生,打了个招呼后,两人已走开几步路了,尹桂花又回头把他喊住,讲了这事。王庆生表情夸张地说,你怎么不早讲?人民银行的干部,还怕贷不到款?尹桂花就羞涩地笑。

王庆生说得对,人民银行的干部,贷个万把块小意思。他只出面说了一声,信用社要的利息就低得让尹桂花都不好意思。钱才到手,她就旋风一样地忙起来,又是去批地,又是去乡里打听哪一帮师傅手艺好、可靠。做会计,每天到一定时候总要做事。好在尹桂花做的是手工联行,中间有一大段时间可以到外面跑。股里的人也知道她男人不操心,屋里全仗她在维持,也就表示谅解,没人说她半句闲话。

打基脚那一天,尹桂花专门从乡里请了个师公作法,在基地上杀了只鸡,舞了一回。陈虎对这个要信不信,尹桂花就把他支开,生怕他言辞有什么不敬,让师公心里不舒畅,作法时下错了咒,那就真的是背时。不但对身怀异术的师公毕恭毕敬,就是对那些做工的师傅,尹桂花也是殷勤相待,开工时那顿师傅酒办得有声有色。这些长脚大手的乡下师傅一个个喝得满面通红,直夸尹桂花能干菜做得好,并一致拍胸脯表示要尽心去做。话是这么说,尹桂花一有空还是要到工地上去看。一天硬要看上两回,那颗心才稳当。

陈虎这次表现还好,至少守材料是亲力亲为。他跟那些师傅套得起,主要都是酒中豪杰。工地上有个塑料壶,里面灌满了米酒。一到晚上,几个爱喝酒的人就凑在一起喝。陈虎倒也大方,经常买点卤豆腐、花生米什么的来下酒。做工的师傅们都是朴实之人,能够有豆腐、花生下酒,已是非常满足。他们又是义气之人,见主人家待他们贴心,那点偷工减料的心思也就灭掉了,做出的活儿都很到位。所以尹桂花这两层楼虽然看上去不打眼,但内容扎实。完了工后,她又为这些师傅办了桌酒席。这就叫有始有终,有情有义,表示主人并不是过河就拆桥,上屋就抽梯,房子修好了就不认人了。

在席上,当头的师傅很得意地说,这房子,每块砖都砌得熨帖,十二级台风也刮不倒。尹桂花的脸上马上漾起了笑容,要师傅们多喝些,喝个尽兴。师傅们都是用碗喝酒,还嫌尹桂花家的碗不够大。三碗酒下肚后,当头的师傅口水四溅地说起去年种子公司有个干部修屋,请了他们来做。真是小气得要死,酒也没的喝,肉也没的吃,净弄些青菜豆腐。搞得他火了,在砌卧室时施了鲁班术。结果房子修好了,干部夫妇睡在卧室里,一到深夜头顶上就仿佛有人在来回走动。壮着胆上去看,老鼠都没看到一只。搞了半个月,把这对夫妇折腾得快要得精神病了。幸亏有懂行的人在一边指点,他们才悟清是怎么回事。干部同志赶快跑到乡里,请这些师傅们吃了一顿好的,说了不少好话,当头师傅才解了法。

尹桂花在一边听着,未免有些心惊肉跳,庆幸自己没得罪当头师傅。她是农村里长大的,晓得这些年纪大一点的木工、泥匠师傅,都是有点名堂的。陈虎在一边听着,却直晃脑袋。当头师傅看在眼里,趁着酒劲上涌,笑着说,陈师傅,我晓得你不相信。

陈虎也喝得二醉二醉了,说了句,看得见,我就信,然后夹起块大鱼肉放进嘴里,才嚼了两下,神情就不对了,嘴巴叉开在那里。

尹桂花急了,直骂他乱说话,这下好看了,一面偷偷看当头师傅的神情。当头师傅呵呵笑着,说,不要紧,不要紧,就问尹桂花要了碗清水,嘴里念了一通后,用中指在水面上画了几下,就让陈虎喝下。

才灌下去,陈虎就长吁了一口气,说,好大一坨刺,差点把我卡死。尹桂花也长吁了一口气,赶忙给师傅倒酒。

屋子竖起来了,陈小兵也接回来了。虽说要还账,日子过得紧巴巴,但尹桂花心里踏实,脸上的笑容也多了起来。她尤其感激王庆生,谢谢都说了好几次。王庆生难得地豪气,拍着尹桂花的肩,说,谢什么谢,小事情嘛。

虽然微觉不妥,但尹桂花没躲,听凭他的手在肩头上滑下来,只是稍稍红了脸。好在王庆生拍拍她的肩就心满意足,并无进一步行动的想法。尹桂花笑笑也就过去了。领导嘛,对下属有时是要表现一下自己的平易近人。假如领导对你一点都不亲热,那就麻烦了。这点,尹桂花看得明白,所以她并不反感。拍一下就拍一下,自己也快四十岁的人了,未必还有好多油水给人揿喽。

尹桂花本来不显老的。要是打扮起来,也就三十四五岁的样子,颇有风韵。偏偏她总是穿得灰不溜秋,带着套袖,梳着齐耳短发,一副毛泽东时代的装束,乍一看似乎快四十岁了。行里的年轻同志就叫她尹师傅。听上去好像尹桂花是做裁缝的，但仔细一想，这称呼还蛮适合的——尹桂花又没有什么职务，跟尹股长之类的称呼绝缘；直称其名嘛又显得不礼貌；喊尹大姐吧，尹桂花一向显得卑微低调，没有大姐的神气。那么，尹师傅就是最贴切的，而且带有中性的意味，符合尹桂花的打扮和年龄。她刻意掩饰的娇小风姿，只在几个老同志眼中才会闪一下光。尹师傅就尹师傅，尹桂花慢慢习惯了这个称呼，觉得蛮好，蛮符合自己的形象。

尹师傅现在操心的其实就一件事：教育陈小兵。还账的事，因为一九九二年涨了次工资，三四百块一个月，一九九四年又大涨了一次，居然有七八百一个月，已经不成问题了。这个，尹师傅以前想都不敢想的。虽然在新房堂屋里贴的还是毛家爹爹的像，但尹师傅隐隐觉得邓小平可能做得更对。不然她房子也修不起，还账也没那么轻松了。倒是陈小兵的教育问题，她还得求助于毛家爹爹的神威。

陈小兵也不算调皮，就是读不进书。在乡下那几年，跟着外婆过，读不读书，老人管不了。乡里的学校环境又宽松得很，基本上没有哪个老师会期望教室里那一群野小子里面能蹦出个爱因斯坦，只要上课闹得不太出格就行。

他扎扎实实玩了几年。

进了城，问题就凸显出来——功课跟不上。考初中时成绩一塌糊涂。还是尹师傅费了好大的力，才把陈小兵弄到飞龙一中读高价书。尹师傅也没指望他能考什么清华北大，目标很实在，就是初中毕业后考上三湘金融学校。这个学校，是人民银行系统办的，县支行和中心支行的人，起码有一半是从这里出来的，所以被戏称为人民银行的黄埔军校。正式的中专线，打死陈小兵他也上不起。但人民银行有个优惠政策，每年都有几个委培指标下来。委陪的分数线要低上那么二三十分。这才让尹师傅看到了一线曙光。她每天就在陈小兵耳边唠叨这事。陈小兵脾气不算差，有点像尹师傅，柔顺。但天天唠叨，菩萨耳朵里也会起茧的。有次尹师傅坐在边上，碎讲碎讲，讲了起码有一个小时。陈小兵实在是烦，把书本往桌上一摔，说，你去考！

正好陈虎走了进来，见陈小兵对他老妈这个态度，冲过去就是一巴掌，结结实实的很响亮。尹师傅马上圆睁双眼，你打这么重干什么？你要打打在我身上好了。那态势，像是护崽的老母鸡。陈小兵在一边直掉眼泪。尹师傅摸着儿子的脸，眼泪也流了出来。陈小兵哭得更厉害了，尹师傅的泪水就更加止不住。两母子相对而泣。没想到一巴掌打出了这个结局,陈虎叹了口气,悄然退出。

其实这一巴掌再加上尹师傅的眼泪,还是有点效果,从此陈小兵每晚看书都要搞到十一点钟。至于看没看进去,那就是另一回事。至少他的姿态是摆出来了。尹师傅喜上眉梢,“红桃K”一盒盒地买回来,隔三岔五又用怀山炖鸡,说是给小兵补脑。惹得陈虎眼红,说结婚这么多年,尹师傅还没对他这么好过。瞪了他一眼,尹师傅嗔道,你一个大男人,还跟儿子比,丑不丑?陈虎就呵呵地笑,伸手去夹鸡腿,却被尹师傅抢先一着,把鸡腿转移到陈小兵碗里。

升学考试前夜,陈小兵过度紧张,竟然睡不着觉。尹师傅急得不得了,在一边说,你睡喽,什么都不要想。

陈小兵苦着脸说,脑袋里好多东西在蹿来蹿去,好像要爆了。

尹师傅一听,心都吓肿了。想来想去,咬咬牙,跑到对面熟识的诊所,开了几片安眠药。陈小兵吃了一片,无效。尹师傅就半片半片地给他加量。直吃到两片半,陈小兵才睡去。

这一觉就睡得沉。早上六点钟尹师傅就起来了,几次进了陈小兵的房间,看他睡得香,不忍喊醒,又折了回去,心想等他自然醒最好。到七点钟,陈小兵还不起来,尹师傅就有点急,推他起来。这推没什么效果,翻了个身陈小兵又继续睡。睡到七点十五,尹师傅就从屋后摇井里摇上半桶冷水,拧了把湿毛巾,去擦陈小兵的脸。擦了三四次,陈小兵才爬起来,一副很木的样子。到吃完早餐,他还是有点睁不开眼睛。尹师傅就后悔昨晚不该给他吃安眠药。但事已至此,把肠子悔断也是空的,只有要陈虎开摩托把陈小兵送到学校,自己又去煲汤,给他准备中餐。

考完了,问他怎么样,陈小兵眨着眼说,反正能做的都做了。再问,他就把嘴巴闭得铁紧。这次,全昭市地区只有两个指标,却有十几个人行子弟参加考试。尹师傅就去老庵堂上香,求菩萨保佑有一个指标落在她儿子头上。两个星期后,结果出来了,陈小兵排在第九名,离那两个指标隔得天远地远。尹师傅还想走关系,去争取一下。但听说前两名都是中支子弟后,她也就彻底打消了这个念头,只是终日愁眉不展。

愁眉不展的不止尹师傅一个,想去跑关系再争取一个指标的也大有人在。最后省里的确切答复是,昭市只有两个指标,其他分数低一点的子弟也可去读委陪，但不包分配。大家就想，反正都是人行子弟，现在说不包，到时上面总不会袖手不管的。尹师傅也是抱着这个心思，回去就问陈小兵愿不愿意读。陈小兵早就读疲了，实在不想再上高中受罪，马上点头。

三年时间过得飞快。陈小兵从长沙回来，腰杆子挺直了，人也变时髦了，动不动就说OK。只是OK说得再多也无助于找工作。当初全民解决的设想彻底错误。省里说解决两个硬就只解决两个，其他不带指标的一概不管。底下这些家长恨得痛，说，多解决两个又不会死人，要这么卡干什么。

牢骚发是发，问题还是要去面对。人民银行进不了，那就活动活动，看能不能往金融机构挤。金融机构，看起来有这么多，但工、农、中、建，都已自成体系，不像以前那样，什么都被人民银行管着。就算是龙向阳说话，也没过去那么灵了。农业发展银行，那是国家政策性银行，实行垂直管理，虽然表面上客客气气，实际上根本就不尿你人民银行这一壶。只有信用联社和城市信用社，因为是土八路，很多地方还得仰仗人民银行，所以还有点路子。

信用联社成立的时间要久一些，尹师傅倒认识几个人。这些人，平时很义气的样子，来人民银行办事总是到处发烟，大拍胸脯，一口一个有事就找他。等到尹师傅跑到联社去找人，他们的眼睛虽然没有生到天上去，但似乎总在看别处，总不和你的目光对接，说话的声音也拖长了。进人的事，他们说这得找一把手，一口就回绝得干干净净。至于一把手在哪里，也许是下乡检查，也许是上市里开会。受到这样的冷遇，尹师傅觉得气苦。但想想自己无职无权，年纪又大，显然没有提拔的希望。"宁得罪潦倒白头，不得罪穷愁少年"，你是没有希望的人了，别人还怕得罪了你？

每次从联社回来，尹师傅都要憋闷好几天。但每次都是把那口气咽在肚子里，磨掉，然后又去。为了儿子，尹师傅可是什么都愿意做的，自己的老面子，就顾不上了。跑得多了，联社的一把手霍中华也被她逮住了一回。霍主任很和蔼，但也很干脆，说要进来的人可以从他的办公室排到马路上去，不好办啊。说完还叹了口气，一副爱莫能助的样子。尹师傅是个心软之人，见领导这样，也就不好再缠下去，只好告退。

时间不等人，转眼陈小兵就毕业一年了。陈虎又不管这事。他在地税局混了这么多年，始终还是普通一兵，说话不管事的。陈虎倒无所谓，领着那些工资，天天骑了部摩托车在街上转，找人打牌。尹师傅有时说他两句，陈虎就吼道，我才不去求那些卵人呢！其声凛凛然，充满着骨气。有苦没处说，尹师傅就常常伏在办公桌上，似乎是在睡觉，又似乎是在想什么。大家看在眼里，也不好去安慰，只在背地里替她叹气。倒是王庆生劝过她两回，要她不要着急，慢慢来。尹师傅说，哪有不着急的喽。你屋里那两个都解决了，你当然不着急。

王庆生顿时被戗得做不得声。尹师傅其实也没有刻意要刺他，只是找不到人发牢骚，只好在王庆生面前抢白两句，让心里的气顺一点儿。这个王庆生也明白，所以最后他拍着尹师傅的肩膀说，你去找找龙行长，我也帮你说说。

这事其实早就该找龙向阳，但尹师傅不愿意。说起来还是陈年老账。刚入行，有那么一回，两个人单独相处，龙向阳的手脚很不老实。当时尹师傅涨红了脸，骂了一句，就逃离现场。这事过去十一二年了，尹师傅还记得清清楚楚。只是憋在心里，没跟什么人讲。龙向阳倒是一派大家风度，好像忘记了这事，遇见尹师傅，还能照常说笑，只是一直把她压在会计股。

本来呢，尹师傅就算是熬资格，至少也当上了会计股股长，但到现在还是普通一兵。尹师傅也不去计较这些，只是避免跟龙向阳单独打交道。别人谈论龙向阳什么，她也不插话，仿佛一开口，就泄露了什么。现在为了儿子的事，要她去求龙向阳，她心里也想去，但一站起来，脚就迈不开。所以王庆生的话说了有一个月，她还没行动。直到保卫股股长胡伟把他的儿子解决在城市信用社后，尹师傅这才坐不住了，逼着自己一步一步挪到龙向阳办公室。龙向阳正在和联社的两个人谈事，见到尹师傅，似乎知道她要说什么，把手一摆，说，我现在很忙，有什么事，你中午来吧，我今天中午加班。

尹师傅几乎是拖着步子下楼的。到了办公室，同事都问她龙行长怎么说，她回了一句，他在忙呢，然后就坐在桌前发呆。等到十一点，她好像惊醒了似的，请假先走了。十二点钟，陈虎回到家中，诧异中餐居然做得这么早，饭菜都整整齐齐摆在桌上，尹师傅还给他温了一壶酒。他问今天放假啊。

尹师傅淡淡一笑，然后喊陈小兵吃饭。菜做得不怎么样，不是咸了就是淡了，根本没体现出尹师傅的水平。陈小兵吃了几口就放了筷子。尹师傅突然拉下脸来，给你饭吃还扳翘？你以为你是个什么贵气公子？你是不是嫌我这个娘不能干，你要是嫌我你就另外找一个去。尹师傅很少这么骂人的，陈小兵被骂得眼泪都出来了，只有提起筷子，往口里一筷一筷地扒饭。陈虎在一边感到奇怪，不过他中午还有个牌局，也就没深究，急急忙忙吃完就走了。尹师傅看着他出去，一副很木然的样子。

三个月后，陈小兵正式在横桥信用社上班。虽然远了点，但总算进了编制。同事都恭喜尹师傅，要她请客。尹师傅也很高兴，说要请的、要请的。说了两句，她的声音就哽咽了。大家就都静下来，看着她。先是眼睛红了，然后尹师傅转过身去，伸手抹眼泪，却怎么也抹不干净。最后她伏在桌上，双肩一耸一耸的。会计股的人你看看我，我看看你，都搞不懂是怎么回事。最后是在会计股串门的李建华蹦出一句，尹师傅是高兴得哭呢，大家这才恍然大悟，纷纷说，是高兴得哭、高兴得哭。

编号:006

姓名:李建华

李建华给龙向阳开车,没少挨骂。有次李建华的一个战友是种子公司的普通干部,想搭顺风车去昭市。想着是老熟人了,车子又空得很,李建华也就没请示汇报,答应了。动身那天早上,龙向阳发现车上平空多了一个没级别的人,心头火起,当场就把李建华骂了个狗血淋头。他那战友坐不住了,连声说对不起,夹着包下来了。龙向阳也不去理会,只管训李建华,训得他脑袋栽栽的。从此连街上的狗都知道,要搭龙向阳的顺风车,得经他本人同意,跟司机讲是没用的。

虽然经常挨骂,但李建华总是显得很有态势。头发往后梳,总像抹了油,亮得很;走路昂着头,凸着肚子,迈八字步;还喜欢夹个包,包里不知道装了些什么。到外面去,有几次对方都是先跟他握手,把他当龙向阳了。在这事上,龙向阳倒有肚量,只当笑话看,没因此把李建华开销了。话说回来,李建华对龙向阳忠心耿耿,又是在编人员,龙向阳就算有想法,也不能随便就踹掉人家。

在人民银行当司机,又是正式工,除了跟大家一样领工资外,还有各种补助,在报销油费时也可以想点办法,待遇很不错。李建华经济上却很困难。这个大家都知道,李师傅既不是打牌输了,也不是在外面乱嫖嫖空了,他家里负担重哇。

老爹老娘都跟他住在一起。虽然还有三个兄弟,但都在农村里种田,境况不佳或者是假装境况不佳,李建华又是孝子,就独立承担了。那些兄弟不时进城里探望父母,背个南瓜或扯把青菜什么的。李建华除了供吃供喝外,还得负责打发路费，少了还不高兴。他又是个厚道人，不愿为两个钱伤兄弟和气。就吃准了他这点，他那三个兄弟来得勤，吃得爽，拿得心安理得。

自己这边顾了，那么老婆那边也要有所表示，逢年过节得拿个三百五百回去，不然也摆不平。老婆又是没工作的。当初他在部队里当兵，没得选择。如今有选择了，儿女都扯起几尺高了，难道还离婚不成？他老婆样子不错，年轻时是乡间美女。李建华一直怀疑他老婆趁他当兵的时候，跟村长有一腿。就因为这个，李建华对老婆没什么好声气，动不动就是一拳。好在儿女都长得像他，聊可自慰。

女儿倒罢了，对儿子，李建华可看得重。本来女儿比儿子大三岁，初中时成绩还可以。当年考金融学校，委陪指标宽松，李建华却拦住她不准考。因为人民银行有不成文的规定，职工子女，只能解决一个，李建华想把这机会留给儿子。没想到三年后，三湘金融学校已不包分配。女儿上了高中，就显露出一般女学生的通病，读书没后劲，成绩一路下滑，大学没考上，在湘华学校复读，经常怨李建华当初不给她机会。儿子呢，更加不是读书种子，一个三湘金融学校差点没毕业。李建华对女儿有愧，对儿子又不肯说重话，只有不做声，喝闷酒，出学费的时候大把往外掏钱。

有这几个出钱的口子，他工资虽然不低，但口袋也容易见底。没办法，只好发展农牧经济，任他老婆在煤棚里放了个鸡笼，养了十来只鸡。这个倒也罢了，李夫人致富心切，还在屋里后面阳台上养了口猪，搞得臭气熏天。李建华跟他父母都是农村出来的，习惯了，儿子女儿却意见天大，甚至觉得丢脸，谁都不肯带同学来家里。知道他们这种心思，李建华就骂，有什么好怕丑的？哪个没吃过猪肉？吃得落未必看不落？有本事你们就不要吃肉。

没想到姐弟俩一赌气就真的不吃肉了。开始还以为就两三天的事，没想到他们一坚持就是个把月，脸颊都变得瘦削起来。李建华这才引起重视，开了个家庭会议。最后的协商结果是把鸡笼转移到阳台上，把猪关到底下煤棚里去。煤棚设在靠院子后墙处，离宿舍楼还有一段距离。小偷进人行大院，往往从后墙爬入。自从把猪转移到楼下去了后，李夫人每夜要醒来好几次，总担心哪个贼把她的猪扛走了。儿子女儿也很不满意，因为每到零晨五点多，那些该杀的鸡就扯着脖子叫了起来，害得他们没睡一个好觉。李建华倒是鼾声如雷，房子倒了也惊不醒他。这样过了半个月，家庭会议又再次召开。结果是把猪给卖了，鸡笼回归到原来的地盘。这下大家都满意，只是李夫人心疼那只猪没卖个好价钱,念叨了好几天。

家里太平了几天后,隔壁的胡均进了城市信用社,李建华的儿子就开始在家里摔东西,怨李建华没本事。别人老爸给领导开车,什么都能解决。自己老爸开了十多年车,什么都没得到,真的是开冤枉车。李建华无言以对。他自问没胡伟那大的量,敢于以罢工来抗争。又拉不下面子,死皮赖脸地去缠龙向阳。这事就提过一回。龙向阳说,慢慢来。

信了他这句话,李建华就耐心等。别人见李建华这么老实,忍不住提醒他,说,李师傅这样的事,要靠自己争取。你不去磨,领导事情多,哪还把你这事放在心上?

李建华说,龙行长是不会忘记的。见他这么说了,别人也就只好把嘴巴闭上。

讲这话,李建华是出自真心,他自己讲话算话,也相信龙行长不会敷衍他。所以别人在一边替他着急,他自己倒很踏实。等到尹桂花的儿子也解决了以后,李建华一家人都坐不住了,都催他快点跟龙向阳说。李建华很放心地说,这个不用说,快轮到我了。

见他这么肯定,家里人也就稍稍放下心来,专心静待好消息。这一静待又是半年多,不要说有什么好消息,龙向阳连个屁都没放过。李建华心里像是被堵住了,越来越不痛快。他真是不相信龙向阳会忘了他。有次开车的时候,终于忍不住嘀咕了一句,尹桂花怎么就解决了?

龙向阳哪会不明白他的心思,就说了句,她是靠自己。像是被狠狠刺了一下,李建华半天做不得声,眼睛盯着前方的路,似乎有点湿润。在心里他痛骂自己没用,却一点也没想到要去怨恨龙向阳。他相信龙行长没能替他解决,是有苦衷的。这样想着,他的心里又变得踏实,收敛住胡思乱想,稳稳地握住方向盘。

接下来的日子,几乎每天都有人对他说,龙行长要不得。你把他当爹在服侍,他就是不替你考虑一下。

李建华要么不做声,要么就说,他还是替我想的,但他有他的难处。

见他如此,别人就在背后说他心太实,被龙向阳耍了还不知道。但没有一个人忍心说他蠢,大家只是说,李师傅太忠了。

这样的话说多了,风声就渐渐传到龙向阳耳朵里。龙向阳也确实有他的苦衷——他有两个侄子一个外甥女就快毕业了,全部等着他安排。城市信用社和农村信用社进的人又太多,名额毕竟有限,用掉一个少一个。李建华,那就只有先委屈他一下了。虽说如此,龙向阳到底心里过意不去,开了个党组会议,把他安排到保卫股,有事就出车,没事就值班,领两份工资。李建华被这么一抚慰,心里彻底舒坦,逢人就说,龙行长还是很照顾我的。

时间像是长着两条腿在飞走,转眼又是一年。龙向阳把侄子外甥女全塞进信用社后,就对李建华说,你的事到年底解决。

得了这句话,李建华就买了酒在保卫股请人喝。胡伟对他说,李师傅,这种事要到人真的进去了才算数。

李建华满面红光,晃着头说,龙行长说过的,没问题。来来,干杯。胡伟就只好跟他干杯。坐在家里,李建华也时不时看着他儿子,胖脸上浮现微笑,说,不要急,到年底就解决了。

起初听到这话,他儿子也很高兴,脸上跑出笑容来呼应。听得多了,就没感觉了,有时还嘀咕一句,谁知道是不是真的?

李建华马上坚决否定了儿子的想法,你龙伯伯讲的话,还有假?过了一会,他又自言自语地说,不会有假。

还没到年底,龙向阳驿马星动,奉命到市里组建商业银行。照例是李建华开车送他。在车上龙向阳当着其他人的面说,城市信用社那边,我昨天给你打了招呼。你放心,就算我到了昭市,说话也还是有人听。

李建华咧开嘴一笑,说,那当然。

坐在边上的黄建国说,等龙行长当了商业银行行长后,干脆把李师傅的儿子搞到市里去算了。

龙向阳说,我要有那个命就好了。

龙向阳倒没说错,他没那个命。城市信用社的领导正准备把关怀的目光投向李建华的儿子时,龙向阳就出事了。领导总是很现实的,立刻就把温暖送给了别人。在家里足足生了几天闷气,以后看到城市信用社的人,李建华就把脸扭过去。别人劝他,关系不要搞僵了,说不定以后还有机会?

李建华就说,我再也不想看到那些鸟人。说话不算话,眼睛长到天上去了。我要是再跟这些杂毛打交道,我就是只猪。骂过城市信用社的领导后,李建华又骂检察院的人。整龙行长干什么喽?他是正经做事的人,一天到晚都没停过,未必比你们这些吃闲饭的人贡献做少了?李建华骂起人来指天戳地,只是骂的对象并不在场,所以再怎么慷慨激昂也没有效果。

龙向阳被关在邻县审讯,李建华开车去看他。龙向阳是个不倒架子的人,绝不露愁苦之色,见了李建华,很爽利地一笑,问,老李,你儿子的事怎么样了?

李建华立刻声音哽咽,只是点头说,还好,还好。

过了春节,李建华的儿子跟家里大吵一架后,偷了李建华两千块钱,到广州那边闯世界去了。女儿在考了两次后,依然无精打采地继续搞复读。李建华说她两句,她就冷着脸说,别人还考过八次呢。然后眼睛一红,把筷子一甩,剩下的大半碗饭都不吃了,走进房去,把门关了。很想打她一顿饱的,但当听到里面传出的哭声时,李建华就叹了口气,觉得自己是对不起女儿。人是有个命管着的,就当自己命不好吧。捧起个碗,李建华强忍住心酸,大口地扒饭。他明白一个道理,做人,就要先把饭吃饱。一家人能有口饭吃,总算老天爷待他们不薄。

龙向阳被保释出来后,找李建华借过钱。李建华二话没说,给了他一千块。龙向阳很感动——过去他那样尽心扶植的人,也没这个经常被他臭骂的司机念旧。拍着他的肩膀,龙向阳说,老李,等我翻身那一天,不会忘记你的,然后就匆匆走了。

李建华相信老龙会翻身,尽管其他人都不信。直到龙向阳杳无消息,李建华心里还是存有一点希望。他希望有一天,龙向阳把一切都扳回来,然后就会想起他。到那时候,他一定先把女儿的事解决。有天在街上碰见龙向阳以前的心腹、现任建行行长潘俊,李建华热切地向他打听龙向阳的近况。潘俊淡淡地说了句,我哪晓得?就踱着方步走开了。盯着他的背影,李建华想骂娘又骂不出,往地上重重地吐了一口痰。

编号:007

姓名:潘　俊

潘俊二十岁出头,就留起小胡子,头发往后梳。他个子不高,在一米六左右——穿上厚底鞋一米六有余,脱下量则略有不足。照相的时候,腰杆和胸脯总是很挺。据说在金融学校读书的时候,就是因为个子矮,惨遭心上人拒绝,所以对此格外敏感。刚进行,潘俊在发行股做管库员,农行的人来出库,开玩笑说他鞋底太厚,干脆踩双高跷来上班好了。当时潘俊就拉下脸,背过身去不理别人。以后农行来出库,他总是磨磨蹭蹭,积极性不高。有几次农行明明先来,却被他搞到后面才出成。见小伙子很厉害,农行的同志只好替他介绍了个女孩子。潘俊脸上这才有了点笑容,办事时手脚也变得麻利了。

女孩子姓佘,也是农行的,样子一般,但因为单位不错,所以在小县城里属于抢手货——追她的人没有一个排,也有一个班。小佘妹子自己单位好,想找个单位更好的,条件差一点的,看不上。潘俊碰巧是人民银行,待遇在农行之上,再加上人也长得精干,所以佘妹子对他高看一眼。但凡潘俊有约,十次有九次她会出来。只是潘俊矮了点,她心里不太欢喜。有次她问,你到底有多高。

刚好那天潘俊穿了双新皮鞋,订做的,底子很厚,遂挺着胸,响亮地回答,一米六五。

小佘妹子自己一米五六,听到这个一米六五,觉得也过得去了,心里就拿定了主意,陆陆续续把其他的追求者辞退了。只是潘俊这个伪造的一米六五,能让动了心的佘妹子相信,却瞒不过佘家老夫妇的火眼金睛。佘老夫妇个子都不高，却都想找个一米七五以上的女婿，好把自家的门面撑起来。潘俊明显差距太大，连入围的资格都没有。所以当听说佘妹子要选他，都直摇脑袋。

这脑袋摇得太厉害了，反而激起了佘妹子的逆反心理。你们不让谈，我偏偏要跟他在一起。不过心里是这么想，嘴巴上她还是要试探一下潘俊的。佘妹子说，我家里不同意，说你太矮了。

潘俊目光灼灼地瞪着佘妹子，那你呢？

佘妹子低下头，说，我从小到大都是听家里的。

心脏被重重地敲打了一下，潘俊想说什么，却说不出，最后迸出一句，祝你幸福，转身就要走。

佘妹子却拉住了他的手，说，不要讲得这么绝。

潘俊冷笑道，那有什么办法，我又不能变高。

佘妹子轻轻地说，我又不嫌你矮。

潘俊顿时两眼放光，握紧了佘妹子的手，真的？

佘妹子抿嘴一笑。

这次约会，潘俊尝到了初吻的滋味，顿时觉得人生充满希望，生活多么美好，第二天在办公室吹了一上午的口哨。下午农行的人来出库，他把给他做介绍的老姚拉到一边讲了会悄悄话。老姚跟佘妹子的爸爸是老战友，为人最是爽直，听潘俊把情况一讲，立刻答应找个机会去劝劝老战友。潘俊又打听到尹桂花跟小佘的妈妈很熟，便郑重其事地找她谈了谈，要尹师傅帮帮忙。也是潘俊运气好，那天下班后尹桂花在路上碰见了佘母。正在想着如何开口，佘母居然主动向她打听起潘俊来。尹桂花顺风扯旗，趁势打锣，说，那伢子，又能干，又不到外面乱和，是个当行长的料。

最后这一句明显打动了佘母，但她嘴巴上却不肯投降，说，小潘就是矮了点。

矮的人聪明。邓小平个头也不高，当了伟人。你是选女婿，又不是找做苦工的，要那么高干什么。

佘母一笑，又叹了口气。尹桂花见她心里活动了，便不再劝，怕她疑心自己是受了托，在当说客。两人又扯了会家常，这才分手。

潘俊进行外围攻坚战，佘妹子在内部也配合得不错。佘父替她介绍了运管所一个伢子，猛高猛大，佘妹子需要仰视才能瞻仰到他的全貌。其实这人到底长得什么样，佘妹子也没看清，因为她根本不愿去看，一点都不给她老爸面子。等客人走了后，佘父拉下脸，训斥她对人不尊重，一点礼貌都没有。佘妹子说，那你也不尊重我，总是在强迫我，不管我同不同意。

她快嘴快舌，佘父还说不过她，心头堵得很，重重一掌拍在桌上，把个茶杯震翻了。佘妹子马上就哭起来。女儿的眼泪威力无比，佘父有火也发不出了，只坐在那生闷气。佘母过来打圆场，说，二妹子看不上，就算了。

佘父降服不了女儿，就把怒火全转移到潘俊身上，越想越觉得这个小子可恶。老姚特意拣了个日子来做说客，他却把潘俊大骂了一通。好在他们说话随便惯了，不伤感情。火发完了，就一起喝了通酒。老姚看着他，说，现在的年轻人，主见大，你还管那么多，由他们去吧。

佘父重重地叹了口气。

老姚是很实在的，过了两天来出库，把这些情况一五一十地告诉了潘俊。潘俊顿感形势艰难，眉头就蹙了起来。老姚拍拍他的肩，说，不要灰心。有些问题，你可以找领导帮帮忙。

潘俊踌躇道，这不太好吧。

老姚呵呵笑道，组织的威力，比你一个人要大。

这天晚上，潘俊在床上翻来覆去，老睡不着。这种事找领导，他还从来没想过。但老同志的话，听来似乎很有道理。然而真的要去找，又有些怕丑。想来想去，他想得脑壳疼，干脆坐起来抽烟。一抽烟人就亢奋，搞到两点多才睡去。结果第二天气色晦暗，早上去上班的时候，神志还不太清醒，走起路来都有些摇摇晃晃，在内大门碰到龙向阳，也没喊。龙向阳比较诧异，多看了潘俊两眼，问，小潘，昨晚没睡好啊？

潘俊抬头看了龙向阳一眼，这才清醒过来，忙布出笑容来，说，是啊，睡不落。然后又说，龙行长，有个问题想请教你。

龙向阳侧头看他，很有兴趣的样子。潘俊说，人要是失恋，该怎么办？

龙向阳笑道，人民银行的人，还会失恋？

潘俊苦着脸说，是真的。我在追农行一个妹子，他家里不同意。

是哪个喽？

她姓佘，她爸爸是搞保卫的。

是老佘啊，我晓得。你尽管去追，人民银行的人，哪会追不到农行的妹子。

龙行长,有你这句话,我就很有信心了。

潘俊这一说,龙向阳还真记住了此事。几天后他跟农行行长周进喜在一起喝酒,喝得二醉二醉的时候就对周说,你们农行的人看不起我们人民银行啊。

周进喜吓了一跳,说,你为何这样讲喽?

我们行里的小潘,追你们营业部那个小佘。小佘是很情愿,老佘却不同意。小潘是我们行里的业务骨干,未必还配你们农行的妹子不上?

周进喜一听,松了口气,说,还有这事?看来我要批评一下老佘才行。

龙向阳说,好,就敬了周进喜一杯酒。

周进喜疑心潘俊是龙向阳的什么人,遂暗暗地记在心里。第二天他就找人打听了一下情况。傍晚在操坪上散步时,碰见老佘,周进喜就把他喊住,问,老佘啊,听说你妹子找到男朋友了。

老佘堆起一脸笑,说,还没有呢。

这个事你还瞒得住?小潘这个人,很不错,龙行长很看得起他,昨天喝酒的时候还跟我论起这事。老佘啊,看人看事要看远一点,不要停留在表面现象上。

老佘一声不吭,只是点头。周进喜说完就踱着方步走开了,留下老佘站在那里思量了好一阵。

很快就是端午节了。飞龙县有端午女婿上门的习俗,谓之送节。如果还只是处于朋友阶段,在这一天女方的家长要是允许小伙子上门,那关系基本就算定下来了。潘俊见小佘家里还没有松口的迹象,心里躁得很,却又不好逼佘妹子。佘妹子呢,更急。她在家里也不闹,只是冷着张脸,不跟她爸爸搭话。佘母找她谈心,她说,我就是喜欢潘俊。晚上共一个枕头的时候,佘母就对她男人说,我听说小潘人不错,单位又好,二妹子硬是喜欢他,你就随他们吧。

老佘又想起领导的那番话,沉默了半晌,说,后天就是端午了,你安排一下吧。

潘俊得知允许他上门,大喜,走起路来都是脚底生风。打听到未来的岳父大人是个烟酒爱好者,遂咬咬牙,花掉一个月工资,买了两瓶"五粮液",一条"红塔山"。又听说岳母大人爱做衣服,便要小佘去扯了几尺上好的呢子布。端午节那天,单位下午放假,潘俊恨不得马上提着东西蹿过去。但因为和小佘商量好了是四点上门，因此只好把自己关在宿舍，走来走去。想抽烟，却又不敢，反而又去刷了一遍牙，力求使牙齿白一点，不能让岳母娘看出自己年纪轻轻抽烟就抽得厉害。几次看闹钟，发现时间真是慢得出奇。只好打开录音机，放邓丽君的歌听，心里才好过了一点。但声音又不敢放大，生怕闹钟到时响起来，听不到。其实闹钟就摆在录音机一侧。邓丽君在那里唱《路边的野花不要采》。潘俊苦笑了一下，心想，现在的花都在家里供着养着，看守得严得很，哪里有野花给你采。这般想着，闹铃突地锐叫起来，潘俊心里跳了一下。又对镜子看了看，深吸一口气，提着东西，挺胸出门而去。

上门的气氛还不错。佘母生怕老佘怠慢了潘俊，拿出十二分的热情，尽量把潘俊的目光吸引到她那边来。老佘呢，也不知是高兴还是另外怀着复杂的感情，一个劲地喝酒。潘俊拿出陪领导的功夫，左一杯又一杯地奉陪。他喝酒的潜力很大，喝了半天，脸上居然不动声色，渐渐地让老佘刮目相看。喝到后面老佘的舌头就有点大了，居然迸出了一句，小潘啊，对不起啊。

此话骇得潘俊不知道怎么回答，只好摆出一脸惶恐之色。佘母在一边嗔怪道，都快是一家人了，还说这样的话。

佘妹子马上脸绯红，低下头去，表现出淑女应有的风范。没想到二老转弯转得这么快，潘俊有点飘起来了，同时也顿生鄙夷之心。这顿饭吃到七点半。老佘醉倒在沙发上。潘俊走起路来也有踩在棉花上的感觉。佘母要留他过夜，佘妹子却说，他今晚上还要加班呢。

潘俊一愣，马上醒悟到佘妹子怕丑，自己第一次上门就在人家屋里睡觉，传出去总是不好，忙笑着说，对，我还要加班。

见他如此，佘母只好打发了一袋回礼。潘俊怎么推也推不掉，只好由佘妹子拎着。两个人走到大门口。这晚的月光润泽，照着人脸格外好看。潘俊一手接过袋子，一手去摸佘妹子的脸。佘妹子把头一偏，嗔道，别发酒疯，有人会来的。

潘俊说，怕什么，又去摸。佘妹子一跺脚，转身就走了。看着她的背影，潘俊十分得意，呆笑了一阵，才喊住一辆“慢慢游”，钻了进去。

事后潘俊进行了总结，导致成功的因素主要有两点：一是领导说了话；二是自己研究了岳父、岳母的情况，投其所好。而最主要的是领导过问了此事。看来在单位里，领导的权威不仅体现在工作上，还渗透到每个人的私事，了不得。潘俊十分感激龙向阳，并以此为由头，提了点东西跑到他家里。

龙向阳最欢喜别人提东西来看他——倒不是贪图那点东西，而主要是体现了别人对他的臣服。见小潘很通味，龙向阳勉励了他一番，争取早点到二楼三楼的股室来做。潘俊一个劲地点头，临了表示一定要跟着龙行长好好干。

以后潘俊的主要心思就花在如何让领导满意上面。他琢磨过了，要让人高兴，投其所好是最好的办法。岳父、岳母是如此，领导也不例外。虽说领导总是站得高，看得远，一贯正确，但领导也是人嘛，总有七情六欲的。而飞龙支行的领导其实只有一个，那就是龙向阳。其他的，都跟他潘俊一样，是供龙行长指挥的。看清这一点非常重要，可以少做许多无用功。龙向阳爱打麻将，潘俊开始是陪在那里看。龙向阳有时候烟抽完了，或者想嚼槟榔了，潘俊就会飞跑去买。要是有人去上厕所，潘俊就会帮忙挑一下土。跟龙向阳打麻将的都是高手，潘俊揣摩他们组牌出牌的章法，渐渐也就有了心得，出手往往不凡。麻将鬼总是爱麻将鬼的，潘俊的表现让牌桌上的科级干部股级干部们感到满意，一致认为他是个不错的后备人选。

潘俊整天趋奉领导，自己的岗位却撂在一边，难免有同志会有想法，有人还当面说了他两句。潘俊深感委屈，向龙向阳诉了一回苦。龙向阳也没说什么，只是点点头，嗯了两声。到了下个月，潘俊就被调到办公室。潘俊再一次感受到龙向阳的英明，决心跟随领导干到底。他在办公室主要是搞后勤，有时候也写写材料。搞后勤，也有个重心所在。到底是为人民群众服务呢，还是为领导服务。潘俊认为主要是为领导服务。为什么？人民群众对他的升迁不起半点作用。只要领导赏识，人民群众就算有点意见也无所谓。要是没有领导关照，他潘俊现在只怕还在一楼守库房，做一头年轻的黄牛，然后再慢慢变成老黄牛。想清这一点，潘俊冷笑了一声，觉得那些对他提意见的人民群众很愚昧。提什么提，意见再大也没卵用。

潘俊在办公室工作了两年。两年里面，龙向阳办公室的卫生都是他全包。龙向阳烟抽得太凶，爱吐痰。一天下来，痰盂里面一片浊绿，让人看了想呕。潘俊第一次替龙向阳倒痰盂，确实是吐了出来，但后来就习惯了。每天早上，龙向阳都能看到痰盂里是一钵清水。其他事倒也罢了，这件事就让龙向阳感动。他说，小潘很关心我啊。

潘俊就谦虚地笑，说，这是我应该做的。

两年以后，飞龙支行从经管股分离出一个稽核股，龙向阳就优先考虑了潘俊，让他以副股长身份主持工作。大家就说潘俊这个股长是倒痰盂倒出来的,私下里给他起了个绰号,叫潘痰盂。不过潘俊自己倒从不知道自己有这个绰号,或者是假装不知道。

二十六岁就当了副股长,在飞龙支行算是首例。潘俊踌躇满志,开始履行当初向小佘许下的诺言:当了副股长就结婚。稽核股颇有权势,对县里的一切大小金融机构都能卡得到。潘俊给这些金融机构的对口股室都打了电话,要求派车,这也是首开先例的事。情况反馈到行里,一般干部都议论纷纷。尤其是一楼发行、保卫和会计这些下层建筑的人们,简直是义愤填膺。到结婚那天,有八辆车出动为潘俊迎亲。喝酒的时候,商业银行管业务的副行长都来了,城市信用社和农村信用社则是正副主任一起出动。大家看在眼里,正义的愤怒顿时消失,有人发出悠长的感叹,说潘俊有两下子,是个狠人。所有的这些话,自有人跟潘俊报告,他只是笑了笑,心里对所谓民意的鄙夷更加深了。

结了婚后,潘俊就很少去岳父家了。他其实忘不了当初所受的窘迫,尤其忘不了岳父、岳母嫌他矮。有什么事要帮忙,他也会动,但态度总是不冷不热。他越是这样,岳父、岳母就越是把他看得贵重。以前是潘俊讨好他们,现在倒过来了,岳父、岳母的行事中都透出一股看他眼色的味道。开始潘俊还有点不习惯,到后来就心安理得。他琢磨过了,岳父、岳母都属于小民,本质上跟飞龙支行那些普通职工是一样的。小民就是对权势没有平常心:权势离他们远一点的时候,他们就骂娘,骂那些当官的;一旦靠近,他们就低着头,弓着腰,只看哪个尾巴摇得快一些。偶尔有一两个真有傲骨的,不用领导动手,这些小民自己就会看不惯,一拥而上把他们给收拾了。所以说嘛,对上要多点头,对下要板起脸,这是很符合人的心态的。你要是做反了,不但领导不喜欢,就连那些小民也会认为你是在发神经。

潘俊是飞龙支行最早一个从三湘金融学校毕业出来的,科班出身,底子打得扎实,再加上脑袋灵活,业务上一点就通。稽核股的工作,他是提得起放得下,过了一年,就被扶了正。做了股长后,潘俊架势愈加不同,跟闲杂人等说话,都是用鼻子在哼。这闲杂人等,甚至包括他的父母兄弟。

潘俊父母住在城边南离街,那里是个贫民窟,以前叫烂泥街。对于自己是在贫民窟长大这一点,潘俊讳莫如深。要是有人敢提上一提,他会恨之入骨。他父亲来单位看他,不管春夏秋冬,总是穿一双长筒雨靴,见人就笑,露出满嘴黄板牙。潘俊拿着他烦死,每次都是打发点钱,只求他快走,连饭都不留。他父亲似乎也不在意,只要有钱就行了。他母亲倒不要钱,只是想儿子,来看看。潘俊也不领情,总是不耐烦地说,你又来做什么喽?他母亲就怯怯地笑。

不过这种态度,只允许潘俊自己表露。佘妹子要是流露出半点不高兴,潘俊就会大发雷霆,说佘妹子嫌他屋里是城边上的,看不起他家的人,骂得佘妹子眼泪汪汪。有时佘妹子气不过,说,你看你对你那些哥哥姐姐,眼睛看都不看别人的,还好意思讲我。

潘俊却皱起眉头说,有些事你是不晓得的。你这种在单位里长大的人,哪里受过我吃的苦喽。

佘妹子想着潘俊小时候可能受了很多欺负,再想想南离街那种地方,到现在都是一下雨就半尺泥,木板屋又最爱进水,确实不是人住的地方,就禁不住可怜自己的丈夫。

佘妹子对潘俊,一开始有点居高临下的味道。只是慢慢的潘俊就不服管,工资往往只上缴一半。结果每到月初发工资,两个人都要吵一架。潘俊理由很充足,要陪领导打麻将,钱少了不行。佘妹子说,你少打点行不行。

潘俊就冷笑,说你们女人就是头发长见识短,看问题看不长远。

佘妹子说,我也不想你当什么大官,当了个股长,安分过日子就要得了。

潘俊看着他老婆,表情像是在听天方夜谭,根本不屑与之交谈。佘妹子嘴巴虽是这么说,心里还是希望潘俊能往上爬的。她原来是坐柜台的,后来能到上面坐办公室,显然不是因为自己能力出众。这一点,佘妹子心里亮堂得很,所以对潘俊骂是骂,服侍得还是很周到,有时候甚至是一边骂一边给他端洗脚水。潘俊倒觉得老婆这一手很有政治智慧,值得学习。

龙向阳修房子的时候,正好是佘妹子怀孕。潘俊把老婆打发回了娘家,一门心思抓基建。他这个基建抓得有点名不正言不顺,因为不是公家在起房子。不过那种认真负责的态度,值得全行同志学习。他是白天晚上都泡在工地,跑材料,监督施工,守夜,样样亲力亲为。半年多下来,他抓出了一个样板工程,搞得其他单位的领导都来参观龙向阳的私邸,说是取经,让龙向阳面子上大大有光,要在行里的大账上给潘俊开加班工资。这一次潘俊倒表现得很正直,坚持不要。行里的职工本来对他意见不小,但看到他居然有钱不拿,都觉得意外,舆论也就开始转向。有人还当面称赞潘俊。听在耳里,潘俊只是微笑，并不做声。在龙向阳面前，他也丝毫不居功，甚至像忘了这件事，只是愈发谦恭。见他如此，龙向阳也就再也不提这事，好像忘记了潘俊的一番辛苦。

过了两年，人民银行开始设总稽核，潘俊理所当然就坐了这个位置，其他人连跟他争一把的念头都没有。人的运气来了，门板都挡不住的。又过一年，飞龙县要设建行，龙向阳在县委、县政府领导面前力荐潘俊去承头，甚至还拍了胸脯。领导们考虑到龙向阳是飞龙县金融界的教父，此事若无他的支持，也办不好，就拍了板。就这样，潘俊成了金融界的一方诸侯，时年三十四岁。

潘俊当上行长，第一件事就是把办公大楼和职工宿舍修起来，然后彻底地搬出人行。此后除了过年过节到龙向阳家里走一趟外，就很少回来过。但大家还是很关心潘同志，总是尖起耳朵聆听关于他的点点滴滴。都是一个系统的，有什么动静风一吹就过来了。大家都知道，建行的人背地里都叫他小龙向阳。这个外号，潘俊也有所耳闻。有一次他在职工大会上发火说，龙行长只有一个，我潘俊也只有一个。底下的职工都把嘴巴闭得铁紧，生怕潘行长知道自己曾叫过这个外号，然后就像龙向阳那样开始整人。此事传出后，人行的同志就笑建行的人，说，你们想要潘俊高兴，也去替他倒两年痰盂。这话被一个刚分配来的年轻小伙子听到了，真的替潘俊倒了两年痰盂，然后就当上了办公室主任。

就是这个主任，替潘俊介绍了一个嫩妹子做情人。潘俊开始还遮遮掩掩，后来就干脆在外面替她买了个房子，算做是自己的行宫。佘妹子听到风声后，跟他大闹了几回。潘俊只是冷笑，然后当晚就不回来。没办法，佘妹子只有使出压箱底的招数，以离婚相要挟。没想到潘俊头也不抬，边吸烟边说，你要好多钱？气得佘妹子哭都哭不出，跑回娘家求援。她父母却倒过来劝她，说当了官的男人都是这样，忍一忍算了。佘妹子想想自己已是佘阿姨了，再过几年就要变成佘大娘，也就泄了劲。

潘俊其实没打算真跟佘妹子离婚，只要她管好孩子，做好家务，正宫娘娘的位置是不会动她的。佘妹子渐渐明白了这一点，忍气吞声之余，对孩子的管束愈发严厉，饭菜似乎也做得愈加可口。外面那位自然想过扶正，但一提这事，潘俊的脸就冷了下来，她便知道此事无望，只有日日沉迷于麻将，以排遣心中的苦楚和无聊。就这样，潘俊成了“屋里红旗不倒，屋外彩旗飘飘”的先进典型，连龙向阳都当面表扬他驭妻有术，并感叹自己的老婆难以摆平。潘俊微微一笑，泰然受之。

龙向阳出事后，潘俊有没有去看过？

据孙建设考证，没有。但他一向对潘俊看不顺眼，所以此说也难以全信，只能存疑。

编号:008

姓名:孙建设

孙建设脸相粗豪,喜欢横着眼睛看人;一脸络腮胡子,硬扎得很。单位上的小孩子看到他就飞跑,生怕他用胡子来扎人。只有孙建设自己的小孩孙悟空一点都不怯火,经常笑嘻嘻地说,孙建设,快点来给我擦屁股。孙悟空已经五岁了,鬼精鬼灵,上厕所从不带卫生纸,出来后总是山长水远地找他爸给他擦。为这个,挨了孙建设多少回骂,但他总是不改,仿佛这是一种什么特权,非要牢牢把握在手。何况孙建设虽然对他凶,但从来就舍不得打他。有次孙建设的老婆侯莉气不过,把小孙按在条凳上狠狠抽了两下。孙建设在一边看到了,瞪着一双铜铃眼说,你要打就打自己,不要打我的崽。仿佛孙悟空不是侯莉的崽一样。

还有一次,孙建设带着孙悟空、侯莉去走亲戚。下楼的时候孙悟空硬要侯莉抱。没办法,侯莉抱在怀里,却顾不了脚下,摔了一跤狠的,孙悟空也滚在地上。孙建设马上抢前把孙悟空抱起来,看看没受伤,才落了心,口里恨恨地骂侯莉走路不长眼睛,要是把个崽摔死了何得了。

见孙建设问都不问她一下摔伤了没有,侯莉不禁气苦。她是临时工,家里经济上基本靠孙建设在撑着,所以也不敢发脾气,只有强忍住眼泪,背后找王庆生的老婆诉苦,说孙建设把个崽看得比天还重,自己却什么都不是。王夫人只好安慰他,说男人都是这样,生个崽,当个宝,自己的老婆,却看得一文不值。还说孙建设脾气虽然臭一点,但不到外面乱惹女人。有这一条,比什么都强。侯莉这才意识到自己原来是幸福的。

其实孙悟空不是孙建设亲生的,而是抱养来的。孙建设小时候发高烧,家里穷,无钱医治,把睾丸烧坏了。虽然做起爱来还是生龙活虎,但不能生育。他脾气臭,估计跟这一点不无关系。这事摊到谁身上,谁都会心里堵得慌。大家都能理解,连龙向阳也让他三分。但这一让,等于是害了他。孙建设越发骄横起来。他当会计股长,手下只有埋头做事的份儿。谁要是有点不同意见,必被他骂个狗血淋头。后来提稽核长,龙向阳之所以选了年纪小的江平,有一重要原因就是怕孙建设桀骜不驯,级别上去了,难以驾御。

不消说,孙建设意见天大,对一把手的命令开始拒不执行,甚至公开骂龙向阳的娘。外单位的头头知道了,喝酒的时候当面奚落龙向阳。龙向阳干脆一不做二不休,借口孙建设年纪大了,把他下掉,放到保卫股去养老。就这样,孙建设四十岁不到,仕途就彻底玩完。他做出一副不在意的样子,说保卫股好啊,又不要做什么事,票票又领得多,比当会计股长好多了。一个屁大的股长,要操好多心,到头来还要被别人一脚踢下来,不所抵啊。旁人都点头称是。连接他手的陈卫东也表示无比羡慕老孙,仿佛当个股长是吃了天大的亏。

初到保卫股,孙建设还有点放不下股长架子,事事要自己拿主意,搞得胡伟很有意见。但他脑袋确实活,能想出好点子。有时胡伟又不得不采纳他的点子。再加上他能喝酒,性格也是直来直去,跟这些当兵回来的好汉套得起。日子长了,好汉们也就认可了他,老孙老孙的喊得很亲热。孙建设本来有望当个行级领导,没想到半途中箭落马,心中苦闷自不待言。混迹于保卫股之中,颇有朝廷要员落魄于草莽的味道,常常需要借酒浇愁。喝酒这事,一要有个好身体,背得起,二要肯喝。越喝得多,酒量就越容易上去。孙建设到保卫股以后,发狠醉过几次,酒量竟比当会计股长时还要大。

中支保卫科的两个科长都是酒中豪客,下来检查,按摩可以不搞,但酒一定要喝得痛快。龙向阳是喝酒把胃喝坏了的,轻易不动杯。尤其是提了副处级后,更加矜持,等闲一两个科级副科级,他只是略略表示而已。王庆生倒肯喝,只是量不大,发挥好的时候,三两酒也就顶天了,根本就不能满足职业酒徒的期待。江平则是根本不能喝,勉强喝一杯,那样子像是喝了什么毒药。于是重任就落在胡伟身上。胡伟虽然也是酒徒,但一挑二的活计,毕竟吃亏,死活也要把孙建设拉上。

孙建设虽然是普通一兵了,但到底当过多年的股长,两位科长跟他喝,也不觉得掉价,还一口一个孙股长地喊。龙向阳在一边听了,心中虽不自在，表面上还是要鼓励孙建设多喝。孙建设正眼不看龙向阳，也不向王庆生、江平他们敬酒，只是一杯一杯地往自己肚子里倒酒。两位科长连声说好，嫌酒杯太秀气，干脆换成喝茶的杯子，一杯倒满，足有二两。胡伟和孙建设都是先干为敬，一仰脖，杯子就见底，绝无一杯分几次吃喝的忸怩之态。两位科长也不含糊，喝得干脆利落，绝不拖泥带水。一瓶"开口笑"很快就见底了，那就又开一瓶，反正不是自己出钱。

天气热，包厢里空调又不行。四个人喝得兴起，就开始脱衣服。两位科长都是从部队里混出来的，平时顾及身份，还克制一下自己，现在酒一上来，就露出好汉本色，直脱到只剩一条短裤。科长们的短裤还算高级，是"三枪"牌的。胡伟跟孙建设穿的却是农村里的大花短裤，衬着毛茸茸的粗腿，让进来送酒的小姐掩嘴而笑。有位科长大概是喝得差不多了，醉眼看小姐巧笑倩兮，格外动人，就伸手往怀里扯，硬要她陪一杯。小姐吓得花容失色，勉强挣脱后，夺门而逃。科长十分得意，哈哈大笑。胡伟和孙建设也咧开嘴笑，连说要得。在一边看着，龙向阳只是笑；王庆生却不自觉地撇了下嘴；江平用手去扶眼镜，顺便干笑了两声。

喝到第五瓶的时候，那位要小姐陪酒的科长就缩到桌子下去了，另一位也是靠在沙发上，闭目休息。眯着醉眼，胡伟对孙建设竖起大拇指。孙建设一张黑脸透出酽红，又倒了一杯，对龙向阳说，龙行长，我要敬你一杯。

龙向阳摆摆手说，自己人，就算了。

不行，今天这杯酒我一定要敬。

江平在一边说，老孙醉了。

孙建设马上顶了一句，我哪像你，喝一杯就醉。然后又盯着龙向阳，说，你用小杯，我用大杯，龙行长，还是你占便宜。

见孙建设嘴喷酒气，眼睛里射着金光，龙向阳知道这杯逃不过，只有喝了。孙建设说了声好，又逼着王庆生喝了一杯。轮到江平的时候，他的口气就几近威胁，你到底喝不喝？

江平实在怕了喝酒，一再推辞。孙建设眼睛一瞪，你是当了领导，看不起我了？话说得这么重，是毒药江平也只好往肚子里倒。孙建设这才满意，连呼痛快，把酒瓶翻过来，却没有酒了。王庆生见状，忙喊小姐结账。

除了中支保卫科的人，上面来人，孙建设一概不陪。别人问他为什么？他说喝酒喝酒，就是要喝个平等，就是要跟豪爽的人喝。那些当了点官，不知道自己姓什么的人,你去跟他们喝,劝来劝去,就喝那么半杯,还当做是给你天大的面子。这样陪酒,是最贱的。老子反正不想往上爬, 干吗要去犯贱。

孙建设的话,龙向阳他们听了,心里像是打翻了五味瓶,不知是什么滋味。老孙,他说的是大实话。像中支的万大同行长下来,龙向阳他们陪酒,都是杯杯见底,万行长每次都是意思一下,举起杯,沾沾嘴唇又放下。像赵人瑞、陈卫东这样的股长级人物,有幸叨陪末座,都是站起来敬酒。万行长也只是点点头,说一声小赵不错之类的话。就是这样,你还必须感到荣幸,必须频频敬酒,表现出最大的热情。结果一顿饭吃下来,万行长一杯酒就喝倒了在场的所有人。这样的酒,孙建设以前也喝过。每次喝了后,心里都憋着气,都要在背后骂娘。现在终于可以不喝了,他也由此悟通了做平头百姓的好处所在。

孙建设不愿意向摆架子的领导敬酒,却很乐意跟普通干部拼酒。有次中支组织篮球比赛,小梁支行的人拉了一支队伍到飞龙来打球。一场打下来个个都汗流浃背,冲了个澡后就去喝酒。赛场上争输赢,酒桌上也要分个高下。虽然都是笑容满面一个,但暗中都较着劲的。都是平级行,没有人摆领导架子。一餐饭起码大家要举杯三次,每次都要喝双杯。这个,还只是个打底的基数。之后就是互相劝——同姓的要喝双杯,同龄的要喝双杯,同届的要喝双杯,同一个学校的也要喝双杯。孙建设喝得兴起,高声问,有没有同一个情人的? 大家就发出快活的狂笑。

几轮下来,那些酒量浅的都纷纷离桌,只剩下五六条汉子屹立不倒。孙建设球打得不怎么样,愈发要在酒桌上显本领,竟然提出用碗喝。碗是那种敞口的大饭碗,一碗下来就差不多半斤。几条汉子互相看了一眼,却没有人肯示弱。那就喝起。五十多度一瓶的"开口笑",一瓶也就两碗。这些酒豪也不互相劝,都是一起干。喝酒这事,跟心情也有很大关系。越想喝,就越能超常发挥。在这几个人里面,孙建设的酒量不是最大的,但他豪兴最高,喝得最爽快,光那个气势就能把人骇住。对方最能喝酒的那个,看到孙建设这个架势,心里就有点发毛。这一发毛就坏事,无形中限制了他的发挥。结果此人脸色由红转白,最后渐渐变青。一边的人见势不好,马上把他送进医院去打吊针。他一倒,小梁支行的人只好认输。孙建设打了个胜仗,回去后却两天没现身,估计也是元气大伤。

拼酒不是天天有拼，就算伤元气，也伤得有限。孙建设还有一桩爱好，更耗精神，那就是搓麻将。八十年代的时候，麻将在飞龙县还是稀罕之物，大家聚在一起，也只是打打纸牌，输了的钻桌子。到了一九九二年和一九九三年，桌子上就开始出现幺鸡白板的身影。这些小方块比纸牌明显有魔力得多，摸上就放不下。而且麻将与赌钱之间，似乎有更直接的联系。不赌些碎钱，似乎就不像是打麻将了。开始大家还只是两毛、五毛的打，后来工资涨了，块把两块也打了。打到一九九八年和一九九九年，五块十块也开始打了，而且动不动就捶起，一场下来输赢往往上千。龙向阳跟外单位的领导打，五十块钱一子，仿佛不如此就不足以显示他们的身份。

孙建设喝酒要喝好酒，打麻将却不甚讲究，只要有得打，五毛一子也打，五块一子也打，就算不赌钱，赌喝水，他也打。往往还没下班，他就到处串联，一个一个股室去问，今晚上坐起么？一般来讲，总能邀上桌把人。如果哪晚没能邀到人，他也只好缩在家里，眼睛盯着电视，耳朵却总是在听有没有电话响起。因为他知道，但凡有三缺一的局面，同志们一定会想起他的。问题是三缺一往往是在十一二点钟——有熬不得夜的人中途退出，孙建设才有机会补进。有两次孙建设本已上了床，接到电话后，一跃而起，搞得侯莉空闺寂寞，好不心烦。后来有一天电话打进，孙建设正在洗澡，被侯莉接到。对方满怀希望地问老孙呢，侯莉冷冷地说了声他睡了，就把电话挂了。第二天孙建设知道了这事，回来后一巴掌就把侯莉扇翻在沙发上，大声吼道，老子白天辛辛苦苦挣钱，晚上想放松一下，你还有意见？

侯莉顿时明白自己在老公心目中，非但比不上孙悟空，而且连麻将也不如。悲愤之下，夺门而去，欲回娘家诉苦。没想到进了门，老妈看到她，两眼放光，说，莉妹子，快来，正三缺一呢。

侯莉只好坐下，肿着半边脸陪老妈打麻将。老妈眼睛一直盯着麻将，硬是个把小时没正眼看她。倒是嫂子抬头发现了她脸上的异常，尖叫了起来。问清缘由，老妈骂了孙建设两句，说，没事，打麻将最消火，打几盘就好了。

侯莉听了心里有气，却又不便发作，干脆把全副精神倾注到麻将上面。这一打，就是一夜，侯莉赢了几十块钱。几十块钱是小事，关键是她真正尝到了打麻将的乐趣。第二天她也没想着要回去，整个白天都在娘屋里打麻将。直到傍晚时候，孙悟空牵着他爸爸来找妈妈了。侯莉看到孙悟空那副可怜巴巴的样子，心一软，才站了起来。

孙建设扇那一巴掌,自以为打出了男人的威风,没想到最终却打得自己头疼。侯莉回去之后,就起了重大变化。她饭照做,卫生照搞,只是一有时间,就跟院子里那些三姑六婆泡在一起搓麻将,有时打到两三点钟。见侯莉也进军麻坛,孙建设心里却很不爽,在餐桌上扯开喉咙教训老婆。侯莉也不示弱,说,你打麻将打得,我就打不得?

孙建设一拍桌子,你那几个钱,禁得起打?

冷笑一声,侯莉说,是啊,你钱多,你了不起。我告诉你,街上比你有钱的多的是,我随便找一个都比你孙建设强到哪去了。

孙建设勃然大怒,声音提高了一倍,你去找,你去找个给我看?

你怕我还找不到?告诉你,我侯莉可是正常得很。

听了这话,孙建设几乎要把桌子掀翻,你说谁不正常?

孙悟空坐在中间,哇哇大哭起来。侯莉一边去搂他一边说,正常的男人不会对着自己老婆孩子耍威风。孙建设看着孙悟空,又看着眼睛红了的侯莉,想起一些事情,长叹一声,把筷子往桌上一放,转身走了出去。

自从嫁给孙建设,侯莉还是头一回占上风。她由此看清了一点:孙建设,也没什么了不起,还不是纸老虎一只。这样想着,对孙建设的畏惧之心减了大半。此后她中午也不回来做饭了,只在外面搓麻将,饿了就叫盒饭,害得孙建设只好带着孙悟空到食堂吃。同志们都很惊讶,因为孙建设一向鄙夷食堂,认为钱又花了,吃又吃不好,哪有在家里吃舒服喽。大家不好揶揄孙建设,却都去逗孙悟空,你妈妈呢?你妈妈怎么不给你做饭吃?

孙悟空对大家的话里有话懂得很,撅起个嘴巴说,我妈妈上班了太忙了,我爸爸就要她中午不要回来。

看了儿子一眼,孙建设几乎有些感激。孙悟空,虽然不是亲生的,但比亲生的还要贴心。本来孙悟空在人行对面的"小熊猫"幼儿园读大班,中午可以到那里吃,但他硬是不肯,要回来跟爸爸妈妈一起吃,侯莉骂了几次他都不听。孙建设却很接受——儿子嘛,就是要经常在一起才亲。以后长大讨了媳妇,只怕就难得有机会亲近了。

不过要说侯莉不喜欢孙悟空,那也是假的。孙悟空精灵可爱,小小年纪鬼点子天多,最能哄大人开心,谁见了谁都爱。侯莉只是要对孙建设多年来的压迫进行反弹,不希望孙悟空跟他爸爸太亲近,站到自己的对立面去。孙悟空却很乖觉,搞小平衡,两边都亲近。几次孙建设想闹个底朝天,把侯莉痛打一顿，孙悟空都抢先一步大哭起来，一边哭一边说，不要打妈妈，不要打妈妈。然后侯莉也抱着孙悟空哭，一边哭一边历数自己的委屈，搞得孙建设心里像是打翻了五味瓶，什么滋味都有。这样闹了几次，孙建设也没劲了，就这样搂着过日子吧。心里闷，麻将就愈发打得厉害。

孙建设晚上要是出去打，侯莉就在家里开辟战场，跟王铁梅、宋小红之流和在一起。孙建设有时候在外面没揽到活计，也跟这些妇女同胞搓上两盘，聊以度日。他们打麻将，孙悟空有时候站在一边看。大家也不在意。直到有天侯莉手里摸了张牌，正在犹豫，孙悟空突然说，打六梭，大家这才吃了一惊。见大家都转过头来看他，孙悟空就很得意地笑。

宋小红说，孙悟空以后怕要变成麻将王。

侯莉就笑，他懂什么。

孙建设骂他，还不去睡觉？

孙悟空半是哀求半是耍赖地说，等我看你们打完这盘喽。拿他没办法，孙建设和侯莉只是摇头叹气。

很快孙悟空就读小学一年级了。他那份聪明，让老师都惊讶。虽然上课爱动，尤其爱跟漂亮女生说小话，但成绩很好。小学那点功课，对他来说，简直是小菜一碟。家庭作业，三划两划就做完了。孙建设只要他成绩好，爱看电视什么的，就由他去。孙悟空经常坐在张高脚凳上，一边看电视一边瞟大人打麻将。有时侯莉牌出慢了，孙悟空就在一边着急，指手画脚地说，出这张喽，蠢宝，出这张喽。

侯莉又气又觉得好笑，伸手在他脑袋上敲两下。孙建设却很得意，说，你儿子比你灵性多了。侯莉虽然嘴上不承认，但有时离开一下牌桌，就让孙悟空帮他挑土。孙悟空牌组得相当好，手气又佳，往往还没搓得两下就欢叫道，和了。侯莉重返战场，他又不肯下，赢得的钱还往自己口袋里塞。侯莉也不管，只把他赶下去了事。

到了孙悟空读二年级的时候，经常到吃饭时间才回来，孙建设还以为他被留堂了。孙悟空却总是一副若有所思的表情，吃起饭也不太专心，老是在想什么。侯莉觉得不对，跑到学校去问，才知道孙悟空并没有被留堂。老师还反映这小子上课爱走神。一放学就拖着个书包飞走，根本不和同学打队的。知道要是去问孙悟空，是问不出什么的，侯莉只有埋伏在校门口，想跟踪儿子。没想到才走了几步路，孙悟空就回过头来，一脸坏笑地说，我早就看见你了。侯莉这才知道儿子直觉很强，看来自己根本不是他的对手。想问他，孙悟空却拉着她的手说，我跟你回家。

不过这次跟踪还是有点效果，以后孙悟空基本会按时到家，只是隔三岔五会晚回来一次。侯莉猜测他可能是去打电游了。想着两三天打一次，也不过分，她也就不去深究。而孙建设则发现自己口袋里有时候会突然少个五块十块的，但到底原来是多少，他也记不真切。或许是侯莉拿去做小菜钱了。他也懒得问。

很快又到了星期六，侯莉到宋小红家打麻将去了，孙悟空做完作业，说是出去找同学玩。家里空得让人心慌，又没有三缺一在等他，孙建设就去麻将馆打。斜对面本来有一家，掀开帘子，发现都满了。没办法，他只好走远路，到老街去，那里有一家大的，里外两间，放了十几张桌子。孙建设很少去那里，门口守卫的人看他那副样子，以为是便衣，很狐疑地打量着他，却又不敢拦。孙建设昂然跨了进去，猛地看到孙悟空坐在对门口的桌子上，跟几个大人搓麻将，一副喜笑颜开的样子。孙建设冲过去就是一巴掌，把孙悟空打翻在地上。旁边的人就喝道，你来捣什么乱？

孙建设嗓门更大，我管教我儿子，关你鸟事？

那人是在街上混的，平时没事都还要找事来闹，现在见有送上门的，马上竖起两道扫把眉说，他是你孙子我都不管，搅了老子的麻将老子就要你好看。告诉你，这一盘老子本来要和的，就是你冲散了。你不赔偿损失，今天就不要走。

孙悟空马上在一边尖叫，他讲假话，他有两对牌是跟我对死了的。

那人喝道，小毛子，你叫什么叫？

孙建设见这家伙凶他儿子，火往上冲，一拳就打了过去。他块头比那家伙大，却没想到强龙不压地头蛇，旁边马上冲出三四个人，围着他打。孙悟空一边尖叫一边去拦，被人一脚踹翻，额头擦在桌角上，顿时血糊糊一片。见儿子受伤，孙建设发了疯一样，从墙角捞起半截砖头，见一个砸一个，从馆子里一直砸到街上。那几个痞子见他如此不要命，都有些寒毛。但这么多人看着，又不好撤退，咬咬牙，打算把这家伙打个半死。没想到公安局的人正好来抓赌，撞见这几个赌徒赌钱还不够，居然还要赌命，马上铐了起来，塞进车去。临上车时，孙建设回头看了一眼，孙悟空正满脸流血地对着他哭，顿时心里好像被刀子刮。

孙悟空是皮外伤,送进医院就没事了,孙建设就很麻烦。侯莉第一个反应是去找龙向阳。但龙向阳手机关了,打不通。双休日,行里的人也大都不在家。想想保卫股还有两个人,她马上去喊门。正好是胡伟在值班,听了这事,马上要侯莉不要声张,千万不要让行里领导知道。保卫股平时跟公安局联系得比较多,胡伟认识几个当权的股长。他打了电话,让侯莉带上两千块钱,出门叫了一辆"慢慢游",直奔拘留所。有钱又有熟人,就好办了。最后这件事情的定性是孙建设为了保护自己的小孩,跟众流氓英勇格斗,其气概可嘉。但是没有管教好自己的小孩,以至于酿成斗殴事件,也是不对的。孙悟空参与赌博,本应拘留,但念其年纪幼小,宽大处理,不反映到学校去,罚款一千元,略表惩戒。那几个流氓,既参与赌博,又聚众斗殴,另做严肃处理。

从拘留所出来后,孙建设第一句话就问,崽呢?

侯莉哇地就哭了,你还好意思问?

孙建设心急火燎,出什么事了?

胡伟安慰他,没得事。又说,你也要到医院看看。

孙建设脸上青一块肿一块,直奔医院,却不是看医生,而是闯进孙悟空的病房。孙悟空头上缠着绷带,正靠在床头发愣。看到孙建设,他马上从床上跳下来,说,爸爸,我再也不打麻将了。

三步两步抢上前,孙建设抱起儿子,哽咽着说,我也不打了,死也不打了。

侯莉见他们父子俩如此,就在一边抹眼泪,说,都不打了,都不打了。

此后孙建设夫妇真的就金盆洗手,下了班后只围着儿子打转,颇得天伦之乐;夫妻间也极少打架吵嘴,整个家庭呈现出一派祥和之气。到了年底,人秘股副股长张凤华提出给他们评个五好家庭,连龙向阳也表示赞同。

编号:009

姓名:张凤华

张凤华刚从煤机厂调过来时,人很开朗,脸上总是蜜笑蜜笑。单位组织联欢会,她还经常在台上亮亮相,唱个《回娘家》什么的。大家冲着她爸是武装部部长,掌声也给得特别响亮。但好日子没过两年,张部长早上起来锻炼,在楼梯上摔了一跤狠的,突然就中了风,半瘫,这部长的重担再也肩不起了。龙精虎猛大半辈子的人,到头来落下这病,是最难熬的,眼看着就瘦下去、瘦下去,脸上的神采全跑光了。张凤华眼泪流得再多,也是无济于事。煎熬了大半年,张部长突然脑溢血发作,一撒手就这么去了。

龙向阳当时在市里开会,虽说赶回来也只是个把小时的事,但为了替公家节省汽油,他只是电话委托王庆生和黄建国前往吊唁,致以隆重的哀悼。想到其父在位时老龙还主动去她家打过麻将,联络过感情,死后却是如此,张凤华心里未免有点恼。龙向阳开会回来后,在走廊上碰见张凤华,破格主动向她打招呼。张凤华神情冷淡地点点头就走开了。龙向阳脸上的笑容顿时就僵在那里,过了半分钟才完全撤退。

张凤华心里烦,但不全是因为龙向阳。她死去的爸是亲爸,活着的娘却是后娘。后娘嫁过来后,又生了个儿子,地位顿时显赫起来,对张凤华横看竖看就不是那么顺眼了。好在张部长有杀气,又念着亡妻的好处,处处护着张凤华,生怕委屈了她。这后娘有所忌惮,至少面子上还是得挤出笑来。等到张部长撒手西去,后娘就现出原形来了。开始她还不好直接赶张凤华出去,只是唠叨着儿子长大了,也要成家了,这房子住着挤。又常常问人民银行是不是有房子要分。张凤华是玲珑心窍,哪能不明白她的意思,心里不禁气苦,也就没有好话给她。这后娘一不作二不休,干脆把脸撕开了,连张部长也骂上了——站在他的遗像前,叉着个腰,鸟形嘴巴一噘一噘的,生前给你做牛做马,死后还要受你女儿的气,早知道这样,何不跟你一起去了,也落得个清爽。

倒是她儿子在一边听不下去,说,我还小得很,不急结婚,姐姐住在屋里有什么紧?

后娘一听,头发都蓬了起来,说,哎呀呀,当真是胳膊肘往外拐。你是不是看上你姐了,硬要跟她挤在一个屋里?

一听这话,她儿子顿时满脸臊红,再也开不得半句口。没想到这种话后娘也能说出口,张凤华羞愤之下,就收拾了两个大包,一手挽一个,不要她弟弟帮忙,咬着牙,挪出屋门。

好在人民银行空房子多的是,单身职工一人能住一套,两室一厅,连房租费都不用出。好单位就是好单位,光只这一点,就羡慕死外单位多少挤在集体宿舍里的光棍。令张凤华诧异的是,龙向阳居然连原因都没问,就让王庆生给她找钥匙。不过转念一想,老龙大概是心中有愧,要弥补一下吧。

房子暂时解决了,吃饭呢,来兴致了就自己弄一下,不然就在食堂吃:五毛钱一餐,一菜一汤,口味还不错。食堂的牛师傅又是个憨厚人,一个人吃也给做。除了有时想起老父,要伏在枕头上哭一场外,张凤华倒还过得惬意。她还没谈朋友。虽说做介绍的有一大堆,但她觉得自己年轻,总想再等等看。妹子单位好,眉眼又长得精致,这个态度,就急坏了飞龙县多少光棍。原来张凤华住在家里,有父母挡驾,不好去缠。现在打听到她搬到单位来住了,晚上就不断有年轻小伙子登门造访。胆大一点的单独行动,胆小的就结伴而来。

对这些仰慕者,张凤华总是很客气地倒上一杯清茶,但很少开口。别人说十句,她答一句,目光总是落在手中的书本上。邀她出去玩,她总是说要考试,得看书。这倒不是托词,她报了自考,金融专业。这自考可不是闹着玩的,监考极严,赶得上高考,非得扎扎实实看书,还不一定过。小伙子们见她如此勤奋,更是又敬又爱,不敢多做打扰,怕惹她厌憎,只有告退,到梦中相思去了。一般到了晚上九点左右,仰慕者们就基本绝迹,张凤华也就有了一段真正的清净,更加发狠看书。要知道学历低是张凤华的一块心病,她只想快点解决,所以一报就是两三门。这学习任务可不轻,她每每要看到十一点钟才熄灯。

这天已是晚上九点半，张凤华正靠在床上看《货币银行学》，突然就听到敲门声。这声音斩截有力，跟那些仰慕者们怯怯的敲门风格大相径庭。张凤华问了声，谁呀？

没答话。只听得门外又果断地响了两下，然后是寂然。

张凤华只有下床，披上外衣，拧开锁，把门打开一小半，愣了一下后，就完全开了，然后转身去找杯子，放茶叶，倒水，动作却是静静的，像是同时在思索着什么。

屋里只有一条靠背凳，龙向阳自来熟地坐下，目光把略显空旷的屋子扫荡了一圈，问，一个人还住得惯吗？

把玻璃杯贴到桌上，张凤华点点头。没有别的凳子了，站着又不好，她只有在床边坐下，两腿紧紧靠拢，手叠着放在上面。

我前一向很忙，你家里出了那么大的事，我也没帮上什么忙。

王行长他们来了就要得了。

叹了口气，龙向阳说，你那个娘的事，我也晓得一些。哎，这组合家庭，总是有矛盾的。你只有看开点。反正你自己也领工资了，不靠屋里。再说还有单位在这里。有什么难处，只管跟我讲一声。

谢谢龙行长。

都是自己人，客气什么。龙向阳说完，伸手在张凤华肩头上拍了拍。

张凤华浑身不自在，却又不好躲，脸就烧了起来。但她却不低头，平视着龙向阳，说，龙行长还有什么事吗？

龙向阳一笑，露出满嘴黄牙，说，你早点休息。

把龙向阳送出门，轻轻地把门关上，倒上暗锁，张凤华这才发现自己心跳得厉害，在静夜中能清晰地听到它撞击在胸膛上的声音。

没过两天，张凤华就从会计股调到办公室。办公室，这可是最接近领导层的股室，好地方呀。会计股的人恭维她高升，张凤华只是淡淡一笑，说那地方太复杂，她还只想待在会计股，做些业务工作，单纯些。

尹桂花就劝她，说会计股这样的地方，你累死累活，领导也不会表扬你。万一哪天出了差错，以前做得再多，也是空的，哪比得办公室，做得好，领导轻易就看在眼里了。年轻人，就是要往高处走哇。

张凤华又是一笑，不置可否，但到底还是上去了。她是个要强的人，并不想在会计股磨一辈子。只是忆起那夜的事，她心里就起了个结，思来想去辨不清。想得心烦，她干脆就不想，一头扎进工作中，没过几天，就把接手的劳资那一块理得清清楚楚。王庆生感叹道，到底是年轻人啊，接受能力强。龙向阳也说小张不错，一副慈祥长者的口吻。得到领导的表扬，张凤华还是高兴的，忍不住微微笑。她笑起来嘴角有个小酒窝。这小酒窝落在龙向阳眼里，就好像个小竹挠在他心头上轻轻挠痒，那个滋味呀，真是说不出。

劳资事多，张凤华免不了要加班。这天因为要调工资了，得一个个按几级几档手工算出来。下班后张凤华在食堂匆匆吃完饭，又上二楼来接着干。这是个精细活儿，不能错。因为是关系到口袋票子多少的问题，大家都很认真。万一没算对，丢脸还放到一边，影响同志间感情可是大事。好在张凤华精神足，无论在灯光下做多久的事，眼睛都不痛。正算到尹桂花，张凤华思量着尹师傅职称没上去，干脆按员级工资算，还高一些，突然就有人在背后拍她的肩膀。一回头，龙向阳正看着她笑，说，不要太辛苦了，身体要紧。

龙向阳说这话语调格外温柔，跟平常的斩截是两码事。张凤华听着，却浑身起鸡皮疙瘩，说，就快算完了，眼睛继续看着工资表，手也不停。

龙向阳泰然自若，在旁边坐下，说，小张，给我倒杯茶。

等张凤华把茶端来，欲放到桌上时，龙向阳却抢先伸出手接过来，和张凤华的手聚了次会。张凤华在心里骂娘，却不好发作，只是说，龙行长你也加班啊。

不是，我来陪陪你。

没想到这话龙向阳也能坦然说出口，张凤华真想顶一句我不需要人陪，但想想他到底是一把手，不便过分得罪，便把到嘴边的话又生生吞了回去。

跷起二郎腿，喝了口茶，龙向阳说，小张啊，你工作很努力。但一个人除了工作，还要处理好各方面的关系，这样才会有出息。

张凤华不好继续做事，只有站在那里，低头看着自己的手。

告诉你个事，明年劳资这一块要从办公室分出来，另外设立个人秘股。我考虑了一下，你年轻，业务能力又强，要给你压压担子，你看怎么样？

谢谢龙行长。

不要这么客气嘛。来，坐。龙向阳说着就伸手来拉张凤华。张凤华两只手就躲到后面去了，她想往门外走，却不知为什么，两条腿变成木的，不听使唤。索性就站起来,龙向阳抱住了她,伸嘴往她脸上啄。一阵口臭扑面而来,张凤华这才清醒过来,攒着浑身的劲,使劲一把挣脱,转身就往门外跑。她也不知自己跑得有多快,只听得走廊咚咚地急响。下了楼,她不敢往宿舍去,跑出了大门,沿着街道跑了起来。人民银行是在开发区这边,面前这条路还没修好,是条土路。她高一脚低一脚地跑着,也不知跑了多久,脚突然就崴了一下,顿时动弹不得。

蹲下去,她捂面哭了起来。

也不知哭了多久,她才止住,却不站起来,在黑夜中蜷缩成一团。觉得好累,是那种骨子里的累。她不想站起来,就永远这么躲在黑暗中,躲在没有人的地方。正这样想时,耳边忽然有声音响起,你没事吧。

打了个激灵,张凤华霍然站起,却不防蹲得太久,气血不畅,几乎又要软下去。有手触到了她的肩膀。张凤华突然来了力气,猛地把那只手荡开,厉声说,你要干什么?

我是怕你摔着了。黑暗中传出的男低音有点怯,也有点熟悉。

借助微弱的星光,张凤华辨认出这人是地税局的钟坚明,来宿舍拜访过自己几次的。一个白面书生,有时说话还脸红。抹了抹脸上的泪,她微侧过脸,说,不要你扶。

钟坚明顿时有点手足无措,木在那里,讷讷地说不出话。

感觉到腿上气血走得畅了一点,张凤华抬脚欲走,疼痛又苏醒过来,针一样刺着她。努力忍住没叫哎哟,但她的弯月眉紧紧地蹙了起来。钟坚明回过神来,问,你怎么了?

瞟了一眼他那满脸的焦急,张凤华没做声,只是咬着嘴唇。

是不是崴了脚?

张凤华点了点头。

去诊所看看。

我走不动。

我扶你。

不行。

那这样,你在这等,我去喊辆“慢慢游”来。

嗯。

钟坚明得了圣旨,马上转身往大街那边跑过去。看着他单薄的身影消失在黑夜中，张凤华心里突然爆出了一点微妙的感觉。这种感觉甚至让她一时忘了脚上的疼痛。时间仿佛过得很慢，钟坚明似乎在黑夜中匆匆逃遁，再也不复返了。四周有秋虫在叫，清亮中透着哀怨。张凤华甚至有点怨恨钟坚明了。为什么怨恨，她也说不清，她只知道，当看到辆"慢慢游"推着一片光亮摇晃着靠近时，她的泪水几乎又要涌出来。

没过几天，院子里传出新闻，张凤华有了男朋友了。大家都纷纷打探这位白马王子的底细。待到打听清楚是地税局稽核股的小钟后，宋小红就把嘴巴撇了撇，说，是他呀，我还以为是什么美男子呢？

有人打趣她说，怎么没看到你找一个？

宋小红眼睛看着天上，说，我才不着急呢，不像某些人。旁边的人大都及时发出暧昧的笑声，以表示自己听懂了。只有张凤华的老同学赵人瑞看不惯，低头闷闷地走开了。在过道上他碰见张凤华，想问什么，却终究没有开口，笑了下，就走开了。

张凤华见他怪怪的，回头看了他一眼，才正过头，又看见老龙，顿时面上起了一层寒霜。龙向阳正在和江平边走边谈事，只瞟了她一眼，就掠了过去，仿佛什么事也不曾发生过。张凤华正要他这个态度，她对自己说，就当什么事都没有发生过。但她又隐隐觉得，事情还没完。这种担忧只埋在心里，对谁都不能说的，所以最沉最重。但在人前她还得拿出精明干练的样子，随时努力地对人微笑，只是眉间有时不自觉地透露出一层忧色。

对这种忧色，钟坚明是最能够敏感到的。他实在想不出原因——如果张凤华不愿意，是不会允许他当护花使者的。但如果心里情愿，又为何是这般模样呢。他也不敢问，生怕一开口就把这难得的姻缘冲散了。在他的感觉中，张凤华就好像荷叶上一颗晶莹的水珠，他只有小心翼翼地在一旁荫护着，丝毫不敢去碰，生怕这颗珠子一下子就化掉了，不属于他了。如果不是那天为了聊以排遣相思之情，在人行道上徘徊，那么好的机会又怎么会撞上？所以他心里只有感激和庆幸。

张凤华在钟坚明面前不露声色，只有偶尔才露出一丝笑意。为了这一丝笑意，钟坚明可以低声下气地为张凤华做一切事。张凤华要他晚上来陪，却不肯和他一起吃晚饭。钟坚明也不问为什么，总是在家里匆匆把饭扒完，但必须是刷了牙——他是怕自己口里有什么异味，让张凤华心中不喜——然后在六点半准时出现在影剧院门口。张凤华是下了班就在食堂吃了饭，也不回宿舍，慢慢地散步到这路口。钟坚明来了，就一起沿原路回到人民银行。就在散步的时候，张凤华还跟钟坚明聊两句，但回到宿舍，拿起书本，她那样子，就几乎当钟坚明不存在了。钟坚明也是好性子，在一边看看闲书，或是轻手轻脚地扫扫地，一直陪她到十点半。

有一回龙向阳又来敲门，看到开门的是钟坚明，顿时愣了一下。但他反应快，说是快下班时才接到中支的紧急通知，要劳资人员去市里开会，明天九点钟前赶到，然后就脚底生风地走了。掩上门后，钟坚明感叹到，龙行长真是负责，这样的小事他也要操心。张凤华嗯了一声，脸色很冷。

第二天，张凤华并没有去市里开会，也没看到中支打电话来催。支行里倒是有个会，是每个星期四例行的政治学习。一般都是念上头刚发下来的文件。但这次龙向阳却就支行的行风行貌作了重要讲话。他指出，有些年轻的同志，不利用大好时光进行学习，却热衷于谈恋爱，还要把门关起来。关什么关，我看是思想品德有问题。以后凡是谈恋爱的同志，在没结婚之前，谈对象一律不准关门。这一条，要作为纪律执行。我们是社会主义，不要搞小资产阶级情调。

龙向阳越讲语气越严厉，在台上目光四射。底下的同志都低下头，大都感到突然和惊骇，也有人抿着嘴，嘴巴却有点歪，泄露出一点快意的笑。赵人瑞瞥了一眼张凤华，她满脸通红，眼睛中却蓄满了怒意。

散会后，程玲、陈丽都不像往常那样，跟张凤华走在一起，宋小红更是躲得远远的，以示自己的清白无瑕。倒是尹桂花这样的老同志，低声跟她说，小张，不要放在心上。张凤华点点头，眼睛直视着前方，像是在思考什么。

这次会开完后，张凤华并没有像某些人所希望看到的那样，陷入忧郁之中。她像往常那样神色从容，对人礼数周到又不失矜持，工作上更是利索细致，无隙可击——只是早上来上班的眼角总有点红。这种态度，让大多数同志都在心里翘起了大拇指。只有宋小红还在说，你看看她，装得跟没事人一样。

赵人瑞实在忍不住了，说，张凤华向来就是这样，没有什么装不装的。

宋小红却更加来劲，说，哟，心痛你的老同学了吧。赵人瑞顿时气得讲不出话来。

钟坚明仍是每晚准时来陪张凤华。见门总是打开，要关上。张凤华说了句，不要关，然后低头去看书。愣了一下后，钟坚明只有把门又打开。他也不问为什么，只是担心北风灌进来，冷着张凤华，对门打开的宽度颇踌躇了一阵，最后才确定打开四分之一宽。第二天他特意买了两个方头凳把门前后夹着，又买了个大炭盆，运了一麻袋木炭，晚上烧得旺旺的，放到书桌底下。张凤华看在眼里，心里感动得很，嘴上却只是说，你也来烤。

钟坚明说，算了，两个人不好烤。张凤华却要他再弄张椅子来，以后就把大炭盆放在房子中间，一边坐一个，边烤火边看书。钟坚明喜欢读古典小说，但看到张凤华总是看自考书，也不好老是捧着本《红楼梦》在看，也打算报自考。不过他有税务专科学校的文凭，所以报的是本科，也是金融专业。在寒冬的夜晚，冷气不时从门外飘进来。两个人守着火盆，各自低头看书，心里却温暖得很。偶尔走神的时候，钟坚明就偷偷地看张凤华。那张脸在火光的映照下，格外显得秀丽；嘴唇紧抿，又透露出她内心的要强。张凤华看书绝对的专心致志，但被看久了，也感应到了。她抬头看钟坚明一眼，也不说话，又低下头，但嘴角现出隐隐的笑意。每当这时，钟坚明都几乎要醉倒，感觉这哪里是冬天，简直是春满人间。

这阵子每天晚上，似乎总有路过的人在门口探头探脑。钟坚明有时还侧头去看，看到的面孔有男有女，只是那陪小心似的微笑和闪烁不定的目光却是一样。张凤华则只是盯着书本，不理不睬。等到白天在食堂吃中饭的时候，黄建国特意坐到张凤华对面，挤出满脸笑容说，小张，不错嘛，晚上还找了个陪读的。

感觉到满食堂的耳朵都在支起来，张凤华停住筷子，口气平静地说，他也要考试，也在看书。

那你们就是互相陪了？

我们跟在学校一样，是一起学习，共同促进。

小张不错，小张不错。黄建国笑眯眯地说。

你太过奖了。张凤华目光下垂，继续吃饭。

满食堂支起的耳朵全松了下来。

这天晚上实在是冷，北风在半空中呼啸着打转，张凤华就把门关上了。两个人看到十点钟，闹铃就锐叫起来。虽然非常不想挪地方，但钟坚明知道自己必须得回去。张凤华照例送他到门口。才打开门，一股恶臭就冲了进来。门全部打开后，屋里的灯光泻了出去，铺在地上。瞄了一眼地下，张凤华就用手捂住鼻子,退后了两步,泪珠在眼眶里直打转。钟坚明虽然性格平和,这个时候也忍不住红了脖子,扯开嗓子对着楼梯口就骂了阵狠的。奇怪的是,上下左右都没有动静。骂完后,就往厨房里拿桶子,准备冲洗干净。张凤华却拉住了他,说,不要冲,你陪我去找王行长。

张凤华这栋楼主要是单身职工住,王庆生住在前面新修的那栋。他老人家正在烫脚,准备上床了。听张凤华一说,眉头就挤得紧紧的。低头想了一下,他说,小张,你看是不是这样,你先打扫一下,不要声张。明天我再找你们那栋楼的人一个个谈话。

张凤华摇摇头,说,王行长,我也没别的意思,就是想要你去看看现场。

见张凤华神色很坚决,王庆生也只好移动大驾,前往现场勘察。看到那些秽物,他没捂鼻子,只是眉头深锁,连声说,要不得,要不得。

张凤华要钟坚明守住王行长,自己跑上跑下,一个个地去敲门,把陈丽、宋小红、江平、晁荣宝、郑亮、唐光华他们全喊了出来。只有赵人瑞在他女朋友家睡,没过来。大家盯着那堆秽物,表情复杂。王庆生动员小伙子们来搞卫生,张凤华马上拦住了。她说,既然倒了,就不要扫了,就让这里臭。明天让全行的人都来看一下子,看是哪个娘偷人的干的好事。她平常矜持文雅得狠,这一句粗口猛地爆出来,把大家震得都不敢开口说话。

过了好一阵,王庆生口气缓慢地说,小张,算了。年轻人,有些事,忍一忍,总有好处。

就怕我忍了,第二天又有人倒些死猪死鸡到这里。

我向你保证,绝对不会有第二次了。

瞄了王庆生一眼,张凤华不做声。王庆生就示意大家动手。钟坚明也要帮忙。但扫把和水桶数量有限,几个小伙子互相争夺,几乎红了脸。

第二天,这事就传遍支行的每个角落,连住在洞里的老鼠都知道了。尹桂花她们这一摊老同志照例要安慰张凤华一番。年轻的男同志都互相审视,面露怀疑他人同时也怕他人怀疑的表情。女孩子们坚定地站在张凤华一边,连宋小红也发出了愤怒的抗议:太没名堂了,搞得楼梯间臭死了。大家整天都在议论这事,不防被前来办业务的人听见了,第三天就传遍了整个金融系统。只是传来传去就变了样,似乎是那天晚上张凤华和钟坚明关起门来干,发出的声音整栋楼都听得到。有人烦起来了,倒了一桶粪尿。地税局里流传的就是这个版本。大家看到钟坚明,都面露暧昧的笑容。有人拍着他的肩说,小钟,不错啊,干到人民银行去了。

钟坚明当时就拉下脸,骂了句,吃多了,扭头就走。

那人还是垂涎着脸,追在背后说,做得出就不要怕人讲。

钟坚明气得浑身发冷,转过身来,锐叫一声,跳了上去,和那人扭作一团。他平时文质彬彬,这一下发起猛来,口咬手抓,倒也十分的骇人。但到底是书生体质,敌不过那人的粗壮,终于被压在地上,口中却发出“嗬嗬”之声,类似困兽。那人见他如此,有点胆寒,松开来,抛下两句场面话,就带着一脸血痕急急地去门外小诊所。钟坚明爬起来,蓬头乱发,满身尘土,眼镜跌落,目光凶狠,脸上还青了一块。旁边的人见他这副模样,心中都骇然且惭愧,以后倒也渐渐地不提此事。

钟坚明在地税局的表现,自然传到张凤华耳朵里。她关起门来蒙头大哭了一场。

第二天散步的时候,张凤华小声对钟坚明说,我想去看看你爸爸妈妈。

以为自己听错了,钟坚明问,什么?张凤华把嘴抿紧。回过神来,钟坚明抱住张凤华,问,真的?

你发神经啊,快放手。张凤华瞥了眼路旁行人,满脸通红地说。

钟坚明这才意识到是在马路上，松了手，兴奋地跳起来，去抓头顶的树叶。

张凤华结婚那天,在环城马路边的“大富豪”办酒席。按道理人情由总务室统一扣。但总务室得到龙向阳指示,这次采取自愿原则,愿意送的就送。赵人瑞知道了这事,悟了一阵,主动提出帮张凤华收人情。他是办公室主任,跑到你面前来收人情,没有谁好意思说不做。只有三个领导那里他没敢去要。王庆生倒是主动做了。龙向阳见大伙都做了,也只好掏腰包。黄建国等龙向阳一行动,人情也做得飞快。只是喝酒的时候,龙向阳说是要去开会,没到场。张凤华正犹豫是不是撕下脸,不请龙向阳致辞,见他不来,倒松了口气。毕竟她吃着人民银行这口饭,不到万不得已,还不想公然跟龙向阳决裂。

结了婚后,张凤华就搬到钟坚明家里住。两口子收入都不错,自己积攒,父母又资助一些,过了两年,在外面修了房子。在单位上,不管龙向阳怎么对她严格要求,张凤华始终把工作做到让人无话可说的地步,每次年终考核,她这一块永远是满分。人秘和办公室分家的时候,张凤华主动找龙向阳谈话，表示如果不让她主持工作，她就到发行会计这些一线部门去，绝对不再管劳资了。还是第一次被下属这样要挟，但不知道为什么，龙向阳发不起火，只是说考虑考虑。飞龙支行这几年的工作考核，年年在中心支行排第一，让龙向阳很有面子，他实在很想永远保住这杆旗帜。而张凤华这一块业务性很强，换第二个人，未必能做得像她这么出色。万一捅个娄子出来，至少今年的第一就要泡汤。再说张凤华的成绩大家都看在眼里，无论是不提她还是把她放下去，都说不过去。想了很久，烟都抽了半包，龙向阳最后还是痛苦地作出决定：提张凤华做人秘股副股长，主持全面工作。

一直到龙向阳调走为止，张凤华始终是副股长主持工作。

王庆生扶了正后，很多人都看他笑话，张凤华却一如继往地支持他的工作。回想张凤华在龙向阳手里遭的罪，王庆生感叹再三，很快把她头上那个副字去掉了。副行长江平跟着龙向阳出事后，中支决定加大对县级支行的纪检力度，每个支行增设一个纪检组长。对张凤华，大家心里都佩服，再加上赵人瑞在后面做工作，张凤华遂以高票当选。

张凤华时来运转的时候，她的继母却得了肝癌，躺在床上要死要活。继弟出息不大，在双江岭煤矿当个小工人，没什么空去照看。有人带口信来，要张凤华去一趟。跟钟坚明讨论了半夜，第二天张凤华还是买了点东西，两口子一起去看她。继母已经瘦得只剩下副骨架子，看到容光焕发的张凤华，她只是不停地说，我对不起你啊，我对不起你啊。

见她如此，张凤华有再大的怨气，也不便流露，只有说，以前的事就不提了，你安心养病就是。

继母眼睛里放出光来，拉住她的手，说，凤华，你弟弟命不好，要靠你多照看。

张凤华感觉是被五根瘦骨勒住了，心里发寒，却不好挣脱，说，这个你放心，我肯定会帮他的。

听了这句话，她继母手一松，头歪向了一边。

把头靠在钟坚明肩头上，呆呆地看着床上的这个人。过了许久，张凤华眼睛里沁出两颗泪珠来。

编号:010

姓名:赵人瑞

赵人瑞家里兄弟多,几亩薄田还载不起这么多泥腿子,日子就过得格外地紧,每年有一半是吃红薯饭,搞得他见到红薯就想呕。能够读书出来,还是当石匠的大伯见他灵性,怕在乡里埋没了,主动掏钱。但大伯的钱也来得不容易,是一钎一钎从石头上凿下来的。赵人瑞本是读大学的料,但初中毕了业就以全县第二的分数考上了昭市商业学校。虽然难免遗憾,但想到以自己的家境,居然也能够读书读出来,赵人瑞还是在心里谢天谢地。中专?中专也不错,好多人想考都考不上呢。这样一转念头,心里就平和了,扎扎实实读了三年,年年不是班上第一就是第二。到了毕业的时候,本来是要评优秀毕业生的。但因为平时很少跟老师联络感情,指标被别人占去了。为此张凤华很为他鸣不平,要他去学生科申诉。他嘿嘿一笑,算了,无所谓。

虽然没能评上优秀毕业生,但档案里的成绩单总是摆在那里的,改不了。联系工作时,赵人瑞也没去跑关系,但飞龙县种子公司看了他的档案后,还是把他要了过去。张凤华则是他爸爸见煤机厂效益好,产品行销全国,把她搞到那去了。同学两个都分得不错,免不了相互祝贺。张凤华提醒他,要感谢一下种子公司的领导。赵人瑞点头称是。但一想到要提着东西上别人的门,他就怎么也迈不出腿,所以最终还是没去。平时见了领导也是一副公事公办的样子,没有多话讲。一把手见他不通味,心下自然不喜。结果赵人瑞在办公室搞了没两个月,就被撂到底下的仓库里搞仓储。

赵人瑞在工作上是个爱较真的,下去就发现仓储账务有问题。跟库主任一说,主任当时就拉下脸,说, 我搞了二十多年了, 要有问题早就出问题了。

见他讲霸蛮话,赵人瑞心里不服,去找领导反映。他满以为领导会主持公道,没想到领导也不去查,点着他的鼻子说,你要谦虚一点,要多跟老同志学,不要动不动就说这个不对那个不对。

赵人瑞觉得领导不可理喻,木着脸走了出来,在坪里很茫然地站立,一时竟不知何去何从。最后他对自己说,算了,领导都不管,你管什么错不错。

赵人瑞想算了,但是其他人并不想算了。星期四政治学习,一把手就在会上点名说赵人瑞自以为是中专毕业,骄傲自大,不尊敬老同志。听了这话,赵人瑞像是如遭雷击,实在不明白领导何解要这样搞他。最高领导指明了方向,库主任马上跳了出来,当众指责赵人瑞业务水平低,那么简单的账务都看不懂,还说什么搞错了。是我搞错了还是你搞错了?

赵人瑞耳朵根都红了,站起来说,你把存货的期末计量全部按成本算,怎么不是你错了?还有,有些存货根本就不要做盘亏处理,你就全部转到管理费用里去……

“砰”,一把手勃然大怒,拍得桌上的茶杯都跳了起来。赵人瑞也被拍懵了,呆呆地望着领导那张巨大的国字脸。

赵人瑞,你以为就只你懂会计,我们都不懂。我看我们都不要搞了,让你来搞。

赵人瑞想说,你们是不懂,但旁边有人悄悄地扯他的衣角,示意他不要再争了。他也就勾着脑袋坐下,再不发一言。

一把手重重地呼出口浊气,以其博大的胸怀忍受了赵人瑞的狂悖,开始下一个议题。

散会后,库主任宣布赵人瑞不再管账。搞什么呢?发货。他也没提出抗议,木着张脸交出账簿。库主任看着他冷笑,他当做没看见。见他落难,库房的工人们也没怎么同情,反而摆出老资格,对他呼来唤去。赵人瑞虽然瘦黑瘦黑,但他是个苦出身,下得田,受得累,搬这点种子,难不倒他。每天装袋、发货,到乡下去送种子,赵人瑞只是咬着牙做。张凤华听说这事,特地打电话过来,要他提两瓶酒,到领导那去认个错。赵人瑞说我认什么错?又不是我错了。张凤华知道他的脾气,叹了口气,就挂了电话。

虽然知道自己没错,但赵人瑞难免有些困惑。他喜欢会计,是因为会计是非分明,做错了就是做错了,就算你这个做账的是天王老子,那也是错了。他实在没想到还有一种领导会计,领导说你对就对,领导说你错就错,这不是做假账吗?实在是有点心灰意冷,他就报了自考,下了班关起门来看书。看书看厌了,他就练练毛笔字。字帖是他在街上地摊上买到的,颜真卿的《千福寺多宝塔感应碑》,当时一看就喜欢上了。为了这本帖,他才想起买毛笔的。没师傅教,他就自己琢磨。赵人瑞的祖父在解放前当过私塾先生,所以他骨子里潜伏着文墨气,很多东西能够无师自通,慢慢地就练出点境界来了。

赵人瑞住在食堂上面的一间小屋里。屋子的窗户玻璃都不太健全,虽然贴了些塑料薄膜加强防守,但冷风还是会一片一片地滑进来。从小冷惯了的,现在冬天还能够自己生个火炉,对他来说已是非常完美了。就在这个小屋子里,赵人瑞一个人读书、练字,倒也自得其乐。单位里的人对他施以冷眼,他木然对之。每天忙完那点事,就缩到屋子里,根本不想出去,也不愿跟别人打交道。

有次张凤华偶尔路过种子公司, 想起赵人瑞好像有两个月都没浮头了,便走进去敲门。好容易把门敲开,就看到赵人瑞头发蓬乱地站在一堆废报纸中间,报纸东一张西一张,墨汁淋漓。问他吃了饭没有,赵人瑞就说食堂师傅看下午就只他一个人吃,不肯煮。

你就不知道到外面吃?

不想出去,反正饿一餐无所谓,以前在乡里还不是一天只吃两餐。

见他那副黑瘦的样子,张凤华心里一阵痛,硬把他拖出去,到路边找了个店子。

吃饭的时候,赵人瑞也不做声,只是埋头大嚼。张凤华其实吃过饭了,略略动了两筷,就放了。吃着吃着,赵人瑞觉得对面好像没动静了。抬头一瞄,张凤华正看着他,嘴角带着一丝笑意。

你怎么不吃?

我看你吃饭,真的是吃得扎实,蛮有味道。

赵人瑞不好意思地一笑,我吃相是不好。

我给你介绍个女朋友,怎么样?

赵人瑞一口咬住了自己的舌头,痛得眼泪都出来了。

你看你,一听说找女朋友,就激动成这样。不过你现在要个女朋友照顾你,替你做饭,收拾房间。我认识一个妹子,是农机厂的,人蛮能干,性格也好，哪天我喊你出来，见个面。

张凤华在这里滔滔不绝，赵人瑞却一脸木然地坐在那，好像事不关己。见他这样，张凤华有点急了，你说要得吗？

赵人瑞呆呆一笑。

那就这样了，就下个星期天吧。

看了张凤华一眼，赵人瑞又拿起筷子。饭菜吃到肚子里，却什么滋味都有。他喜欢张凤华，从读中专那天起就喜欢上了。但他绝不敢把这喜欢说出来，就算打死他，也不会。所以赵人瑞只有大口地吞饭，使劲地嚼菜。

张凤华替他介绍的女朋友叫文春花，圆脸，眼神温顺如绵羊。虽然没有张凤华的秀丽，但毕竟青春当时，总还是让人看着愉快。其实这个时候，库房里一个工人想把自己做临时工的侄女塞给赵人瑞，故而对他格外维护起来。那姑娘赵人瑞也见过，长得倒还有些韵味，略逊于张凤华，但在文春花之上。看来这找女朋友是势在必行了，不是这个就是那个，反正要有个给自己收拾房屋的。赵人瑞很快就作出决断，跟文春花谈上了。一是看她和顺，第二呢，因为她是张凤华介绍的。虽然这让那位工人很没面子，以后处处跟他为难，但赵人瑞也没怎么后悔。

他确实不用后悔。自从找了文春花后，赵人瑞原来个把月一换的短裤和袜子都有了全面的改观。下班后，文春花都要骑着单车匆匆赶过来，替他做好饭菜，自己也不吃一口，又骑着单车回家赶饭。她手脚利索，饭菜做得又快又好，让赵人瑞的脸上渐渐地有了红润之色。

文春花家住在城边上，父母在街上摆摊卖小菜。她自己也不过是高中毕业，能在机械厂找到工作，是搭帮她有个能干的舅舅。舅舅原来在乡下当中学教师，因为笔杆子要得好，一路要到了县委办。小秘书、副主任、正主任的一步一步熬上来，新近居然当上了宣传部长，跨进了常委班子，在家族中说话的分量自然格外重。文春花跟赵人瑞谈对象，文春花的父母特意请了他舅舅来看人。老舅骨子还是个书生，故而觉得赵人瑞很顺眼，讲了句，要得。文春花的父母也就落了心，咧开嘴笑，从此不再审查文春花的外出动向。只是时不时问一句，你们什么时候结婚？

满脸绯红，文春花说，我还只二十岁呢，还没到年龄呢。

文春花的哥哥笑嘻嘻地说，你也晓得你没到年龄，怎么天天往小赵那边跑，等不及了吧。

文春花更是连头发根都红了，说了句，不跟你讲，就跑进里屋去了。

一事顺百事顺。飞龙县人民银行刚刚成立，急需人手。张凤华被作为专业人才调到了人民银行。想起赵人瑞在种子公司被压制得太久，担心他被磨掉了冲劲，张凤华便极力向龙向阳推荐。老龙一打听，赵人瑞未来的舅老爷居然是县委常委，马上做求贤若渴状，请种子公司的一把手喝了次酒，就把他要了过来。

张凤华和赵人瑞本都是会计高手，但龙向阳考虑到其他股室也是人才稀缺，舍不得把两个都放进去。他问赵人瑞，你到办公室搞材料，搞得落吧。

赵人瑞嘿嘿一笑，龙向阳就算他同意了。

其实赵人瑞虽然在种子公司办公室坐了两个月，但只是干些打杂的活儿，文字工还没沾边，但他绝不会说自己不行。再说，在学校里，他的应用文写作也是回回高分，不信就拿不下。虽然有自信，但他绝不敢大意。书法暂时搁在一边，天天捧着《中国金融》、《金融经济》这些杂志在啃。本来办公室还订有不少市里办的《昭市金融》。但这些杂志他不屑去看。按他的想法，要学就向最好的看齐。

把办公室那几本杂志啃完后，赵人瑞觉得上面的文章也不过如此。正好行里要办图书室，他主动提出来管。第一次进书，他还特意跑了次长沙，拖了两箱新书来，多半是《金融写作》、《获奖经济论文集》之类，让那些想读金庸琼瑶的同志大失所望。结果前来借书的几乎就是赵人瑞自己。旁人见他整天捧着本砖头厚的书，读得津津有味，以为是什么很好看的书，趋前欲共同研读，一瞄，原来是本《金融大词典》，便叹道，这样的书你也看得进？

赵人瑞目光瞟都不瞟别人，只是说，好看，看进去了就蛮有味。

他是真的看进去了，所以第一篇调研文章就上了省分行办的《金融经济》，把全行都吓了一跳。大家都恭维龙向阳，说他好眼力、识人。龙向阳得意之余，眼睛却未免有点红。把赵人瑞喊过来，他说，小赵，你以后写文章，要先拿给我看看嘛。赵人瑞点头称是。第二篇文章写好后，他就先请龙向阳批评指正。过了两天，龙向阳把赵人瑞喊去，说，小赵，文章写得不错嘛。有两个地方我帮你修改了一下，你看要得么。

把文章拿下来一看，根本就没改一个字，赵人瑞发了一阵呆后，在文章的标题下加上了龙向阳三个字。那三个字画得特别重，几乎要把纸划烂。投出去两个月后，文章在《中国金融》上发表了。龙向阳拿着杂志在中心支行炫耀了一番，让那些科班出身的科长们无话可说。不过大家心里都清楚这文章到底是谁写的，所以最终出名的还是赵人瑞。中支那些财院毕业的本科生相互调侃，说本科怎么还当不得中专？

万大同行长听到了，就说，干什么都要天赋。他赵人瑞就是有这个天赋，跟学历没什么关系。我还不是高中毕业，怎么就来管理你们了。那些人立刻把嘴巴闭得铁紧，生怕万行长还产生什么不好的想法。

万大同学历低了点，但很会用人。他到飞龙县检查，跟赵人瑞接触了两次，就晓得这是个实心办事的人，很是欣赏，便对龙向阳提出要调他到中支。龙向阳哪里肯放，说支行正缺人手，赵人瑞是业务骨干，少他不得。万大同就笑他，说你讲小赵是业务骨干，但他还是普通一兵。我调个兵上去有什么要紧？

龙向阳不敢硬顶，笑着说，这个主要看小赵自己的意思。

那就问问他喽？

他正好出去了，看下午我问问他。

没到中午，龙向阳就找到了赵人瑞，关起门来跟他亲切交谈了半天。其实不管龙向阳怎么唱高调，赵人瑞都清楚他是想要自己再帮他多写两年文章，好把经济师职称搞到手。想到毕竟是龙向阳把他从种子公司那个泥潭里拔出来的，他还是答应了不去中支。到下午万大同问他的时候，赵人瑞就说支行人手紧，他想再在底下干两年。万大同连问了他两遍，赵人瑞都是一口话。万大同就说，小赵，你是个老实人啊。

万大同走后，龙向阳总掂量着他那个普通一兵的说法。没过多久，他就直接提赵人瑞当了办公室主任，连副主任那一关的过渡都免了。这一次破格提拔，大家都没意见，也不认为是什么破格。人家赵人瑞可是放弃了去中支的机会，是该弥补他一下。再说，办公室主任这个位置，他不坐谁还坐得落呢？赵人瑞是天生吃这行饭的人，搞起材料来又快又好，让后来的财院毕业生钱威、向大志他们不得不说个服字。而且他有投稿缘，投一篇中一篇。向大志羡慕得紧，问，赵哥，你是不是有什么关系，也给老弟介绍一下喽。

赵人瑞说，发文章又不是当官，还要什么关系。你只管把文章写好就是了。向大志羞愧之下，闭门发狠撰写理论文章一篇，最后发表于《昭市金融》。

龙向阳对赵人瑞搞出的材料非常满意，但除此之外，赵人瑞简直让他有点痛恨。提他做办公室主任,他见了领导还是依然没什么笑容,逢年过节也没看到提两瓶酒上门来感谢一下。龙向阳最爱打牌,后来有了麻将,又每天必摸,闲一天都过不得。他是最喜欢下属陪他打,这样可以吆五喝六,指这个牌打错了,骂那个脑子有点蠢,而下属绝不敢做声,那种感觉,爽啊。赵人瑞却绝不奉陪。他原来还打打字牌,后来兴起打钱了,就再也没上过牌桌。龙向阳骂不到赵人瑞头上,就在背后说他活得不像个男人,天天只晓得看书,越读越蠢。

旁人心想赵人瑞不看书怎么替你写文章,但想归想,嘴巴上还是要跟着附和一通。有些话,也漏到了赵人瑞耳朵中。他心里当然不好受,坐着发了一阵懵,然后对向他传话的人说,我屋里兄弟六个,就我读书读出来了,屋里不盼我拿钱回去还盼哪个?我还有个大伯,原来当石匠,出钱供我读书,现在老了,又有风湿,崽女又不争气,也只有我在顾着他。你们现在打几块钱一粒子,我敢跟你们打?来人深表同情,但并不将他这番苦衷宣扬出去。

龙向阳诋毁读书,也并非只是针对赵人瑞,他对一切读书人都有种本能的抵制。老龙自己是混出来的,所以也只欣赏那些打打麻将、搞搞女人、要要手腕的人,以为这样才像个男人。对于书呆子们,他用是用,但时不时要敲上一棍子,以免他们翘尾巴。尤其是像赵人瑞这样的人,有才、有名气,还有点背景,更要敲得勤一点,否则随时会爬到自己头上去。有次他到长沙开会,赵人瑞也陪同前往。回来的时候在湘乡看到有卖土鸡蛋的,便一个提了三箱。中途吃饭的时候,赵人瑞建议将鸡蛋钱开到餐费里,回去一起报销算了。龙向阳当场就拉下脸,骂道,你就这么小气,几个鸡蛋也要来撇公家的油。

没想到龙向阳一反常例,突然摆出正义的面孔来,赵人瑞被攻了个措手不及,只有不吭声。

回到单位后,龙向阳在跟人打牌的时候,又把这事拎出来说了一通,弄到全行皆知,搞得赵人瑞的形象矮了一截。龙向阳在赵人瑞面前取得了道德优势,以后对他更是呼之即来,挥之即去。明知道龙向阳在要权术,赵人瑞却不好辩解,只有认了。有点寒心,他便想着趁自己还没有小孩,去考研试试。

确定了这个想法后,赵人瑞也不做声,有时间就缩在屋里看书。业务书没问题，就是英语底子不好，难得开局。赵人瑞就从高中英语学起，一个单词一个单词地硬背。他本是个喜欢睡懒觉的人，但自从树立了目标，硬是勉强自己六点钟就爬起来，跑到天楼上念念有词。早上寒气重，文春花要他多穿点衣服，他不肯，说就是要冷，头脑才清醒。白天有太多的材料要写，实在抽不出空，只是有时写着写着，笔尖下就突然冒出个英语单词，把他自己都骇了一跳，赶快涂去。中午他本想看书，但实在太困，栽在床上就睡了，那就只有抓紧晚上的时间。他好歹是个办公室主任，天子近臣，总有人想巴结，晚上喊他去玩，他一概回绝。那些人被回绝多了，心里未免有气，便到处说赵主任这个人高傲，看不起人。

也不理会这些议论，赵人瑞自个在书海里面越钻越深，几乎不想浮上来。这样扎扎实实看了一年，他很想去试一下自己的钢火，但又怕失手。思前想后，便再啃了一年书，把底气养到十足，然后报了武大的经济系研究生。听赵人瑞汇报了这事，龙向阳咧嘴一笑，说，你这么发狠，那就去试试，说完，便很爽快地在领导意见那一栏写了两句话，表示同意报考。但晚上打麻将的时候，他对黄建国他们说，赵人瑞一个中专生，也敢去考研究生，还去考武汉大学。他以为他考了个自考本科，就真的可以飞得起？我这次就要他去考，看他出回丑。

一月份考完后，复试通知书很快就寄过来了。全行都轰动起来，龙向阳更是坐立不安。关起门来想了一上午后，他召开了党组会议，很快就形成了决定：赵人瑞要是去武汉复试，那必须先辞职。言下之意就是如果他不辞职而去武汉应试，那就做除名处理。听了这个决定后，赵人瑞默坐了许久，就去找舅老爷商量。他喊文春花一起去。文春花头也不抬，倚在沙发上只顾打背心——背心是给赵人瑞穿的，已是第三件了。赵人瑞又叫了一声，文春花才懒懒地说，我不想去。

觉得她的态度有点奇怪，赵人瑞也不再勉强，披上衣服自个去了。走出人行大门的时候，他陡然明白了文春花的想法，顿时内心涌出一阵悲哀。路灯在半空中开出一朵一朵虚白的花。赵人瑞赶着自己的影子，觉得脚步很沉，像是拖着镣铐在走。也不知走了多久，他才走到舅老爷新修的四层楼房前。

舅老爷已经养成了一种领导气度，仰靠在沙发上，手叉着放在凸出的肚腩上，半闭着眼睛，似在默坐养神。赵人瑞说完后，居然感到有点紧张，呆呆地看着舅老爷。过了一会，舅老爷才缓缓地说，打个招呼不是什么难事。但你要替春妹子想一下啊。

说后面一句话的时候，舅老爷很深刻地注视着赵人瑞。像被灼了一下，赵人瑞竟然心虚起来，仿佛自己真的有过当陈世美的想法。他本想说两句保证之类的话，但觉得一说口，便是对自己的极大侮辱。最后他只是把茶喝光，把茶叶也全部吃到肚子中去，然后起身告辞。

放弃复试后，赵人瑞又把久未亲近的毛笔握了起来。平时除了写材料，就是守着那一方砚台。砚台有两方：家里那方是青石所制，有点年代了；办公室的那方则是托人带回来的徽砚，用久了，能自己生墨。赵人瑞没辜负这两方好砚，字越写越苍劲，笔墨间洋溢着一股子沉郁之气。写累了就看帖，看出点意思来又继续挥毫，大家都说他快成书痴了。只有龙向阳想着赵人瑞肯定是恨毒了他，越发处处钳制，防着赵人瑞在背后捅他的刀子。赵人瑞却是一副任你宰割的样子，毫不反抗，只是埋头写他的材料，练他的毛笔字。越是这样，龙向阳就越认为赵人瑞心中积有大恨，对他的猜忌就越重。到提总稽核的时候，他硬是不给赵人瑞机会，只报了江平的名字上去。胡伟看不惯，特意跑到办公室，要赵人瑞去市里找万行长说说。赵人瑞淡淡地说，争到手的没意思，他爱报哪个就报哪个吧，然后依旧埋头写他的材料。

胡伟瞪起眼睛说，你还写什么材料喽？

我吃了这碗饭，就要做这行事。不为别的，起码要对得起这些工资吧。

胡伟跺了跺脚，叼着烟，气冲冲地走了。

江平当了总稽核长后，在路上见到赵人瑞，有点不好意思，想低头混过去。赵人瑞倒是像往常那样跟他打招呼，搞得他有点慌乱，暗叫一声惭愧。赵人瑞到底有没有情绪？有。当然有。不过个把月过去后，他也就没怎么在心上了。依他的看法，这都是命。人强不过命的。他费那么大的劲，有一只脚已经跨进大学的铁门槛了，最终还是没去成，这也是命数，就算夜里三点钟爬起来读书，也改变不了的。而比起乡里那些税都交不起的兄弟来，自己的命又算是极好，因此也没有什么好怨天尤人的。等到文春花替他生了个儿子后，赵人瑞心态更是平和。每天写字、看帖，饭后和老婆孩子到街上散散步，日子过得安稳静谧，像是乡下屋前流淌的小溪。这样的日子，一晃就流过了八年。

八年后，龙向阳调到市里的时候，还特意嘱咐王庆生不要提他。老龙精于权术，心理学却没学好，这一嘱咐倒激起了王庆生的逆反心理。半年后，已经转为副行长的江平东窗事发，空出的那个位置，就由赵人瑞补了上去。大家第一次叫他赵行长的时候，他老半天没回过神来，还以为是在叫别人。大家就打趣他，说，赵行长，你当了行长，架子越来越大了，我们喊都喊不应。

赵人瑞嘿嘿一笑，说，喊我老赵最好。大家说那要得那要得，喊老赵亲切，但到底没有谁这样喊。

又过了半年，龙向阳被保释出来，回飞龙支行到处找人借钱。赵人瑞也借了他五百。这事，只有文春花知道。等龙向阳走后，文春花问他，你也肯借给他？

叹了口气，赵人瑞说，有些事，他对我做得出，我对他做不出。再怎么样，我也是他调到人民银行来的。

看着赵人瑞，文春花突然笑了一下。赵人瑞问，你笑什么？

老龙只帮了你一个忙，你就只记得他的好处。那你对我，就更不用说了。

那肯定，未必你还怕我对你不好。

文春花笑得更幸福，但过了一会，她脸色突然转暗，轻轻地说，有件事，我一直闷在心里。就是那个时候，我怕你丢下我，不肯让舅舅帮你去讲好话。其实你这么好的人，怎么会抛弃我呢？要不是我疑心重，你早就到大城市去了。

赵人瑞叹了口气，摸了摸老婆的头，说，不提了，我一个农民的崽，当了个副行长，也很知足了。现在我只想把字练好一点，练出点名堂。考研究生，那是崽的事，我就不要想了。

嗯了一声，文春花说，那你去练字，我去给崽泡牛奶。

过了没多久，赵人瑞的书房里就升起一股墨香，在灯光中静静地漾开。

编号:011

姓名:江　平

江平身材高大,脸滚圆,架副黑框眼镜,见人总是笑嘻嘻的,走起路来飞快,像是后面有什么东西在追他。刚分配来的时候,他是在会计股,坐在记账柜。孙建设是出名的难相处,对下属尤其挑剔,江平却做得让他没话讲。孙建设说要怎样怎样,他总是应着好,马上执行。有些事,本来不该他做的,但派到头上来,他绝不会去讨价还价,只是做起来会稍微慢一点,最后总还是做得漂亮。这样大家既觉得这小伙子勤快,又觉得他不可轻侮。下了班后,他也很喜欢跟大家和在一起,绝不关起门来当孤家寡人。搓麻将就搓麻将,打篮球就打篮球。他脑子转得快,在牌桌上表现很突出。打篮球则技术一般。但这两样,他都没有表现出过多的热情,绝不会像孙建设那样,一头扎进麻将堆里,最后出不来,只不过随大流而已。

虽觉得他的性格不是很对胃口,但孙建设实在挑不出毛病,慢慢地也就比较倚重他。江平在会计股转了几个岗位,搞到最后,连日终结账也是他干了。孙建设只是管管费用,每天甩着手在行里转圈,让别的股长大为羡慕。后来龙向阳抽江平到海南管账,孙建设还不太同意。

龙向阳说,江平给你做牛做马也有四五年了,你也给他一点机会。

孙建设这才明白龙向阳有心要栽培江平,就不好再挡了。

龙向阳一向很喜欢江平,觉得这小伙子业务强,又灵性,不像赵人瑞那样古板。更重要的是,江平跟他都是北坪人,可委以心腹大事。果然,江平初当大任,就圆满完成了任务。回来后,龙向阳就把他提了个经管股副股长。大家都恭维他是年轻有为,前途无量,江平照例是满脸滚出笑容来,说,靠你讲得好。又有人提议要他请客，最好是办几桌酒。江平只是笑，却不做声。见他如此，其他人兴致虽高，却不敢勉强。晁荣宝跟他玩得好，私下里又缠着要他请客，江平就喊他出去，在资江边的小夜宵摊上喝了顿酒。因为是别人掏钱，晁荣宝就拿出梁山好汉的劲头，猛往肚子里灌酒，并说，我要是你，这么年轻就当了副股长，肯定要大摆酒席，要一下威风。

江平淡然一笑，就是因为这么年轻当了副股长，所以我不敢办酒。

晁荣宝鼓起眼睛问，为什么？

跟你讲也讲不清，反正不能办酒，更不能耍威风。说完，江平抿了口酒，转头望着江面。在昏黄的灯光下，他的脸上隐隐泛出一层忧色。

你好像不太高兴？

没什么。江平努力一笑，也不去看晁荣宝，取下眼镜，低头擦了起来。

第二天，就有人上门来为江平介绍对象。虽然江平积极性不高，但办公室的陈丽听说了，却大为紧张。以前她在江平面前还有点矜持，等着他来追自己，现在有了危机感，开始有事没事就往他那里凑，在江平办公室里聊天，居然还要给他倒水，慌得江平连忙说不用。但水已经端了上来，还奉送一个甜甜的微笑。江平只好将不用改为谢谢，同时眼睛盯着桌面上的报表看。陈丽晚上邀请他去看电影，江平也不拒绝，只是说，喊宋小红、晁荣宝他们去，人多些、热闹些。陈丽一阵愕然，随后点点头。

当晚看电影，江平请陈丽、宋小红先坐下，然后说，只带了瓜子来，还要买几瓶汽水打口干才行。陈丽怪他在门口又不买，江平嘿嘿一笑，坦然承认错误，然后拉着晁荣宝去外面转了圈，端了四瓶汽水进来。走近座位口的时候，江平故意放慢脚步，让兴冲冲的晁荣宝先挤进去。结果晁荣宝挨着陈丽坐。也不好意思要晁荣宝跟江平换过来，陈丽只好装做对电影很感兴趣的样子（其实是部老得掉牙的《自古英雄出少年》的影片）。晁荣宝却看得兴致勃勃，不时发出豪迈的大笑，嘴里一股臭气飘到两位女同胞脸上，让她们不时蹙紧眉头。江平偶尔也蹦出一两声憨笑，表明他同样看得津津有味。好容易挨到剧终，陈丽提议去吃夜宵。江平却说体重已经超标，晚上不太敢吃东西，结果引出了陈丽的一番关心，甚至要给他制定一个健康食谱，江平只好再次表示感谢。回到宿舍楼，晁荣宝精神旺得可以烧把大火，跑到江平房里聊到深夜一点。晁荣宝说，陈丽好像对你有意思哦？

乱讲。

她真的对你有意思,未必你还看不出?

她人很好,就是不太适合我。

我就搞不懂,陈丽人长得漂亮,性格又大方,怎么就不适合你?

老婆太漂亮了不好。

哎,你是有肉送到嘴边也不吃,我却连豆腐都没得一块吃。

所以你天天晚上搞梦遗喽?

你怎知道?

你裤子又不兴换,搞得身上一股怪味,别人看不到总闻得到吧?

晁荣宝抓了抓脑袋,红着脸说,有时候起得晚,来不及换。

江平推了推眼镜,忍不住笑起来。

看完这场电影后,对相亲的事,江平似乎上心了许多。只要有人做介绍,他总会去参加见面仪式。看过五六个后,他便确定了跟其中的一个妹子交往下去。陈丽托宋小红去打听,原来就是工行营业部的王小容。这妹子,陈丽见过,瘦瘦的,不爱做声,脸上因为生过青春痘,有些地方还留下了浅浅的坑坑洼洼。虽然不能说丑,但绝对和漂亮无关。陈丽简直无法相信,还以为宋小红打听错了。宋小红发誓说骗你是猪变的,还说自己亲眼看到江平跟王小容走在一起。陈丽还是觉得没可能,她想江平要是选了个美女,自己还悟得通。难道他真的是瞎了眼,看不出自己长相身材、交际能力,样样比王小容强。这些话,她不好跟宋小红直说,只在心头上做功夫,当天晚上也没怎么睡落觉。

过了两天,江平带王小容到人民银行院子里玩。江平是骑着他那部“凤凰”把王小容接过来的。进大门的时候,他按出一串清脆的铃声,到了宿舍楼下,又弄出一阵脆响,似乎在向同志们宣告,他带着女朋友来了。王小容有点怕丑,要他不要按。他说,这是代表人民银行欢迎你。

宋小红正好站在阳台上看风景,瞄到底下的动静,马上跑到对面陈丽的宿舍,火速报告了这一敌情。陈丽撇了撇嘴,说,好笑,这跟我有什么关系喽?宋小红只是抿着嘴笑。这时楼梯间传来江平跟王小容的说笑声,这声音就像火团一样在陈丽心头滚动。她从床边站起来,走了两步,又坐下,拿起床头的圆镜,看了看镜中那张脸,哪一点都比那个干瘪货强啊。宋小红察颜观色,这才笑着说,江平的女朋友第一次来,我们出于礼貌,也要去看看吧,也算是对同事的关心。陈丽立刻站了起来,步子急促,倒抢在了宋小红前面。

她们住二楼,江平住四楼。开门的自然是江平,见是她们两位,他说,嘿,来了两个电灯泡,还是一百瓦一个的。

宋小红笑得弯下腰。陈丽却做出发脾气的样子,瞪眼说,你就这么不欢迎我们。

哪里、哪里,热烈欢迎。

王小容坐在窗前,也不起身,看着外面不远处的小山丘。陈丽瞅了她一眼,马上做出一副发现新大陆的样子,说,哟,来了客人了,不给我们介绍一下?也不待江平开口,就直接推进到王小容面前,以俯视的姿态打量着她。看着这具扑面而来的丰腴肉体,王小容有点自卑地笑了一下。

小容,去倒两杯茶来。

这小容两个字,在陈丽心头上烙了一下狠的。宋小红却没理会她的感受,说,哎哟,叫得这么亲热。这又烫了陈丽一下。她强忍住不快,坚持既定战略,等王小容端上茶来,很热情地跟她东扯西扯。王小容却不大说话,问十句,她答个两三句,有时还羞怯地笑上一笑。

江平坐在一边,欣赏着王小容的这份含蓄娴静,同时愈发感觉到陈丽有种张牙舞爪的感觉,非他所喜。陈丽却自我感觉良好,说个不停,以求充分展示自己的口才。她问王小容喜不喜欢跳舞?王小容说不太会跳。陈丽马上说,那我教你。女人不会跳舞,那就像鸟不会飞一样。说完,她就尖起嗓子笑,很为自己这个神来之喻得意。江平勉强笑了笑,心里却冒出几分反感。

宋小红在一边冷眼观战,也觉得陈丽有点表演过分。她见陈丽还要演讲下去,便打断了她,对江平说,今天晚上你一定要请客啊!

今天没空,改天吧。

就是要今天请,才有意义嘛。小容,你说是不是?

王小容说,你们还没吃饭吧,一起去吃。

看了王小容一眼,江平不好再说什么了。

在单位斜对面的"华都"酒店吃完饭后,陈丽就提出请他们去跳舞,并且不待江平反对,就挽住王小容的胳膊,说,你们不给我面子,也要给宋小红面子哦。

话说到这份上,江平显然不能不给她们两位面子。只是三个女的走起路来，就好像是鸭子浮水，悠闲得很，五百米一段的路，不晓得要走好久才能完。江平又不能自个冲在前面，所以只好艰难地磨着慢步，听陈丽和宋小红讨论到底是去“金龙”呢还是到“百乐门”。直到走完一条街，她们才初步定下是“百乐门”，理由是“金龙”去的多半是中年人。但再走出十米远，陈丽又说，“华丽”是不是小了点，然后两个人又拿不定主意了。一直在旁边静静听着的，到这时王小容才开口，我听说大桥那边新开了个“红玫瑰”，装修得还可以。江平说，要得要得，就去那里，然后马上叫了两辆“慢慢游”。

舞厅有个不成文的规定，女的不收钱。所以守门人看着江平只掏了两元钱，却带着三个女的昂然而入时，一边在地上重重地啐了一口，一边也只得承认这小子有狠。看到江平独霸三枝妹妹花，几个在舞厅里面孤独游荡的小青年大为羡慕，在他们周围晃来晃去。有一个鼓起胆子邀请陈丽，却被她高傲地拒绝，退下来后，遭到同伴好一顿奚落。宋小红瞟了他们一眼，捂起嘴巴笑。另一个小伙子以为有机可乘，要请她跳。宋小红却像碰见了鬼似的，立刻撇起嘴巴，看都不看他。

江平一边替他们惋惜，一边带着王小容下了舞池。跟她交往了个把月，却还没跳过舞。江平正担心带不带得动她，却没想到王小容脚步轻巧，三步四步跳得出许多花样来。相比之下，江平倒像是在拖着一双大脚板在散步。低头看着王小容，他说，要得喽，你还留了一手。

王小容嫣然一笑，说，我有个表姐是学舞蹈的，都是她教的。

不防王小容跳得这么好，陈丽倒没有泄气，反而急于向江平展示自己的迷人舞姿。等一曲奏完，他们下来后，陈丽就起身对江平说，赏个脸吧。

江平有些惶恐，说，我跳不太好。

别谦虚了。陈丽先走下舞池，江平没办法，转身对王小容说，你和宋小红一起跳吧。王小容点点头，一点也没露出不高兴的表情。

江平个子有一米七四，站出来，很能撑得起门面。陈丽一米六五，在飞龙县的女孩子里面算拔尖了，穿上高跟鞋，看上去就有一米七的样子。江平壮实，陈丽丰腴，两个人抱在一起，颇为壮观。江平的手只是虚虚地搭在陈丽腰上，心里觉得陈丽光从体型上就让人难以把握，还是王小容那样瘦瘦小小的好，令他有爱怜的冲动。

两个人跳起了快三。这是陈丽的拿手好戏，只见她昂首挺胸，左手粘在江平后背上，随着急促的节拍风一样旋转，眼睛配合着步法左顾右盼，时不时还给江平送去一捆秋天的“菠菜”。江平有点跟节奏不上，倒像是被陈丽在带着跳，颇不自在。时值盛夏，陈丽的衣领间奔出浓烈的花露水香，一阵又一阵地冲击着江平的鼻子。鼻塞头晕之下，江平有点分不清方向，只觉得周围无数白衬衣亮得逼眼，在黑暗中一闪一没。音乐声如同闪电在拥挤的人头间划过。头一次觉得跳舞是种受罪，他几乎想松手撤退了，但又不想过分得罪陈丽，只好默诵“坚持就是胜利”的格言，一步一步挨下去。

陈丽感觉极好，舞到池子深处，身体就紧紧地挨上江平。只觉得两大团软乎乎的东西往自己怀里拱，江平大骇一下，猛地松手往后一退。只听得哎哟一声，他狠狠地踩了别人一脚。马上就有男高音威猛地炸起，你娘的瞎了眼了，不会跳就莫来出丑。

江平连声说对不起，借机退出了舞池。没想到是个这样的收场，陈丽的表情马上冷了下来，盛大的高温也没能将她的脸解冻。在王小容的示范下，宋小红正跳出点味来了，大有继续深造的趋势。但陈丽却待不住了，看着她们又跳了一曲，就坚持要回去了。走出舞厅，街上很空寂。四个人一下子变得安静起来，只听得脚步声在路灯光下晃呀晃。

第二天上班时，陈丽在楼梯口遇见江平。本想不打招呼，自个走下去的。但江平却不放过她，像往常那样笑嘻嘻地问，还没吃早餐？

陈丽勉强一笑，说，是啊，你也没吃吧。

江平嗯了一身，跟往常一样，以他那著名的快步越过陈丽，向食堂奔去。看着他微微前倾的背影，陈丽叹了口气。心里明白，以江平的性格，肯定会当做什么都没发生，照旧跟她有说有笑的。而她喜欢江平，有一半是因为他这种圆融性格。她看准了江平以后会很顺的。只是现在陈丽明白过来，未来的行长夫人不太可能是她了。

陈丽看得很准，江平的确很能适应环境。他这人，不但业务精，让人服气，而且有个特点，就是永远不会和领导顶起来。在经管股干了几年后，潘俊提了总稽核，龙向阳就让江平接了他稽核股股长的位置。又过了几年，潘俊到建行当行长，总稽核这块肥肉，很多人都在望着流口水。孙建设摩拳擦掌，公开在行里扬言，这一次要是没提上，他就甩手不干了。赵人瑞虽然没怎么向组织提要求，但也没有表示不当。有人鼓动江平，说，江股长，你也有很大的机会。

看看周围盯着他的几双眼睛，江平断然说，有孙股长和赵主任在那里，哪里轮得到我？这样的事，我想都不去想。

江股长，你太谦虚了。

江平嘿嘿一笑，我是实事求是。正好这阵子王小容生了小孩，江平便借口说要照顾老婆和孩子，每天上班签个到，就把股里的事托给郑亮，匆匆潜回家里，再不浮头。其实照顾老婆和孩子，自有乡下的老娘在全面负责，还轮不到他来插手。江平只不过是躲在屋里看看业务书，为申请副高做准备。见江平一副缩头乌龟的态势，孙建设大为高兴，转而把矛头对准赵人瑞，到处放他的臭，说他是知识分子脾气，清高得很，看不起行里的同志，连牌也不跟大家打。管理能力也差，当了个办公室主任，连派台车也要别人找王庆生。赵人瑞本来想顺其自然，但孙建设打上门来了，他也只好进行还击，罗列了孙建设作风粗暴，对待下属苛刻，比较爱跟人计较等等罪状，在同志们中间予以宣布。他们两个一斗起来，也有助拳的，也有煽风点火的，也有站在边上看把戏的，一时行里硝烟四起，好不热闹。过了半个月，结果出来了，江平被任命为总稽核。有同志说，有天夜里很晚了，他看见有人往龙向阳家里钻，身影很像江平。但到龙向阳家里串夜门子的人很多，谁也无法断定江平到底去过没有。大家只是在心里感叹，还是江平高哇。

任命书下达后，赵人瑞是个淡泊之人，无可无不可。但孙建设却没这个涵养，当着江平的面，把下巴翘得高高的，说，你算老几？

江平笑了一下，我在家里是老三。

没想到江平会这样回答，孙建设怔了一下，意识到自己在风度上被比下去了，一时竟找不到话来撑脸面。这事在行里传开后，大家都称赞江平的回答绝妙之极。老三，他在行里现在也是老三嘛。龙向阳更是激赏不已，说，这才是把书读活了。

江平坐上总稽核这把位置，更加事事小心谨慎。总稽核手握监管大权，各商业银行都有点寒毛。凡是江平下去检查，各行的一把手都亲自做陪，殷勤相待。但江平脸上毫无骄矜之色，就像他过去当股长一样，照旧跟商业银行的兄弟们开着玩笑。回想起过去潘总稽核长的那副架势，商业银行的人就感叹说，人跟人，硬是有很大的不同啊，从此愈加配合他的工作，否则就觉得过意不去。

江平谦和归谦和，检查起来还是蛮细致。他是业务高手，会计、信贷都搞过，很难被糊弄。只是发现了问题，他总还是留有余地，先给对方一个整改的机会,并不像潘俊那样爱动杀手,二话不说就罚款。如果有很大问题,他总要向龙向阳请示了,再做处理。这样就算是被罚到出血,商业银行的人也不会认为是江平本人苛刻。他做这个总稽核做了三四年,居然没有跟商业银行的人红过脸,也算是创了记录。另外一个记录就是按摩、洗脚,他都与民同乐,但坚决不干那事。搞得工行的行长特意对王小容说,江平这样的老公,真是没得第二个了。

王小容脸上笑开花,嘴上却说,是领导说得好。她不知道就是昨天,这位一脸关公相的行长,在开发区按住个漂亮小姐生猛了一回,而江平却谢绝了。

龙向阳调到市里去的时候,所有的人都松了口气,江平也不例外。在龙向阳手下这么多年,他始终都是陪着小心的,过得很不自在。但在欢送大会上,他还是作了长篇发言,总结了龙行长的丰功伟绩,并感谢他对自己多年来的培养。是真的感谢吗?是真的。龙向阳这一走,虽说他少了些压力,但也失去了一座大靠山。以前靠惯了,突然没了地方靠,确实有点不习惯。龙向阳上车的时候,江平亲自放鞭炮。看着小车拖着一路尘土远去,不知为什么,他心里感到有些慌乱。

王庆生扶了正后,江平就转了副行长。王庆生是弱势领导,江平却不跟他争权。有时王庆生实在压不住阵脚,他才出来维持一下局面。副手如果不管事,那就相当清闲。他抓住这个时候,报了省人行和中国财经大学联合举办的一个在职研究生班,每天关在办公室里看书,颇有点韬光养晦的味道。行里的人也知道王庆生只是个过渡人物,顶多再干个两年就会退下。正行长这位子,江平是稳坐了。看他采取这种姿态,有人就说他厚道,不肯伤王庆生的面子,也有人说这就是他聪明过人的地方。总之,江平越是谦让,大家就对他越尊重。就连陈丽,现在也想方设法跟王小容套近乎,又是约着上街买衣服,又是送化妆品,好给自己留条后路。王小容作为第一夫人,在工行人行都受人捧,也沉浸在一派幸福之中。

这天中午,王小容买到了只正宗的土鸡,炖了罐好汤。一家三口围着吃。看着江平和儿子吃得香,王小容有种幸福感充盈全身,自己就是一口不吃,也觉得满足。她想着从小父母替她看八字,几个算命先生都说她一生劳碌多灾。这句话令她郁郁不乐了许多年。只有最近两三年,她心里的阴影才基本去掉,觉得算命先生根本是胡说,同时又觉得父母不该给她看八字,让她背了好多年的心理包袱，搞得内分泌失调，脸上长了不少青春痘。虽说后来好了，但终究留下痘痕，是为一生的憾事。她正在想着要去办张美容月卡，好好地调理一下自己的皮肤。这时候就听到有人在敲门，声音沉沉的。一般行里的同志来敲门，都是试着手敲，很轻很轻的。跟江平对看了一眼，王小容就起身开门。才开了半边，就挤进来三条板着面孔的汉子。为首的那个亮出工作证，说自己是检察院的，请江平去协助调查。不知道发生什么事，王小容回头看了丈夫一眼。江平脸上没有什么表情，站起来，他摸了摸坐在身边的儿子牛牛的头，说，要听妈妈的话，就跟着那三个人下了楼。

见不对头，王小容跟了下去，不停地问，到底出了什么事？到底出了什么事？问到最后，王小容的嗓子就有点哽咽了。

江平低着头，始终一言不发。楼下坪里停着部车。为首的那人拉开车门，要江平先上去。他这才看了王小容一眼，哑着嗓子说了句，带好牛牛，就上了车。那一眼有着深重的悲哀，让王小容突然涌出绝望的感觉。

当天下午，王庆生就召开了紧急会议，向股长们传达了内幕消息。事情的暴露是因为飞龙县另一个单位的头头要跟老婆离婚，而这位头头当年跟龙向阳合伙在沿海炒地皮，当然也共同受贿。跟龙向阳不同的是，他嘴巴不严实，拿到生平第一笔大钱后，得意之余，把这事泄露给了老婆。这家伙现在迷上了一个刚分配来的女大学生，下定决心要跟发妻分道扬镳。他老婆一怒之下，抱着“予与汝偕亡”的壮烈情怀，跑到检察院告了一状。这一状可谓告得重，不仅完结了她丈夫的浪漫爱情，也把龙向阳和江平牵了进去。听完王庆生的传达后，众股长表情复杂。有叹气的、有沉思的，也有点上根烟来掩饰嘴角笑意的。大家都清楚，江平的锦绣前程从今天起就终结了。

检察院第二次来人的时候，把江平的家查了个底朝天，连柜子里的每一本书都倒过来抖上两抖。王小容在一边静静地看着，既不出声也不拦阻。见她这样，检察院的人也有点不好意思，一再声明他们也是没办法，例行公事。王小容靠在椅子上，木然地点点头。儿子她早就送回娘家，存折和金器她则放进工行的保险柜里。她现在只是牵挂着江平。现在正是寒冬腊月，江平虽然看上去壮实，但身体并不好，有胃病。她只想检察院的人快些走，好直奔看守所，争取跟所长见个面，看能不能打点一下，让江平在里面少受些苦。

江平这样的案子，判重判轻都有可能。王小容跑了趟律师事务所，搞明白了当务之急是把赃款退掉。也顾不得以后怎样，她把存折上的钱全部销户，把自己存下的白金和黄金首饰全部卖掉，也就凑了五万来块。又到处找同事亲戚借钱，勉强凑足了九万，送到了检察院。但这还只是个开头，接下来要打点关系、请律师，开销还大得很。旁人劝她，拘留所那边少送点。王小容说，我少送点，江平就会多受苦。宁肯我天天吃糠，也不能苦了他。

人行的同志们听了这话，都纷纷说江平当年是看准了人。胡伟叹息说这么灵性的一个人，怎么就把不住自己呢？

陈卫东马上英明地指出，江平当年要是不拿这钱，老龙以后也不得重用他。他是拿也不好，不拿也不好。

晁荣宝叹息道，提他的是龙行长，害了他的也是龙行长。

陈卫东笑着说，要是你，拿不拿？晁荣宝承认自己也会伸手。陈卫东说，就是喽，换了谁也稳不住的。

这番议论被王庆生听到了，大皱其眉，说，这是贪污，未必你们都去贪污。大家伸了伸舌头，都不做声了。

离开庭审判只有个把月了，王小容急得不行，咬咬牙，用房子做抵押，在自己行里贷了四万元。经人介绍，她请了昭市最好的王律师。王律师当然有水平，对家门的不幸也深表同情，但开口要起钱来还是不含糊。只要他能把江平救出来，王小容是再贷一次款也愿意。见碰上个肯放血的主，王律师干劲十足。他也佩服王小容能共患难，有心要帮她一把。这年头打官司，不是打谁的法律学得精，而是看谁的关系硬，在公检法认识的人多。开着自己的小车，王律师在昭市飞龙两地来回蹿，能用得着的关系他都跑到了，反正请客送礼又不是花自己的钱。最后他又带王小容到长沙跑了一趟，找了自己在省高院工作的同学。王小容下了狠心，递了个一万块钱的红包。对方一再推辞，充分表现了自己的高风亮节，最后因为盛情难却，只好笑纳了，同时答应会给下面打招呼。

把能做的都做了，王小容一个人变得清瘦，只是有股劲在撑着她，眼睛还是很亮。开庭的前一天，她又上老庵堂烧了高香，许了一千元香火钱的愿，求菩萨保佑。老尼姑问她是不是打一卦，犹豫了很久后，王小容还是没打——不是钱的问题，而是担心要是打得不好，自己可能当场就会崩溃。

开庭的那天，除了一线要办业务的同志外，人行的干部都去了。江平被押出来的那一刻，无论是惋惜他的还是恨他的，心里都沉了一下。毕竟，人民银行的副行长被押到审判台上，大家面子上都不光彩。往大家坐的这边看了一眼，江平又低下头去。陈丽眼尖，看到江平黑了不少，胡子也钻出来了，心里不禁一酸，同时又有种莫名的庆幸。

王小容的钱没有白花。江平作为从犯，被判了三年，缓刑三年。出狱的那天，王庆生还是派了车，但他自己没有去。不过他要是去，还坐不下。看到来了十多个人，江平很感动。但他还是保持了一贯的沉稳，对大家笑了笑，就上了车。回到家中，关上门，江平一把抱住王小容，说，你怎么瘦了这么多？

王小容哇的一声就哭了出来。

摸着她的头，江平不停地说，没事了，没事了，但是自己竟也忍不住失声哭了起来。

哭了这一场后，王小容大病了两个月。行里的同志都说，王小容身体本来就不好，硬撑了那么久，肯定是伤到心里去了。陈丽跟着大家去看了王小容一次，她躺在病床上，吊水的那只手腕瘦如树枝，但神色很安然，微笑着对大家表示感谢。看到她这个样子，陈丽第一次在心里承认，自己比不上她。

按规定，判刑的人会被开除。但江平一向广结善缘，没有谁会先开口说这句话。王庆生考虑再三后，呈请中支作决定。万大同管过稽核这条线，江平那时做稽核副股长，做事扎实，让万大同很是赏识。在万行长的规划中，江平迟早是要做一方诸侯的。没想到中途落马，让他很是痛惜。接到报告后，万大同批了四个字：酌情处理。王庆生召开党组会议，仔细领会了这条批示，保留了江平的公职，但在刑期内只发基本工资。这个决定出来后，许多人替江平松了口气，少数几个有看法的人也不好再说什么。

公职问题是解决了，但把江平放到哪个股室却成了问题。没有哪个股长好意思去使唤原来的副行长。王庆生见大家推来推去，便硬性指派江平到办公室搞文字综合。赵人瑞这时已经提了副行长，当办公室主任的乃是江平以前的下属向大志。令人惊诧的是，向胖子居然顶住不要，并扬言江平要是进来，他就出去。这个态度让大家很是诧异。最后还是罗剑回忆起数年之前，向大志在稽核股的时候，到城市信用社去检查，耀武扬威，回来后被江平批评了一顿好的。大家这才恍然大悟，说向大志那么胖的人，心眼怎么这样细喽。

有人把这事告诉了江平，他只是看着地下，一言不发。已经升为总稽核长的郑亮跟江平一向很好，实在看不下去，就示意农金股副股长李锦成出面，把江平要了过去。起初李锦成还担心喊江平不动，但很快他就放下心来。江平做报表、写材料，勤快得很，不知道的还以为他是新分配来的。有时李锦成过意不去，要江平少做点。江平说，他是被判刑的人，只有做着事，心里才踏实。李锦成就暗自叹气，觉得江平是太可惜了。

大家都替他可惜，但江平绝不做出自艾自怜的样子，只是勤勉地做事，有时也跟大家说说笑。但下了班后，他基本就跟老婆孩子待在一起。他对王小容说，我欠了你们，只有多陪陪你们。

靠在他胸口，王小容说，傻瓜，你不当行长又有什么要紧？

江平一笑，想起往昔的雄心、多年的努力、功亏一篑的遭遇，他未免有些难过。但这些，只咬紧牙关，堵在心里，一个字都不会蹦出来。他对王小容说的是，你知道吗，这十多年来，那九万块钱一直压在我心里，有时做梦都会梦见被人抓住，也不知出了好多回冷汗。现在这样也好，心里没有包袱了，吃饭也安心。

王小容一笑，说，你这么想就好。

编号:012

姓名:晁荣宝

晁荣宝,江平的老同学。他们在一个乡从小学上到高中,后来又一起填志愿,考上了三湘金融学校。金融学校是所中专,高中毕业考上的称大中专,读两年,初中毕业考上的称小中专,读三年。据江平说,晁荣宝两年里面就干了一件事:打牌。

有次夏天深夜,几个人兴致来了,在寝室里点了支蜡烛,脱得只剩条短裤,汗流浃背地围坐在一起打双升级。晁荣宝牌技一般,手气又不好,把饭票和香烟都输得精光。张口借钱,却没人肯给他翻本的机会。他眼睛通红,硬是不肯下。其他三位也不好轰他走,只有收牌。晁荣宝却拦住了,说,何解不打喽?

就我们三个了,怎么打?

明明还有我,怎么只有三个?

你打光了,哪个跟你打?

赢了我的钱就想不打,哪有这样的好事?

那你拿钱出来。

我没钱了。

没钱还打什么?

没钱我也要打。

那你找别人打去。

我就是要跟你们打。

……

最后晁荣宝果然又跟那三条好汉打了起来。只听得床板一顿爆响，烛影乱晃，几条人影在墙壁上忽长忽短，状如疯魔。值夜班的老师忍无可忍，破门而入，把四条好汉都拖到宿管会。灯光下面但见四人鼻青脸肿，其中以晁荣宝最为惨不忍睹。在保卫科老师的训斥下，四条好汉都深刻地认识到自己的错误，每人被扣十分操行，又写了份检讨才了事。从此本班无人敢跟晁荣宝打牌。深自懊悔之余，他只好跑到楼下，找那些小中专的老乡打，勉强应付了剩下的两个学期。

毕业后，晁荣宝和江平一起分配下来。江平分到了会计股，晁荣宝却主动申请去保卫股。一个三湘金融学校毕业的科班生，不搞业务，却一个劲地要混入行伍之中，颇让同志们感到诧异。但那时保卫也确实缺人，胡伟巴不得有个新人进来，好把内勤那一摊分出去。晁荣宝如愿以偿，穿上了那身黄狗皮。他人长得粗，眼睛上方还从胎里带了个小瘤子，这一身穿出去，活脱是个土匪相，让同志们莫不掉头而笑。晁荣宝却自我感觉良好，活得有滋有味。他是值班打字牌，下班打升级。后来流行麻将，更是一日不摸就过不得。只恨不能在保卫股放张麻将桌，再喊两个人进来打。一天二十四小时，除了吃饭睡觉屙屎，他手里竟没放下过牌。潘俊、江平他们都报了自考，利用业余时间发狠考文凭。晁荣宝却什么都不报，似乎已立志不再进考场。同志们见他如此，都摇头叹息，说他读书是白读了。

晁荣宝听到了，昂着脑袋说，怎么是白读了？我要不读书，能分到人民银行来，能有这样的舒服日子过？

听到他这样讲，大家都无言以对。

晁荣宝倒也逍遥快活了几年。

后来江平谈恋爱，骑辆单车，带着王小容，铃声清亮地从大门口滑进来。晁荣宝看到了，愣愣地站在那，有五分钟没动，脑袋里一片轰响。五分钟后，他意识到人生除了打牌，还有一件大事。就算自己眼睛上的瘤子再大，心里再自卑，也不能成为不干这事的理由。想起如今已二十有五，耽误了大好青春，他骂了自己一句，蠢宝，又往台阶下的沟里面狠狠地啐了一口。

第二天没值班，晁荣宝大摇大摆地走进会计股。江平俯在桌上，正在手工计算邮政储蓄的利息，不防肩膀上被重重拍了一掌，手一抖，算盘上的数就走了样。抬头一看，晁荣宝正咧开嘴对着他笑，两排黄板牙粲然生光。江平骂道，你看你，打牌打得连牙齿也懒得刷了，哪看得完。

抓了抓脑袋，晁荣宝说，平伢子，你帮我介绍个女朋友喽。

江平一时愕然。

见他不说话，晁荣宝说，你现在找到了婆娘了，莫忘了拉我一把。

江平扶了扶眼镜，说，你也晓得要谈对象了？你干脆把麻将讨回去当老婆算了。

哎呀，你就帮个忙啦。

我看看喽。江平说完，又埋头去重新算积数。晁荣宝呆站了两分钟，也不跟会计股的其他人打招呼，就甩着手走了。

江平在行里总是一副笑脸，只有晁荣宝他可以给脸色看，随便骂两句也无所谓。但晁荣宝托的事，他却很上心，要王小容帮忙物色一个。王小容微微皱起眉头，说，就是那个穿保卫服的啊？简直像是土匪窝里出来的一样。

江平瞟了她一眼，说，他跟我从小学到中专都是同学，还为我打过两次架。王小容对晁荣宝的印象这才有所好转，并笑着追问为什么打架，是不是跟人家抢女朋友。江平连呼冤枉，说都是因为对方欺生。王小容这才不追究了，仔细思量认识的妹子里有哪个比较合适。她有两个初中同学，以前读书时都玩得好，现在也有交往：一个在东方红小学教书，人称“小西施”；另一个在玻璃厂上班，叫吴丹艳，虽然不是西施，但也绝不是东施。想着晁荣宝也不配跟“小西施”谈对象，王小容就决定把吴丹艳介绍给他，心里还觉得委屈了吴。不过又想想只是搭个桥，完成一个任务而已，吴丹艳未必看得上晁荣宝，心里也就坦然了。

为这事，她特意选了个星期天，骑着单车到玻璃厂走了一趟。推开女工宿舍的门一看，几个青年男女正在使劲地扭迪斯科。放在窗台上的录音机显然上了年纪，听上去像是一个破了喉咙的人在放声大叫，不过这并未影响他们的好兴致。吴丹艳甩头的时候瞟见王小容，马上兴奋地冲过来，要拉她加入舞阵。王小容不肯，两人玩了一下太极推手，一个男青年就粘了上来，说，莫怕丑，都是出来玩的。

看着他一脸的烂相，王小容心想谁跟你玩，也不去答理，小声跟吴丹艳说，你出来，有事跟你说。

两个人到了走廊上，吴丹艳还在随着乐曲的节奏扭着屁股。王小容把事讲了，吴丹艳很爽快地说，好啊，反正是交个朋友。倒没想到她答应得这么快，王小容反而有点不放心，说，我们讲好了的，不要到时又不来。

吴丹艳说，你放心喽。王小容就执意要走。吴丹艳也不强留，送她到楼下，挥手说拜拜，转身走上去。望着老同学长发披肩的身影，王小容突然觉得她有点陌生。

听说有女孩子同意跟他约会，晁荣宝兴奋得直搓手。江平生怕他乐极生悲，提醒他一定把牙齿多刷几道，洗脸的时候脖子和耳朵背后也要使劲搓。最好约会那天洗个澡，从里到外都换掉，免得身上有种不明不白的气味，惹人生疑。晁荣宝言听计从，还特意跑到街上买衣服，并且硬要扯上江平做参谋。

江平自己穿衣服就随便，说不出个所以然来，只好向王小容求助。虽然觉得晁荣宝穿那身保卫服最合适，王小容还是勉为其难，替他选了一件短夹克，一条飘裤，当场穿上看效果。晁容宝还扭扭捏捏，躲在试衣间里半天不肯出来。这一身穿到行里面，同志们看了，都笑得打跌。衣服当然是好衣服，裤子也是时兴的式样，问题是套到了晁荣宝身上，就如同猴子学人走路，好像是那回事，却又有着说不出的别扭。但笑过之后，大家都说，好。晁荣宝承蒙称赞，直着脖子，站在那里傻笑，脸上显出一道道的沟壑。

跟吴丹艳约会是在下午，地点是大桥。江平和王小容双双出动，为他助阵。晁荣宝开始是走在前面，远远地看到桥头上倚着个女孩子，脚就有点软，越走越往后滑。江平拉了他一把，低声说，莫紧张。

晁荣宝挤出一脸苦相，说，我何解不紧张喽？

在一边看着，王小容忍不住掩嘴偷偷地笑。

终于接近了目标。吴丹艳倒很大方，主动走了上来。她个子一般，但比较苗条，穿着条略旧的牛仔裤，踩着高跟鞋；眼睛微微有点凹，看人时带媚意；资江边的风大，吹得她的长发一飘一飘。这个形象让晁荣宝顿时醉倒，根本说不出话，看着地面呆笑。吴丹艳只瞄了一眼，就把他晾在一边，跟王小容有说有笑，并打趣她找了个美男子，还藏起来不让大家看。江平听了，虽然知道自己跟美男子沾不上边，但未免还是有几分飘飘然。

按照设计好的程序，接下来就是去吃饭。在店子里坐下，王小容让吴丹艳点菜。吴丹艳笑吟吟地接过菜单，净拣最贵的点。王小容心里过意不去，瞟了晁荣宝一眼，他只是看着眼前的筷子，眯着眼笑。知道他把几个月的工资都带出来了，江平也不担心到时没钱数，只是觉得吴丹艳不像那种很单纯的妹子，只怕跟晁荣宝不太合适。

点了菜后，王小容问吴丹艳喝不喝酒。这话，纯粹是礼节性的，江平和她都不喝酒的。吴丹艳却说，好啊，并点了瓶红葡萄酒。王小容和江平对视了一眼，都不知如何是好。晁荣宝却兴奋起来——吴丹艳，太对他的胃口了，如果能喝白酒，那就更是完美无缺。

酒上来后，江平跟王小容都是被迫喝了一杯，那样子，跟喝农药差不多。江平只觉得晕，王小容更是连头发根都红了。见他们实在不能喝，吴丹艳也就不再勉强。晁荣宝喝了两杯后，胆气就鼓了起来，频频向吴丹艳敬酒。吴丹艳虽然没怎么正眼看他，但总是来者不拒，慢慢地也喝得两颊生春，眼波在灯光下流转。看着她这副模样，晁荣宝简直不知道自己姓什么了，居然替吴丹艳夹菜。那双油漉漉的筷子让吴丹艳皱了皱眉，再不肯向碗里伸筷。晁荣宝没注意到这个细节，还在一个劲地说，吃喽，多吃点。

江平却在一边替他急。王小容反应倒快，惊叫了一声，有苍蝇，就把吴丹艳的碗抢过来，把菜倒在桌上，然后要服务员换掉。

晁荣宝还在不停地追问，哪里有苍蝇？哪里有苍蝇？江平扯他的衣角，他还是止不住地问。大家只好不理他，埋头吃饭。

吴丹艳点得多，吃得却少，很快就拿香粉纸抹嘴巴。江平和王小容也都放下了碗，只有晁荣宝还在努力大嚼。见他们都停了筷，晁荣宝满嘴流油地说，就不吃了？多吃点，都是些好菜，莫浪费。

三人齐声说，吃饱了，坐在那里，看着晁荣宝把剩下的菜逐一扫荡。他一点也不觉得有什么不好意思，吃得啧啧有声。见他那个狼吞虎咽的架势，三个人都忍不住相视而笑。

接下来安排的节目是跳舞，但吴丹艳生死不肯去。王小容说，你不是很喜欢跳舞吗？吴丹艳说今天脚疼，下次吧。

也不好勉强，只有送她回去。到了玻璃厂门口，吴丹艳就要他们莫送了。王小容说，反正还早，不如到你宿舍坐坐。吴丹艳推脱不了，只好带他们上楼。坐了半个小时，就先后有两拨人来找她，男的女的都有，嘻嘻哈哈的很随便。其中有个男的还来粘王小容，气得江平脸都青了，就差没当场翻脸。实在坐不住了，江平和王小容就起身告辞，只有晁荣宝还恋恋不舍，一步一回首。吴丹艳送他们到楼梯口，拉着王小容讲了会话，就转身回屋了。

下了楼，江平和王小容都不说话。默默地走了一阵后，晁荣宝冒出一句,下次是好久?

什么下次?

不是说好了,下次出来跳舞吗?

江平心里说,蠢宝,没有下次了,但嘴上却找不到话来回他。王小容说,到时再说吧。晁荣宝这才住嘴,低着头走,不时地呆笑。

接下来的一个星期里,晁荣宝起码问了四五次。好久出去跳舞喽?好久出去跳舞喽?被他问得烦躁,江平真想说,没戏了。但看他那副样子,又有点可怜他,只好含糊其辞,说吴丹艳好像病了。这一说晁荣宝更加来劲,硬要去看吴丹艳。江平推脱道,也不知道是不是真的病了?

反正去看看,又没害处。

被逼得无法,江平只有说,要看你去看,我还有事。

听得此话,晁荣宝就闷下来。以为他泄了劲,江平也就不再理会。不想到了夜里,晁荣宝真的就提着袋梨子,鼓足勇气,把胸脯挺起,独闯玻璃厂。进了宿舍一看,吴丹艳好好地坐在那,守着台"韶峰"牌的黑白电视,和另外两个女工边看边聊天。见晁荣宝进来,那两个女工笑着起身,要出去,吴丹艳却受惊似的把她们拉住。不知把那袋梨子往哪里放,晁荣宝只有继续提在手里,手足无措地站在那儿。有个女工帮他移了条凳子,要他坐下。他才总算有个地方落屁股,看着吴丹艳笑。吴丹艳略略点了点头,说了句,来耍啊。

抓了四五下脑袋,晁荣宝说,你病好了?

什么病好了?吴丹艳有点吃惊。

你不是得病了吗?

谁讲的?

江平。

哦,是有点不舒服,不过现在好了。

晁荣宝想再讲两句表示关心的话,却怎么也找不到词,只好从袋子里掏出一个梨子,送到吴丹艳面前。他的手指粗糙,指甲缝里都是黑的,衬得梨子愈加雪白水灵。看到他的手就饱了,吴丹艳直摇头。晁荣宝锲而不舍,把梨子都快端到她脸上去了。吴丹艳就是不接,偏过头去对其他两个女工说,吃梨子不?

晁荣宝这才开窍,把袋子打开。这两位显然是吃惯了的,毫不客气,而且削皮的手法极好，转眼就把梨子的衣服脱光，比脱自己的还利索。见吴丹艳不吃，晁荣宝也不吃，结果整个晚上，梨子全归这两位享用了。到了十点钟，吴丹艳就表示困了，晁荣宝只好告辞。吴丹艳淡淡地说了句，不送了，就再不看他。倒是那两个女工吃他的嘴软，热情地说，下次来玩。

下楼梯的时候，晁荣宝碰到个男青年，穿着花格子衬衣，吹着口哨，一溜小跑地往上蹿。疑心他是去找吴丹艳的，晁荣宝走到坪里，立了一会，又折回去。门没有关严，里面爆出一串串的笑声。偷偷地凑近门缝瞄里面，四个人正坐在一起打牌。吴丹艳就坐在“花格子”的对面，谈笑风生，精神百倍，哪有一点要困觉的意思？也没觉得怎么气愤，晁荣宝只恨没能抢先一着，坐在牌桌上。站在门口想了很久，他才极不甘心地撤退。

第二天晁荣宝碰到江平，告诉他昨晚去过玻璃厂了。江平问怎么样，晁荣宝如实相告。默了半晌，江平说，荣伢子，我另外介绍一个给你。

晁荣宝斩截地说，我就要这个。

你就真的看得这么死？

我也没办法，看着她心里就来劲。

江平拍拍他的肩膀，不再说什么了。

以后只要有空，晁荣宝三天两头就往玻璃厂跑。他反正是发了狠，拿出打牌的劲头来。不管是这副牌对他冷淡也好，跟别人混在一起也好，他总是追着不放。还没碰到像他这么霸蛮的人，吴丹艳倒还觉得有点新鲜。但只要看一眼他那副样子，心里就厌烦。晁荣宝自知长相没办法跟“花格子”比，只有在牌桌上见高低。只是他牌技虽然略胜“花格子”，却没有吴丹艳打得精，跟他配对的又总是庸手，所以几乎每次都是他往外掏钱。只有这个时候，吴丹艳才对他略略有点欢颜，眼波一转，说，不好意思啦！

就为了这句话，晁荣宝掏得心甘情愿。这样的冤大头，无人不欢迎。最后搞得两天不来，那些女工都纷纷向吴丹艳打听他的动向。晁荣宝渐渐意识到自己的重要性，就开始扳翘，凡是“花格子”上桌，他就不打。不防他还有这一手，吴丹艳也没办法，但凡晁荣宝来了，就只好让“花格子”出局。“花格子”乃是玻璃厂有名的混混，受此委屈，就放出话来，要晁荣宝少来钓玻璃厂的妹子。晁荣宝根本就当耳边风，照样大摇大摆地出入于众女工的集体香闺。

这天夜里，晁荣宝打到十一点钟，才晃着脑袋离开女工宿舍。从坪里到大门还有一段路，梧桐夹道，只有一盏昏黄的灯躲在巴掌大的树叶中。晁荣宝想吹口哨，但又吹不来，只能用鼻子哼哼《万里长城永不倒》。一曲蛮好听的歌，被他哼得七零八落。正哼到"睁开眼吧"那一句，几个人从树后面蹿出来，把他围住了。当头的那个认得的，不就是"花格子"吗？哥几个满以为晁荣宝会吓得瑟瑟发抖，没想到这小子居然把下巴往前一挺，斜着眼睛看他们。看来不动手是下不了他，"花格子"把手一挥，说了句，上。

话音刚落，先扑上来的就居然是晁荣宝，一拳砸得他眼睛溅出许多细小的金星。人少的居然打了人多的，这还得了。几个人连忙冲上去，扯腿的扯腿，抱腰的抱腰，"花格子"趁机猛踹他的肚子。晁荣宝被箍得死死的，口中嗷嗷乱叫，最后被按倒在地上。揪住他的头发，"花格子"说，吴丹艳也是你钓的？

晁荣宝不做声。以为他怯了，"花格子"就松了手，想再踹他一脚，但想想还是没踢，只扔下一句，以后再在玻璃厂看到你，崽不打死你？一伙人扬长而去。才走得几步，"花格子"脑袋轰的一响，就倒了下去。另外几个人大惊失色，回头一看，晁荣宝手里抓着一块青石，眼睛通红地盯着他们，那样子，像人少，像野兽多。竟然没有一个敢上前去。僵持了两分钟后，"花格子"在地上动了动，发出呻吟，站着的人才醒悟到有送他去医院的必要。

"花格子"在医院躺了几天，然后缠着绷带出院了。据医生说，要是再砸偏一点，就不是轻度脑震荡了，只怕要去见阎王老子。但这也不好报案，因为是他喊人去打架，要抓也是一起抓进去。"花格子"只好派人传话给晁荣宝，让他看着办。江平劝晁荣宝赔点钱算了。晁荣宝却硬着脖子说，是他先动的手，还要我赔钱？

江平说不是那回事了，人家毕竟受了伤。再说这事总得有个了结，是不是？左说右说，晁荣宝总是那个理。江平劝出火来了，说，那你就不要出人民银行这个门，省得被别人打爆去。晁荣宝不做声，木在那里。

见晁荣宝居然没有提着烟酒来赔礼道歉，"花格子"在女工宿舍大拍桌子，说要砍了他的手。那些女工都劝他算了。越劝他火越大，嚷着要带刀子到人民银行去。有个女青工说，听说人民银行那个龙行长厉害得很，你就莫去那里惹祸呢。

这一说，"花格子"简直跳了起来，天王老子我也不怕。但嚷了几天，也没看到他有所行动，只是泡在吴丹艳这里打牌，还要吴丹艳帮他做饭，仿佛他挨了一下,吴丹艳就欠了他的。吴丹艳却没这种想法,不肯服侍。几个男青工就笑话他。面子上下不来,“花格子”甩手给了吴丹艳一个耳光。屋子里的人都被这一耳光打呆了,看着吴丹艳伏在枕头上,肩膀一起一伏。终于有个女工说,你要不得,一个男的,怎么好意思打女的?

大家顿时纷纷谴责“花格子”。见连几个哥们儿也不帮他说话,“花格子”恼羞成怒,说,我打我的女人,关你们什么事?

听得这话,吴丹艳从床上起身,抹了把泪水,说,谁是你的女人?我告诉你,以后你不要进我这扇门。

你这个骚货,那两扇门,不晓得好多人进过,我就进不得?

此话一出,众人就纷纷骂“花格子”乱讲,别人一个黄花妹子,是这样讲得的?几个男青工脸上不自在,走了出去,也不等他。“花格子”见不是个路,只有悻悻而去。

第二天,有女工把这事传给了晁荣宝。傍晚的时候,“花格子”正厚起脸皮,向吴丹艳说对不起。只听得走廊上一阵轰响,许多人走了进来。“花格子”一看,基本是厂里的职工,男的女的混在一起,都用一种奇怪的眼光看他。当头的那个却穿了身警服,一只手捂在怀里,青着张脸。定神一看,居然是晁荣宝。没想到他竟敢单刀赴会,而旁边的几个要得好的也不见动手,“花格子”顿时愣住了。就眨了下眼皮的工夫,晁荣宝冲到“花格子”面前,一把掀翻他,按在桌子上。“花格子”想挣,印堂上被个硬邦邦的东西顶住了。翻眼一看,竟然是一支枪,乌黑沉实,显然是真材实料。更可怖的是,扳机被晁荣宝扣到了一半。他不敢挣,生怕挣得不好,扳机一下扣到底,那就真的是无解了。

你打吴丹艳做什么?

看着他瞪起眼睛那副恶相,“花格子”心里直冒寒气,根本开不得口。别人他还敢赌一下,但晁荣宝,实在是个猛人,他怎么敢跟一个带枪的猛人赌硬气?正想着怎么混过去,脸上就挨了一下狠的,火辣火辣。他也想鼓一下眼睛,但实在鼓不起来。

这是替吴丹艳还你的。

晁荣宝收起枪,双手突然发力,把“花格子”撂在地上,对着他小肚子踩了一脚。只听得闷闷的一声,旁观的人都不自觉地绷紧肚子。

这是我还给你的。

“花格子”缩成一团。

你要报复，就来找我。要是再打吴丹艳，老子就一枪毙了你，再去坐牢。

晁荣宝说完，就转身往外走去。人群自动闪开一条道。就算跟“花格子”玩得好的几个人，也没起半个动手的念头。吴丹艳一直抱着双臂，倚在窗口，冷眼观之。等“花格子”从地上抖抖地爬起，半是威胁半是乞怜地看着她时，吴丹艳很不屑地瞥了他一眼，就“噔噔噔”地走了出去。大家也跟着散去，没有人留下来安慰“花格子”。

这晚，吴丹艳去王小容宿舍睡，两个女儿家窃窃私语地密谈了半夜。

晁荣宝持枪打人的事，很快就传到行里。胡伟骇得要死，找晁荣宝谈话。晁荣宝却生死不肯承认，说，哪个看到了？你喊那个人来。

拿他没办法，胡伟只有阴阴地撂下一句话，不要有下次了。

晁荣宝盯着脚下，不做声。胡伟考虑到他终究是龙向阳的正宗老乡，在保卫股来管内勤，也做了不少事，只要行里不过问，他就不再深究。

这么一搞，晁荣宝的形象居然大为增色。行里那些本来瞧不起他的同事，现在见了面，都是含笑致意。有的还拍拍他的肩膀，说句，小伙子不错，有煞气。晁荣宝只是眯起眼，呆呆地笑。龙向阳装做不知道这件事，见到晁荣宝时只是问，小晁，你对象谈得怎么样了？

其实心里还怕挨老龙的批评，见他毫无责备之意，晁荣宝也就落了心，抓了抓脑袋说，正在谈。

龙向阳咧嘴一笑，很是满意。北坪出来的人，到底不会给他丢脸。这晁荣宝虽然是读书出身，但看看竟是个做武将的料。

晁荣宝打出了威风，到玻璃厂去，是横着走路。大家见了他，都叫荣哥。“花格子”被他打虚了胆，在厂里的地位一落千丈，原来服他管的人，现在都踩到他头上来了。那些女工见了他，也像躲瘟疫一样的，远远避开。自知在厂里已做不起人，再加上单位效益越来越差，他想来想去，最后请了假，到广州打工去了。

“花格子”一走，晁荣宝就完全没有竞争对手了。其他人就算对吴丹艳有意思，但在听说了晁荣宝的壮举后，便再不敢拢边。吴丹艳这下就没了选择，虽然心里不爽，但也没办法——她不敢把晁荣宝从身边撵走。何况这家伙既硬挺又有钱，对她提的要求，从来就是不打折扣地执行。唯一美中不足的就是模样太拙。虽说男儿无丑相，晁荣宝那副样子，看久了也顺眼，但离吴丹艳的理想显然差得太远。王小容知道她的心事，说，男人又帅又有钱，你管得住吗？吴丹艳想想也是，但毕竟有点不甘心，一直犹豫着。过了两年，玻璃厂要倒闭了，吴丹艳这才下了决心，答应嫁给晁荣宝。

结婚那晚，江平和王小容跑到底下闹洞房，一直折腾到十二点，才散伙上楼。他们的卧室就在晁荣宝上面。脱衣上床的时候，江平笑着对王小容说，晁荣宝是不是把窗子都关严实了？

王小容白了他一眼，背过身去。江平却颇有兴致，把她扳转过来，生猛了一回。觉得他比往常要厉害，王小容也来了兴致，搞到最后，她腿脚都是麻颤颤的，软在床上。两个人都在喘气，突然就听得楼下传来隐约的惨叫。江平说，晁荣宝这个猛子，也不顾别人是个黄花女。但听着听着就觉得不对头——就算开头痛，也没有这样叫得猛烈而持久的，像是晁荣宝拿着刀子在吴丹艳身上剁，而且一直在不停地剁。王小容听得心紧，抓住江平的手。江平心里也暗自疑虑，但嘴上却说，没事。过了一阵，声音渐渐低下去，最终熄灭在黑暗中。两人也睡了过去。

这晚，王小容做了个梦。在梦中她看到吴丹艳缩在床脚，鼻青脸肿，抱成一团，整夜不停地抽泣。晁荣宝从她身体里拔出一把枪，枪上却没有血迹。呆呆地看着枪口，晁荣宝眼睛渐渐红了，最终他长叹一声，颓然地靠在墙壁上。

编号:013

姓名:陈　丽

晁荣宝经常把老婆做猪一样地打,打得尖喊尖叫,行里人一般不敢去劝的。江平和王小容能劝,但他们心里清楚,晁荣宝为什么三天两头对吴丹艳动手,不太好意思去。只有陈丽在楼下听着,心里牢过不得。"噔噔噔"跑上楼,很响亮地敲门。晁荣宝老不耐烦,扯着嗓子吼道,哪个?

就凭这一嗓子,等闲之人就会被骇退。陈丽却毫不怯火,用她的女高音回道,是我呢,陈丽。

晁荣宝虽不开门,但到底住了手。吴丹艳趁机从地上爬起,拍干净身上的灰,迎接这个大救星。陈丽虽然心直口快,但也不敢当面讲晁荣宝什么,只是借口上街买衣服,把吴丹艳喊出去避难。到了快煮饭的时候,吴丹艳才上楼去。那时晁荣宝急着等饭吃,也不会跑到厨房里来打人。

这样搞了几次后,晁荣宝看到陈丽就青起张脸。陈丽也无所谓,青脸就青脸,打老婆的男人,她还不想答理呢。吴丹艳却感激她,常有来往,关系竟比跟王小容还密切。她们两个,性格都外向,套得来,最大的爱好都是逛服装店。吴丹艳怕晁荣宝骂,骂她穿成这个骚样又想去勾引谁,总是看得多,买得少。陈丽却是间个把月就要换身新衣服。她的穿着打扮,一直都是单位的热门话题。

一九八七年陈丽刚分到行来的时候,穿了件蝙蝠衫,走起路来腰身轻扭,一副杏子大的黄色塑料耳环晃个不停。尹桂花很疑惑,说,这妹子是不是刚从学校里出来的啊?

张凤华感叹道,这些小妹子,比我们那时开放多了。

瞄着这身打扮，龙向阳却很欣赏，直接把她放在办公室。陈丽承蒙关照，谢谢两个字说得蜜水汪汪的，让龙向阳顿时看到了希望。在接下来的两个月里，龙向阳在行里发号施令，大耍手段，让陈丽充分见识了他的权威。然后在某天下午，他要陈丽下班后到行长办公室来一趟。

那是个威严的地方，终年窗帘拉得严严实实。怀着崇敬和激动的心情，陈丽没等同志们走完，就去敲门。门当然没有锁。进门后，龙向阳当然要她把门关上。尽管是皮沙发，陈丽还是不靠背，尽量坐端正，双手放在膝盖上，像个小学生那样，聆听龙向阳的教诲。龙向阳表扬了陈丽的工作，指出了在办公室责任重大，前途光明，然后话锋突然一转，挑剔起她的耳环来。他说，陈丽啊，人民银行的干部，要戴就戴金耳环。你看你戴的什么，塑料的，出人民银行的丑啊。

陈丽顿时双颊绯红，说，等存了钱，就去买一副。

龙向阳从上衣口袋里拿出个小盒子，说，我这里正好有一副，你先拿去戴。

陈丽眼睛顿时睁得滚圆，吃惊得仿佛是遇上了外星人，说，我不要，谢谢龙行长，然后不管龙向阳上身前倾已递了过来，起身就往门外走，嘴里还在不停地说，谢谢龙行长，谢谢龙行长。龙向阳看着她慌里慌张地消失在门外，那只拿金耳环的手一时忘了收回。

第二天，陈丽见了龙向阳，还是左一个龙行长、右一个龙行长，喊得亲甜，一副天真活泼的小女孩态势。龙向阳哭笑不得，左思右想，最终还是打消了把她赶到发行股点票子的念头。

陈丽逃过一劫，继续新潮着鲜艳着。一九八八年电视荧屏上流行超短裙，陈丽几乎是飞龙县头个把它搬到生活中的人。陡然看到一双白腿几乎是赤裸着出现在面前，王庆生顿时好几分钟都说不出话。黄建国则眯起眼睛，面露慈祥的微笑，说，陈丽好漂亮。侯莉、文春花这些年轻的家属则咋舌不已，对陈丽的大胆表示佩服。王庆生的老婆见了，转过背就骂，不要脸，像街上卖肉的。她的意见得到了老一辈家属的热烈拥护。

陈丽感受到众多目光的聚焦，愈发昂首挺胸，步姿优美，把所有的窃窃私语都踩在脚下。她个子高，穿上高跟鞋更是让潘俊之辈需要以仰视才能窥其全貌。外单位那些光棍，虽然望着她流口水，但没有谁敢去追。大家都认为，像陈丽这样的妹子，起码要找个在市里工作的对象。虽然陈丽没这个想法，但总不好在办公楼贴张大字报来声辩，所以只有暂时忍受着名花寂寞之苦。好在她性格热情奔放，能歌善舞，经常在金融系统举办的联欢晚会上唱主角，也还能聊以抒发心中的闷气。对于龙向阳麾下有个这样的文艺女兵，其他单位的头头都表示羡慕，龙向阳面上有光，虽然心有所憾，但到年底还是给她评了个先进行员。

一九九二年街上开始流行踩脚裤，陈丽又是第一个穿出来的。她高而丰满，那条裤子绷在身上，凹的凸的都隐约现形。王庆生的老婆见了，再次深受刺激，就差没当场戳着她的鼻子骂人了。但没过多久，宋小红、侯莉她们都穿出来了，连颇为守旧的文春花最后也羞答答地买了一条。老一辈的家属不肯承认自己的失败，都一致认为是陈丽带坏了风气。虽然陈丽确实也没干下什么风流韵事，但这些老妇女们就是认定了她乃狐狸精转世。张凤华、宋小红她们穿新衣服没人议论，一旦陈丽换身装扮，她们就踊跃奔走，争相转告，说，看那个小狐狸精，又换了身皮了。

这些议论，有时也有意无意间吹到陈丽耳朵中。觉得她们是自己灰暗了一辈子，见不得别人漂亮，陈丽根本就不屑一顾。路上遇见那些妇人们，开头还喊过一两回。但大姐们不理。不理就拉倒。下回见面就昂着头，视而不见。见她毫无畏惧，居然还摆出高傲的样子来，老大姐们心里更加恨得疼，夜夜在自己丈夫耳朵边吹风，说陈丽简直就是个骚货，带坏了样。丈夫们点头称是，有的还发出冷笑。但闭上眼后，大都又做起了春梦，梦中的女人怎么那样像陈丽呢？

陈丽被院子里的老大姐们所排斥，却深得一帮小男孩小女孩的拥护。张凤华生了个小男孩，叫亮亮，从小就很高傲的样子，对人爱理不理。带到行里来，谁都不能拢他的边。唯有陈丽伸出手的时候，他竟然笑微微的，陈丽想怎么抱就怎么抱。放他下来，还不乐意。陈丽说，我做你妈妈，要得么？

亮亮居然毫不犹豫地点点头。在一边听着，张凤华笑着骂亮亮，你这个没良心的，快下来，陈阿姨抱着累。亮亮这才嘟着嘴滑下来。

这小孩还算含蓄。孙悟空见了陈丽，总是飞奔过去，大叫一声，阿姨，抱。也不等陈丽弯下腰，就跳着扑了上去，脸贴着脸，跟她亲热得不得了。他还当众问孙建设，你为什么不讨陈阿姨做老婆呢？搞得孙建设很不好意思，只有呵呵地笑。

旁人就说，陈阿姨做你爸爸的老婆，那你妈妈怎么办？

孙悟空想了想，一脸坏笑地说，陈阿姨漂亮些，我要陈阿姨做妈妈。侯莉听了，恨得牙齿痒痒，不好当场发作。回到家里，关上门，正准备拉下脸，孙悟空就笑嘻嘻地说，我刚刚说的全是假的。其实我是要你做妈妈，要陈阿姨做老婆。侯莉想板起脸，却又忍不住笑起来。

李建华那个女儿，七八岁的时候，看到陈丽穿新衣服，总是嚷着要买跟陈阿姨一样的衣服。李建华的老婆被她嚷得心烦心躁，在路上遇见陈丽，冷不丁碰出一句，小陈，你不要老是买新衣服。

陈丽感到莫名其妙，说，我自己的钱，买自己的衣服，怎么不行？

李建华老婆无话可说，愤懑之下，憋出了一句，骚麻屁！

陈丽无端遭此辱骂，又不好跟这样乡下来的婆娘叉起腰来对骂，只有找行领导哭诉。龙向阳责成王庆生去调解。王庆生想先找李建华老婆谈谈，吃过饭后，前脚刚迈出门，后脚就被他老婆扯住。王夫人说，关你个屁事。

哎呀呀，这是工作。

工作也不行。我告诉你，那个骚货，就是要骂。

哎呀，人家小陈是人民银行的干部，怎么能这样说她呢？

你还替他讲话，你是不是也想去吃一口狐狸肉？

你看你，王庆生一脸的无辜和痛苦，竟再也说不出话，硬是被他老婆拖了回来。

陈丽的冤情得不到解决，只有找张凤华诉苦。张凤华安慰了她两句，又说，你穿衣服也不要太打眼了，人民银行的风气还是比较保守。

没想到张凤华也这样说，陈丽就止住了哭。她总算明白过来了，就连张凤华也在嫉妒她。她想不通的是，人活着，为什么就不能活得灿烂一点。就像张凤华，其实论五官精致，人民银行要数第一，新衣服也做了不少，但式样和颜色总是很守旧，衬得人也显得老气。想漂亮又不敢漂亮，何必呢？陈丽抹干眼泪，怀着壮烈的心情，当夜在自己的日记中写下一句名人名言：走自己的路，让别人去说吧。第二天，又跑去定做了一身紫色风衣，还到眼镜店配了副茶色的平镜，带金色细链条。个把星期后，把这一身穿出来，洋气得很，活脱就是港片中的大姐大。李建华的老婆见了，仰着头，半张开嘴。陈丽走出好远，她才骂了一句，只是声音微弱，大概只有她自己听得见。

陈丽自认为在金融系统艳压群芳——张凤华虽然五官好，但皮肤不如自己白，身材也没有自己高——在遭到江平的拒绝后，简直是觉得不可思议。这件事，就算江平跟王小容结了婚后，她都想不通。但人家是木已成舟，且夫妻恩爱，陈丽再不服气，也扳不回了。何况她可是俏得很，江平不要，那是他没眼色。

陈丽心里存着这股气，发誓要找个比江平强的男人。但环顾飞龙县的男士，英俊潇洒如周润发的，有，但论能干，比江平就差得天远。精明干练胜过江平的，也有，但怎么都那么矮一个呢？高大出众又有地位的，并不是没有，但都是已婚。陈丽既不想拆散别人的家庭，也绝无做情妇的想法，再加上年纪一天天大了，连宋小红都要订婚了，她竟起了一种恐慌的感觉。吴丹艳就劝她，把标准放低，十全十美的男人只在电影里出现过。陈丽开始还坚持理想，不肯屈就，但等到宋小红把请柬送到自己手里时，她就有点动摇了。但到底是找一门面汉呢，还是找一能干佬。陈丽在床上翻来覆去悟了三四天，最后还是拿不准主意。吴丹艳见她一副忧愁的样子，就说，这还不简单，跟你买衣服一样，都试试吧。

陈丽想想也是。过了个把星期，同意跟县政府办的一个副主任见面。小伙子不错，笔杆子要得溜熟，深得某县委副书记的赏识，没到三十就提了副科，前途远大。只是身体高度让人不太乐观，挺胸拔背，并紧双腿，也就堪堪跟陈丽持平。就算这样，还要陈丽不穿高跟鞋才行。更严重的问题在于，这位副主任长年替领导思考国计民生，走起路来喜欢勾着头，弓起个背。虽然跟陈丽走在一起时，努力把腰杆挺得笔直，但一放松就塌下来，原形毕露。陈丽承认他知识渊博，反应敏捷，是个大有作为的青年，但跟看起来比自己矮的男人走在一起，她总是觉得不对头，至于从此不穿高跟鞋，那更是不可能——好多衣服得配高跟鞋穿，否则就是严重浪费颜色和布料。这个，看来是不行了。小伙子也很自尊，打了她两次呼机没得到回应后，也就再没来纠缠，后来听说是跟县委的一个女打字员谈上了。

虽然没成功，但大家也就由此知道陈丽想找得狠了，上来做介绍的跟院外田里的青蛙一样多。让陈丽惊讶的是，对她颇有看法的一些老家属也笑眯眯地上门来了，热烈推荐自己的外甥或是侄子。盛情难却，陈丽跟其中的一个见了面。

这位是电力局的工人，高中学历，顶了父亲的班才进了这个好单位的，但能力平平，显然无望坐上局长那个宝座。只是人看着还老实，个头长相虽然不能说是周润发，但如果说是周润发的弟弟，大概群众不会有什么异议。

陈丽跟他吃了一次饭。开始小伙子话语很少，表情羞涩，让陈丽感觉不错。后来熟起来，小伙子夸了句，你的衣服好漂亮，飞龙这地方很少见。

陈丽颇为得意，说，是上个月出差在昭市买的。

小伙子又来了句，你一个月买衣服都要很多钱吧？陈丽顿时就倒了胃口，鼻子嗯了一声。草草地吃了饭，陈丽硬不肯让对方数钱，结了账就挥手说拜拜，昂首挺胸地走了。

小伙子一头雾水，跑到他姨妈，也就是黄建国老婆那里，说，我就问了这一句，她怎么就那么大火呢？

姨妈痛心疾首，说，你问什么都好，就不该问这事。小伙子挺痴情的，央求姨妈再去说说。黄夫人也就这一个外甥，只好硬着头皮，屈尊前往陈丽宿舍。黄夫人说，他也就是随口问问，没别的意思。

陈丽笑着说，我知道，我也只是累了，想回去休息。

黄夫人满脸堆笑，说，那，哪次你们再见个面？

反正我有他电话，哪次要是有空，我会打他电话的。

黄夫人说，那你记得打啊。出来后，她脸上的笑容就没了，对着楼梯道的墙壁叹了口气。

吴丹艳正好在陈丽屋里玩，等黄夫人出去后，说，你不给她面子，也要给黄主席一点面子。

我这样讲，已经是很给她面子了。

人家说那话，也许是无意的。

无意的更可怕。想到哪个男人还来干涉我买衣服，我宁可不结婚了。

晓得她讲的绝对是真话，吴丹艳笑着说，你最好去找一个不要你掏钱，专门给你买衣服的男人。

吴丹艳是随口说的，陈丽听在心里，却记住了。她想，反正是要找一个，何必一定要找单位上的。社会上做生意的，有钱又有形象的不多得是。这思路一打开，前面的道就宽了不少。飞龙县做生意的很多，口袋里有个一两百万的不少。陈丽经人介绍，认识了一个淘金的老板。三十四岁，年纪是大了点，但人很精干，长得有点像高仓健，光房子就修了有两栋。更重要的是，他忙于发财，没结过婚。现在口袋里的米储存得差不多了，也想着金盆洗手，好好地享受一下了。他对陈丽很满意，见了第一次面后，就经常开着部崭新的“奥迪”来人民银行接她出去玩。每当车门打开，吸引来不少钦羡的目光时，陈丽的心里就有极大的满足。这部“奥迪”把那些老家属都给镇住了。李建华的老婆看到她时，居然一脸谄媚的笑。陈丽也由此领悟到了钱的神奇魔力。虽然有人在她耳朵边吹风，说那老板在外面玩过不少女人，但陈丽还是在半年后答应了他的求婚。

婚礼自然是轰动一时的，光迎亲车就出动了二十多辆。陈丽也成了飞龙县第一个穿着婚纱站在酒店门口迎客的新娘。这婚纱是在长沙定做的，长裙曳地，如莲洁白。连江平也不得不承认，陈丽这一身确实叫艳光四射。新郎穿着黑色礼服，成熟稳重，绅士风度十足，让陈丽极为满意。当众人纷纷向他们贺喜时，陈丽突然明白，人其实是为了面子而活着的。有这么一刻，就叫没有白活。

婚后陈丽和丈夫就住在一栋三层楼里。另一栋两层的楼房，离得不远，她把自己的父母接进去住了。此后她简直成了飞龙县服装界的领军人物，身上的衣服，有些是直接从广州那边订购过来的。有人暗自观察了一下，陈丽每星期换身衣服，半年下来，竟然没有一身是重复的。至于半年以后是不是重复，那实在是看得眼花缭乱，记不清了。那些老家属再没有一个议论陈丽的打扮了。在她们看来，成为大款的夫人，穿得好是天经地义。更何况陈丽既然是大款的夫人，就绝对没有可能勾引她们的男人了，她们也就落了心。宋小红、侯莉这些年轻女人提起陈丽来，都只有一句话，她这一辈子就叫活得所抵。

后来大家又听说陈丽的丈夫有点花，在昭市还有个情人。但也只是听说而已，谁也无法证实。大家只看到陈丽经常拉着吴丹艳上街，疯狂地买衣服。吴丹艳有些衣服也是陈丽买的。晁荣宝虽然骂个不停，但到底没有将这些价值不菲的衣服烧掉。吴丹艳跟陈丽好得简直是两姐妹，经常到她家里打麻将，跟陈丽的丈夫也混得很熟。

但有一天，两个人闹翻了。

为什么？不知道。

大家只是听郑亮说，那天他路过陈丽家门口，看到陈丽站在客厅里，打了吴丹艳一耳光。吴丹艳也没还手，捂着脸走了。

编号:014

姓名:郑　亮

郑亮比江平晚三届,刚分到行里来的时候,头发把脖子全遮住了,从后面看,像个女的。他面庞清秀,笑容很爽朗。人瘦高瘦高,走起路来挺得标直。陈丽见了他,竟然还有点动心。但后来一是想到自己比郑亮大;二是在遭到江平拒绝后,也不太想在行里找了,所以尽管对郑亮很友好,但总算没有情不自禁,重演当年在舞厅的那一幕。郑亮对周边的女孩子好像也不怎么感冒,笑容背后总有点傲傲的味道。

郑亮的第一爱好就是打篮球。下了班就把胡伟、潘俊、孙建设、江平他们拖到操场打半场。赵人瑞是不参加任何体育活动的,这让郑亮感到大惑不解。晁荣宝找人打牌,却发现牌友们都在球场上奋战,大为懊恼,说,打什么卵球喽!

郑亮说,我们跟你打得比的?你是不值班就没事。我们是八小时坐办公室,下班了,不运动一下,怕以后个个要得腰椎盘突出。

晁荣宝无词以对,在一边愤愤地看着,不时地看表,提醒说,打了半个小时了!打了四十五分钟了!打了一个多小时了!怎么还不停喽?

最后打了将近两个小时,才停下来。但大家筋疲力尽,把衣服往肩膀上一搭,洗澡去了。一直到了晚上八九点钟,才在牌桌上露面,个个精神焕发,手气狂好,只有晁荣宝输得一塌糊涂。郑亮说,晓得么,打了球手气就好的。

晁荣宝把嘴巴一撇,坚定地批判道,讲卵话!但第二天下午,他也一身短衣短裤,出现在球场上。只是球技太差,拿到球总是手忙脚乱,哪一边都不想要他。

郑亮球技其实也是中等水平，但就是爱这个事，一天不出身汗，就牢过不得。天气热的时候，大家都愿意奉陪。但到了十一月份，寒气开始从地底冒出来，就没有谁乐意去球场上蹦了。郑亮号召了几次，都无人响应，有时候实在手痒，只好一个人拿着球在操场上运，练习远距离投篮。最后他的单手三分栏十投九中，倒也算成就了一门绝技。后来就凭这一手，他在中支组织的篮球赛上屡屡得分，发挥了奇兵的功效，让飞龙拿了个第二名。回来后龙向阳给他们接风洗尘，特地表扬了郑亮，还主动举杯敬他。郑亮连忙站起来，一饮而尽，又回敬了龙向阳双杯。龙向阳喝得高兴，说，郑亮，你是我们行里的门面，就是头发太长了。

大家纷纷笑起来。胡伟说，你又不是个艺术家，怎么也留起那么长的骚毛喽？

郑亮笑着说，哪有你底下的长喽？大家哄堂大笑，纷纷转移视点，讨论起老胡底下的毛到底有好长。

郑亮是新路县人，在昭市南边，因为那个县不设人民银行，就分到这来了。虽非本地人，却很混得开。除了经常跟行里的人在一起打球、斗牌，他还喜欢在外面结交朋友。龙向阳很欣赏这一点，经常对办公室主任赵人瑞说，你看你，除了上班就是在家里坐着。人家郑亮，不是飞龙人，才来两年，在社会上认识的人就比你多。

赵人瑞也不恼，慢吞吞地说，龙行长，人跟人是不同的。这是性格决定的。我就这个性格，你也晓得的。

龙向阳说，你除了写文章灵性，其他的就是个木头脑袋。

赵人瑞被他批评惯了，木然对之。其实郑亮跟赵人瑞也有共同之处，爱看点文艺书。他订了两本杂志：《星星》和《诗刊》，临睡前总要读上一两篇。有时没出去玩了，还关起门来做点貌似诗歌之类的东西。写好了，装在信封里，骑着单车飙到邮局，郑重其事地投进邮箱里。几年里投了也有十来次，但连退稿信也没收到一封，令他自尊心大为受挫。气愤之下，从此便改写业务文章，居然在《昭市金融》频频亮相，有一篇还上了《金融经济》。虽然不能跟赵人瑞相比，但龙向阳已是非常满意，夸他是文也来得，武也来得。这样的好伢子，怎么就没看到有妹子来追呢？龙向阳又进一步指出，可能是你的头发把那些妹子吓住了。郑亮听了只是笑。龙向阳的意思他不是不知道。但他就喜欢把头发留长，感觉蛮好的，因为这里藏有他全部浪漫伤楚的回忆。

郑亮高考的时候,第一志愿填的是湖南师大中文系。无奈分数差得远,阴差阳错考到了三湘金融学校,读了个中专。虽然理想受挫,但当诗人的梦还是没有泯灭。一进校就参加了文学社,把头发留长,又啃了两个月馍馍,买了件白色的风衣,俨然一副校园诗人的派头。虽然没写出什么好诗,但跟文学社的一个才女谈起了恋爱,也算是大有收获。才女不算漂亮,但清纯而有灵气,又是城里长大的,有着农村妹子没有的时尚味道。两个人情投意合,常常并肩出现在雨中的草坪或风中的林阴道上,让郑亮同寝室的那些光棍羡慕得要死。那些人经常提的问题就是,搞了没有?味道如何?

看着他们兴奋欲狂的样子,郑亮只是爽朗地笑,顶多感叹一句,你们这些卵人啊!其实他心里就两个字:俗人!爱情是纯洁美好的事情,不是乡里那些狗啊鸡啊,粘在一起就干那事的。他跟女友最多只是拉拉手,连嘴唇都没碰过的。那两年,是郑亮有生以来过得最愉快的两年,滑一下就过去了。

临到毕业,问题就来了。才女的家远在怀化,父母都是科级干部,早已帮爱女安排好了未来的一切,甚至连女婿都选好了。郑亮的家则在湘西南农村,而且是住在土砖屋里。这样的出身,自然会让对方的父母勃然大怒。在他们眼中,为女儿所精心营造的幸福,就要毁于这个穷小子之手,安得不奋起而攻之?于是打电话、找领导,搞得郑亮差点没毕成业。才女也被他们亲赴长沙,塞进车里带了回去。临走前才女的母亲冷冷地甩下一句,郑亮,你人才是不差,但跟我们就不是一个等级的人。

郑亮被噎得说不出话,一股气差点把胸脯鼓破。不就一个科级吗?要不是看在女友的份上,郑亮当场就想把这两个科级打成一级残废。

一个月后,郑亮通过同学的帮忙,跟女友通上话。郑亮满怀热血地说,我们走吧,到外面去闯。但那边却是一阵哭泣。郑亮的心几乎要跳出来,说,只要你说一声,我就到怀化来,拼死也要把你救出来。

那边止住了啜泣,说,郑亮,不要等我了。

郑亮几乎要大吼起来,为什么!

仿佛过了很久,那边才传来气息微弱的一句话,是我对不起你,然后电话给挂了。那一刻,郑亮心脏猛地缩紧,全身的血液几乎都要从头部冲出来。握着话筒,他呆呆地站着,直到同学把他架走。

后来郑亮很想去怀化一趟,但自尊心和失望感阻止了他。爱情的脆弱让他痛苦得想自杀。所幸从小他在农村吃的苦太多太深,那种从苦难中锻造出的承受力和乐天性格挽救了他。实在是忍不住想发泄，他就去爬山。在山顶上一坐就是半天，仰看天空，俯视大地，胸襟慢慢地就舒展开来。有一天立在山头，看到远处的房屋河流都很细小，郑亮陡然意识到人在天地间其实如同草木山石一样平凡渺小，无须把自己的痛苦看得比天还大。这么一想，他就走下山来。

正好那天市里打电话到乡政府，通知他在本月十五日之前先去中支人事科开介绍信，再到飞龙人行去报到。郑亮也不再等，打起个简单的包裹就上路了。那一段心事，全掩藏在比以前更爽朗的谈吐里，他是绝不会向单位的任何人透露的。虽说有时当深夜不眠，披衣独坐，还发出长长的叹息，但到了白天，他就穿着风衣，长发不羁地混迹于同事之中，工作时全力以赴，玩耍时疯狂投入。大家对他印象就蛮好，张凤华甚至称赞这位小弟身上有阳光，走到哪里哪里就明亮。郑亮只是一笑，不置可否。张凤华提出替他介绍女朋友，他在感谢之外，却明确表示，现在还年轻，想等两年再说。大家只是夸奖这个小伙子思想单纯，不像别的年轻人，一工作了就四处追妹子，好像再憋下去就会死人一样。

其实郑亮还在等，到底等什么？他不太清楚。也许是一封缠绵悱恻的来信，或者更奢侈一点，是哪天早上，打开门，旧日的女友陡然出现，扑入他怀中。她比往昔更清瘦，也更让他怜爱。有时想得太细致太美好，郑亮就猛地打个激灵，好像潜入深水的人一跃上岸，把眼睛一抹，清醒过来，自嘲地一笑。这样的景象，在不做事的时候，就往往会出现。有时郑亮和人走在路上，突然沉默不语，眼睛聚焦于无限远的地方，过了两三分钟，就无声地笑一下。这样子，往往让同伴大惑不解。

有次郑亮单独出门，走在街上，一不留神就陷入这种想象里面，差点跟辆"五十铃"开了次碰头会。司机探出头，泼出一阵大骂，把他泼醒了。以后他才注意了点，努力纠正这个毛病，尽量让自己有事可做。拼命地工作，拼命地玩，三四年的时间也总算打发了过去。直到有一天，从前帮他接通电话的同学来了封信。在回忆了往昔的校园生活，欷歔感叹了一番后，这位老同学在信的末尾轻描淡写地提了一句，T已有了小孩。那一刻，郑亮的心又一次紧缩，不过这一次伤感比痛苦要多。他把信揉成一团，过了片刻，又小心展开，仔细抹平。再次读过后，他仰天长叹，真正感到过去那个惆怅而美好的年代已经无可挽回地离他而去，他的长发和风衣都不能留住这些时光。

行里人发现郑亮和某个女孩在资江边徜徉是一九九二年秋天的事。那个喜欢穿红衣的女孩很快被证实是县造纸厂的厂花罗盼玉。有人说是罗主动追郑亮的。男追女隔重山，女追男隔重纸，更何况罗盼玉笑靥如花，安能不手到擒来？但此说无法证实。总之，这是让人羡慕的一对小城璧人。罗的父母都在造纸厂，工人阶级感情朴素，并不计较郑亮家在外县而且是农村。有人恭维他们好福气，找了个在银行里工作的女婿，他们脸上就绽开一沟一沟的笑容，咧开的嘴难得合拢。

其实郑亮不是只有这一种选择，还有个在烟草公司上班的妹子，对他表示了好感。这个妹子容貌在飞龙也算是一流，而且父母都在机关里工作，家境比罗盼玉强得多。郑亮在她家玩过一次。对方父母很客气，但客气中分明含着一种严格的审视。妹子的妈妈拿起个苹果，一边娴熟地削着，一边很随意地问起郑亮的家境。当听到他家是边远农村的时候，这位阿姨的手就停顿了一下，然后又很快地削起来。这一停顿给郑亮留下了很深的印象。后来他告诉这个妹子，他已经决定跟罗盼玉好，妹子的眼泪当时就迸出来了。那一刻，郑亮心里一片茫然，也不知道自己的选择对不对。

罗盼玉是个很利落大方的妹子，跟郑亮谈了两年后，就提出自己年纪不小了，家里都在催了。郑亮觉得罗盼玉也确实不错，人漂亮又能干，一有空就过来替他做饭打扫卫生。虽然还感觉少了点什么，但总不能因为这点莫须有的东西而甩掉人家吧。考虑了一个晚上后，郑亮就请了四天假，带着罗盼玉，坐中巴晃到昭市，然后又转车到新路县。在县城搭小三轮，颠簸了两个小时，在乡政府门口下了车。又提着大包小包，走了一个多小时的山路，才到了他出生成长的地方。

父母陡然看到小儿子带了个水嫩的城里妹子回来，欢喜得把脸都笑痛了。一家人忙活开了，大哥跑到后山上捉放养的土鸡，嫂子去溪边剖鱼。出嫁的二姐听到传话，走了十几里山路，从更偏远的山村，带着四岁的儿子，提了两只鸭子赶过来。罗盼玉表现得很好，笑容开放如郑亮屋门口的桃花，把礼物一件一件地拿出来，人人都有份。左邻右舍自然前来凑热闹，没有不说好话的。有些小孩也挤进来，咬着手指瞪大眼睛，罗盼玉便散些糖果给他们，一时更是颂声四起。在一边看着罗盼玉的表现，郑亮心里感到极大的安慰和满足。

结婚第二年，罗盼玉就鼓起了肚子。造纸厂效益又不好，半年都发不出工资了，她就干脆请假在家里，专心等待孩子出世。开始几个月，还能熬汤煮菜，服侍郑亮兼带给自己营养一把。后来肚子现形得厉害，行动就不是很方便。郑亮便把母亲从乡下接了来，虽说是来照顾罗盼玉，但骨子里还有层意思，就是让老娘也到城里来看看世界。不然的话，把罗盼玉的母亲请来也一样，还省些路费。罗盼玉显然没领会到这一层，完全撒开手，不是靠在床上听音乐，就是倚在沙发上看动画片。用她的时髦话语说，这是在搞胎教。郑亮母亲本就是个勤苦人，做了一世没停过的，现在为儿子儿媳和未来的孙子服务，更是劲头十足，买菜、煮饭、熬汤、洗衣、扫地，竟比在乡下还要忙。郑亮说，你也歇一下手呢，到外面走一下呢！

我不去外面！你们街上车子那多，我看着就头晕。

那你就在屋里，看看电视。

我不喜欢看，电视里的人净讲些不懂话，听着别扭。

那你到阳台上晒晒太阳。

哦，阳台上衣服要收了，你别拦着我的道，快行开！

看着母亲瘦小的背影，郑亮摇摇头，叹了口气。他走到卧室，看到罗盼玉正在翻一本杂志，还悠闲地哼着歌，心里就突然蹿出股无名火。

你也要多运动一下，去洗一下衣服呢。娘老子不晓得开洗衣机，用手洗，你讲多麻烦。

我告诉她用洗衣机，她硬要用手洗，我有什么办法？

你不晓得去开？

郑亮，你没看到我肚子隆起这大。

隆起这大，未必就开不得洗衣机？

你是什么意思？我怀的是你郑家屋里的崽呢！

未必你怀的还是别个的崽？

郑亮，你今天硬是要寻事啦？你要是心疼你娘，我就把我娘喊来，要得么？

什么我娘你娘，我娘就不是你娘么？你是看不起她，是不是？

是你说的，我没得这个意思。

我看你就是这个意思！天天呼来喊去，好像喊老妈子一样，你以为你是哪个？

两个人声音越来越高。郑亮的母亲闻声赶来，看到罗盼玉眼泪汪汪的，惊得连声骂郑亮，你这个蠢宝，小罗怀着崽，你还跟她吵。要是气坏了身子，你对得起祖宗？

在一边听着，罗盼玉更加深刻地意识到自己的委屈，眼泪顿时在脸颊上汇成了两道小溪。郑亮受到两面夹击，无从辩解，只有撤退至门外，喊人打篮球去。只是此后一直冷着脸，不跟罗盼玉讲话。罗盼玉想到自己本是替他在受罪，还得个这样的脸色，心里牢过不得，时常喊这里痛那里痛，把郑亮他娘搞得一惊一乍，整天求菩萨保佑。认为罗盼玉这样子是故意做出来的，郑亮只是冷眼观之，有空就到楼上楼下找同事玩。江平羡慕他一点都不要操心。郑亮却长叹一声，说，老兄，你不晓得呢，然后把麻将甩得很响。

到了春天，罗盼玉总算生下来了，是个带把儿的。郑亮他娘这一喜就非同寻常，只恨不是在乡下，不然要放它个一万响的电光炮。罗盼玉却神色淡然，说要带儿子回娘家坐月子。郑亮他娘左拦右劝，说，在自己家里不好？有我呢，不用你操半点心。

罗盼玉却傲然说，我还是回我家的好，免得有人看我不惯。这话，把郑亮他娘说得手都不晓得往哪放，只是呆站在那，一脸谦卑地笑。

郑亮在一边看着，顿时勃然大怒，把门拉开，说，快走，快走。

见他一点都不给自己台阶下，罗盼玉眼泪一冲就出来，抱着儿子就往外走。郑亮他娘要去拦，却被郑亮拉住，怎么掐他的手，都不放。最后他娘一屁股坐在地上，大哭起来，说，你不把你媳妇喊回来，我就不起来。骇得郑亮连声应着好，出门去追罗盼玉。

罗盼玉产后体弱，走得几步就腰酸背痛，立在坪里，正委屈得要死。看到郑亮，眼泪更是止不住地流。见她如此，郑亮也觉得心酸，想把儿子抱过去。罗盼玉却把手一紧，身子一偏，说，不要你抱，声音哽咽。见坪里几个家属正以热切的目光关注自己这边，郑亮忙跨前一步，用身子挡住这些长舌婆的视线，搂着罗盼玉，连哄带劝，才把她拦了回去。

郑亮她娘在儿女里面最喜欢郑亮这个小儿子，在孙辈里面就最喜欢这个城里的小孙子，亲自为他起了个名字，叫石头，意思是命像石头那样硬，什么鬼怪都摄不走。罗盼玉嫌此名土气，却又不好直说，只是思量着等郑亮她娘一走，就改过来。但郑亮他娘竟没有要回去的意思，一待就是三年，整天守着小石头。她原来有晕街的毛病，但小石头喜欢到街上去买零食，看把戏，老人家街也就不晕了，带着小石头勇敢地在车来人往中穿梭，最后居然把飞龙县的大街小巷走得溜熟。罗盼玉本来乐得省心，还不用出保姆费，但她总觉得郑亮他娘举止不脱乡下人的习惯，小石头跟着学，把样学坏了。其他的不提，单是小石头跟郑亮他娘交谈时，那一口新路乡下土话，就让她听着烦躁。这三年里，因为郑亮的娘不回去，每到过年，乡下的公公、哥哥、嫂嫂、姐姐就挑着箩筐，带着侄女、外甥前来探亲，把个两室一厅差点挤爆，还得到外面宾馆开房间。罗盼玉心里不乐意，脸上还要挤出笑来。

好容易熬到小石头三岁半，罗盼玉就提出得送他去县幼儿园，要不然别的小孩都在唱歌跳舞学算术，个个都是一副神童的架势，小石头还只晓得玩泥巴。这个理由冠冕堂皇，就连郑亮都觉得确有此必要。他娘虽然舍不得，但也做不得声。

县幼儿园也不是那么好进的。郑亮去说了一次，人家看他什么都不是，竟没答应。还是江平见他一脸不爽，问清原因，便打电话给农行的周进喜行长，周行长再打电话给底下的办公室主任，主任再打电话给在幼儿园当副园长的老婆，这样绕了几个弯，才搞定。为这事，罗盼玉唠叨了好几天，要郑亮向江平学习。人家年纪轻轻就当了副股长了，所以才说得起话。郑亮听了，也不发火，只是闷不做声。

小石头听说要去幼儿园，顿时号啕大哭，说，我要奶奶，我要奶奶。罗盼玉没办法，只好要他奶奶带着，哄他是上街去看把戏，她和郑亮两个在后面跟着，护驾前往。到了县幼儿园门口，小石头突然明白过来，紧紧抓住奶奶的衣襟。郑亮见势不好，三步并做两步，把他扛在肩头上，硬塞进园里，要阿姨把门关紧。郑亮他娘听得小孙子在里面大叫奶奶，顿时泪水迸飞，擦都擦不完。她说，这么小的孩子，关在里面，怎么受得了？

罗盼玉就解释说现在竞争激烈，小孩子从小就得受教育，不然就难得有出息。听得这样一说，郑亮她娘才止住泪。为了小石头的前程，她是做什么都愿意的。只是每到下午四点，离关园还有个把小时，她老人家就兴冲冲地直奔幼儿园，守在外面。郑亮怎么劝也劝不住，只得作罢。过了一个月，她却不去了。原来是小石头不让，他要跟小朋友们一起排队回来。再到后来，小石头就不怎么理会奶奶了，回来只顾着看动画片。郑亮他娘住着没意思，嚷着要回去。罗盼玉虽然一千个巴不得，但还是表示亲切挽留。但娘执意要走，那就只有让郑亮送回去。

后来他娘又来过一次。那是在乡下流传谣言，说城里有人专门割小孩子的睾丸，卖给外国人赚大钱。他娘急得不得了，长途奔走赶到飞龙来，一定要带小石头回乡下去避难。郑亮左解释右解释她都不落心。还是小石头立场坚定，硬不肯跟奶奶走，并且对她带来的花生红薯干不屑一顾，只嚼自己的泡泡糖。郑亮他娘又住了两个月，每天跟送小石头，在他教室外面放哨。其警惕性之高，让罗盼玉又好笑又感动。等到确定没有什么危险后，郑亮他娘又急着要回去了。这一次罗盼玉是真心留她，却怎么也留不住。

到了小石头五岁的时候，造纸厂因为被三角债套死，彻底垮了。罗盼玉下了岗，在家里闲着没事，就要郑亮为他去金融机构找个临时工做。郑亮在经管股做了好几年，跟那边的人都熟。跑去一说，都应着好，但迟迟没看到落实。郑亮也不再催。

这时江平提了稽核股股长，经管股空出了一个副股长的位置。而这个股暂时没设正股长，所以副股长就是老大。许多人都对这个位子虎视眈眈。但就算论资排辈，也应该轮到郑亮了。江平却提醒他，不要坐着等，郑亮只是笑笑。见他好像不太在意，江平又说，李锦成都往龙行长家里跑了两次了，虽然他比你晚来，但也不是没有可能。郑亮这才上了心，当晚就提着两瓶“五粮液”，去敲龙向阳的门。老龙看到他来，很高兴，咧开嘴笑，还敬了他一根烟。老龙说，你这个人，性格好，业务也不错，就是头发长了点。

郑亮说，龙行长，我一向是在你的指导下工作。你对我要多培养。有什么不对的地方，多指点。

龙向阳就很神秘地笑，说，好好干。

第二天，郑亮就把头发剪短。回来时在门口碰见谢解放。谢解放看了他两眼，笑着说，郑亮，你把头发剪了，好像是变了个人。

郑亮听了，眼睛有些发酸，也没回应，匆匆走了过去。

编号:015

姓名:谢解放

飞龙县有几个女强人,国税局副局长朱满珍要算一个。她丈夫谢解放从部队转业回来,轻松容易就进了人民银行,很难说不是朱满珍的功劳。谢解放,老实人,在部队里混了那么多年,除了搞张党证外,其他什么也没捞到。不过他手气好。当初回家相亲的时候,朱满珍还在乡政府当会计,言语不多,貌亦不甚出众。谢解放考虑到自己远在桂林当兵,讨个漂亮老婆在家,不放心,咬咬牙,放弃了另一个模样水灵的大姑娘,选中了朱满珍。八年以后,朱满珍不但替他生了一儿一女,还进了城,成了朱局长。他也得以凭借局长丈夫的身份,在人民银行保卫股谋得了一个铁饭碗。

老实人也有老实人的好处。行里人都公认谢解放脾气好,对谁都是一张笑脸。据说谢解放在屋里是家务活儿全包。大家就感叹,说老谢不容易。但谢解放很开心,经常骑着部载重单车,哼着小调来上班。他好酒,值班的时候,在食堂吃饭,很简单的菜,他也要喝上二两"昭市大曲"。每当把酒瓶摸出来的时候,他总要对其他同志说,来一点吧。大家都笑着推辞。他也就不再客气,一杯酒下肚子,脸上就现出陶然满足的神色,似乎觉得人生异常完美,再没有别的想法了。其实谢解放酒量不在胡伟之下,二两酒远远未达到他的最高限度。但他要值班,只喝二两,意思一下。喝多了,也怕别人议论。谢解放做人就是这么谦抑,处处小心,所以大家难得讲他坏话。最多就是胡伟说一句,男子汉,靠老婆,不好。但胡伟这么说,多半是因为他自己的老婆没有当上局长。

除了喝酒外,谢解放还有个爱好,收集毛主席像章。这个癖好,他当兵时就有了。战友们的像章,如果不想要了,他马上去讲好话拿过来。就算是雷同的,也要——他可以拿去再跟别人换。在部队十年,别人要么是带了个副团级回来,要么是裹了一笔钱回来,他是背了两大包像章回来。到了地方后,工资高了,搜集像章的资本顿时雄厚起来。只要有空,他就骑着那部载重单车,蹿到乡下,一户一户地去问。乡下人,在"文革"时候把这看成是宝,爱惜得不得了。后来改革开放,经济至上,又觉得这个实在没卵用,给细伢子要都嫌扎手。现在听说居然也能换钱,当然是大喜过望,一家人把箱底翻遍,全都奉献出来。其实也就换了那么五块十块钱,还觉得是大赚了一笔。老谢常常满载而归,一脸红光。

有次谢解放听说北坪乡有个农民,家里一个毛主席像章有脸盆那么大,顿时激动不已,单车也不骑了,坐了个小三轮,在乡里的毛马路上晃了个把小时,一身尘土地出现在那农民家门口。他也不说是来买像章的,只是装做路过,走得渴了,来讨口水喝。农民兄弟很热情,见他热得额头上的油汗灼人眼睛,便让到堂屋里来歇凉。谢解放边喝水边跟农民兄弟扯闲谈,从地里的收成扯到乡干部现在越来越嚣张,竟扯了足足有半个小时。农民兄弟见他胸脯上别着个陶瓷的毛主席像章,说,现在你还戴这个?

谢解放就告诉他,自己是当兵出身,很崇拜毛家爹爹。只是这样的像章现在很少有了。

谁讲没有?我家里就有一个大的。

谢解放笑呵呵地说,那拿来看一下喽。

农民兄弟马上从厢房里搬了出来,比普通的搪瓷脸盆还要大,品相也好,没有哪里缺口。只听到自己的心怦怦乱跳,谢解放努力把粘在像章上的目光收回,说,这么大的像章,"文革"的时候有蛮多。

农民兄弟也承认,那时是有好多,自己这个也是公社散伙,捡回来的。

谢解放很诚恳地说,我喜欢收点这样的东西,不如我出点钱,你就让给我吧。

农民兄弟很惶恐,说,哪能收你的钱。你要不怕扛,就拿走,反正我放到家里也占地方。谢解放倒于心不安,硬是放了二十块钱,扛起像章,顶着毒日头,走到乡场上搭车。他怕人多,万一挤坏了像章,那就真的会悔断肠子。咬咬牙,拿出少有的慷慨,又花了二十块,包了部小三轮回城。一路上他的背不停地碰撞到车厢上,但这个像章却始终是竖放在大腿前端,连身子都不让挨着的。

回家后，谢解放专门找了层塑料薄膜纸，把这个像章仔细包好，收在柜子里。自此很难有人瞻仰到这大像章的尊容。后来只是听说这种像章，在广州那边，已卖到了一万块钱。也有人上门求购，但谢解放声明自己并不缺钱。打量了一下谢解放新修的三层房子，来人确信他所言不虚，于是提出看上一眼。谢解放言语立刻变得含糊，最终连像章的面都没让那人见着。

过了半个月，家中失盗。那个像章幸亏藏得严实，没让偷走，但另有一批小像章被窃贼卷走了。谢解放连连跺脚，赶到派出所报案。警察听说是丢了一些毛主席像章，顿时就了无兴趣，懒懒地录了笔供。谢解放见他们不当一回事，回来后就要朱满珍给公安局局长打电话。朱满珍白了他一眼，说，就这个事，怎么好打电话？

谢解放赌气说，你不打，我打。

朱满珍冷笑道，你打，你打，看人家晓得你是谁？

谢解放就泄了气，闷闷地又去清理那些像章。把贵重的打好包，藏在大衣柜背后墙壁上的一个暗柜里。有时忍不住想看了，又费力地把柜子移开，捧出来，层层揭开，一个一个地摆在桌上，细细地看上半天，再收起。朱满珍见他如此紧张，干脆就买了条狼狗回来，养在院子里。自此再无江湖好汉敢翻墙而入。但谢解放却并不将那些像章移出来。

转眼又过了八九年，谢解放也已四十有五，顶上的毛都被老天爷拔光了，一双儿女竖起来都比他高。女儿在地税局搞文秘，儿子中专毕业后进了烟草公司。大家都恭维谢解放有福气，崽女都进了那么好的单位，自己还不用操半点心。谢解放也觉得自己应该高兴，但不知为什么，笑起来总是有点勉强。其实他也很想为儿女尽点力，但从进重点中学到找工作，朱满珍都一手包办了。谢解放只有在炒菜上搞点花样，再就是拖地时用力一点，把家里收拾得很整洁。但这些都算不上什么出力，至少不是专为崽女做的。谢解放心里总是不踏实，觉得自己这个做父亲的，并未尽到义务，在儿女面前竟有点怯怯的。

儿子谢晓东，性格长相跟朱满珍是一个模子里出来的，从小就不太听谢解放的话。现在工作了，跟社会上的人一接触，更是觉得自己的老爸不像个男人，活得简直窝囊。谢解放跟他讲话，每每小心地挤出个笑脸来，小谢还爱理不理。新房修好后，他自己有了个小天地，里面贴满了刘德华、梅艳芳的画像，还时不时洒点花露水。这块宝地，从来都不准他爸爸进的，说他一身油烟味，弄脏了自己的房间。谢解放心里痛得很，但还是严守这条禁令。只是有时候想起伤心，值班的时候跟胡伟唠叨两句。胡股长一听，瞪起眼睛说，那你不扇他一个巴掌？

叹了口气，谢解放说，哪打得的？他不跳起到天上去了。说完，眼睛竟然微微红了。

胡伟却一点都不同情，抓住机会，严厉批评了他一通，说做爸爸的牢没点煞气，怎么行？看来根子还是在你老婆。你得先把老婆制服。

他讲得口水四溅，谢解放只是坐在那，岔开腿，上身前倾，看着地上的瓷砖，脑袋险些栽到裤裆里去了。胡伟还不过瘾，换了班后，把老谢的不幸遭遇四处宣扬，就差没在行里张贴大字报了。胡伟说，这样对他爸爸，到底是不是他崽？

陈卫东从镜片后面投出两道神秘的目光，说，那就不晓得了。

宋小红捂嘴窃笑，随后又说，你们莫这样在背后讲喽？

其他人都不开口，但脸上均露出意味深长的笑容。

胡伟的这番教训，似乎并没有在谢解放身上发挥作用。因为谢解放的女儿谢灿对他还好，从小到大，爸爸爸爸的叫得亲甜，让他总算有个想头。女儿比儿子要大，在弟弟面前还有点权威。有时谢晓东实在不像话，谢灿就会骂他，怎么这样跟爸爸说话，没大没小。谢晓东不敢回嘴，勾起个脑袋走开了。看着女儿，谢解放总觉得她身上晃动着一片阳光，能让自己心里亮堂起来。

谢灿在长相上吸取了父母的优点，而弃二人之糟粕，算得上有几分秀气。加上单位好，追她的伢子可以在资江上搭一座人桥还绰绰有余。但朱满珍把她看得很严，下班后六点钟必须到家，夜里不准出去。如果有男的打电话找谢灿，她总要在一边严密监视，只恨不能把电话抢过来盘问一番。每当朱满珍把脸凑过来，尖起耳朵公然窃听时，谢灿恨不得拿起剪刀对准她的脸扎下去。但这个想法让她自己都惊骇。

从小到大，朱满珍对谢灿都很严厉，她也服从惯了。谢灿记得有次跟老弟打架，弟弟用石头把她的头砸破，流出好长一条血，从额头上爬下来。她气不过，用力把弟弟推倒在地上。朱满珍走过来，明明看到她流了血，却先把老弟扶起，确认他没有受伤后，才边骂女儿边带她上医院。还有一次，谢解放回来探亲，给了谢灿一块钱，她跑去买了块红头巾，扎在头发上。朱满珍看到了，上去就是一巴掌，把绸子扯了下来，说，小小年纪，就要什么妖气。再就是凡有零食，总让谢晓东先挑，剩下的才归她。

这些事，当时只是觉得委屈，哭过一阵后又晴朗起来。但长大后，不知道为什么，这些似乎已遗忘的事，一件件又浮了起来，在眼前鲜明地晃动。就像谢晓东看不惯谢解放一样，她也越来越看不惯朱满珍——在外面是领导，回到家里还是板着张脸，跟自己、跟爸爸说话都是用命令的口气。只有谢晓东一露面，笑容才开始登场。我要是爸爸啊，早跟她吵起来了。

谢灿心里到底想什么，朱满珍没空儿去搞调查研究。她想着自己反正是一门心思为女儿好。把她搞进地税局，那可是费了不少的劲。可恨这丫头，居然毫不领情，好像自己是在害她一样。找男朋友这么大的事，也从不主动商量还瞒着，把自己当贼一样防。房间里的抽屉还上了把锁，里面关着她的日记。看着那把锁，朱局长心里就有火。要不是考虑到自己的领导身份，真想一锤子把锁砸开，看看本子上到底写些什么？不过锁得再严也没用，反正乘龙快婿她心目中已有人了，就是县司法局局长的大公子石志武。听说石局长很可能将荣升政法委书记，看来步伐得加快才行。

石志武在地税局征稽股工作，专门到店铺里收钱。那些老板都怕了他，背后送他一个外号：石磨子——再干瘪的人也要被他磨出油来。他业务繁忙，整天在外面转，朱满珍好容易抓了个机会，请他到家里吃饭。喊吃饭，石志武根本不稀罕，闲杂人等还请他不动。但朱满珍开口，他还是要给面子的。五点钟的时候，他正在个酒店老板那里打麻将，突然就想起这事，忍痛离桌，开着摩托，一路狂冲地到了开发区。

朱满珍的新屋，进火的时候来过一次的。石志武记性好，不用打电话问路，就找到了地方。进了客厅，换上拖鞋，他发现在家里的朱满珍格外和蔼可亲，还特意把自己的女儿喊到面前来做了介绍。石志武心里顿时明白了几分。他觉得谢灿文静，还算秀气，虽说做情人还少了点姿色，但拿来做老婆，倒还合适，可以列入考虑范围之内。谢灿打了个招呼后，又回房里去了。这很正常嘛！女人就是这样，就算心里想得要死，面子上还是要装出羞答答的模样。听说文静的妹子，如果发起骚来就格外地浪。想到这一点，石志武就有点悠然神往，连谢解放跟他搭话，也没反应。直到朱满珍递了个橘子过来，他才回过神来。

你父母还好吧？

听到这一句，石志武就意识到自己的优越身份，感叹了一声，他们都很忙！然后习惯性地跷起二郎腿，一晃一晃的。嘴巴子也放开了，跟朱满珍聊些单位上的事，笑这个是麻雀跟着大雁飞——自不量力，骂那个是和尚师傅捡到把篦梳——没得用。谢解放越听越不自在，本来想替谢灿仔细考察一下的，这下就提前起身往厨房去了。朱满珍喊谢灿出来陪客，谢灿不应，她只好对石志武说，丫头怕丑。石志武大度地笑了笑，表示理解。解晓东在一边看着，心里也不爽，眼睛便直盯着电视里的那个又唱又蹦的小燕子。

饭菜搞得很快，也很丰盛。谢解放其实很想多放点盐，把口味搞糟，但他始终下不了手，还是像往常那样，怀着满腹委屈，尽职尽责地把事做好。只是石志武要喝酒的时候，他推说身体不适，不陪了。朱满珍只好和石志武喝了两杯。谢灿被强制安排坐在他身边，浑身上下都不舒服。草草扒了两口饭，就退席了。关于石志武吹捧朱满珍领导有方，吹嘘自己如何能干的话，她是一句也没听到。总之，这餐饭是吃得不冷不热，没能达到朱满珍期望的效果。送走石志武之后，关上门，她脸上的笑容也关进了脸皮后面。把谢灿从房里喊了出来，她问，你对客人什么态度？

我怎么啦？

怎么啦？他爸爸马上就要提政法委书记了，他也快要提股长了。我是一片苦心为你着想，你还像个木头一样！

那跟我有什么关系？

跟你有什么关系？我告诉你，你是我朱满珍的女儿，绝对要找个门当户对的。

那我也告诉你，我绝对不会找个这样的人。

谢解放见势头不对，搂着谢灿，要把她带到房间里去。朱满珍大概是喝了几杯酒，煞气格外大，头发都爆了起来，说，不准进去。今天在这里说清楚，你是不是看上哪个没起色的人了？

我看上谁，跟你没关系！

“啪”，朱满珍甩手就是一巴掌。谢灿的脸上立刻现出五个朱红的指印。

“啪”，朱满珍也挨了重重的一记。

谢灿和谢晓东都愣住了。朱满珍脸色发白，嘴唇直打哆嗦，看着谢解放，像是根本不认识他。

编号:016

姓名:程 玲

程玲调进人民银行,只比谢解放晚半年。进来不久,她丈夫沈正明就由工行信贷股股长升为副行长。沈正明年轻时形象不佳,事业上也毫无发达的迹象,工行的妹子都不愿跟他到马路上排对子。无奈之下,沈正明只好到底下的农村信用社去寻觅战机。程玲那时在横桥信用社上班,人长得白净,算是当地的一朵花,身边围了不少品种复杂的蜂蝶——有在乡政府上班的大黄蜂,也有在当地学校教书的老实巴交的工蜂,还有打扮时新在小镇上游荡的无业花蝴蝶,但没有一只让她动心。倒是沈正明夹着个包,穿着身灰不溜秋的所谓西装出现在柜台前时,她却看中了,很快就点了头。大家当时都很奇怪,莫非就因为沈在城里上班?但从城里来看程玲的人不是只他一个,其中有个长得还很文秀,又在工商局上班,比沈正明强到哪去了。但程玲说,我是要个男人,不是找个做摆设的。坚持嫁给沈正明。

过了三四年,程玲就调进城里的信用联社。几年后又进了人民银行。到这时,大家才醒悟她的目光奇准。有昔日的同事进城来办事,找她叙旧,闲谈间问及她当初怎么就看出沈正明是个人物?

程玲笑而不答。那人说,你还保什么密?未必哪个还能把沈行长抢走?讲喽!

程玲这才以轻淡的口气说,他那时人长得是不怎么样,但第一次跑到横桥来,看着我们,举止神态放松得很,我就知道他以后上得了台面。老同事闻言,遂叹服而退。

沈正明形象不佳,那是过去时态。自从搞了几年信贷后,他的头发开始往后面梳得溜顺，上面站不住蚂蚁，衣服也日趋高档，大有非名牌不穿的派头。虽说眼睛鼻子没办法改变，但他人长得高，体格日趋雄伟，走起路来顾盼自雄，竟是一副地道的领导相。而当初根本不理他的那些女职工，如今脸渐黄，腰渐塌，见了他都争相献出笑脸，亲热地喊沈行长。沈行长很大度地哈哈一笑，但目光并不在这些脸上做过多停留。

沈行长很忙。他过去搞信贷，现在还是管这一块。盼望他前去指导工作实地考察的人要提前一个星期排队，才能接到他的大驾。好在沈正明以事业为重，并不嫌工作繁忙，总是坐着小车频繁出没于各个单位，和各色人等握手，碰杯，哈哈大笑。晚上十二点钟不归屋，乃是常事。

听说沈行长工作时有个癖好，要有小姐在场。小姐越嫩，他工作效率越高。但也只是听说而已。大家从不敢当着程玲的面议论这些事。程玲好像也从没听到过这些流言，总是神色从容，很平和地待人接物，偶尔透露一下身上这件新衣服是老沈从长沙给她带回来的，在"阿波罗"买的，五百多块钱呢，他也舍得买啊？衣服的款式质量确实非同一般，让陈丽、宋小红她们围着啧啧称羡。大家都坚信这些衣服是沈行长亲手挑选的。因为工行那边的司机就说过，沈行长每到一地出差，总会记得到当地最豪华的商场买一大包东西。宋小红说，沈正明会当丈夫。

陈丽说，女人啊，就容易被这些表面功夫迷惑。

宋小红撇着嘴说，这世道，肯做表面功夫就是个好男人了。

陈丽叹了口气，不再言语。

沈正明在外面到底干了些什么，程玲从不过问。她只一门心思把家务打理得清清爽爽。沈正明早年丧父，母亲替人洗衣服做针线，才把他拉扯大。他对母亲那颗孝心，就比一般人重得多。刚分到两室一厅，就把母亲从乡下接过来住。程玲虽然不情愿，但脸上没有流露出半分不耐烦。老太太性格刚强，什么事只能由她。程玲刚开始有点不习惯，有时还跟她争个两句。沈正明见了，鼓起眼睛，那样子像是要把她绑在案板上剁上两刀。被鼓了两次眼后，程玲就再也没跟婆婆顶起过。只是和同事在一起议论家务事，她才微微叹气，说，老人家，又吃了那么多亏，我让让她也只那大的事。大家齐声夸奖她会想。她说，我只想着我崽就要得了。

程玲的崽叫沈海，长得跟她一样白净，行里人都说像个妹子。程玲经常带着他在单位食堂吃中饭。她说，我要一天没看到沈海，那就真的跟丢了魂一样，心里牢过不得。沈海在学校里跟人打架，额头上被打青一块，对方的父母老老实实赔了钱。但程玲依然愤愤不平，硬让沈正明喊了两个在社会上混的人，把对方又威吓了一顿。那个学生的尿都被骇了出来，大哭着写下保证书，她才放手。她对同事说，我也不是硬要逞威风，我就是担心他再动手打我沈海。

尹桂花说，那你只管落一百二十个心，那伢子被你魂都骇脱了，只怕再不敢拢沈海的边。程玲这才露出舒心的笑。

除了沈海之外，程玲最宠爱的大概就是那部“飞鸽牌”单车了。每天清晨上班，签了到之后，她也不去二楼信贷股，就从会计股提了个白铁桶，找了块抹布。先冲一道，再蹲下来仔仔细细把单车抹上一遍，连轮胎上有块泥巴她也要想办法弄掉，直到露出黑色的花纹。那样子，就好像在一寸寸地抚摸自己情人的身体，连最细微的地方也不放过。这块抹布虽然挂在会计股，但却是她从家里带来的，算是私人财产，所以大家也不好说她什么。至于桶子虽为公有，但蒙沈夫人征用，乃是面上有光的事，绝不会发出抗议之声。唯一的议论就是程玲太爱惜自己的单车了，骑了四五年，还像刚买回来一样。这议论似有微词，但又饱含惊叹，所以也算不得什么坏话，可以当面发表出来的。何况签了到之后，大家也没准备马上进入工作状态，纷纷站在一楼过道上，看着程玲洗刷她的车子，有一搭没一搭地闲聊。等到程玲终于完成了单车的皮肤漂白手术，大家才纷纷进入各自的办公室。要是哪一天落雨，程玲径直上楼去了，大家还不习惯，仿佛少了个拖延上班的借口，站在走廊上很不自在。

信贷股就两个人。坐在程玲对面的是罗剑，矮胖矮胖的一个小伙子，三湘金融学校毕业的。程玲自己是哪里毕业的，行里人都不太清楚。有人说她是高中毕业就参加工作，也有人说是初中。她后来参加了函授，拿到了沈阳工学院颁发的一个红本子。每到填表的时候，总是很工整地在学历一栏上填上：大专，只是那笔字实在拙劣，再工整也像是小学生写的。龙向阳却不拘一格用人才，任命她为信贷股副股长，主持工作。这个副字延续了很多年，一直到龙向阳倒台都没撤去。程玲充分体谅龙行长的苦心，从没有半句怨言。

只是她不扶正，罗剑就没有台阶上。所以他有次忍不住向龙向阳打报告，提出要换股室。但龙向阳丝毫不考虑他的处境，还批评他名利思想太重。罗剑是挺着胸脯进去，栽着脑袋出来的。他委屈啊！程玲除了管管贷款证，什么统计、大额现金管理、文字综合，全部压到他头上。程玲说，你年轻，又是科班出身，要多锻炼一下。罗剑是农村里出来的，做事做惯了，不以为苦。但是每到年底，评先进行员，股里一个指标，程玲就硬是不肯报他的名字。其实也就是奖那么个两百块钱，但这是个荣誉问题——罗剑年轻，很渴望上面用个红本本肯定他一下。至于每年中支信贷科组织底下的人外出学习，那就更没有罗剑的份。程玲说自己学的东西少，要多出去学学。学什么呢？不是到海南学习游泳，就是到北京学习爬长城。这样的学习，哪个都跳着想去。罗剑想法虽然有，还是勾着脑袋扎实做事。对他，程玲还是很满意的。后来行里进人，江平提出把新同志放到信贷股，让罗剑到经管股去时，她坚决不同意。以后每到外面回来，她总要给罗剑带个小旅游纪念品。虽然价格低廉，但总让罗剑心里好过了一点。

程玲工作顺手，家庭看上去也美满，日子过得甚为舒心，脾气愈发平和。她骑着单车去街上买菜，跟另一个妇女撞上了。两个人说了两分钟，眼看要争起来，她就闭上嘴，推着单车行远了。对方在后面用女高音泼出一阵骂声，她只装作没听见。这个故事，她在行里讲了好几次了，用意在阐明她的人生哲学——那就是这个世界上，没有什么好争的。大家都承认她脾气算好，从没骂过人，有什么事，总是不紧不慢地跟你说。如果僵住了，她就会抽身走开。但是也没有人会认为她好欺负。

打字员章萍，跟张凤华很好，中午在食堂吃饭，总是粘在一张桌子边。她结婚的时候，行里人大多数前去捧场，连龙向阳也要赵人瑞代送了个红包。但程玲不去，说章萍只顾着巴结张凤华，没把她放在眼里。其实章萍还算有礼貌，见人就打招呼。所谓的没有放在眼里，只不过是没有对她特别表示亲热而已。但章萍是临时工，没办法跟她争，以后见了面，只有笑容更灿烂地喊玲姐。有时没看到，走过了才发现，总要不安良久，生怕程玲又在心里记上一笔。好在程玲就算是有意见，也不会在脸上发作，更不会去跟一个打字员当面争斗——在她看来，那是有失身份的事。所以两个人面子上总还过得去。只是程玲跟张凤华的关系变得微妙起来，两个人碰在一起，总是分外的客气。转过背去，程玲就说张凤华在家里碗都不洗，在行里又表现得太能干了。张凤华呢，就说程玲太节俭了，家里那么有钱，到底下信用社去检查，别人送她的蔬菜，总是一样不漏地带回来。有次居然从北坪运了个十几斤重的大南瓜过来,真是不怕麻烦啊。

程玲喜欢带东西,是出了名的。她到外面去,总不会空手而回,常常弄一大堆打折品回来。她热衷于比较各地物价的差异,总是告诉同事哪里的布比较划得来,哪里的洗发精少五毛钱。这种执著钻研的精神,只有尹桂花当年才可一比,但尹师傅是要修房子,被逼出来的,她却完全是出于天性,所以境界更高一层。有时她发现了便宜货,也乐意帮别人带点回来,反正车是公家的车,不用她出半分油钱,还落得个人情。

一次到中支开会,程玲闲来没事,去逛红旗路,发现新开了个昭市大药房,里面的"古汉养生精"每盒比县里便宜了一块五。一口气她就买了六百块钱,塞在车后面。途中在路边的饭店吃了中餐。回到行里,打开后厢一看,所有的"古汉养生精"都不翼而飞。程玲说,这怎么得了,我是帮别人带的。

司机李建华就劝她不要急。程玲很快镇定下来,要李建华先不要对别人讲。第二天,她自己拉了个条子,上面写道:遗失"古汉养生精"六百元,特此证明。然后找到李建华,让他在上面签了字。李建华也搞不懂她要做什么,反正是有这回事,没错,抓起笔就划上了自己的名字。程玲自己又签了字,然后递给罗剑。罗剑看了半天,问了句,要跟王行长说一声么?

程玲说,贷款证的钱,股里管,不用说。

罗剑就开了保险柜,从去年中支返回的贷款证款项里提了六百元。程玲一张一张地数了,装在提包里,走了出去。

过了个把月,程玲又到中支开会。回来后,沈正明天天喝"古汉养生精",喝得红光满面,精力充沛,众多小姐还不能满足他,竟然又在外面包养了一个情妇。保卫股的屈红旗跟这女人是旧相识,晓得些风声,难免跟股里的同志做笑话讲。很快此事就传遍全行,大家甚至打听到这女人原来就是个暗娼,被屈红旗捉过好几次的。想到程玲居然跟这样的女人共一个男人,很多同志未免替她不值。但程玲总是很幸福的样子,有机会就夸沈正明对她极好,而且近来夸得特别频繁,大家也就不好提醒她什么了。

编号:017

姓名:屈红旗

屈红旗原来在公安局当刑警,经常带着枪,别着副手铐,迈着八字步,在飞龙大街上摇过来晃过去。那些小混混看到他就躲。有次前进街一个社会青年,没事坐在人行道栏杆上,嘴里叼了根烟,一双勾勾眼净往女人身上瞄。乱瞄乱瞄他就瞄到了屈红旗。两个人目光对接。屈红旗目光锋利,在他心头上狠狠地剜了一下。这小青年顿时方寸大乱,恍惚间似乎看到屈红旗转身向他冲来,屁股一滑,整个人翻了下来,脑袋碰在一块石头上,当场就昏了过去。

其实屈红旗当时只不过随意看了他一眼,就走了过去。主要是他煞气太重,威名太大,不要说这些小混混,就连真正在黑道上打拼的好汉,提起屈红旗三个字来,也要畏怯几分。要知道屈红旗是出了名的拼命三郎,每次追捕行动,他是冲在最前,下手最狠。想当年郭老三横行老车站一带,身边有七个结拜兄弟,自称飞龙八大金刚,人见人怕,车站派出所也拿着他们头疼。有次郭老三大概是喝醉了酒,看到一个来买票的半老徐娘,好像颇有风韵,便伸手摸了一把。酒醒后有人告诉他,这位是屈红旗的小姨。

郭老三把眼睛一鼓,说,就是他娘,我摸了也就摸了。

似乎是话音刚落,屈红旗就出现了,横着一警棍抡在他背心上。只听得很沉闷的一声,郭老三一口血喷出有两米远,脸色惨白地木在那,强撑着没倒地。他的一帮兄弟马上围了上来。屈红旗不慌不忙,拔出枪,拉开保险,嘴角有点歪,看上去像是在笑。顿时所有的人都被定了身一样,连过路的人也不敢挪动脚步,生怕被屈红旗误会,挨上一枪子,那就真的是背时。

屈红旗也不做声，用枪戳了戳郭老三。郭老三自动就进了警车。先是关了十五天。这十五天里，他充分认识到自己绝非金刚，只能算做一团烂泥。后来又被以流氓罪判了一年。进狱的时候，他总算还能走路，但身体已被屈红旗做垮了，在里面熬了一年，出来后，基本就是个废人了，靠在街边摆小地摊为生。他这一倒，其他七个金刚立刻就散掉了。屈红旗算是替车站派出所做了件大好事，但他当众打人，出手毒辣，上头不给他记功也不批评他。

屈红旗倒无所谓，每天依然在飞龙大街上巡视。他三教九流都认识，走得几步就有人喊他去喝酒。屈红旗也不摆架子，喝酒就喝酒，打牌就打牌。那些人都乐于跟他结交，想着哪天犯在他手里，也不至于太惨。屈红旗是个讲义气的人，私下里确实放走过不少熟人。所以黑道上的人，并不怎么痛恨他，反而普遍叹息他走错了道，不然也是响当当的一条好汉。那些被他整过的人，也只好怨自己没能结交上这位好汉。局里也知道他社会关系复杂，所以一直不敢提他。但屈红旗过得很快活，卵大的一个股级，他还没放在眼里。

屈好汉横行飞龙，风光无限，但他爸爸在一边看着，着急得要命，生怕他在外面充狠把命都充掉。以前费力把他搞进公安系统，是想着里面待遇不错，在社会上也很有面子，但待遇再好，面子再足，总没有命重要吧。屈红旗的爸爸暗暗拿定主意，要把儿子换个单位。但这个单位总不能比公安差吧。思来想去，觉得人民银行收入稳定，工作清闲，把儿子搞到那里当保卫，专业又对口，乃是最佳选择。他自己是城关镇的镇党委书记，再干几年就要光荣退休了，所以颇有“只争朝夕”的紧迫感。好在龙向阳乡里亲戚多如田里的青蛙，个个都跳着想翻过农门进城来。屈老书记发扬助人为乐的革命精神，一口气解决了两位，一位是龙行长的侄女，一位是王铁梅的外甥。他是以二换一，龙向阳没有理由不把屈红旗调过去。

等到事情都谈妥了，屈老书记就把崽女都喊回来吃饭，当着大家的面把这事宣布了。屈红旗一愣，回过神来后，第一句话就是，我不去。

屈老书记看着他，哽咽着说，你也晓得，我为了你们几兄妹，操了一世的心。你要是不想要我过个舒心的晚年，你就不去。说完，他的眼睛红了。屈母也在一边用袖子直擦眼睛，因为身子弱，竟不停地咳起来。姐姐姐夫妹妹未来妹夫都睁着眼睛看着他，屈红旗再有一万个不情愿，也说不得半个不字。

屈红旗到人民银行的第一天，不仅是单位职工，连家属都面露莫名的兴奋，围过来争睹这位著名好汉的风采，好像看猴子把戏一样。孙悟空跳到他面前，说，我要跟你学功夫，然后手脚一顿乱舞，嘴中嗬嗬有声。侯莉红着脸，奋力把他扯回来，一边偷偷地看屈红旗。屈红旗只是向大家点点头，就由赵人瑞带着，径直往保卫股去了，给大家留下一个挺拔傲慢的背影。

胡伟本来也很想出来凑热闹，但他故意缩在保卫股，把股长的架子端足，准备以淡然的神态来迎接这个部下。但当屈红旗亮在他面前时，胡股长脸上不由自主地出现了谦逊和蔼的笑容，主动伸出了手。屈红旗跟他握了握，点点头，脸上也没什么笑容。胡伟被他搞糊涂了，到底谁是股长啊？

按照惯例，新同志来，股里是要待一餐酒的。胡伟就和孙建设、谢解放他们商量好，要在酒桌上狠狠地杀一下屈红旗的威风。当夜，老胡没抽烟，推掉麻友的热情相邀，拒绝跟老婆搞事，早早睡下，把精神养到十足。

第二天中午，全股的人在“华都”开了一桌，先要了三瓶“昭市大曲”。开始用小杯。大家每个人敬屈红旗三杯，所谓“开门三鞠躬”。屈红旗是逢敬必干。他当然要还礼。别人还礼，是一杯对一杯，他是双倍奉还，被还之人被他连敬六杯。两圈下来三瓶就见了底。晁荣宝、李锦成这些从学校出来不久的嫩人撑不住了，纷纷息兵。胡伟劲头十足，又上三瓶，要服务员通通去盖。屈红旗斜睨酒瓶，漫不经心地说，用大杯吧。胡伟和孙建设对视一眼后，说，要得。

四个茶杯端了上来，一杯满的就是二两。屈红旗举起杯，对胡伟说，在家靠父母，出门靠朋友，胡股长，我敬你。

这话，胡伟听着舒心，说声好，就干了，把底翻过来给大家看。

屈红旗早干了，根本不停，又对孙建设说，老孙，四海之内皆兄弟，一杯到底见感情，然后一仰脖，把酒倒进胃里。

孙建设点点头，说，久仰老弟的大名，也是一杯到底。

屈红旗又斜睨着谢解放，说，老谢，三山四海五岳走，无缘桌上不相逢。

谢解放就呵呵地笑，徐徐喝干杯中的酒。四个人越喝越亲热，头上蓬蓬地直冒热气。李锦成和晁荣宝对视一眼，偷偷地吐舌头。

喝到第八瓶上头，谢解放感到舌头渐渐胀大，简直开不得口。胡伟脑袋一晃一晃，开始宣扬他在越南打仗的传奇经历，云里雾里，越讲越不着边际。孙建设的络腮胡子似乎一根根都红了。屈红旗眼睛越来越亮，话却越来越少，只是一杯接一杯地喝。胡伟想歇一下，递了根烟过来，他手一拦，说，不抽烟的。

胡伟大为惊讶，说，你在社会上混得这么开，能不抽烟？

屈红旗说，我靠义气，顿了一下，然后又说，抽烟对身体不好。

胡伟这才明白自己终究是拼不过屈红旗的。第八瓶见底后，他以股长的身份说，我看今天喝得差不多了，下次再喝吧。

屈红旗看看其他人：谢解放眯着眼，一副要睡觉的样子；孙建设看着桌面，似乎在想什么心事，便露齿一笑，说，要得。此后保卫股的人对他都很服气。

屈红旗每星期值两天班，空闲时间本多得很。但龙向阳似乎对他特别喜欢，外出办事，总要叫上他。出去几次，飞龙县都在传说屈红旗做了龙向阳的保镖。其他单位的头头看龙向阳的目光中，又多了一分敬畏。那些跟龙向阳结仇的人，除了恨得牙齿痒痒外，越来越感到奈何老龙不得。见充分收到预期效果，龙向阳非常满意。他看着屈红旗，心想要是自己的儿子有这么威武，这样有煞气，那这辈子就真没什么遗憾了。这样一想，他看屈红旗的目光中就多了点慈爱。屈红旗讲起话来硬邦邦的，就算在领导面前也一样。以前公安局的领导不喜欢他，这是一个重要原因。但龙向阳居然不介意，反而很欣赏他的这种风格。身边站着个这样的人，底气愈加足，真是龙潭也敢去探，虎穴也敢去闯。他是不会让屈红旗做义务劳动的，暗地指示人秘股帮屈红旗造出差补助。

屈红旗跟着龙向阳，有钱领，有酒喝，自然是美差。龙向阳还明确许诺，过两年提他做副股长。但这些他都没怎么放心上，关键是龙向阳看得起他。冲这一点，他就愿意帮龙向阳撑场面。大家见他得宠，对他更是高看一眼，连胡伟跟他说话，都是用商量的口气。屈老书记得知这些情况，大感欣慰，为自己的英明决策多喝了两杯，结果高血压发作，险些送了命。

这样过了两个月，屈红旗却渐渐感到没得什么卵味。人民银行，太安逸了，享受不到一点波澜——在激流险滩里搞惯了的人，突然放到游泳池子里，根本就不能尽兴。他是最不喜欢待在屋里的，在保卫股值那一天一夜班，真的是比坐牢还难受。跟龙向阳一说，老龙沉默了一下，说，过一年吧，我把你调到办公室，专门跟我到外面跑。

一想到还要熬十个月，屈红旗顿觉天地灰暗，活着没劲。为了提神，他只有找点有劲的事做，便天天寻人喝酒。以前那些来路不正的熟人，因为他不在公安混了，很想把他拉下水，对他很是笼络。喝到二醉二醉的时候，那些人就说，人民银行有什么搞头，出来做，以你的本事，包你发大财。

屈红旗是公安出身，黑道白道的区别他还是搞得清，喝酒可以，上那条路，始终是对不起祖宗的事，不干。

那些人见他不动心，又说，你晓得外面怎么讲你？

怎么讲？

好听的呢，是讲你跑到人民银行给龙向阳当保镖去了。不好听的呢，就不讲了。

你讲。

我讲了你不要发火。

好。

讲你是龙向阳的一条狗。

屈红旗停下酒杯，脖子涨得通红。

第二天，龙向阳要到昭市去，打电话喊屈红旗。屈红旗说没空，就把电话挂了。龙向阳很奇怪，想了想，以为他要提什么要求。但从昭市回来后，根本没看到他进自己的办公室。龙向阳心头有点火，以他的性格，就要动手整人了。但对屈红旗，他还想再给他次机会。过了个把星期，他要出去办事，在坪里碰到屈红旗，便说，小屈，跟我去联社一趟。

屈红旗看了他一眼，说，我还有事。

龙向阳哦了一声，说，那你去忙吧。

此后见了面，龙向阳还是很亲热，像是父亲对儿子一样，但再也没喊过他了。大家渐渐看出这点转变，对屈红旗的态度就微妙起来，见面当然还是笑，但笑得很是敬而远之。屈红旗心中郁闷，又不好说什么。为了排解不快，他又恢复了晨练的习惯，天天六点钟爬起来打沙袋，然后冲个冷水澡。寒冬腊月，一桶冰水罩下来，全身的肌肉猛地缩紧。擦干后，过了片刻，气血又急速奔跑起来。痛快。比跟人打交道痛快得多。人民银行都不是些痛快人，都是心里有七个窍，肠子有九道弯。想起心里就堵。他妈的当初怎么就立场不坚定，跑到这个鬼地方来了。

屈红旗心里有情绪，从来都是旗帜鲜明地摆在脸上。要是换了其他人，这样做，早就被行里的人整死去。但他是屈红旗，尽管有些人心里恨，最多只在背后嘀咕两句,从不敢当面挑衅。晁荣宝、钱威、罗剑这些年轻人,有时还凑到他面前,献出笑容,说,旗哥,你功夫厉害,露一手给我们看喽。这个时候,屈红旗脸上倒有一点笑。

钱威见他脸上开始松动,趁热打铁,说,旗哥,给我们表演一下喽。

屈红旗傲然地看着前方,等他们都不做声,用饱含期待的表情看着他时,才说,功夫不是用来表演的。

钱威马上发表不同意见,说,电视上好多表演功夫的。

屈红旗不屑地说,那些花架子,我都懒得看。

钱威还不甘心,说,那你教教我们喽。

晁荣宝、罗剑都很兴奋,说,我们拜你为师。

屈红旗逐一打量他们,然后摇摇头,说,你们都是读书人,不是练武的料。

罗剑不服气,说,我从小挑担子,做田,力气蛮大。

你筋骨不活,有几斤力气,也是死力。

屈红旗说的是行话,罗剑有点听不懂,做不得声,脸上却并不怎样心悦诚服。看他晃着脑袋那副猪头样,屈红旗遂道,不信我们两个练练。

听得此言,罗剑颇为激动,脸都红了,说,旗哥,你要让一下我。

你尽管使力就是。

罗剑便脱了上衣,甩手扬脚,乱蹦了一阵,然后摆出个造型,说,旗哥,我来了。

屈红旗点点头。

罗剑又换了个造型,说,旗哥,你手下要留点情。

屈红旗不耐烦了,说,你放心呢,我手上有分寸。

罗剑大叫一声,其音凄厉,像是要自杀,扑过去就是一冲拳。屈红旗微微一侧身,就让开了。见他并不还手,还退了一步,罗剑勇气倍增,拳脚并用,口中"嘀嘀"有声,就差没飞身起腿了。他正自我感觉良好,屈红旗左侧步上前,身子别住他抬起上踢的右腿,右边起腿,一个膝撞,在他左腿麻筋处顶了一下,罗剑像被过了一下电,全身发软,一屁股坐在地上,半天爬不起来。晁荣宝和向大志张开嘴,在一边愣愣地看着,像是两只呆鹅。

这事全行人民很快都知晓了。大家纷纷嘲笑罗剑自不量力,居然敢跟屈红旗过招。唯独王庆生把眉头挤在一块,说,屈红旗也是的,欺负这些小同志干什么？

这话从口里撂出来，还散发着热气，屈红旗就晓得了。他圆睁双目，在桌子上猛击一掌，吼道，王庆生睁眼讲瞎话，老子要剁了他！

马上就有人飞跑着传话给王庆生，并压低嗓音，劝他出去躲一躲。王庆生耳根通红，声音陡然变得尖利起来，说，让他来，让他来，我是副行长，他还敢把我怎么样？

来人叹了口气，说，他是个猛人，你跟他讲不得道理，还是避避风头的好。真的被他打两下，你也受不了。

王庆生头发根都红了，嚷道，他敢打我？他敢打我？来人见劝不住，便退了出去。王庆生等他一走，想了想，把办公室的门关上，又拉上窗帘。可惜龙向阳到政府开会去了，否则他办公室就在隔壁，自己倒可以过去跟他谈谈工作，把屈红旗引到老龙办公室。王庆生正在东想西想，走廊上就响起一堆脚步声，像雷声滚动，他的心就怦怦地跳得厉害。等到门被猛地擂了一下时，心脏几乎要从嗓眼里蹿出来。定了定神，他高声叫道，是哪个？

王庆生，你把门打开，我们把话说清楚！

我跟你没什么好说的。有什么等龙行长回来再说。

你到底开不开门？

只听得门震动得厉害，似乎马上要倒下来。王庆生发出凄厉的叫声，屈红旗，你敢威胁副行长？

你是副行长，就要讲公话，不要随便污蔑别人。

我哪里污蔑别人了？

你污蔑我。

我哪里污蔑你了？

你说我什么，欺负小同志。

你是练过武的人，跟没练过武的动手，就是不对。

罗剑就在这里，你出来问问他，看是他要跟我练武，还是我欺负他？

你这么霸蛮，他何敢讲实话？

屈红旗再也忍不住了，一脚踹去，两寸厚的实木门就应声而开。旁边有人想扯他，但哪扯得住。一飙他就进去了。等大家纷纷涌进办公室时，王庆生已被屈红旗一只手叉住脖子，顶在墙上，看上就像一只瘦鸭被人提着。

你说，我是不是欺负小同志？

王庆生一声不吭,脸上露出痛苦的神色。见事情闹得差不多了,有人就出来打圆场,说,屈红旗,王行长其实也是随便说说,并不是有心的。其他人也纷纷开口,争相表达自己息事宁人的立场,唯恐讲得慢了,被误会成是煽风点火之人。屈红旗脑袋也渐渐凉下来,想着王庆生终究是副行长,自己冲到他办公室打人,怕有点不妥,手就松开来。胡伟他们劝的劝、拉的拉,把他移出了办公室。到了底下,大家都散了。屈红旗独自站在坪里,心里茫然起来,有点不知何去何从。

党组会议的处理意见是记大过一次,扣屈红旗一个月的工资、奖金,并在职工大会上做出深刻检查。据说还是屈老书记跟龙向阳讲了好话,屈红旗才没有被开除。但另一说法是,屈老书记并没有打电话过来,龙向阳是考虑到要是把屈红旗逼急了,他也镇不住,所以没有把事做绝。胡伟被领导喊了上去,下来后就摆出笑容,跟屈红旗谈了行里的要求。把头一扬,屈红旗说,记过随他记,奖金随他扣,要我做检讨,老子这一辈子还没做过,不晓得做。

老弟,你就忍一下算了。王庆生说到底是个副行长,你跟他说个对不起,就要得了。

本来就是他不对,讲些那样的卵话,到头来还要我跟他做检讨,怕是倒过来了吧?

哎呀,单位上的事,说不清的,你就算帮我个忙。

你要我帮你去打架,喊一声我就去,你要我帮你做检讨,讲明的,我不得去。

胡伟见劝他不动,只好又跑上去。龙向阳似乎早料到会这样,又派了黄建国、潘俊下去对屈红旗进行思想教育。屈红旗随他们怎么说,只是锁紧眉头不吭声,到了最后,就是那硬邦邦的一句,我反正不得做检讨。黄建国发现自己的好口才,到了这等人面前,根本就等同于空气,最后也只有叹口气。潘俊则只是例行公事,你不听就不听,他也不得多劝。

龙向阳等屈红旗把行领导全得罪完,才给屈老书记打了电话,首先痛责自己失职,没有管好屈红旗,对不起屈老书记。然后请屈老书记对屈红旗进行教育,督促他执行党组的决定。放下电话后,屈老书记气得差一点就高血压发作,把身边的工作人员吓得要死。

当天晚上,屈老书记当着全家人的面,问屈红旗说,你做不做检讨?

屈红旗低头看着地下，说，我不做。

那好，你不去做，我去做。我反正也是快退休的人了，把面子让别人踩在地上，也只那大的事。说完，他老泪纵横，连连跺脚。

屈红旗见父亲如此，心里痛得要死，咬了咬牙，说，我做。

在第二天的全行大会上，屈红旗做了世界上最简短的检讨，说，王庆生，我不该打你，然后就昂然走出会议室。很多人捂嘴偷偷地笑。王庆生坐在前台，铁青着脸。龙向阳向黄建国使了个眼色，黄建国便开始宣读对屈红旗的处罚决定。

这事过了后，屈红旗开始往公安局跑，找过去的领导。领导都很客气，为没能挽留住这么优秀的人才而深感惋惜。但当屈红旗提出要重新归队时，他们的口气马上就变得模糊起来，总是说研究研究、考虑考虑。屈红旗是个急性子，领导们练的是云里雾里的太极拳，他练的是直来直去的铁沙掌。过了几招儿后，实在憋不住，他一掌当头向局长劈去，问道，你撂句话，行还是不行？行，我马上回来，以后要我去水里就去水里，要我去火里就去火里。不行，我就死了这条心。说完，他目光炯炯地看着局长。

局长不敢跟他对视，踌躇了一下，慢吞吞地说，小屈，我们是欢迎你回来的，但怕屈老书记不同意。这样吧，只要他打个电话给我，就没有什么问题。

屈红旗的目光随着领导缓慢的话语流渐渐变得暗淡起来。

此后，屈红旗在家里很少说话。父母见他心情郁闷，便商量着给他找媳妇，希望他成了家，就会有所顾虑，收敛一点。屈红旗却没领会二老的苦心，死活不肯去相亲。有次对方实在是喜欢他的人才，放下姑娘家的矜持，跑到他家里玩。一家人欢喜得很，忙上忙下，热情招待。唯独屈红旗一点面子都不给人家，披上衣服就冲出门。屈母想拦，却连衣角都没沾到他的。人家姑娘走也不是，留也不是，眼睛竟微微红了，搞得两个老人家心里很内疚，一个劲地说对不起。

屈红旗拒绝父母的安排，身边却不缺女人。这些女人，都是那些江湖朋友推荐的，个个都长得韵味，但显然不能称做是良家女子。屈红旗却不在乎，只要是喜欢，总是来者不拒，载在摩托后面在飞龙大街上打冲锋。他以前跟武松一样，有点不近女色，现在却变得如此通脱，让江湖朋友们很是惊喜。有个做淘金生意的老板，对屈红旗说，老弟，你现在是想开了吧？

屈红旗冷冷一笑，指着自己的心窝说，告诉你，是我这里憋得很。

老板就说，你这样的人物，还在单位里受小人的鸟气干什么？出来吧，我包你三年发大财。你也知道，我做的是正路生意，不得坑你。

屈红旗沉默了很久，最后长叹一声，说，老兄，以后再说吧。

对方就拍拍他的肩膀，说，你什么时候想出来，首先就要跟我说。

一晃又是两年，屈老书记服从革命需要，退了下来，猛然多出一大把时间，竟然不知道如何打发。有天他实在无聊，在街上闲逛，碰见了过去的一个老战友。战友在北方工作，这次回来是给父母扫墓。十多年没见面了，彼此心情激动，就在街边店子里吃了一餐。两人畅谈往事，不知不觉就多喝了几两。出来后，握了足足有五分钟的手，才挥手惜别。看着老战友微微弓起的背影，想到几十年这么一滑就过来了，屈老书记未免感慨，心潮起伏得厉害。他站立街边，发现眼前的人群像发大水时的资江，陡然剧烈地晃动，然后又模糊起来。一片血光迅速逼来，他觉得身子很软、很轻，慢慢地就飘了起来。

屈老书记倒下的第二天，屈母伤心过度，呕了两口血，也跟着去了。二老的丧礼进行了足足有七天。这七天七夜，屈红旗都没合上眼。屈老书记从政数十年，现在的县长都是他昔日的部下，追悼会自然开得隆重。但人民银行那边表现得不冷不热，就是工会送了花圈，黄建国过来打了个转，代表行党组致以沉重的哀悼。龙向阳在外地开会，听到消息，要王庆生代表他去一趟。王庆生却表示工会去了就可以了，龙向阳也不便勉强。

对人民银行搞的这些路数，屈红旗好像没感觉，他只是向每一个前来致哀的人下跪、俯身、磕头。飞龙的人都知道屈红旗是铁血男儿，膝下有黄金，这一跪分量极重，以前没有过，以后也不会再有，所以都赶紧去扶，百般劝慰。

把二老送上山后，屈红旗把姐姐妹妹喊到家里，三下五除二就把遗产都处理了，十万块的存折给了姐姐，房子和金器给了妹妹，他自己就拿了一万块现钱。姐姐妹妹不肯，说钱我们三个人分，房子是爸爸留给你结婚用的，我们不要。

屈红旗瞪了他妹妹一眼，说，三丫头，这是我送给你的。你也不小了，赶快把婚结了，做哥哥的也就放了心。

听了这话，三丫头立刻哭起来，姐姐也在一边直抹眼泪。

把家务事处理好后，屈红旗脱下那一身保卫服，昂然直入王庆生的办公室，一拳打得他满脸开花，然后扬长而去。此后人民银行的人就再没看到过他。两年后，唐光华有个穷亲戚去四川金矿山里碰运气，探听到屈红旗也到了四川，且淘金发了大财，就在那边起了房子，安了家，还把姐姐妹妹接过去玩了几次。后来又传他在金矿山里打死了人，跑到黑龙江边境做走私生意去了，据说还讨了个俄国女人做老婆。那俄国女人骚劲十足，却被屈红旗搞得服服帖帖，这大概是继左宗棠、曾继泽之后，中国人与俄交锋所取得的又一次彻底胜利。

编号:018

姓名:唐光华

唐光华两颊瘦削,眼窝大而深,里面像是有两团黑焰。他不爱说话,总是默默地吸着烟,在想什么事。他是一九八九年从三湘金融学校毕业的。

唐光华分下来的时候,因为行里正缺业务人才,直接就到了经管股,专门负责各种报表。他的接受能力之强,让江平、郑亮这些业务高手都暗自吃惊。江平、郑亮对各类报表也是精熟,然而要说他们如何热爱这些蚂蚁样的数字和纵横交错的细线,只怕是这些报表在自做多情。但唐光华看报表时,总是一副津津有味的样子。金融机构报上来的数,哪笔账是调过的,哪笔账是故意放错了科目,他做出判断时总是快如闪电,好像是他亲自做的账。江平虽然和气,但在业务上从不轻许人,唯独对唐光华很佩服,总说他应该去读经济学研究生。唐光华没事时,也经常拿着吴敬琏、魏杰的著作在看。但任何文凭和职称考试,他都不参加,让江平他们很是困惑,同时心里又有种隐秘的窃喜。也有人拍着肩膀称赞他是有真本事的人,要那个鸟文凭干什么喽?但转过背去嘴角就现出冷笑。

唐光华除了研究报表外,对深圳、上海两地的股市也格外的关注,时常跟江平他们探讨股市行情。江平、郑亮的所谓股市知识,还是在学校读书时上证券课学来的那一点,当时就已是纸上谈兵,现在更加跟现实套不起。为了和唐光华相抗衡,他们也不得不去关注一下这个调调,没想到一关注就上了瘾。郑亮甚至感叹,一个男人必须关心的两件事就是体育和股市。三个人嘴巴上切磋来切磋去,似乎个个都是操盘大师。奈何这门玩意儿当时在飞龙是屠龙之术,无处施展。好在三个人在长沙都有要好的同学,便各个拿出几千块钱来，委托对方代为下注，自己在这边电话指挥。江平、郑亮买了当时湖南最火爆的中意集团股票，唐光华却抵制住两人的竭力撺掇，选了一家不太打眼的上市公司，理由是该公司是湖南唯一专门生产火花塞的厂家，市场空间比较大，在一两年内销售量会往上跑。

真的下了注后，唐光华反而不太谈论此事了，不像江平、郑亮他们见了面，开口闭口都是中意，仿佛不论上一论，自己的那些股票就会立刻化为泡沫。但是上班到了某个时候，唐光华照例会失踪一阵。等到他重新出现时，脸上就会出现一丝自得之意。大家都知道他是回宿舍看电视上公布的股市行情，但都不说破。过了一年，江平、郑亮都亏了，唐光华的那支股票却涨了好几个点，让他赚了两千。钱其实还在股市里，但江平、郑亮硬要他请客。他还真的在外面摆了一桌，为这并未到手的两千块钱喝掉两瓶"昭市大曲"。

初战告捷后，唐光华的注意力几乎都转移到股市上。他利用在经管股的优势，跑到金融机构贷了两万块钱，一股脑儿全倾注在那支股票上。不太喜欢做两手打算的，他看准了就全力扑向一处。当初老师强调的"不要把鸡蛋放在一个篮子里"，在他看来纯粹是屁话——高风险才能有高回报，四平八稳就只能赚几个油盐钱，非大丈夫所为。何况该公司的资料他都吃透了，相信不会出错的。

下了注后，他坐在办公室，默默地吸着烟，等待着大赚一笔。

就在他下注的第二天，唐光华被郑亮他们硬拉出去唱卡拉OK。他是五音不全之人，拿起话筒来像是狼在嚎，所以自始至终都是坐在沙发上吸烟。一起玩的还有外单位一些年轻人，其中有个小妹子，叫王燕，才从湘潭大学地理系毕业，分在二中教书，在喧闹中注意到了沉默的唐光华，为他那种孤独的气质所动，悄悄地向旁边的朋友打听此人的情况。那位朋友也做得出，大声向唐光华说，喂，我们王燕妹妹问你叫什么？

其他人马上起哄。王燕臊得满脸通红。唐光华很慌乱地一笑，继续抽他的烟。

两人第一次正式约会是两个月后的事，主要是那个大声叫喊让他们尴尬不已的朋友在其中穿针引线，唐光华根本就是被动式。王燕小小巧巧，戴着金边眼镜，颇有书卷气。唐光华心里很满意，却不知如何表达。王燕鉴于在歌厅那次自己表现得过于主动，也格外的含蓄矜持。两人几乎没有说话，只是沿着资江散步。秋风卷着落叶在江面盘旋，带来了必然而来的寒意。

江平、郑亮他们很关注唐光华的恋爱进程，动不动就问上一句，什么时候领屠宰证？唐光华笑骂他们痞得无法，然后点上一支烟，把自己隐藏于迅速而起的烟雾后面。但有些东西是无法逃脱群众雪亮的眼睛的：他原来蓬乱如野草的头发现在吹成了中分；下巴和上唇的胡子每天都刮得干干净净；从来不擦的皮鞋也开始恢复清白之身；身上新置了一件黑色的风衣，走起来颇有几分潇洒之态。陈丽当众说，哎哟，没看出小唐还是个帅哥。唐光华被她这句话搓得不知如何是好，手指一颤，差点连烟都掉了下来。

情场得意，股市那边似乎也有好势头，唐光华投进的钱已经差不多翻倍了。这件事，他谁也不说，只是努力按下激动的心，忍住没去抛售。按他的推测，这支股票还可以往上跑，赢利空间大得很。而且这是支业绩股，看上去没有庄家托市的迹象，不存在带散户笼子。不过也知道股市风云变幻无常的，所以他对自己说，等超过十万，就把大部分钱拿出来，结婚。眼看着事态一步步向预定计划发展，他开始感受到在沉默中独立做成大事的那种欣喜和充实。

王燕总觉得唐光华有什么事没让她知道，问又不好问。不过她知道唐光华是真心喜欢她，对于一个小女子来说，这已足够。唐光华那样做，反而使他具有种神秘感，让王燕一想起他心就跳。同事们得知她跟个中专生在恋爱，纷纷在一边打烂锣，说你这样的重点大学毕业的本科生，起码也得找个重本，不然得是研究生才相衬。

觉得这些同事好庸俗，王燕说，毛主席也是中专生呢。

同事们就说，哟，王燕把男朋友看得好伟大。

王燕红了脸，说，才不是，我只是打个比方。其实在她心中，唐光华确实与众不同，迟早有一天会做出大事，所以对他不参加文凭考试、终日默坐不语等等背俗而行的举动，通通视作是非凡人物的特征，而加以崇拜。

唐光华的不寻常之处，龙向阳也很在意。老龙阅人无数，唐光华那种混合着犀利和神经质的眼神却很少见。他以前在部队里碰到过一个，是兄弟连队的通讯员，平常说句话都好像很艰难的样子，突然有天就被师参谋部特调了上去。原来他写了篇分析国际战争形势的文章，发在核心刊物上，见解惊人，连外国人都注意到了，纷纷打听这位突然冒出的中国军事学家到底是什么背景，毕业于哪个名牌大学，其实人家是初中毕业就当了兵。

龙向阳知道此类人在某方面具有超常的能力，而于人事层面则很忽略，所以要么一跃成龙，要么就被困在下面，郁郁而终。现在于自己的管辖范围内发现了这样的奇人，龙向阳心态很是复杂：一方面感到自豪——连这样的人物也归自己管，另一方面又唯恐他真的有朝一日一飞冲天，成为风云人物，达到让自己需要仰视才能看清的高度。如果唐光华乖觉点，多来拢他的边，陪他打打麻将，也许还会让他当个副股长什么的。但唐光华见了他的面从来就是笑笑，连话都不说一句的，逢年过节根本连影子都没看到，所以龙向阳对他的策略是用而不提，把他放在经管股，发挥他的综合分析能力，但封住他每个往上升的机会。

唐光华比赵人瑞好封杀一些，因为他虽然读了不少宏观经济理论方面的书，微观操作能力也很突出，却很少写文章，中支领导基本不知道有这个人。只有两个副科长，因为经常到飞龙县来搞调查，唐光华往往也被抽去陪同调查，有所接触。他们对唐光华的业务能力都表示惊异，并且发现他不仅熟悉本辖区的金融事务，而且谈起国内国际的经济走势来也头头是道，颇有见解。但就算他们再赏识唐光华也没用，因为手里无权。唐光华对这些好像也不是很在意，让行里人很是困惑：看了那么多书又不搞考试，不写文章，业务能力那么好又不去争权，真搞不清他到底想要些什么？其实唐光华也不知道自己的目标何在，他只不过忠于内心的感觉，做自己想做的事，而对不喜欢做的事，一概推却、逃避。他觉得这样子很好。

转眼就过了半年，唐光华的股票又上涨了不少，几乎有九万块钱了。他动过抛售出一部分来还账的念头，但马上就嘲笑自己怎么这样没定力，坚持了那么久，就差这么一点了，还不忍一忍？就在这个节骨眼上，该厂家被政府强制命令与另一企业合并，号作是做强做大，多元化发展。其实另一企业严重亏损，当地政府是想通过这种合并冲掉几千万让人生疑的债务。更让人想不通的是，亏损企业的老总还是老总，火花塞厂的一把手却被调出，据说是另委重任。合并的结果就是该公司的赢利直线下降。过了没多久，又传出该公司开始做假账的小道消息，股票顿时跌得一塌糊涂。唐光华忙于恋爱，有一段时间没去搜集该公司的情况，等到听到风声时，他那九万块钱就快变成水了。抛出去，就算有人愿意吃进，还要亏一万多。唐光华不甘心，一分钱都不抛，想看看有没有反弹的机会。

等了两个季度后，唐光华等到的却是审计部门发表的报告，原来该公司成了当地政府领导随意开支的大金库。据传，当地凡是有点效益的企业，政府领导是一家家排头吃去，直到吃垮为止。唐光华的股票顿时成了死鱼，再也翻身不起了。他下了班就躲到宿舍里，两个星期没去见王燕。王燕怕他出什么事，放下姑娘家的架子，跑到人民银行。好容易敲开门，发现满地都是烟头。唐光华头发蓬乱，双颊深陷，眼神木直，像是一个精神病人。见他这样，王燕哇的一声就哭了起来。唐光华呆呆地看着，也没想到去把她搂在怀里。

很快就是年底，唐光华打了个报告，申请调到会计国库股来。经管股是上层建筑，股里的人到金融机构去，有烟抽，有酒喝。会计国库股呢，普通员工除了在年终决算被重视一下外，其他的时候都是做默默耕耘的老黄牛。江平以为唐光华是在以退为进，特意找他谈了次心，问他是不是有什么要求。唐光华却声明自己没有其他想法，只是想找个清静的岗位，苦一点累一点没关系，只要不到外面跑就行了。会计股的钱威听到这个消息，连忙去找唐光华，试探他口气。唐光华很直接地说，这样吧，我们一起去找龙行长，你提出要到经管股，我提出要到会计股，这样他就不好推脱。钱威大喜。

见唐光华出此一招儿，龙向阳琢磨不透他的用意。反正把唐光华调到会计股，于他无损，于唐光华的发展却更加不利。钱威又是财院毕业的，业务上应该接得棒落，何况他又偷偷地给自己送了两瓶“剑南春”。这样的事，他没有理由拦。于是钱威上升到经管股，唐光华下降到会计股，接钱威的班，坐了国库记账的位子。会计国库股照例在单位斜对面的“华都”大酒店摆了一桌，欢送钱威兼欢迎唐光华。喝酒的时候，主持工作的副股长陈卫东说唐光华是不嫌弃会计股待遇差，从米箩里跳到糠箩里。听得此话，钱威嘴角溢出一丝得意的笑，唐光华也是一笑，并不说什么。

刚刚到会计股，大家都有点吃生，在业务上想看唐光华的笑话。唐光华也不多问，只在钱威那里抄下了基本的记账程序。遇到什么问题，他自己翻翻书，想一下，就能通关。过得几个月，陈卫东碰到国库方面的难题，拿不定主意的时候，还得去请教唐光华。见恃才傲物的陈卫东都是如此，其他人均纷纷改变态度，尊称唐光华为唐博士，因为他似乎无所不知，你问什么他就能答出个一二三四来。但你不问他，他似乎永远不会主动开口，总是抽着烟，默默地想着什么。唐光华性格其实有点羞涩，唯独处理业务的时候，他神色就变得异常冷峻,双眼勾勾地看着桌面。这时谁要去跟他搭话,他最多是横看你一眼,那一眼能把你看到桌子底下去。这种态度,再加上他业务精熟,反应极快,国税地税的人格外畏惧他,在他面前总是笑得很老实。

唐光华到了会计股半年后,王燕因为在省里教学比武获得了第一名,很顺利地从城郊的二中调到了城内的一中,这样她就不用像以前那样,隔个两三天才回城里一次。两个人在街上排对子的时间更多了,并屡屡被行里人撞到。那些人大概很久没吃喜酒了,见了面就问唐光华什么时候下帖子。

唐光华的回答是,我怎么知道?

这样回答了几次后,就没人再去自讨没趣了。王燕想着自己也快二十三了,见唐光华从不提这方面的事,心里有点着急。有次走在路上,她说,我同学明天结婚。

唐光华嗯了一声。

王燕又说,她其实比我还小。

唐光华又嗯了一声。

见他一副心不在焉的样子,王燕冷下脸,扭过头去看街边的小摊。这样走了十来分钟,进了一条小巷,唐光华还是没反应。王燕心里不禁气苦,正想冲着走了,唐光华冷不防说了句,再给我半年时间,然后又恢复了沉默,目光直视前方。

看着他沉郁的模样,王燕心就软了下来,重新洋溢着夹杂着崇拜和怜悯的柔情,挽住他的手,把头靠了上去。

金融机构那笔贷款到期了,经办人员很客气地打电话过来。唐光华二话没说,全部还清了,让对方很是惊讶——在飞龙的信用环境下,不按时还贷才是正常的。这事传到行里,大家纷纷揣测唐光华肯定是炒股大赚了一笔,顿时就激动起来,围着唐光华要他请客。唐光华淡淡地说了句,没有呢。

但大家绝不肯相信,没赚、没赚你会按时还贷?见这些人还是纠缠不休,唐光华点上一支烟,施展他的烟雾弹战术,不停地吸进和喷出。等到青雾散掉,只剩下烟屁股的时候,那些脸还在眼前晃动,带着闪烁的笑和逼视的目光。

起码是五六万吧?

肯定还不止。

你说按唐博士的水平，只怕有十多万二十几万？

……

只觉得脑袋被他们转晕了，唐光华愤然而起，大步走了出去。看着他的背影，大家纷纷冷笑，交换着眼神。只有陈卫东推了推眼镜，陷入深思。

接下来的两天，陈卫东中午都在加班。主管会计的王庆生看到了，心里很疑惑。既不是年终又不是月底，加什么班喽？他有点不放心，特意到营业间去看。陈卫东站在桌前，弯着腰，面前摆着几本账，口中念念有词。王庆生在他背后重重地咳了一声，等陈卫东转过头来，目光狐疑地注视着他，似乎当场抓住了一个作案者。陈卫东却毫不惊慌，说，王行长，我正想找你。

什么事？王庆生的口气像是在等陈卫东自首。

国库有两笔账跟会计对不起。

王庆生这才吃了一惊，俯下身去看桌上的账。

当天下午，王庆生和陈卫东两人敲开龙向阳的办公室，反手把门关上。等他们出来时，王庆生对陈卫东说，这次真的是搭帮你，不然会出大事。陈卫东一笑，把眼镜架往上推了推，镜片后的目光闪烁不定。

唐光华挪用国库资金炒股一事是内部处理完的，中心支行只有少数几个相关的领导知道。这样的事，如果捅到省分行去，连中支主管会计的副行长都要挨处分。好在一是发现得早，二是唐光华炒得不错，被发现后把股票抛售，填了亏空，还有赢利。但是哪怕你赚了一百万，挪用就是挪用。如果他跟领导关系好一点，有人出来说句话，可能是开除留用。但龙向阳怎肯放过这么好的机会，二话不说，就做了除名处理，报到上面去的理由却是唐无故旷工半年。见唐光华是这样的结局，江平、郑亮两人心下不禁难过，偷偷地跑去安慰他。唐光华脸上浮现惨然的微笑，喃喃地说，为什么不晚两个月呢？为什么不晚两个月呢？晚两个月我就赚大钱了。

唐光华没有把被开除的事告诉王燕，只给她写了封信，告诉他自己辞了职，要到沿海那边去，要王燕别等他。在信的最后他写道：我对不住你。但我要说，这辈子我只爱你。我这样做，不得已，心里很痛，我知道你也痛。为了弥补我心中的愧疚，我会终生不娶。

这封信，让王燕落了三年的眼泪。事情的原委，是人行会计股的宋小红告诉她的。心里只是怨唐光华傻，王燕一点都不恨他，只是可怜他，担心他。

三年里王燕拒绝谈男朋友，她等着唐光华在那边打拼出自己的事业后，回来找她。她想象着那一天，唐光华开着小车，穿着黑色的风衣，出现在她面前，神色还是像以前那样冷冷然，但掩饰不了隐隐的笑意。但这一天终于没有来到。到了二十六岁那年，王燕草草跟一个同事结了婚。

即使在婚后，王燕都在期待唐光华的消息。但这个人好像已从世界上消失了。

编号:019

姓名:宋小红

宋小红有个哥哥,叫宋小瑞,隆准深目,身材高大,年纪轻轻就坐上了财政局预算股股长的位置。这样的人物,前途不可限量,连龙向阳也要高看一眼的。看他的面子,宋小红一分配下来,就被安排在总务室,专门负责工资发放和后勤服务,职工的发票也得放在她手里报。这后一条尤为要紧,因为她要是看谁不惯,就可以拖着不帮你报销。就算心里恨得痛,你还得捧出笑脸来。所以宋小红虽然是新人,但大家都对她客气得很,小红小红的喊得蛮亲热。

宋小红跟其兄的高大威武不同,人很苗条,或者可以说是瘦小;五官拆开来单个看,都不算好,但组在一起,竟还秀气。刚刚从学校出来的妹子,穿着打扮上不脱校园习气,经常白衣白裙,飘飘而过,让晁荣宝、李锦成他们在后面看得流口水。但他们只敢在背后直视,当面总不敢多看,一个个仿佛害羞的君子。倒是郑亮,开始还动过心,喊宋小红出去跳舞。宋小红表情吃惊得好像是喊她去跳脱衣舞,一边摇头,一边往陈丽身后躲,好像郑亮会伸出魔爪钳住她这只纯洁的小羔羊似的。觉得宋小红过分做作,郑亮对她印象顿时打了折扣,不再勉强。见郑亮都惨遭拒绝,其他人就更不敢造次了。

总务室属于办公室,全行三个最漂亮的女职工都在这里:张凤华、陈丽和宋小红,如果加上打字员章萍,那就凑齐四大美女了。有人开玩笑说赵人瑞艳福不浅,文妹子只怕天天心里都不安宁。

赵人瑞苦笑道,哪是我艳福不浅喽?

对方一拍脑袋,说,对、对,你老兄是不会监守自盗的。赵人瑞见不是话，便转过身去看报纸。因为他听有些人在背后说，办公室是龙向阳的后宫，这样自己岂不是成了总管太监了？

宋小红身处后宫，却很少蒙受龙向阳的单独召见。偶尔被喊去谈两次话，也是硬邦邦的工作交代，五分钟就出来了。所以她眼中的龙向阳是极为严肃古板的，和风流韵事绝不沾边。龙向阳也不是没想法，但一是考虑到宋小红的哥哥正当红，在社会上关系也很广，不能不有所顾忌；二是他所喜欢的女人都是丰腴型的，对宋小红这种瘦骨妹兴趣不大；三是他正在和供销社一个卖货的女人打得火热，正是全力应战的时候，也没有什么多余的精力来教导小宋同志，不想反倒成全了他在宋小红心目中的光辉形象。

宋小红对龙向阳全无戒心，陈丽却替她着急，生怕这朵纯洁的小花被那条老色狼给玷污了，在背后偷偷地对她说，龙行长要是下班后喊你去谈工作，你千万别去。

宋小红十分疑惑，但陈丽跟她要好，这话总不是在害她，也只有姑妄听之。她们两个就住对面，来往密切。陈丽是大姐大的性格，把宋小红当成是自己的妹妹看护。虽然觉得陈丽有时候太大大咧咧了，但宋小红还是很乐意被她罩着。至于张凤华，宋小红觉得她既比自己漂亮，精细能干也在自己之上，两个人在一起，自己的光芒总好像被压下去，所以不太乐意跟她打交道。张凤华呢，觉得宋小红性格扭扭捏捏，也不是很喜欢她。两个人虽在一个股室，但说起话来，客气得像是陌生人。

搞了半年总务后，宋小红总算彻底明白这个“总”字的确切含义：大到陪下来检查的中支领导吃饭，小到替单位的同志去买圆珠笔芯，她是什么都要操心。一个小姑娘家，干的却是大家庭里婆婆才管的事，不但身累，更是心累。尤其是陪吃饭，那些上级行的同志，看到宋小红，一个个眼睛贼亮，对她格外抬举，频频要和她对饮。宋小红是喝不得酒的人，一小杯就可以让她脸泛桃红。但就是这小模样，大家最爱看。龙向阳见上级行领导开心，也不管宋小红的苦楚，一个劲地催她给领导们敬酒。尽管每敬一次都只是抿一小口，但一餐饭下来，两三杯总是要喝完的，搞得宋小红头疼得要命，总感觉眼前人影晃动，围着她旋转个不停。最让她受不了的是，男人喝了酒后，那种扑面而来的粗鲁之气，让她简直想当场呕出来。

行里的同志见中支领导对宋小红如此亲近，纷纷羡慕不已，都说跟她哥哥一样，怕是前途无量。这样一说，搞得连陈丽也有点嫉妒她。宋小红却只想跟陈丽换个位置，她来管文件收发和行内考勤，陈丽陪领导喝酒。她总奇怪龙向阳怎么不让陈丽搞总务——人家能歌善舞，开朗活泼，喝酒也不让须眉，这才是最佳人选嘛。好容易熬到了年底，她就让宋小瑞给龙向阳打电话，要求换个岗位。换到哪里去？她只说能够安静一点就好。龙向阳也很给面子，到了第二年年初，行里调整岗位，就把宋小红放到了会计股，搞会计记账。接总务这个位置的，却是保卫股的谢解放。

会计除了到月底年底要大忙一阵外，倒还清闲。每天在差不多的时段，记完差不多的账后，剩下的时间，大可以聊天、看报纸、嗑瓜子，甚至还可以打毛线。虽然职工守则上写了不准在营业时间干工作以外的事，但那是写在纸上的，是死的，拦不住这些大活人。只要不被下来检查的中支领导撞上，或者被龙向阳瞄到，就算王庆生到场，她们也照干不误。做会计的人，又不像上面股室的人，可以找个借口随便溜出去，一天到晚得死守在营业间，不找点事做，难道还一个个像木头菩萨样地坐着？

宋小红到了这里，可真是如鱼得水。在三湘金融学校读书的时候，她就以喜欢讲小话出名。老师在上面大声讲，宋同学在下面就半掩着小脸，和同桌窃窃私语，不时抿嘴而笑，结果经常被老师拎起来回答问题。但每到这样的危难时刻，总有男生愿意英雄救美，向她提供答案，让宋小红得以安然过关，老师也只有干瞪眼。现在到了单位，没有老师在面前镇着，至于龙向阳，轻易不到会计股来，她更是将讲小话的天赋发挥到淋漓尽致。只有聊天的时候，宋小红才收藏起淑女的矜持，倒像一个习惯串门子的市井女孩，两片薄薄的嘴唇上下翻飞，仿佛蝴蝶的双翅。她说起话来无所顾忌的，有一次居然当着孙建设的面说，孙股长，我真的好羡慕你，你这个股长当得好轻松，太好耍了。

此言一出，其他同志都很紧张地望着孙建设，等待雷霆降临。没想到孙建设在宋小红面前没脾气，嘿嘿一笑，就混过去了。大家这才松了口气。孙大股长都是如此，其他人更是频频遭遇宋小红的话语子弹。比如宋小红当面说尹桂花，尹师傅，你房子都修了，账也还了，还这么节俭，那些钱又带不到棺材里去。你这么节约，我们都不敢花钱了。尹师傅无从辩解，竟然有心虚的感觉，仿佛自己这么节约是故意衬托同志们的大手大脚，实属不该。

又比如宋小红批评陈丽的着装，怎么穿得像马戏团的？陈丽虽然跟宋小红要好，但遭到如此恶毒的攻击，也禁不住红了脸。但她那天确实穿得过于五颜六色，大家在一边听着，竟觉得宋小红的比喻简直妙到毫颠。

宋小红还形容过江平的长相：像国宝。江平听了，只是笑，回去一照镜子，里面那个圆头胖身，戴着黑框眼镜的家伙，倒真像一只超级大熊猫。

宋小红这些话，又贴切，又刻薄，像些薄薄的小刀片，伤人于极细微之处，让你当时不晓得痛，过后才发现被划出了血。但大家又喜欢跟宋小红说话，一天没听到她那些带点俏皮的刻薄话，就好像吃到嘴的菜里面没有放调料，少了点味。只有张凤华不太欣赏宋小红的语言风格，说了句：宋小红还当自己是个小女孩呢。这话拐个弯就钻进宋小红的耳朵。撇了撇嘴，她说，我才不会整天绷着脸呢，像个修女。

旁边的同志一听，觉得张凤华的神态，真像电视上的修女。于是这个精彩的比喻又弹到张凤华耳朵里。张凤华当真具有修女的涵养，脸上平静依旧，只是哼了一声。下班后散步的时候，钟坚明说起地税局有个小伙子，去年从税务专科学校毕业的，看上了宋小红，央求他做个介绍。张凤华淡淡地说，宋小红还不懂事，只怕到时我们一片好心，会办成坏事。

钟坚明见她如此说，便道，那就不做算了。

托钟坚明做介绍的小伙子叫周家弟，二十三岁，血气旺得很。钟坚明推说宋小红太小，还不想找男朋友。翻来覆去想了一夜，第二天下班后，他骑了辆单车，凭着一股子痴迷劲，竟自个前往人民银行。进大门的那刻，周家弟的心“怦怦”地跳得厉害，只想折回去，但随即又骂了自己一句，俯身猛踩了两下，箭直冲了进去，门卫喊都喊不应。一路冲到篮球场，有道洁白的身影飘进眼里，不是宋小红又是谁？周家弟一紧张，差点从单车上摔下来。笼头拐了几拐，他连忙卡紧刹机，往右边一倒，用脚撑住地。

宋小红刚从食堂吃完饭出来，和陈丽在坪里进行着黄昏的散步，冷不防有个陌生的小伙子蹿到面前来，故作从容地做自我介绍，顿时吃惊得像碰到了外星人。倒是陈丽觉得这个精干的小伙子有点意思，跟他搭了几句话。周家弟坦言自己曾在全县经济系统联谊会上见过宋小红，印象深刻，特意来跟她交个朋友。听得这话，宋小红害羞得似乎要缩到地底下去，眼睛却偷偷地又瞟了周家弟两眼，确定他长得比较粗壮后，心里顿时一阵失望。

很欣赏周家弟的勇气，陈丽邀请他上楼一起去玩。宋小红低着头，抿着嘴，没说什么。到了三楼，她却看着陈丽。没办法，陈丽只好开了自己宿舍的门，邀请他俩进去坐。尽量想把气氛搞得活跃一点，陈丽倒茶、端瓜子、放上音乐，不时发出脆脆的笑声。周家弟明白她的用意，心里十分感激，多看了陈丽两眼。宋小红在一旁瞥见了，她本是一点都不喜欢人家的，却没来由地动了气，脸上好像结了层冰。周家弟跟她搭白，说出的话好像经过漫长的旅途才抵达她的耳朵，总要过很久，她才懒懒地回应半句。

这样过了大概十分钟，宋小红就起身对陈丽说要回去洗衣服，也不看周家弟一眼，就走了出去。站起来，周家弟很想跟上去，但自尊心妨碍了他的举动。他只是呆立着，听到对面传来"砰"的一声，重重地撞在心头上。最后跟陈丽告辞的时候，他是勉强挤出笑脸来的。不过他真的很感谢陈丽，可惜这妹子不是自己喜欢的那种类型，而且海拔也似乎太高了。

后来周家弟以"精诚所至，金石为开"为指导思想，努力把脸皮拉厚，又来了两次，都是陈丽帮他敲开宋小红的门。能够进入宋小姐的香闺，周家弟激动不已，不住地打量，似乎要把房子的每一个细节都刻在心里。这样子，更让宋小红看不上眼。勉强递上一杯白开水，她就拿起本席娟的小说，自个读了起来。周家弟见宋小红从事如此高雅的活动，岂敢打扰，屏息静坐。过了半个小时，宋小红不耐烦起来了，说，我今天比较累，想早点休息。

听得这话，周家弟只有老老实实地告辞，出来一看手表，七点半。不过他并不泄气。第二次来的时候，带了一摞新书，全部是小说。宋小红再三拒绝，但周家弟硬把礼物放在桌上才出来。走到楼梯口的时候，他想，要是她能读到书中那封信，说不定会被感动。这样想着，脸上不禁露出笑意。下得楼来，突然听到一阵"哗哗"地响，几本书从天而降，摔在地上。头顶上似乎也落了个什么东西。伸手一摸，就是自己熬夜苦思写的信。现在正是冬天，周家弟像是被当头浇了一桶冰水，心里寒透了。他发誓，要是再来粘宋小红，自己就不是人。

以后接踵而来的几个追求者，遭到的待遇跟周家弟差不多。陈丽在一边瞧着，有点想不通。那几个小伙子，看上去都还实在，有精神，单位也还不错，有银行的，有工商税务部门的，也有当老师的。女孩子矜持是应该的，但宋小红做得太过了，简直是有点病态。陈丽甚至怀疑她以前是不是受过什么伤害，一打听，原来宋小红在学校里就是如此——喜欢她的男生不少，但几乎个个被她弄得在黑夜的枕头上蒙头痛哭，还有一个据说要去跳河。有同学热心地把这些转述给她听，宋小红却做出惊异的表情，说，这关我什么事？实在是搞不懂她，陈丽有次忍不住问，你到底想找个什么样的男朋友？

宋小红很认真地想了想，回答说，我也不知道。她是真的不知道。她只知道，爱情是朦胧而又神秘的，决不是那些笨头笨脑的男人所能带给她的。

宋小红在追求者面前表现得圣洁冷淡，对别人的恋爱情况却异常关注。江平跟王小容好上了，她主动做起会计股的克格勃，替陈丽刺探有关敌情，搞得江平回答也不好，拒绝回答也不好，有段时间看到宋小红就头疼。晁荣宝追吴丹艳，跟她一点关系都没有，她却不晓得从哪个地方把吴丹艳的情史打听得一清二楚，时不时向大家泄露一点，引发了大家无限的想象。结果大伙看到晁荣宝就露出暧昧的笑，搞得他有点丈二和尚摸不着脑袋。郑亮是被她直接拒绝过的，后来他跟罗盼玉谈上了，宋小红却兴奋得有点异常，四处散播有关消息，并攻击罗盼玉鼻子不好看，皮肤也似乎太黑了。大家只是微笑听之，看着宋小红——她的鼻子倒是小巧秀气，皮肤也很白。

宋小红最好的一段年华就是在聊天、传播小道消息和读小说中度过的。转眼她就到了二十四岁，宋小瑞急起来了，确定了两个未来妹夫的人选，让宋小红去挑。宋小红生死不肯，说，你以为我嫁不出去是不是？

见妹妹红了脸，宋小瑞连忙声明自己绝无此意。

那就行了。从来都是男的来追我，我才不会去主动跟他们见面呢。

早就习惯了这个妹妹的别扭性格，宋小瑞也不跟她争，暗地却制造了两次见面的机会。虽然看上去是凑巧，宋小红却敏感得很，一猜就知道是她哥哥故意安排的。仿佛是跟宋小瑞赌气，她对人家不理不睬。宋小瑞选定的这两位小伙子，论能力、论气质，在飞龙县的年轻人里面，无疑是第一流的。优秀的男人总是有些傲气的，虽然觉得宋小红还算可以，但他们绝不会拿热脸去贴她的冷屁股。事后，这两位都向宋小瑞表示，尊妹眼界很高，看我们不上。

宋小瑞很没面子，发作了宋小红两句。宋小红就哭了起来，一边抹泪一边说，你未必还要我去讨好他们？

连忙降低声调，宋小瑞说，不是要你讨好，你就当是一般的人际交往，跟人家说说话，交流一下。

这又不是一般的人际交往？

宋小瑞没话说了，并再次深刻认识到宋小红几乎是他在飞龙县唯一摆不平的人。

再过得半年，陈丽也嫁出去了。出乎意料的是，她并没有请宋小红做伴娘。大家疑惑不解:两人要好了这么多年,到现在也没看到闹什么别扭啊?也并不是有了老公,就不要姐妹了,陈丽只是觉得宋小红骨子里有种难以言传的阴气,怕冲了自己的喜,便要自己的堂妹做伴娘。宋小红猝然受此一击,意外得连生气的表情都做不出,在婚宴上使劲地笑,不停地说话,以表示自己对没做成伴娘一事并不介意。陈丽见她笑得很辛苦,倒觉得有些愧疚。

宋小红的活泼表现,引起了邻座一位青年的注意。此人叫黄和平,毕业于中南大学,在经委工作;架着副茶色眼镜,眉目还算俊秀,只是脸色有点发青,身材单薄得像个纸人。他正好坐在宋小红的边上,有幸聆听到她的连珠妙语。黄和平自己口齿有点艰难,经常一句话要讲五分钟才讲得圆,对于这位白衣女子的口才自是佩服。宋小红说得兴起,几乎进入忘我状态,不小心把筷子碰落在地。黄和平这一下反应倒快,帮她捡起,见已沾了些灰,便喊来服务小姐,帮宋小红换了一双。接过黄和平递来的筷子,宋小红看了他一眼,竟然觉得心下欢喜,很小声地说了声谢谢,马上变回淑女,垂首静容,看着桌面。发现她的异样,坐在对面的吴丹艳故意向她挤眉弄眼,对着她身后指了指。轻轻骂了句"要死",宋小红耳朵根烧得厉害,随即又担心背后的青年听到了她在骂人,怕是会对自己印象不好的。

虽然只看得到宋小红的侧影,但黄和平也感觉到了她的转变。宴席吃到中途,等新郎新娘敬过酒,往盘子里投了喜钱后,宋小红就起身说要走。吴丹艳还没吃饱,说,等一下喽。宋小红推说有事,自个走了。黄和平吃菜不行,但喜欢喝点酒。正喝得上路,却陡然发现那个白衣女子已从身边掠过去,不紧不慢地往大门外走去。怔了一怔后,又思量了好一阵,他终于抵制住了杯中"昭市大曲"的诱惑,找了个借口退席,跟了上去。

宋小红走到大门的时候,很想回头看看,但她忍住了。吃酒的店子在武装部大院内。院子广大而深,从店子走到门口还有半里多路。两边的梧桐树在四月里正绿得透明。风拂在脸上,有丝绸的凉意和质感。路上没什么人,宋小红低着头,走得极慢。她始终不自觉地在尖起耳朵听。有欢语声和唱歌的声音从酒店中追来,宋小红默然地承受着,心情变得懊恼起来。但很快,有一个人的脚步声跟了上来,让她的心开始"怦怦"地跳得厉害。

黄和平走到跟宋小红快要齐平的时候,两个人都不约而同地侧头去看对方。宋小红视力极好,瞬间就看清了黄和平的侧面相比正面更清秀,便赶快收回目光,低下头去。两个人本来隔三尺的距离。但走着走着就只剩一尺了。黄和平问,你叫什么?

宋小红轻轻一笑,说,我为什么要告诉你?黄和平顿时哑口无言。看着他尴尬的样子,宋小红又抿嘴一笑。她感觉这才是一部浪漫爱情小说的真正开端。

宋小红和黄和平的恋爱,遭到了宋小瑞的极力反对。其实只跟黄和平打过两次交道的,但宋小瑞就把他看扁了。宋小红很不服气,说,他是正牌本科生,你凭什么说人家不行?

黄和平身上没有刚骨,在社会上立不起来的。

人家斯文一点,就说他没有刚骨。你以为个个都要像你一样,耀武扬威,讲起话来像是要把天捅破,你才喜欢。

我不是这个意思。做人斯文一点或者豪爽一点,都可以。但要有定见,有冲劲。黄和平身上,我看不到。

你才跟人家打过几次交道,就这样肯定。你以为你是孙悟空,火眼金睛。

我在社会上混了这么久,什么人什么性子,我看一眼就晓得了。

你狠,你看得出。我蠢,我看不出,我就觉得他好。

知道这样争论下去不解决问题,宋小瑞按下心头之气,他说,你好好想想。就算你要跟他好,也不急着在这一下。看一个人要看久一些,看准了再说。

这话是正理,宋小红也没办法反驳,只有静默。等宋小瑞一走,她就扑在床上"呜呜"地哭了起来,哭得又伤心又畅快。这是一部爱情小说里必然出现的场景。如果自己不迸发出眼泪,又怎能成为这部小说里合格的女主角?

第二天,黄和平打电话给宋小红,听到的却是冷到零下十几度的声音,几乎连他的耳朵和心脏一起冻僵。本来早就说好这天去看《胭脂扣》在飞龙的首映场的,但宋小红突然反悔。问是什么原因,她回了句今晚没空,就把电话挂了。这一刻风云突变,黄和平的脑袋顿时被搅得成了一窠糨糊,手里的电影票都落在了地上。

这天晚上,宋小红一直等着黄和平手执玫瑰,满脸恭谨地来敲她的门。那样她就会冷着脸,半拒半迎地放他进门,等他用绵绵情话来把自己暖过来。然后她也会用哀婉低沉的口气，向他诉说自己所受到的阻力和委屈。最后，两个人当然会抱头而泣，结下山盟海誓。这样的场景，既伤心又美好，宋小红都期待了好多年。但她等来的只是别人一对对上楼时的足音和笑声。

等到九点钟，还没听到敲门声，宋小红不禁气苦，把黄和平送她的小礼物全丢在地上，然后蒙着头又哭了起来。哭了一阵后，她又担心自己蒙头的时候黄和平来敲门，自己却没听到，便起身开门去看，但查探到的只是寂寂无声的空气。她又赶快跑到阳台上，守了十分钟，但既没看到黄和平从楼下走出去，也没看到他从大门外走进来。宋小红愈加悲伤，在黑暗中看着别人家的灯火，默默地流了一阵泪，回转身去，脸也不洗就上床睡觉了。在床上她翻过来转过去，一会儿发誓再也不见那个死人的面了，一会儿又担心黄和平是不是走在路上被车撞了。到了下半夜，才勉强睡去。第二天到食堂吃早餐的时候，陈丽瞅了一眼她的脸色，惊讶得叫出声来，问她是不是病了。宋小红的眼泪差点当场就涌了出来，摇摇头，她低头去喝碗中的粥。

黄和平那天晚上确实想来，但又有点畏缩不前，在宿舍里犹豫了很久。正好有个同事喊他去江边喝夜酒，他立刻就找到了逃避的借口，怀着庆幸和感激跟着去了。那晚他喝到十一点钟，喝到全身都瘫软如泥，唯独脑袋变得又大又沉，像是肩膀上方扛了一坨大石头，挪都挪不开步。同事喊来辆"慢慢游"，勉强把他塞进了车厢里，数了两块车钱，就算尽到义务，他在附近修了房子，自个走回去了，把黄和平的身家性命全托付给了长着一双鱼泡眼的车主。车主开到县政府大门口，把黄和平拖了下来，在他身上摸了一阵，然后跨上车"突突"地飙远了。黄和平怎么回到宿舍，又怎么能够掏出钥匙准确无误地把门打开，他自己都记不清了。至于身上那两百块钱的去向，他更加回忆不起。

接下来的一个星期里，他天天都要喝上两顿酒。以前他还怕别人说他是个酒桶，还躲着藏着，现在好了，有了很正当很堂皇的理由。失恋了，怎么不能喝？他酒量不大，喝三两就会飘起来，然后就会对人诉说他的不幸。其实黄和平心里清楚，他还没有正式失恋。但他就是不敢到宋小红那里去。在他看来，如果不去，那还存有一点希望。如果去了，说不定宋小红就会当面跟他提出分手，那就彻底完了。那么他只有躲在酒杯里，打发这难熬的时光。以后怎么样，他也不知道。只要眼前还有酒喝，他总算觉得人生还有点乐趣。

经委跟人民银行有业务上的联系。黄和平终日借酒浇愁，自有人传到人民银行去。宋小红听说了，又伤心又感动，转过身去就偷偷地抹眼泪。她后悔自己当初不该那么突然地悔约，又怨黄和平怎么就不晓得再来找她，真傻。但要自己直接去找他，姑娘家的脸面又何在呢？思来想去，她只有把自己的心事吞吞吐吐地跟陈丽说了。虽然只说了一半，但陈丽再了解她不过了。等宋小红出了办公室，她就拨通了经委的电话号码。黄和平正在那里写七月份的经济形势分析，挖空心思要把形势写到一片大好，突然接到这个电话，心头猛地一震，几乎要把电话甩掉——他以为宋小红是要陈丽来转告分手事宜的。等放下电话后，又好像喝了一大杯冰水，凉爽舒坦透了，觉得形势果真是一片大好。

这天晚上，宋小红不但收获到了一束鲜花，还意外地被奉献了一个戒指。看到那个黄澄澄的小东西，她又惊又喜，背过脸去说不要。心里一急，黄和平居然就跪下了，这场面，真是像极了小说中的高潮部分，只是黄和平不像骑士那样是单膝跪下，而是直挺挺地双膝捣地，姿势未免不甚优雅。只是那份急切和诚意，显然更为浓厚。

宋小红心乱如麻，脸上红得像醉了酒。也知道成败在此一举，黄和平就当自己是喝醉了，大着胆子，一把抱住了宋小红，把她放倒在床上，又吻又摸。宋小红想喊、想反抗，但浑身软绵绵的，使不出劲来，只有闭上眼睛，任他轻薄。黄和平尝到甜头，热血沸腾，不能自已，手就慢慢地往下面伸去。才触到边缘地带，宋小红就像触了电一样，把身子弹开，退到床角，坐了起来，抱着个枕头，遮住自己的半露酥胸，一脸警惕地看着黄色狼同志。

黄和平的色胆立刻迅速萎缩，像个初次作案就被当场抓获的小偷一样，骇得一句话都说不出来，低着头，等待着严厉的惩罚降临。看他这副失魂落魄的样子，宋小红想骂他又骂不出，勉强板着脸，要他到客厅去坐好，并把卧室的门带上。自己在里面把衣服穿好，头发理清，磨蹭了半个小时，才走出来。黄和平双手奉上茶水一杯。她接过来，含怨带嗔地骂了句，你好坏！黄和平被她骂得心里疑惧顿消，得意地微笑起来。

宋小瑞虽不看好宋小红的选择，但妹妹的婚事却是他一手操办的。办酒那天，连管财政的副县长熊克平都亲临祝贺。宴席摆了六十桌，不用说，大半来客都是冲着宋小瑞的面子。钱威略带羡慕地对宋小红说，你哥哥面子好大。

宋小红却不蛮高兴，撇了撇嘴巴，说，黄和平那边也来了很多人。钱威连忙点头称是。看到宋小瑞大步走过来，两个人都慌忙闭上嘴，漾出笑容，像做了什么亏心事一样。

宋小瑞却看都没看他们，忙着跟别人打招呼：握手，递烟，矜持地微笑或是亲热地大笑。每天都在交际场上打转的他，已经与这种氛围融为一体，如鱼在水。虽然夜深人静的时候，有时会觉得透骨的疲倦席卷全身，但第二天衣冠楚楚地出现在场面上时，宋小瑞依然会觉得干劲十足。工作七八年了，都是这样过来的。只是近来不知道怎么回事，就算是跟书记县长在一起的时候，宋小瑞有时也提不起精神，很想倒下去睡个一百年再起来。有时也想去医院做个全面检查，但一直事务缠身，再就是对自己的身体很自信，挺过那阵子又似乎感觉很好了。读大学时他是校足球队队长，在球场上纵横驰骋，体力好得让那些体育系的人都要翘大拇指。工作后虽然锻炼的时间少了点，但除非是陪领导打通宵麻将，不然每天早上都要爬起来，到县一中大操坪，围着四百米标准跑道一口气狂奔两圈。这样厚实的本钱，应该不会出什么大问题的。这次为了妹妹的婚事，他是不遗余力，样样都操到心。父母都是乡下老实巴交的农民，这个家的门面，他不撑着谁来撑？看着眼前成群晃动的笑脸，宋小瑞再一次证实了自己混世界的能力，心里不禁涌现出深切的自豪感。紧接着他脑袋一阵眩晕，几乎站不住脚。勉强稳住，他睁大眼睛，努力把眼前的那一片朦胧雾气驱散，向一张他并不太熟的面孔微笑致意。

宋小瑞得的是肝硬化，晚期。虽然一手提拔他的财政局局长很够义气，发下话来，只要能治好，多少钱都报销。但是钱在活人世界里虽是万能，却无法让死神高抬贵手。治疗了个把月，花了财政局十万块钱后，这个无人能阻挡他锦绣前程的青年才俊最后死在了湘雅医院的病床上。尸体从长沙连夜运了回来。看着宋小瑞憔悴的遗容，宋小红才彻底明白哥哥对她来说有多么重要。心里一阵绞痛，她软了下去。黄和平还在怔怔地盯着宋小瑞的遗体看，没反应过来，让宋小红直接就倒在了地上。

宋小瑞死后，宋小红起码有半年情绪没恢复过来，脸上总是一副阴冷的天气，在办公室里逮着个事就发脾气，说出的话愈加尖酸刻薄，让听的人难受得好像自己屋里死了人。跟她吵吧，人家是刚死了哥哥的，传出去总不太好听，只有躲远点。钱威那时干会计复核，就坐在她对面，没办法把距离拉远，又没学过隐身术的，只好硬挨宋小红的冷言冷语。日子久了，他竟练出了一副铁脸皮，连挨龙向阳训斥时都面不改色，好像面前是个哑巴在骂人一样。只是转过背，钱威就说，谁当宋小红的男人，谁就倒了八辈子霉。

别人就说，你好像当初对宋小红也有那么点意思吧？

像被火燎了一下，钱威声音提高了八度，说，那不可能！然后声音又低下去，看着地面说，她比我大，我怎么会对她有意思喽？对方也不再深究，钱威匆匆走开了。在路上碰见黄和平，脸上顿时就不太那么自然。好在黄和平不太跟行里人打招呼的，眼睛看着对面院墙后的天空，慢慢地走了过去。

到了家里，黄和平也不跟宋小红打招呼，就拧开电视看。等宋小红板着脸把饭菜端上桌，他才起身，从橱柜里摸出酒瓶来，斟上二两，顿觉人生无比美好，实在不需要再有其他的想法了。酒倒进肚子，里面的话就喷了出来，他开始跟宋小红扯东论西，口齿比平常要流利很多。宋小红却没什么聊天的闲情逸致，只顾低头吃饭，吃下一肚子闷气。她不开口没关系，黄和平只当她在听，依然不紧不慢地说着这个同事开了个饭店，很赚钱，那个最近调到水利局，解决了副科级。越听越烦，宋小红冷不丁蹦出一句，怎么没看到你搞个副科长当呢？

这些人跟领导关系搞得好，经常在一起打牌喝酒。

怎么没看到你攀上哪个领导呢？

像是下棋被将了军，黄和平顿了一下，才慢吞吞地说，我是个这样的性格，要我摇着尾巴在领导面前转，硬做不来。然后端起杯子，默默地喝着酒。

宋小红也不再做声，低头想了一阵，连菜也忘了夹，只是木然地嚼着饭。黄和平给她夹了一筷青椒炒肉，她才回过神来，叹了口气，说，我只要你对我好一点。

把酒杯放在桌上，用手握着，黄和平看着她，说，我哪里对你不好喽？

宋小红说，你就是对我不好，样样对我不好。这话，她是带着一丝笑意说的，于是黄和平也笑起来。黄和平笑起来很秀气，宋小红看着心里就欢喜。等吃完饭，两个人就到楼下散步。这个时候宋小红心情一般都很好，挽着黄和平的手臂，看见同事就微笑着打招呼，让那些白天还被她损过的人有种突然受宠的意外，只有加倍地奉还笑容。钱威看到他们形迹亲密，也只好承认宋小红的刻薄脾气大概只在单位上发，和她男人倒处得不错。

宋小红散步有瘾：落雨的时候，别人是往屋里躲，她却要黄和平打着把伞，陪她去外面走；快到冬天了，树上的叶子落得差不多了，人家正准备把火盆找出来，她却拉着黄和平去河边吹冷风。在这上头，黄和平倒很顺从，宋小红把他拉到水里去散步，他会去；散步散到火里，他也没意见——他能够得到宋小红的欢心，此点委实功不可没。

散步的时候，黄和平基本不说话，眼睛就看着前方，宋小红却开始唧唧喳喳，一路讲个不停。散一回步，起码要走上三里路。夏天黑得晚，他们有时就走到山上去了，看看落日和晚霞。黄昏的风透露着夜晚的凉爽，把宋小红的郁闷吹到山脚下去了。她看看黄和平清秀的侧面相，望望远处的资江像条丝带贴着县城飘绕，觉得人生还有点诗意。读高中的时候，她是最喜欢顾城和舒婷的诗，把它们抄在一个绿色封皮的本子上，在小圈子里传阅，感觉很高贵。考大学时第一志愿填的是湖南大学中文系，没想到考砸了，阴差阳错就上了三湘金融学校。在那个中专读了两年，她始终觉得自己不属于那里。分配到飞龙人行后，她也觉得自己不属于这里。但到底属于哪里，她也不知道。以前她是希望哥哥奋斗到市里或者省里去，然后把自己也调过去。但现在宋小瑞死了，她全部的幻梦只有转移到黄和平身上。

黄和平也想当官，但他那个样子，单薄如纸，看着就不像个做官的料。他仗自己是正牌本科生，不屑跟身边那些专科生中专生争宠。那些人也觉得他的学历是个巨大威胁，背地里不晓得暗算了他好多回。结婚前倒还无所谓，总觉得自己年轻，有机会。结了婚后，过了四五年，人也跨过三十了，身边的专科生中专生一个个都上去了，至不济也是个副股级，都骑在他这个本科生头上，心里总有点焦虑。如果黄和平晓得发牢骚、闹情绪，把交代下来的材料拖住不写，那么领导至少也得考虑帮他解决个副股级，免得底下没有做事的人。但黄和平牢骚虽有，却不懂得如何发泄，天天还是按时上班，埋头搞材料。态度这么好，领导也就当他是活雷锋，心安理得地接受他的无私奉献。

宋小红在一边看着，比黄和平着急得多。她不能不急啊！郑亮已经是稽核股股长了，那个从未放在眼里的周家弟，听说也升了税征股副股长。她总不能让人家说她眼光太差，选了个没出息的货吧。于是就积极给黄和平出主意，要他往领导家里跑跑；爱情小说也抛在一边，开始研读《职场争斗三十六计》。黄和平耐不住宋小红的怂恿，由她陪着，鼓足勇气，到主任家坐了两回，送了点礼。按宋小红的设计，第一次就是扯扯闲谈，联络一下感情。半个月后的第二次，才绕着圈子暗示主任多关照。主任倒很直爽，表示现在位置都满了，要等两年再说。从领导家出来后，黄和平倒是神色如常，只想着回去再喝点夜酒；宋小红脸色却难看得像打了霜，觉得那些好烟好酒等于是丢到资江里，打了个水花就没反应了。两年以后？谁知道两年以后是什么样子。两人一路无话。回到家里，宋小红闷闷地躺下了。黄和平却就着下午的剩菜，坐在阳台上，慢慢地喝完了一瓶啤酒。

官看看是当不成，黄和平其实也有自己的想法。他是学市场营销出身，理论上是一套一套的，现在终于有了实践的冲动。所谓"大丈夫不可一日无权，小丈夫不可一日无钱"，大丈夫既然做不成，那就多弄两个钱，也算给自己争回点面子。在长沙出差的时候，他看到大家都喜欢往茶楼里面凑，谈生意，谈爱情。觉得这条路子又新潮又有品位，自己要是抢在前头，在飞龙开一家，说不定会火爆起来。越想越激动，他急切地把这个方案亮给宋小红。听到茶楼这两个字，宋小红就想起软语轻歌，烛光朦胧，觉得很浪漫，符合她的胃口。更何况黄和平好容易有志气一回，自己怎能泼他的冷水，便连声说好。

就这样，黄和平实地考察也搞了，市场前景预测也做了，消费群体的抽样调查也弄了，简直是万事俱备，只欠资金了。钱哪里来？黄和平倒想得很清楚——贷款。宋小红是人民银行的，由她出面做担保，这些金融机构难道还会捂着个钱袋子不肯放？他的这个算盘倒是打对了。城市信用社、农村信用社和工行三家共贷了他十五万元，利息上也略有优惠。黄和平骤然大阔，腰杆顿时挺得比以往要直，仿佛这十五万就是他的了。

接下来就是租房、装修、请服务员，两人忙了个四脚不落地。等感觉实在挺不下去的时候，突然就发现已搞得差不多了。开业那天，宋小红喊行里的人去捧场。大家却不过情面，纷纷前往。尹桂花坐下来，首先就打听价钱。待得知晓最便宜的一杯绿茶都要十元时，她顿时吃惊得眼睛睁得滚圆，把身子往一边扭，似乎生怕服务员就要把茶杯塞进她手里。见她这个样子，坐在对面的胡伟更加要逗她，说，尹师傅，你请我喝一杯，要得么？

我不得喝的。我在家里买一块钱的茶，可以喝一个月。

宋小红正好站在后面，听得此言，发出一阵干笑，就好像塑料泡沫擦在窗玻璃上，听得人心里起栗。陈丽赶忙说，我来请。其他人纷纷表示不可。但等茶端上来时，各个又并不推辞，心安理得地捧着茶杯，小心地吹去茶面的热气。

江平、郑亮、钱威、向大志那些年轻人凑成了一桌,高声说笑,似乎这里不是幽寂的茶楼,而是喧嚣的酒馆。钱威瞄上了端茶的小妹子,涎着脸问人家找没找对象。小妹子白了他一眼,说,讨厌。

听了这话,钱威像得了什么奖励,把脸笑宽了一倍,得意地看着其他人。其他人也跟着大笑,不知道是在笑服务员还是在笑钱威。小妹子便在这笑声中落荒而逃。换上来的是个四十岁的大嫂。钱威不太满意,喝了口茶,把黄和平喊来,说,老黄,怎么你这里不是太嫩了就是太老了?

向大志听懂了他的双关妙语,立刻发出格外响亮的笑声,以表示自己具备足够的鉴赏能力。

黄和平辩解道,都是新茶,没有老的。

见他没听懂,钱威顿了顿,拖长了声调,说,黄哥,你现在是大老板了,这次应该免费。

黄和平头一次被人称为大老板,心情难免激动,居然应了声好。虽然宋小红见他遭到围攻,急忙跑过来,但晚了一步,黄和平已应了那句话。心里恨得疼,宋小红脸上却努力挤出一抹笑,问大家茶好不好喝。钱威说,不要钱的茶,当然好喝。宋小红又一次发出刺耳的干笑。

打烊后,宋小红跟黄和平一算,亏了五十。第二天上班时,宋小红冷着脸,看都不看钱威。没想到她这么在乎,钱威真后悔昨晚不该占那么点小便宜。然而这只是茶楼亏损的开始。飞龙县的人要么就是尹师傅那种心态,觉得在家里泡茶喝蛮好,跑到茶楼去,一样的茶,起码要贵十倍,真的是把钱扔到水里面了;要么就是觉得茶楼太安静,到了里面总觉得拘谨,放不开,还不如到酒店,三杯酒下肚,什么事都谈成了。至于那些谈对象的,赶时髦来过次把后,觉得清水寡汤的品不出什么味道,便纷纷涌向街头新冒出头的卡拉OK厅。茶楼生意真的是清淡如茶,但又没有茶的淡而持久。勉强支撑了半年后,亏得两个人实在没勇气做下去了,只好转给别人。但别人要的是场地,这些茶具茶桌茶叶就只好贱卖了。总起一算,实打实亏了六万元。宋小红气得那张窄瘦脸都歪了,骂了句,看你怎么还得起?

黄和平却不着急,说,你们行里好多人都借了钱,都拖着没还呢。

知道他讲的是实话——当初借钱的时候,都是给了信贷员好处的,他们也不好硬着脸催。实在逼急了,那就撕破脸,谅他们也不敢怎么样。反正大家都是这样干的，黄和平也确实不用怕。宋小红只是气黄和平根本就不去拉客源，坐在楼上等人上门，结果等来了大量的空气。她冷笑道，看来我哥哥没看错你。

你哥哥没看错我什么了？

他早就说过，你这人不会有出息的。

黄和平脸刷地就红了，说，那你当初还跟我干什么？

我是瞎了眼呢，不会看人。

黄和平气往上冲，首次英勇地甩了她一巴掌，但马上就蔫下来，有点胆战心惊地看着宋小红。

宋小红的脸变得惨白，半天不说一句话。

以后大家经常听到宋小红房里传出各种物体撞击之声。非常清脆的是摔玻璃杯，有点沉闷的是摔凳子，至于砰的一声巨响，那肯定是新买没几天的开水瓶又碎了。龙向阳指示王庆生去做思想工作，劝说小两口要团结恩爱，不要搞得像前世的仇人。这次劝说倒是很有成效，东西是没看到怎么摔了，只是半夜里经常传来黄和平擂门的声音，搞得大家睡觉不落。股里的人委婉地劝说宋小红不要把门反锁，就算黄和平回得再晚，也先放他进屋再说。才说得两句，宋小红眼泪就来了。劝说者顿时手足无措，似乎自己变成了黄和平的同盟者，正在合谋虐待小红同志。旁边的人连忙来主持正义，谴责黄和平不像个男人。

宋小红得到大家的支持，哀怨之情更盛，开始数落黄和平的种种不是，连他不爱洗澡、像个女人样喜欢吃零食、外衣光鲜内裤却经常不换等罪状也抖了出来。这样的事，大家听一回两回倒觉新鲜，但听久了就腻味了。宋小红却认为自己的诉苦每天都像早上农贸市场上卖的蔬菜那么新鲜，一跟黄和平吵，第二天就必然要向大家诉说冤情。最后连尹桂花也失去了聆听的兴趣，只要看见宋小红趋前，就把算盘拖过来，头低下去，装出要做事的样子。

见股里没有知音，宋小红就跑到办公室去找陈丽。陈丽心里可怜宋小红，再忙也要放下手中的事，安慰她一番。张凤华看在眼里，嘴上不好说什么，背后却向王庆生反映了。王庆生就在会上说，有些同志喜欢串岗，影响别的同志工作，有什么事，可以放到下班后再说嘛。宋小红眼泪当时就出来了，但身边坐着的那几个都装做没看到。

宋小红跟黄和平吵了三年。三年后全国清收不良贷款，首先从机关干部人手。制定了最后时限，谁不在这之前还贷，先下了岗再说。黄和平急得无法，居然跪在了宋小红面前，请她想办法。坐在床头，看着眼前这个男人，宋小红默然良久，似乎在回想过去。过去他也曾跪在自己面前，但那是多么浪漫和美好的事啊！慢慢的，她眼睛开始红了，然后两行眼泪无声地流下来。以为宋小红心软了，黄和平心里未免窃喜。但过了一会，宋小红抹去眼泪，依然不开口，神色却渐渐变得冷峭。黄和平的心里又紧张起来。他跪得实在有些痛了，稍稍挪了一下位置。宋小红却站了起来，走到阳台上去。

两年后，经尹桂花牵线，宋小红跟横桥一个离过婚的信用社副主任谈起。但交往了一个月后，对方却提出分手，理由是宋小红性格不好。再后来，已是税征股股长的周家弟在街上碰见宋小红，竟然吓了一跳。宋小红还是那样瘦，五官也没有变，只是一脸霉气，竟成了张苦瓜脸；头发却染成流行的金黄色，很落寞地慢慢地走在大街上。怕她看到自己，周家弟低下头，匆匆走开了。后来周家弟跟李锦成一起吃人情酒，他很有感慨地提起这事，并说自己也弄不清当时为什么要避开宋小红，其实打个招呼也没什么要紧。李锦成也没能替他分析出个子丑寅卯来，只是说，宋小红那个人，真的讲不清。

编号:020

姓名:李锦成

李锦成是三湘金融学校的优秀毕业生。刚分到飞龙人行来的时候,各个股室都缺人,他便成了抢手货。龙向阳为了表示自己一碗水端得平,不偏向任何一个股室,便要李锦成自己选择。早打听清楚了,保卫股待遇最高,除了每月有值班补助外,一年四季的外衣都不用买,李锦成觉得自己没有选择其他股室的理由。对他迅速得有点过头的回答,龙向阳颇为诧异,又问了一句,小李,保卫股值班,一天一夜都动不得的,你坐得住?

李锦成连忙说,龙行长,我保证三年以内,不会申请调出保卫股。

见他如此坚决,龙向阳便恩准了。消息传出,行里人都以为是来了晁荣宝第二。晁荣宝也把李锦成认做是革命同志,表现出罕见的热情,亲自到杂物库里拖出一副床架,冲洗干净,扛到李锦成的房子里。李锦成有点惶恐,讲了一大堆客气话。咧开嘴,猛拍他的肩膀,晁荣宝豪爽地说,都是兄弟。只觉一股臭气扑面而来,李锦成赶紧低了头。

晁荣宝的期待很快就落了空。李锦成值班时,总是先程式化地跟晁荣宝闲聊两句,无非是今天天气不错之类的废话,好像完成什么任务似的,然后捧起书本,目光像是粘在上面一样。晁荣宝逗他讲话,他只是鼻子哼哼,算作回应,头抬都不抬。晁荣宝无人搭理,好不寂寞,只好盯着那台黑白电视。下班后,晁荣宝跑到他宿舍,猛擂门,喊他打牌。过了良久,门才施舍出一条三寸宽的缝隙,露出李锦成的尖下巴和两片眼镜。李锦成说起话来轻言细语,在看书呢,下个月就要考试了,然后就抱歉地笑。他这个态度,让晁荣宝不好做声,只有甩手而去。

李锦成是在搞自考,金融专科,一次报四门。行里人听说了,都被骇了一跳。江平、郑亮他们也都在走这条路,但一般每次只考两门,偶尔心血来潮,报了三门,多半有一门不会通过的——毕竟是工作了,心境没有在学校时那么沉得下来。李锦成这种搞法,普遍被认为是没经验,一口气想吃成个胖子,只怕会被噎住的。但当着他的面,大家都称赞小李勤奋好学,蛮不错。李锦成承蒙表扬,看着脚下笑,似乎有点害羞。

自考成绩出来后,大家又被骇了一跳:全过了。郑亮还不相信,问他要单科合格证看。李锦成扭扭捏捏,说,就是几张纸,有什么好看的。

见他如此,郑亮更来劲了,大声嚷道,你莫这样小气喽!考得好,也让我们见识一下,学习学习。

耐不住他的高音,李锦成只好把手伸到毛线背心后面的衬衣口袋里,费力地解开口袋扣子,以食指和拇指拈出一沓折好的薄纸,展开来,似乎还冒着身体的热气。郑亮要拿过去鉴赏,李锦成不让,只是一张张地请他过目:《政治经济学》八十九分,《货币银行学》九十二分,《会计原理》居然考了九十五分,最差的是《大学语文》,也有八十分。郑亮自己也收着一沓这样的合格证,知道不是假冒伪劣,只好叹服,同时暗暗使劲,加快了自己考试的步伐。

从此,行里人对他刮目相看——这个李锦成,到保卫股去,原来就是为了有时间看书。这样书也读到了,钱也多拿了,真是会划算。李锦成得到了大家的佩服,却照样很谦卑,走路低着头,坐下就看书。这样的态度,愈加让大家把他当个人物。那些原来喊他小李的,都纷纷改口叫他的名字,以示不敢把他做小字辈看待。

李锦成态度谦虚,学习勤奋,几乎挑不出什么毛病。唯一让大家能说上两句的,就是他似乎太节约了。刚分来时,李锦成身上的那件衬衣,已经磨得看不见纱路。但那时才从学校里出来,几乎还是个学生伢子,大家只是觉得他朴素,保持着乡里伢子的本色,值得称赞。然而两年过去了,一年四季,李锦成穿的都是保卫股发的那几套制服。制服也不能说差,冬装是腈纶的,还掺点毛料,夏装就是“的确良”。只是二十岁出头的小伙子,正是喜欢打扮的时候,居然没买过一件衣服,总让大家感到诧异。大伙还注意到,他脚下有两双鞋子,一双凉鞋,一双解放鞋,都是从学校穿过来的,估计鞋底都快磨穿了,却总舍不得换。郑亮实在看不过眼,说,你也买双皮鞋呢。天天穿双这样的烂解放鞋，简直有损人民银行的形象。

李锦成也不生气，只是说，我穿这样的鞋子蛮好，皮鞋有点咬脚，我还穿不惯。

郑亮告诉他可以买双软皮的，一点都不咬脚。李锦成说，那蛮好，但是语气干巴巴的，一点也没有神往的意思。

郑亮简直有点气愤，说，我告诉你，你老是穿双这样的烂鞋子，那些妹子都不得来拢你的边。

这话，倒是有些效力，李锦成像是被当头打了一棒，站在那里不做声，似乎被打懵了。郑亮拍拍他的肩膀，就走开了，让他好好悟一下。但是过了两个月，鞋子还是那双鞋子，鞋头居然还赫然多出块橡胶补丁。郑亮也泄了气，只好承认李锦成对他的鞋子感情深厚，坚贞不移。

话说回来，节约也不是什么坏事。黄建国、尹桂花这些老同志就很欣赏李锦成这一点，还张罗着替他介绍对象。但是那些妹子见过李锦成的面后，总说他像是五六十年代的人，太朴素太正经了，没味。李锦成也没打算跑到人家的面前，哀求对方再给次机会。在他看来，那些妹子太妖了，做不得老婆的。

李锦成越不着急，同志们反而越替他急，最后居然惊动了王庆生的大驾，帮他介绍了农行的一个妹子，叫沈芳，在第二储蓄所工作。沈芳有点胖，但是眉目清楚，尤其让李锦成满意的是，她脸上有种祥和之气。所以见了面之后，第二天他就很急切地去打听回音。得到的话就是，沈芳让你把那双解放鞋换掉。李锦成当天下午就跑去买了双皮鞋，不过是在农贸市场的地摊上买的，十五块钱。郑亮一眼就看出这是双假皮鞋。李锦成却坚决不相信，怎么会是假的喽？你看，皮子这么亮，跟面镜子一样。郑亮懒得跟他争，笑了笑就走了。

过了两天，突然来了阵猛雨，李锦成当时走在开发区的黄土路上，那地方空旷，无处躲雨，被淋得透湿。回来后洗了个热水澡，要食堂牛师傅给他熬碗姜汤，灌了下去，打了几个很亮的喷嚏，人才恢复过来。只是那双鞋子变得奇形怪状，而且鞋帮跟鞋底大有分家的趋势，仔细一看，里面原来是纸板做的。李锦成顿时大怒，套上他的解放鞋，提着这双形状有点惨不忍睹的所谓皮鞋，跑到农贸市场，去找摊主理论。摊主见他一个瘦弱书生模样，根本就没放在眼里，口气强硬得很，根本就不承认这双鞋子是他卖的。

李锦成伸出手指，尖声说，怎么不是在你这买的？你看你摊子上还摆着这样的鞋子。

摊主冷笑，说，我摆着的鞋子可漂亮得很，你手上那双烂鞋，是从哪个垃圾堆里捡来的吧？

忍住气，李锦成耐心地向他指出，此鞋并非从垃圾堆里捡来，实实在在是从你这里买来的，时间是四天以前中午一时左右。之所以形状有点不同，是因为遭了雨的缘故。而遭了雨之所以变成这个样子，是因为你的产品是假货，外表光鲜，里面却是纸板。不信可当场实验，从你摊上的此类鞋子中任意挑出一双，剪开来，保证是金玉其外，败絮其中。李锦成唠叨了一大通，摊主只把他做怪物看。见他俯下身去，还真的要去拿双鞋子来做实验，摊主一脚就把他的手踢开。

李锦成脸色煞白，说，你、你，卖了假货，还要打人？

我还要报警呢，你他妈的不要搅乱我的生意。

你怎么不讲道理？

讲道理，这个世界难道还讲道理？

李锦成气得浑身发抖，最后又提着那双烂鞋子回到行里，见人就诉说他的遭遇。你们说说，竟然还有这种事？竟然还有这样不讲理的人？

晁荣宝的回答是，你今天才晓得啊？

郑亮则说，老弟，十五块钱的鞋子，就是这样，你未必以为还有十五块钱的真皮鞋？

我要上工商局去告他。

你告他什么？他是卖十五块，不是卖二百五。

李锦成想想也是，只有勾着脑袋，提着那双形状独特的鞋子，上楼去了。

过了个把星期后，李锦成脚上又出现了双新鞋子，做工考究，颜色沉着。郑亮像是发现了新大陆，说，老弟，你也舍得买双这样的好鞋子？

李锦成却是满脸沉痛，连声说，太贵了，太贵了。

盯着他镜片后面那双小眼睛，郑亮说，我看不是你买的吧。

李锦成脸上有点慌乱。

郑亮说，沈芳对你很好啊，你可不要辜负人家。

听得这话，李锦成像被烙铁烙了一下，说，你怎么这样说呢，你看我像那样的人么？话才蹦出口，他马上明白被郑亮套了话去，连忙咬紧牙关，像是这样就能把先前说过的话拖回肚子里。

郑亮嘿嘿一笑，我是开玩笑的，然后潇洒地走远了。

其实李锦成大可不必隐瞒，没有人会和他来争沈芳的。单位上的人公认他们两个很配，从长相到品性都是典型的互补。有人特意向李锦成指出，沈芳有旺夫相。李锦成表示自己是唯物主义者，不信这一套，之所以选择沈芳，主要是看中了沈芳脾气好，骨子里他却信得要命，等两人一到结婚年龄，就冲到民政局去扯结婚证。沈芳要带包喜糖、一盒烟去。李锦成不让，说，结婚是每个公民的权利，未必还要请客送礼，才准我们结。

沈芳被他的大道理压住了，也就不再坚持。结果到了民政局，几个办事的人见烟也没有一根，糖也没有一颗，脸上顿时现出爱理不理的神气，这个说章子锁在抽屉里了，钥匙呢，放在家。那个说登记表没有了，得去印。李锦成伸出食指，把眼镜往上推了推，打算就民政局的官僚主义和市侩主义与这些人做一通慷慨激昂的辩论，沈芳却使劲把他拉了出去。

第二天，沈芳不顾李锦成的反对，特意称了一斤上海冠生园产的"大白兔"，买了包云南产的"红塔山"——这是一九九一年飞龙所能买到的最好的烟糖，然后满面笑容地出现在婚姻登记所。李锦成则跟在她身后，眼睛望着别处，不时咳嗽一两声。登记所的同志看到品质如此上乘的烟糖，眼睛顿时一亮，对于李锦成的态度也就不那么计较了——抽屉也打得开了，登记表似乎也连夜印好了。沈芳让李锦成拿着表坐"慢慢游"回单位去请领导签署意见盖上公章，自己却坐下来，往口里噙了一颗糖，慢悠悠地跟那些人聊天。等到李锦成满头汗水地跑进来，她已经跟登记所的办事员们熟得像亲戚了。

沈芳有旺夫相，这话真没说错。结婚后不久，李锦成就被调到发行股，磨了两年后，又上升到经管股，专门负责农村信用社这一块。搞了五六年，就提了个副股长。其间沈芳又替他生了个儿子，取名李沈，圆脸大耳，眼神柔善，老人们看了，都说这崽崽有富贵相。李锦成这一喜，差点没把下巴笑掉。在同志们眼中，他的家庭生活几乎称得上美满。李锦成也觉得比较满意，但有两桩事，让他心里未免不痛快。

一桩是经常有些乡下亲戚，打着赤脚，两手空空地前来拜访。李锦成是九道坪人，那地方处在飞龙县和小梁县的搭界处，遍地都是石头，土似乎比石头还要硬，村子里难得闻到一丝油味。这地方的小孩读书，还得走上十几里山路，翻过九道梁，到邻乡的联校上学。一般的人，读了个初中，不算睁眼瞎，就辍学挣钱去了。但本地也挣不到什么钱，脚步开阔点的就跑到沿海那边去。李锦成能硬撑着读完高中，考上银行学校，毕业后在城里当国家干部，在乡人看来，已是天大的异数，就好像前清中了举人一样。李锦成的父亲因此在乡里身价倍增——村长平常都是横着走路，说话眼睛看着天上，但遇见李父，声调就会降下来，有时还递上根把烟，打听一下城里的情况。

李锦成替家里把门户撑了起来，颇感自豪。但他很快就发现，亲戚们都产生了一个误会，以为银行的钱就是他李锦成的钱，今天这个蹿过来开口要借两百，明天那个跑上来说要买拖拉机，请他扶助一把。以李锦成的脾气，一概不理，让他们空手进门，还是空手出门。但沈芳不肯拉下脸，总是烟酒相待，临走时几个路费钱总是要打发的。亲戚们虽然没借到钱，但抽了城里的烟，喝了城里的酒，得了沈芳的几句客气话，坐车也不用自己数钱，心里气还是顺的。回到乡里，总是大力揄扬沈芳的和气，恭维李父收了个好儿媳妇。只是对李锦成的评价普遍不高，总说四伢子发达了，就有点不认人了。李父心里打了个结，翻来覆去总睡不着，第二天起了个大早，跑到城里，硬起脸来，把李锦成训了一顿饱的。李锦成耳朵根都被训红了，忍不住想声辩自己并非富贵就忘本，沈芳却把饭菜端了上来，塞住了父子俩的嘴。

等父亲回去后，李锦成也睁着眼睛想了一夜，第二天就喊上联社信贷股的股长，坐着部“五十铃”，颠簸了一个上午，才开到九道坪乡。两人在九道坪信用社正副主任的陪同下，搞了三天的调查，最后决定帮助九道坪乡发展金银花种植业，理由是种金银花劳动量不是很大，比较适合留守在家的老幼病残，再就是现在市场需求量不小，没有达到饱和。试点呢，当然是放在李锦成那个乡，每户发放信用贷款五百元。

乡亲们人民币到手，脸都笑得有点奇形怪状，并且一致认为四伢子豪气，出手阔绰，将来怕是要当大官的。听到这议论，李锦成就感觉有点不妙。但钱已到了他们手中，除非是用枪顶着，否则他们是绝不会再交出来的。他有点后悔当初怕村长和会计做手脚，直接把钱发放到了个人手中。但泼出去的水，收不回的，只有叮嘱当地信用社的同志督促他们买药苗。联社的信贷股长却春风满面，认为自己深入调查，不畏艰苦，办了件大好事，实在值得表扬。回到城里第二天,就让人写了个报道,发在《昭市日报》上面,把李锦成的名字也夹在里面。李锦成看到了,心里更加不踏实,又打电话回去,要他家里带头种植。

一个月后,整个村里种植金银花的就只有两三户。其他的人,巨款到手,打牌喝酒,添衣置物,还有的用油布包起,藏在梁上,预备给小孩读书用,以求自己家里也出个李锦成这样的人物。很少有人想过这是贷款,将来要还的。在他们心目中,这是李干部给乡亲们发的一笔过年钱。九道坪信用社的人听到风声,要村长督促一下。村长却鼓起眼睛,说,你们不让我管钱,我帮你们催个卵,然后甩着手就走了。

信用社的同志没办法,打电话到联社反映,信贷股长接到电话,郑重嘱咐此事不得张扬,他晓得就行了,一面又打电话给李锦成,要他亲自下去一趟。明知没用,李锦成还是再次返乡,一家一户地去摆事实,讲道理,要他们把目光放长远一点,不要图眼前快活,并着重声明这笔钱的性质乃是国家贷款,不是他李锦成私人的。他们借了贷款,就是欠了债,欠债还钱,那是天经地义,何况又是国家的钱,那更加赖不掉。

李锦成讲得口水都干了,乡亲们只是满脸堆笑,一味点头,转过背去,就说四伢子净讲些官话,哪个不晓得公家的钱借了就不用还。邻村的王会计前年借了信用社十几万,到现在一分钱都没还,信用社的干部见了他还要敬烟。

这些话,七拐八拐钻到李锦成耳朵里,让他简直欲哭无泪,回去后写了篇文章,说中国要取消信用贷款,因为中国的老百姓只对私人讲信用,不对公家讲信用。写完后,看了两遍,又撕掉,因为发表不出来。

李锦成的这番作为,是让九道坪信用社又多了两万多块钱的逾期贷款。两年后这笔账转为呆滞贷款,后来又经联社信贷股批准,作为呆账贷款冲销掉了。村里人总算得了李锦成一回好处,不过是国家买单罢了。李锦成呢,被人告了一状,说他假公济私,造成了极坏的影响,应该调离经管股。龙向阳念在自己函授本科的毕业论文是李锦成写的,就把这件事压下了,只是把他扶正的事暂不考虑。李锦成唯一的收获,就是那些乡亲们再不好意思登门了。

第一桩麻烦总算歪打正着地解决了,第二桩事却让李锦成更加头疼。李夫人沈芳同志可谓贤淑温柔,里里外外一把手,简直无可挑剔。唯独在打麻将这条路上，夫妻俩大有背道而驰的意思。李锦成在学校里，就以不打牌出名。到了单位，依然以书遮面，把那些急切拖他下水的同志们一一挡了回去。后来自考本科也搞完了，业务书也被他翻得透熟，几乎没有挡箭牌了，他却突然钻研起棋道来，围棋、象棋、五子棋，样样都被他搞通，行内无对。下了班没事，碰到个人他就问，下一盘吗？但对方往往反问，搓一把吗？最后是道不同不相为谋，擦肩而过，彼此绝无恋恋不舍之意。只是打麻将的一大堆，不愁找不到人，李锦成却未免孤芳自赏，只有回家和儿子下跳子棋。沈芳呢，正在楼下和侯莉、王小容、吴丹艳她们搓得个不亦乐乎。

本来沈芳有桩好处，就是从不会因搓麻将误了家里事。这一点，让行内大多数麻坛女将的男人们都深为羡慕，一致认为沈芳的这种做派，飞龙县独此一家，却让李锦成撞上了，真是好手气。李锦成却高兴不起来，每次看到沈芳拎着个小包出去，心里就痛。沈芳这个人福气好，就是打麻将的手气不好，输多赢少。她平时持家也是精打细算，得到了李锦成的充分肯定，唯独坐在麻将桌边，就丧失了节俭意识，一捶两捶地擂下来，三十四十地数出去，面不改色，大有生命不息、奋斗不止的劲头，用她自己的话说，就是爱这个味。她在享受，李锦成却是在受刑。从她赶赴牌场的时刻开始，每隔半小时，李锦成就要看一次表，想象沈芳已经输了多少钱，心头就要痛一次，好像被割了一小片肉去。这样天天挨割，虽然沈芳熬得一手好汤水，李锦成却始终胖不起来。

为了让沈芳收手，李锦成找她长谈了一次。他谈到麻将对个人事业的损害，沈芳说我是胸无大志，只要把你两父子服侍好，把班上好就行了。再说我年年还评了先进个人呢？李锦成想想也是——要是沈芳真成了女强人，他还受不了，于是转了个弯，开始谈麻将对家庭的影响。没说上两句，沈芳就满脸委屈，说，我哪一桩家务事没做好？对你，对李沈，我哪一样没操到心？你说、你说。

李锦成想了想，还真寻不出桩事来，只好说，你可以多管管李沈嘛。

沈芳毫不松口，说，我管得还不多？只有他的学习，是你嫌我文化低，不要我管。你现在是不是怕麻烦，不想管了？

李锦成连忙申辩不是这个意思，然后说，我也是为你着想，麻将打多了，对身体不好。

我摸到麻将，心里就熨帖，要是不让我打，我才会生病。

见她如此强硬，李锦成也拉下脸，说，你这个蠢宝，打又不会打，总是送钱给别人。

沈芳脸刷地红了，我又不是输你的钱。我自己有工资，未必连打一下麻将也不行？说着声音就哽咽起来。

李沈见妈妈哭，冲上来用小拳头连击李锦成的大腿，大声说，不准你欺负妈妈。李锦成遭此夹击，眼睛看着地面，颇感苦心钻研的辩论术实在没什么用处，还当不得一块小小麻将。

劝说无效，李锦成开始想办法转移她的兴趣爱好。先是买了几本琼瑶、亦舒的小说回来，极力向沈芳推荐。但沈芳翻了两页后，就说，净是瞎编，就甩在一边。结果那摞书起了好厚的一层灰。后来宋小红来玩，偶然瞥见了，提出要借，沈芳很慷慨地说，送给你好了。宋小红扭捏了一阵，才收下。

李锦成回来后，追问小说的下落，听说是送人了，眼睛顿时滚圆，我是买给你的，怎么能送人呢？

沈芳懒洋洋地说，我又不看，宋小红她爱看，给她不是很好吗？

李锦成大有一片深情被辜负的痛感，跑到宋小红宿舍，七拐八拐地暗示这套书他还有用。宋小红本来正看得入迷，听了这话，马上把书合上，要退给他。李锦成说，没关系，你看完嘛。宋小红表示并不好看，坚持要退。李锦成又把书带了回来，沈芳见了，骂了他一顿，说你怎么做得出？

李锦成把胸脯一挺，说，我怎么做不出？我自己的书，难道还不能要回来？沈芳也不和他理论，拎着包出去了。

此招儿无效，李锦成又开始另觅良策。他听说网上也可以打麻将，便咬咬牙，买了台电脑回来，还第一个在行里用起了拨号上网。沈芳在他的耐心教导下，终于学会了上网和注册。开始她还有点着迷，天天夜里粘在网上，不肯下来。但过了个把星期，她就哀叹没味。李锦成急了，问，怎么没味了，还不是一样地打？又不用输钱，几多好！

沈芳看了他一眼，说，你就不知道，打麻将不打钱，一点味道都没有。

见花费如此代价，都不能挽回她那一颗爱麻的心，李锦成瞪起眼睛，说，你那是赌博！

沈芳说，政府那些当官的也在天天赌，我赌一点怕什么？看到她那副理直气壮的样子，李锦成心中顿时升起一股悲哀，并想起四个字：黔驴技穷。

沈芳重新和楼下恢复业务往来，豪情更胜往昔，天天夜里都麻起。李锦成在楼上只听得一阵阵的麻将声狠狠地冲上来，让他脑袋充血、心潮澎湃，不能自已。他感到整个飞龙县正在麻将堆里沉沦，独他一人清醒而痛苦。站起来，背着手，他突然有种孤身作战的悲壮感。李锦成感到自己有必要彻底制止这种可恶无聊的游戏，把众人拯救出来，哪怕用最严厉的手段都在所不惜。李沈在一边看着他爸爸走来走去，神情激动，竟然感到有点害怕。他看到爸爸走了差不多十来分钟，最后转了个身，在电话边立定，又站了一分钟，拿起了电话……

"110"冲进人民银行是深夜十一点钟的事。根据举报，警察们准确地在二栋402房抓到了四名聚赌的女子：沈芳、宋小红、侯莉和王小容。此事惊动了龙向阳，他迅速赶到现场，并及时拨通了公安局局长的电话。局长在那边打麻将，兴头正浓，听到这事后，很不高兴地指示手下酌情处理，要照顾兄弟单位的情绪。"110"的同志只好忍痛放弃一次罚款的机会，对四员女将进行了简短的现场教育，在拿到两条"精白沙"后，就开始撤退。临走前他们表示，如果不是有人举报，他们是绝不会来吵人民银行的场的。龙向阳和他们一一握手，表示感谢。看着警车一溜小跑地蹿出去，他的脸顿时变得铁青。

第二天龙向阳就查清了，举报电话是李锦成家里的。他几乎不敢相信，把李锦成喊到办公室。他正想着怎么开口问这件事，李锦成却已傲然坦承了此事是他所为。龙向阳顿时大怒，劈头骂了他一顿饱的，问他是不是读书读懵了，怎么做出这种蠢事？

李锦成默不作声，等龙向阳骂完了，口气平板地说，我这样做，也是为了从根子上杜绝打麻将的现象。

龙向阳瞪着他，像在看外星人。过了两分钟，头转过去对着侧面墙，左手往外甩了甩，示意他出去。

李锦成的伟绩很快就传开了，他也因此遭到无数的痛骂。客气点的是在他背后骂，情绪激动点的当面就把口水溅到他脸上。李锦成表现出极深的涵养功夫，总是低着头，面无表情，等对方骂完，他才说上一句，我也是为大家好。

沈芳没有骂他，只不过两个月没跟他说过一句话。但到了外面，沈芳见人就陪笑脸，骂自己屋里那个是读书读蠢了，要大家不要跟他一般见识。行里的人骂也骂够了，最后看在沈芳的份上，渐渐就不提这事。偶尔论起，也是茶余饭后，当笑话在讲。大家见到李锦成，也还是喊李股长，并不像当初骂他那样喊李蠢宝。但到了关键时刻，总有人会拎起这件事，以证明李锦成是个书呆子，业务能力虽然不错，但做事不从全盘考虑，看问题不深、不透，难以挑起更重的担子。

李锦成后来一直都是副股长。过了几年，跟他同时提副股长的赵小科扶了正，他一个人跑出去，破天荒地喝了顿酒，很快就醉倒在路边小店里，伏在油黑发亮的桌子上喃喃自语。

编号:021

姓名:赵小科

赵小科分下来的时候,行里的同志见了,几乎都吓了一跳,以为是碰到了山顶洞人。龙向阳阅人无数,倒是没什么强烈反应,谈了两句话后,手一挥,就让他去了发行股。股里的人开始有点嫌他长得太怪,但赵小科无意中露了一手点钞功夫,又让他们吃了一惊,这才对新同志友善起来。黄建国还特意向龙向阳报告说,赵小科其貌不扬,没想到点钞这么厉害。

龙向阳说,我是看了他的档案才要人的,他是三湘金融学校有史以来点钞点得最快的人。要不是样子太丑,中支都想把他留下呢。

过了个把月,大家看惯了赵小科那样子,也就觉得不奇怪了,反而觉得这小伙子蛮有味,都亲切地喊他小科。赵小科个头矮,年纪轻轻就长了不少白头发,又喜欢躬起个背,从背后看像个老头,但走起路来飞快,连江平都有点跟不上。他口齿有点不清,说起话来舌头好像短了一截,却又喜欢跟人争论。赵小科的观点大都正确,无奈结结巴巴表述不清,在别人伶牙俐齿的一轮快攻下,往往憋得脸红脖子粗,最后生气地说,不跟你讲了。看着他的窘状,对方顿时发出快活的笑声。

不做事也不辩论的时候,赵小科基本上是捧着本书在看。他看书时眼睛跟铅字的距离大概在三寸左右。别人说,赵小科,你也戴副眼镜呢。赵小科不肯。其实他有副眼镜,还是读书时配的,断了条腿,用胶布缠着,但只有在称金银和验假钞的时候戴出来。为什么平时不戴?赵小科说,反正我眼睛已定了形,再看也不得近视,不戴还清爽些。他又说,我最恨身上带什么东西,啰嗦死了。

果如他所言，赵小科手表也不戴，钱也全塞在宿舍里，用的时候才去拿，就裤子上挂着个钥匙圈，上面吊着两片钥匙，一片开办公室，一片开宿舍门。后来他嫌这两片钥匙也多了一片，嘀咕着要是只有一片钥匙，又能开宿舍门，又能进办公室，那就好。旁人听到了，只当他在痴人说梦。过了个把月，钱威发现赵小科裤带上竟然只有一片钥匙，大为奇怪，问他一片钥匙怎么开两扇门？

一片钥匙怎么不可以开两扇门？

钱威不信，硬要眼见为实。拗他不过，赵小科只有和他跑了个来回，把两扇门都捅开了。钱威大为惊奇，把他的钥匙拿过来，翻来覆去地看。钥匙为铜制，比一般的要长，钥齿的形状也有点奇怪。问他从哪里搞到的，赵小科说是自己买了把长钥匙，再到街上的锁匠那里，花五毛钱，借把锉刀来自己打磨，把两把钥匙的匙齿融到这一把里面，就行了。

钱威既怪且笑，你是怎么做到的？

也不难，只要搞懂锁的构造，就可以了。

你肯定是跟哪个师傅学的。

这还用跟哪个学？买本书来买把锁，边看边实践。

钱威说了句，你怕是个神仙，然后学赵小科的样，拿着钥匙去插锁，却怎么也打不开。

你打不开的呢，这还要手法才行。

钱威不信，又鼓捣了半天，手上汗都出来了，硬是无效。要他让开，赵小科捏着钥匙柄，轻微转动了两下，试准位置，往左边一拧，就开了。钱威只好承认他是个神仙。

赵小科晓得开锁的消息，很快就传开了。其他人都将信将疑，宋小红甚至撇着嘴巴说，他肯定还有一片钥匙在裤袋里呢。说这话的第二天，宋小红出来散步，把门关上后，马上就发现没带钥匙，急得直跺脚。钱威正上楼，见此情形，便说，还不去喊赵小科？

宋小红一向嫌赵小科长得难看，不愿跟他多打交道，闻言颇为踌躇。钱威见状，便自己上去把赵小科喊了下来。赵小科就拿了根钢丝下来。盯着那根钢丝，宋小红满脸狐疑。只见赵小科半蹲着，把钢丝探进锁眼后，眼睛就微微闭着，全凭手感在慢慢地动。他的手很硬实，也很稳。宋小红和钱威都不由自主地屏住呼吸，似乎一旦弄出什么声音来，就会惊动那根钢丝。过了有两分钟后,一粒轻微的滴答声跳到两人的耳朵里,门就开了。宋小红还是满脸狐疑,但总算说了声谢谢。这声吝啬的谢谢,却引来赵小科满脸谦卑的笑,似乎是宋小红帮赵小科打开了门。宋小红有点怕了,担心赵小科喜欢上自己。好在赵小科没说要进去看看,转身低头快步走了上去。

在这以后,行里人出门,都不怕没带钥匙,反正有个活钥匙在这里。连龙向阳也喊赵小科去开过两回办公室的门,对他的绝活儿大为赞赏。但黄建国却怀着一颗忧国忧民的心,偷偷地跟龙向阳提出如是担忧,赵小科开锁这么厉害,把他放在发行股是不是合适?

沉吟半晌,龙向阳说,金库大门要是能用钢丝捅开,那还叫什么金库大门?

黄建国嘿嘿一笑,说,我只是有点担心而已。

龙向阳表扬他警惕性高,说,注意一点是好。

赵小科钻研开锁,也只是那一阵子。同志们看在眼里,都暗自松了口气,觉得他确实不必在开锁这门学问上再深造下去。跟李锦成一样,赵小科也一次报了四门自考,不过他没有李锦成那么紧张,时不时还要拿本杂书来看。这样的书有时是《中医解难》,有时是《大气功师出山》,有时又变成了《周易》。

看《中医解难》的时候,赵小科经常把三个指头搭在自己的左手腕间,微闭双眼,有若老僧入定。钱威问他干什么,他说,学把脉。

钱威想人家老中医几十年,有时都把不准,你看一下书就能学会?但考虑到他在学开锁上表现出的神奇能力,也就不吱声了。

赵小科不仅自学把脉,有时口中还念念有词,偶尔有两句别人听清了,也是一头雾水。问了他,才知道是在背汤头口诀。后来只要行里有人不舒服,赵小科总是很主动积极地给人家把脉,然后大笔一挥,开出一张药单。盯着单子上的柴胡、茯苓、白芍之类字眼,同志们先是闪现一抹狐疑之色,然后亮出笑容,表示感谢。等赵小科一走,这张单子往往就进了撮箕,病者就跑到人民医院去打针。最麻烦的是赵小科还要一个劲地追问吃了没有,感觉怎么样,就差没去人家屋里查看药罐了。对方只好说吃过了,差不多好了。赵小科又开出张单子,表示病虽初愈,却大意不得,如照此方调理,便可根治。对方只好又一次表示感谢。

这样的单子不晓得开出好多张。后来有人早上倒垃圾,不小心飘落了一张单子在地上。赵小科经过，觉得那张纸颇为眼熟，捡起来一看，才明白自己先前只是浪费口水和墨水而已。

同志们不接受他的医道，赵小科自己身体又好得出奇，漫漫寒冬，一件衬衣加件外套，就能打发过去，那些身上其厚无比，好像得了严重水肿的同志看着他，就会不由自主地把脖子缩起来，似乎穿得这样少的是自己。屠龙之技无处可施，赵小科的兴趣慢慢淡下去，把《中医解难》收了起来，开始研读《大气功师出山》，还邮购了一套中华养生益智功的书籍和磁带，天没亮就爬起来，在楼顶上手舞足蹈。有时霞光早现，映照在他身上，远远看上去，像是一只千年猿猴在弄法做怪。

白天上班，赵小科常常正做着事的时候，突然就放下手中活计，端坐在椅子上，双手平放于大腿，鼻子发出浊重而长的呼吸声，眉头深锁，嘴唇紧闭，面部表情甚为奇怪，通常是出现在严重内急而不得不拼命忍住的人脸上。股里的人你看我，我看你，都疑惑而苦笑。钱威好奇心重，硬是忍不住了，问，你这是什么绝世武功喽？

赵小科看了他一眼，很严肃地答道，采活子时。

这个术语显然深奥之极，立刻就把钱威给镇住了，不敢再问。只是过了半年，钱威觉察到赵小科好像有段时间没有摆出那种骇人之态了，也没看到他把《大气功师出山》竖在眼前当武林秘籍在读，便问他是不是已经苦修成功，打通任督二脉了？

默然了一阵，赵小科愤愤地迸出句，张宏堡是个骗子。

其他同志听到了，心中都暗自发笑，但绝对没有谁认为他脑袋有问题，因为他刚刚才把四门自考的成绩合格单领回来，门门都是高分，让李锦成暗自心惊，觉得是遇上了对手。但赵小科却没有把他当成对手，他甚至不把任何人当对手，只是凭着自己的兴趣去做而已。

在研究过中医和气功这两大国粹后，赵小科又把目光转向了最为玄奥的《周易》。这一次他显然更为投入，天天对着伏羲六十四卦方圆图发呆，还邮购了邵康节、来知德的著作作为参考书。黄建国有次半是开玩笑半是认真地说，小赵，你又搞封建迷信啊？

《周易》哪是迷信，是科学。别个外国的微积分都是受《周易》的启发才发明的。

黄建国没想到《周易》还跟微积分能扯上关系，顿时被镇住了。他其实既不懂《周易》,也不懂微积分,只知道外国人的玩意儿就是厉害,而《周易》比外国人的玩意儿还厉害,那就肯定不是封建迷信了。但又不愿就此缄口,否则领导的威严何在,干咳一声后,他道,小科,你是新同志,要把更多的精力放在业务学习上。

赵小科的耳朵根立刻就红了,我到底哪一样业务不行?

没想到他反应这么激烈,黄建国一时找不出话来说。赵小科,现在很明显是发行股的业务全才:查库,他用心算就能搞定;复点,在规定时间内他一人可以完成三个人的活儿,快而准,且不会漏过任何一张假币;金银鉴定,他学了两个星期就能独自操作,对成色和重量的把握异常精确;最能体现他才能的就是对本区域人民币流量的计算和调节,到行里只一年,他心里就建了本账,在微观和宏观两方面都能了然于胸。黄建国这时以副主任科员的身份兼着发行股股长,他长于人事,在业务上却是一窠糨糊。虽然李锦成、钱威他们各有所长,但没一个像赵小科这样全面而精深。想着许多地方还要靠他,黄建国没有发火,只是打了个哈哈就过去了。但转过背他就向龙向阳汇报了赵小科态度骄傲自满,现在的年轻人啊,真是不得了啊!看着黄建国那副无限感慨的样子,龙向阳觉得要这个老战友去管业务,也真是太难为他了。

转眼又过了大半年,中支下了个通知,要举行辖内货币金银业务知识大赛,前四名将代表昭市赴长沙参加全省业务知识大赛。中支对这次活动异常重视,万大同行长亲自作了批示。上头重视,下面就紧张起来。龙向阳在全行大会上提出了"在中支夺冠,去省城争雄"的口号。这句话激起了发行股一帮小伙子的雄心,几乎个个摩拳擦掌,一有空闲,就捧着圈定范围的资料书在读。一时发行股竟成了岳麓书院,让金融机构前来出库的人感叹不已:人民银行真是风气好啊!

黄建国看在眼里,颇为欣喜,但再瞄一下赵小科,眉头就皱了起来。离比赛只有个把月了,这家伙,天天还在捧着本《周易》,眼睛盯着那些离卦坎卦,透出股阴沉沉的神气,好像跟这些奇怪的符号结下了大仇,非得把它们搞倒不可。龙向阳是下了死命令的,黄建国压力不小。虽然嘴上不说,他心里其实还是把宝压在赵小科身上的。见他仿佛得了《周易》痴呆症,好像参赛一事跟他无关,黄建国心里急啊。但他又不能发火。跟赵小科处了这么久,这人的性格他倒是摸清楚了:吃软不吃硬,顺起来很好,要是拗起来,就算你拿把刀子架在他脖子上，他也不会买账。心里盘算了许久，有天黄建国走到赵小科面前，俯下身去，柔声说，小赵，又在搞研究啊？

赵小科一转头，几乎和黄建国鼻子碰鼻子。他看到的是黄建国亲切的笑容，遂点点头。

你看你，这么发狠，头发又白了不少。

赵小科心里一阵温暖，面部表情变得柔和了许多，说，《周易》真的是深奥。

黄建国的笑容更加和蔼，语气更加放低，小赵，你研究这个《周易》，我是很支持的，同志们也是很理解的，个人爱好嘛。但现在中支下了通知，要搞比赛，你是主力队员。你看这样好不好，你暂时把精力放在考试上来，等考试完了再来研究这个。

黄建国说得这么客气，赵小科倒有点不好意思，抓了抓脑袋，说，我是想在考试前的半个月再来背。

半个月？时间是不是少了点？

不少。我看了，只有一本业务书，再加一摞打印资料，十五页，半个月足够了。

见他这么自信，黄建国不好再说什么了。赵小科的这个态度，他自然又向龙向阳反映了。龙向阳想了想，说，莫管他，让他自己把握。

见赵小科一副无动于衷的样子，李锦成心中暗喜，努力使劲，决心把头名抢在手里。到了离考试只有十五天的时候，他已经把书看了三遍，把资料上的题目全部背了下来。赵小科倒是很守时，硬是到了这天，才把圈定的业务书翻出来，打开第一页，把眼睛贴上去，嘴巴开始急速抖动，发出含混不清的音节，听上去像在读天书。李锦成开始觉得有点好笑，但很快他就发现赵小科似乎是在把每一页书都背下来，顿时不安起来。但转念一想，从来只有背题目的，这本《货币金银业务概论》虽然薄，也有一百多个页码，他赵小科能在半个月一字不落背下来？何况还有十五页的题目。这样安慰了自己一番后，李锦成才稍稍落了心，抓起《业务概论》，马上又开始看第四遍。

看到赵小科终于发动起来，黄建国总算松了口气。有外股室的同志反映，赵小科近来好像有点不大对头，走在路上，双眼茫然，口中念念有词，别人跟他打招呼，他根本就没反应，是不是练气功练得走火入魔了？心知是怎么回事，但黄建国并不解释，微微一笑就带过去了。

见赵小科竟然这样投入，李锦成又紧张起来。他就住在赵小科楼下。每天晚上，赵小科不熄灯，他也绝对不会睡觉。只是赵小科并没有挑灯夜战的习惯，通常十点钟不到就上床了。但他起得早，五点钟就爬起来洗冷水澡，然后捏着本书开始猛背。这就苦了李锦成这只夜猫子，晚上撑到十一二点，第二天早上也不能落在赵小科后面，从床上爬起来那刻，有种生不如死的感觉。好在这样，他每天就比赵小科多用一个多小时的功，至少在心理上得到了安慰。

如此苦读，时间好像被拉长了，似乎永远也到不了考试那天。而那一天终于到了，赵小科也正好把书和资料背了一遍。很想考考他，但李锦成到底还是忍住了，他想，是不是真的过目不忘，考了才知道。这样想的时候，黄建国正在作动员报告，口水四溅地要求大家沉着冷静，书写工整。推了推眼镜，李锦成在心里说，废话。

但到了考场上，李锦成才知道黄建国说的不是废话。他这阵子打破了晚睡晚起的生物钟，早上硬爬起来，结果脑袋一直都有点晕。到了考场上，看到各路豪杰云集，万大同行长亲自监考，又兴奋又紧张。待到试卷发了下来，抽出笔，很简单的填空题，一时竟然想不起来了。心里发虚，那些明明背得烂熟的东西，突然就从脑子里跑掉了。这个毛病当初害得他高考失利，只考了个中专。没想到历史又一次重演，他直冒冷汗。好在李锦成不是只考过一场两场，勉强镇定心神，才陆续挤出一些东西。才过了一半时间，就有人交卷，抬头一看，竟是赵小科。见风头又被他抢去，李锦成心里一急，思路更加不畅，直到监考人员来强行收卷，他才勉强把试卷填满。走出来后，以前背的那些东西突然又很清晰地冒了出来，让他气得差点吐血。

因为当天下午就要颁奖，所以成绩在两个小时后就出来了。赵小科夺得个人第一名，满分。飞龙支行整体表现也不错，团体第一，但其他几个人都没进入前四名。这个成绩让黄建国脸上像是开了朵喇叭花，笑容极为响亮。赵小科被他接连拍了五次肩膀，每次都是小科不错、小科不错。李锦成说自己头疼，躲在招待所里，没去参加颁奖大会。

几天后，赵小科奉命到中支接受了为期两个星期的封闭式培训，然后出征长沙。省分行采取的是现场抢答赛的形式，赵小科几乎每次都是第一个按铃，但那口怪里怪气的话让评委颇费脑筋，提醒他用普通话来回答。赵小科却理直气壮地道，偶书的就似不懂话嘛(我说的就是普通话嘛)。

评委只好苦笑。饶是如此，昭市中支在省里还是得了亚军。回来后，万大同亲自表扬了赵小科，同时勉励他回去把普通话再好好练练，下次争取拿冠军。赵小科还是那句话，偶晓得管不懂话(我晓得讲普通话)。

万大同一愣，既而哑然失笑。见万行长并没有生气，其他的人也松了口气，跟着笑起来。只有人事科长暗自叹了口气，知道赵小科调中支的事基本泡汤。

对赵小科的出色表现，龙向阳大为欣慰，觉得自己当初透过现象看本质，把赵小科要过来，是非常正确的——跟他同时分下来的还有一个，长得高大白净，一表人才，被小梁人行抢着要过去，这次考试在中支得了个倒数第三，绣花枕头，有个屁用。此后他暗自嘱咐黄建国，要给赵小科压压担子。虽然晓得兼任的这个股长迟早是要卸掉的，但黄建国理想中的接班人并不是赵小科。但对龙向阳的提议，他从来只是热烈拥护的，只不过提了个小建议——考虑到赵小科还很年轻，在实质上可以让他先把担子挑起来，正式的任命，是不是再等个两三年，等他比较成熟了再宣布。这是老成之言，又是出自黄建国之口，龙向阳当然不会否定。

就这样，赵小科没有享受到股长的待遇，却像股长一样操心。连资金调拨这样的大事，黄建国也只是装模作样地在调拨单上签个字，具体的操作全抛给赵小科。尽管赵小科在这上面做手脚的可能性最大，黄建国现在倒是一点都不担心他会作案。到了年底，评先进股室，发行股总是有硬成绩摆在那里，让人不得不服。这个功劳，自然是记在黄建国头上。别人称赞他领导有方，业务精熟，他也是怡然受之。只恨赵小科没有写本业务书出来，自己也好学龙向阳的样，在上面加个名字。胡伟私下里对赵小科说，小赵，你天天累死累活，好处却让别人得了，不所抵啊！

赵小科很不解地眨着眼睛说，我又不累。

胡伟一愣，马上说，不累就好，不累就好，我是担心你呢。转过背去，就在心里大骂赵小科是傻宝。

赵小科确实不觉得累，他反正要做点事，才觉得时光容易打发。钻研《周易》和主持全股工作，在他看来，差不多，全是锻炼脑筋的活儿。这一阵他的赵氏易经学，倒是在现实中发挥了作用，那就是算命。赵小科用《周易》来推算人的命相气运，开始是用在自己身上，好像倒也灵验。有了把握后，他就主动给钟浩、钱威、李锦成算。这是免费服务，算错了结果也不像吃错药那样严重，钟浩他们反正闲得无事，乐得一试。煞有介事地掐算了一阵后，赵小科表情严肃，指出钱威一生衣食无忧，潇洒快活，但婚姻和事业都有波折。李锦成婚姻美满，事业早成，但格局太小，难以更上层楼。

听罢，钱威嘿嘿一笑，全当耳边风；李锦成却蛮不高兴，你凭什么说老子格局太小，乱讲！但这话他只能放在肚子里，表面上还是不动声色。这时黄建国踱着方步进来了，气色甚好，面露微笑。看到小伙子们挤作一块，他也移了过来，表现出领导应有的平易近人，在搞什么路啊？

李锦成正想着怎么挤对赵小科一下，见黄建国过来，马上说，赵小科在用《周易》给我们算命呢。黄主任也来算算，看他算得准不准。

黄建国对搞迷信活动积极得很，平常无事也要到老庵堂去打两卦，或请文昌街摆摊的老师傅起一课。心里痒痒，嘴上却说，这个哪当得真喽！

来算一下喽，反正不要出钱的。

哈哈一笑，黄建国道，那要得，我也看看小赵的《周易》到底研究得怎么样了？

并没有因为他是领导，赵小科就放松了卦师应有的神秘表情。问了黄建国的生辰八字，他双眼微闭，笑容全无，演算了一阵后，硬声硬气地说，黄主任，你前半生是白手起家，艰难创业。四十岁后才开始享福，虽然有一处波折，但总体上还是很顺的。

想着自己从小当农民，青年时代做工程兵，奔波劳累，确实是什么苦都吃过，黄建国倒信了五成，关切地问，什么波折？

这个倒看不出。不过你这一年要是闭门不出，兴许能够化解。

赵小科才说完，李锦成就尖声笑了起来，这么讲，黄主任就不用来上班了？扯卵谈！

你才是扯卵谈。反正卦上是这样显示的。赵小科把脖子挺得很直。

见他要较真，李锦成就冷笑着转身走开了。

为了化解有点沉重的气氛，黄建国说，这个东西嘛，相信它就灵，不信它也就没那么回事，然后哈哈大笑，背着手走出去了，表现出一个领导应有的豁达和豪迈。但才出门，他的脸色就变得凝重起来，心想，宁可信其有，不可信其无啊，看来是得注意点。

李锦成是讲得对，黄建国还要工作，不可能把自己藏在屋里那四面墙中。赵小科讲得更对，三个月后，黄建国就因为嫖娼被抓了起来，害得龙向阳上下打点关系，两天都没睡好觉。赵小科却因此而名声大噪，替他揄扬得最厉害的就是钱威。这家伙社会关系广，天天在外面打麻将，不出三天，全飞龙县都知道人民银行有个赵神卦，年纪不大，道行却深，连他们单位领导嫖娼被抓都能预先算出来。赵小科现在就真的有事做了，不时有老大娘老太婆在门卫的监视下前来办公室，打听哪位是赵师傅。待到认清了，就露出谦卑的笑容，要请赵师傅算一卦。吃了一惊，赵小科连忙声明自己只是好玩，不给人算命的。他越是这样，对方就越是认为他是真人不露相，笑得愈加恭敬，并献出一个红包，或是捧出几个鸡蛋、两升米。骇了一跳狠的，赵小科只有匆匆逃离现场，留待钱威他们把这些迷信坨坨打发回去。

但赵小科显然低估了这些人的虔诚之心，不久，就有人摸到他的宿舍来，轻轻地然而是很有耐心地敲门。还以为是哪个同事来了，赵小科打开门一看，一个脸如核桃的老太婆上身朝前倾，几乎要与地面平行，头却努力往上仰，很用功地对着他笑，露出仅存的两三颗牙齿。看着她站在那里不住地打颤，脚脖子处瘦如柴棍，赵小科实在狠不下心来把老人拒之门外，只有让进来，给她算了一卦。千恩万谢了一通后，老人硬要留下八个鸡蛋，一路颤巍巍地走了出去。怕她在楼梯间一个没走稳，把身子跌坏，赵小科要扶着她下去。老人顿时惊得手脚都不晓得往哪里放，连说，要不得，要不得。

也不去理会到底哪里要不得，赵小科霸蛮把她搀到楼下，才松了手。老人眼泪汪汪地道，你是读过书的贵人啊，还要你来扶我，会折了我的寿的。

赵小科从没听过还有这种说法，倒惶惑起来，也不知老人是在夸自己还是在怨自己。好在老人接下来又夸奖他是菩萨心肠，一手好卦，跟刘伯温一样，将来是要做大老爷的。没想到这老人居然还知道刘伯温，还把自己跟刘大师相提并论，赵小科搓着手，被表扬得不知道该怎么做才好。老人弓着背走远了，一步一颤。看着她孤凄的背影，赵小科心里极不好受。

从这后，别人要来敲宿舍门，赵小科一律要问清是哪个，才决定开与不开。但这办法也难不倒那些善男信女，他们纷纷找关系，托门路，打听自己的哪个亲戚跟人民银行的干部熟。反正飞龙县城只有一巴掌大，走在街上，随便喊两个人，都能扯得上关系。赵小科的同事倒还好一点，能推就推，不轻易引荐。最恼火的就是那些家属，难得有这样一个展示自己面子的机会，一听到托请，马上说，找小赵？那容易得很。我们一个院子的，天天打照面，他还要喊我阿姨呢。如果对方还送了一点东西，就更是笑容满面，包票打得那个快法，就好像赵小科是她外甥。

对于熟人相求，赵小科硬是却不过情面，万一被逮住了，只好帮忙算一卦，但东西他是万万不肯收的。对方又绝不肯收回，于是只好央请中间人日后代送。中间人当然也代转过一回，但赵小科坚定得很，讲不收就不收。东西又不好退，这些做引荐的家属又都是妇人心性，喜欢贪些小便宜，最后就难免自己笑纳了。这样就成了赵小科算命，她们坐地收钱，八块钱的红包，上好的家鸡蛋，这些家属倒也受用了不少，于是引荐得更加积极。赵小科实在难以应付，上班来找他的，他就说上班时间，不能做其他事。下了班，在食堂吃完饭，他干脆就不归屋，直接到外面转去了。转了半个月，飞龙的大街小巷，几乎每一寸都印上了他的足迹。

这天他经过大井，往前面插进长长的巷子，走到尽头，就是一片开阔地。这里原来是国营蔬菜场，后来垮了，就变成了贫民窟。两边的房子大都低矮，往里面一望，黑如洞穴。但外面的平地还很宽敞，暂时还没有什么当官的思谋着在这里修别墅。地里种了不少芹菜、香菜和四月蔓之类的东西，中间还有一条两米宽的沟，里面是活水，直接流往资江。六月的天暗得晚，晚风中又有了一点凉意。赵小科沿着沟边慢慢地走，看着远方的夕阳，心里惬意得很。不知觉间他就走到了小井边。

说是小井，其实方圆也有一丈宽，只不过是用水泥盖封住，上面留个三尺见方的口子。谁要用水，就把带绳的桶子放下去，在水面上来回掠个两下，手往下一带，就吃住了水，等手上的绳子绷直了，那就是灌满了，可以提上来了。这时正是小井边最热闹的时候，女人们都在这里打水洗菜。也有几个小孩赤条条的，捧着个桶往身上倒井水。半桶水淋下去，小孩们皱着眉，大喊舒服。赵小科在一边看着，想着井水的那股冰凉劲，羡慕得很。来了生人，女人们自是敏感，都拿眼睛偷偷地瞟。待到看清了，都迅速收回目光，脸上露出不屑之色。也知道自己的长相不讨好，甚至是招人嫌，赵小科正准备悄悄地撤退，却听到有人在身边叫，赵师傅。

转头一看，那位首次来敲宿舍门的老人正仰望着他。身边站着的妹子，挽了一篮洗过的蔬菜，在羞怯地笑。不敢多看那妹子，赵小科低头跟老人聊了两句，就要走开。老人却一把扯住他的衣角，生死要他到屋里去坐坐。赵小科并不如何推辞，跟着她们走。从背后打量，那妹子大概只有一米五，但长得很匀称，并不显得如何之矮。只是相比之下，那个篮子未免显得大了些。两次想提出帮她提篮子，但话冲到嘴边，赵小科又咽了回去。横穿过菜田，上了土坡后，又拐了个弯，到了栋土砖屋前，赵小科心想，就是这里了。

堂屋里实在是简单，除了一个神龛，一张黑油油的矮脚桌，几把竹椅外，大概只有那进进出出的几只鸡了。好在赵小科是农村里出来的，这么简陋的屋子，他也住过的，所以并没有什么感慨要发。妹子端了杯茶出来，赵小科赶忙接着，大着胆子近距离看了那妹子一眼，妹子也正在看她，两人目光一弹，马上又扭到一边去，都红了脸。老人说，娥妹子，快去煮饭，多炒两个蛋，再加个剁辣椒炒碎鱼仔仔。然后又很抱歉地对赵小科说，不晓得你要来，不然就要早杀只鸡。赵小科连忙声明自己吃过了。老人很生气地说，是不是嫌我屋里穷？连顿饭都不肯吃。赵小科只好闭嘴，提了两把竹椅到坪里，陪老人聊天。

说是聊，其实是老人说，赵小科在听。大概是很少有客人陪她说话，老人兴奋得很，一张漏风嘴就没停过。她告诉赵小科，自己姓李，是北坪乡人，二十岁那年就死了男人。婆家人说她是克夫相，赶了出来。娘屋里穷得连床被子都没有的，也存不住身，她只好到城里来帮人做事。后来嫁了个蔬菜场的工人，生了个男孩。但闹文化大革命的时候，蔬菜场和外面搞武斗，死了不少人，她男人也被车尖的钢管刺穿了肚子。尸体运回来的时候，肠子都流了出来，惨得很啊。想着就守着儿子过日子，没想到儿子要替他爸爸报仇，也出去搞武斗，打死了不少人。等到上面搞整顿，还派了军队，儿子被喊去问话，就再也没回来过。自己跳了三回井，都被人救了上来。后来想着是老天爷不肯收，只好挨一天算一天。

有天晚上李奶奶睡不落觉，听到外面有小毛毛在哭。哭得那个凄惨啊，让人心里发酸。摸出去一看，就在门口躺着个月里毛毛，裹在一床小棉被里，向天大哭。晓得是做了亏心事的人丢下的，只有先抱进来，点起灯来一看，小孩居然不哭了，一双黑亮的眼睛很温顺地看着李奶奶。棉被中还掖着个信封，打开看，里面装着这小孩的生辰八字和五十块钱。李奶奶越看越心疼，这一抱就再没送出去过。小孩就跟她姓了，叫李冬娥。很灵性的一个妹子，又贴心，跟亲生的孙女没区别。就是从小没吃到什么好的，个子生矮了。后来读完初中，实在是读不起了，就去学做裁缝。本来出师后可以单独立门户的，但没钱开铺子，只好帮别人做。有人邀她去沿海打工，她不肯，说是要陪奶奶。真的是个好妹子啊，可怜到现在都不晓得亲生的父母在哪里……

李奶奶絮絮叨叨,赵小科却并不觉得她啰嗦,反而听得很入神。听到伤心处,几乎要陪着老人一起落泪。不知觉间天就暗了下来,李冬娥在里面喊他们吃饭了。屋里开了灯,十五瓦的亮度,就照得见围在桌子边的三个人。这样的环境,赵小科却感到很亲切,仿佛又回到了偏远山坳中的家里。虽然是再简单不过的炒鸡蛋、剁辣椒炒碎鱼和白菜汤,口味却很好。赵小科就像没吃过饭一样,胃口甚佳,居然又消灭了两大碗。见他不嫌弃自家的饭食,李奶奶很是高兴。看着客人把菜吃完了,李冬娥也偷偷地松了口气,觉得这人虽然长得不怎么样,但很实在,一点都不摆架子。吃完了饭,李奶奶就请赵小科为李冬娥算命。这是赵小科自出名后算得最情愿的一卦,也是最为紧张的一卦,因为他生怕卦象于李冬娥不利。好在根据后天卦的显示,李是少小孤零,长而有靠,一生性格温顺,越到后面福气越足。这一卦算出来,李奶奶咧开嘴直笑,李冬娥眼睛发亮,赵小科也落了心,由衷地替李冬娥高兴。

以后蔬菜场就成了赵小科散步必经之地。李冬娥经常在小井边洗菜洗衣服。碰上了,两人都要聊一会。赵小科是不喜欢说话的人,大部分时间就是望着李冬娥傻笑。尽管被他望得红了脸,李冬娥还是没有避开。她并不认为自己会喜欢赵小科,只是觉得人家是国家干部,有大本事,人又好,肯跟自己结交,当是一种荣耀。她告诉赵小科,那天他在自己屋里吃了饭,奶奶一直都不肯扫地,还把左邻右舍喊到家里,指着地上的脚印说,这是国家干部走过的路。说完,李冬娥就自己捂着嘴,咯咯地笑了起来。

赵小科心里倒觉得有点沉重,他知道像李奶奶这样的人,吃过太多的苦,一辈子谦卑,把吃公家饭的人当成了神。其实呢,好多公家人并不觉得值得尊敬。不过这话,他只是闷在心里。因为自己能跟李冬娥亲近,有一半也是因为具有公家人的身份。有生以来,除了自己的姐妹外,赵小科从没有跟别的女孩连续讲过十句以上的话。现在李冬娥给了他这个机会,除了小心翼翼地把握外,赵小科实在不敢乱说话。

为了逗她开心,赵小科也结结巴巴地讲了件趣事。他二爷解放前从乡里进城,看到城里人家里亮起电灯,羡慕得要死,赶快跑到商店里买了一个。回来后,他把大家喊到屋里,神气十足地亮出灯泡,说这是神仙灯,风吹不熄,雨打不灭,然后拿根绳子把灯吊在梁上。大家仰着脖子望了半天,还没看到亮。他二爷就跳了起来,指着灯泡破口大骂,你是什么妖精灯喽!嫌贫爱富，到城里就亮，到了乡里就扳翘，什么东西？最后他把灯泡一把扯下，摔了个稀烂。

李冬娥听了，笑得差点掉进旁边的水沟里去。她很少这么开心过，所以当赵小科要回去的时候，她竟然有点恋恋不舍。

虽然一天见不到李冬娥，赵小科就觉得活着索然无味，但他轻易不到李奶奶家里去。因为去了必然是一番招待，而李奶奶的家况，实在是招待不起的。其实他很想提点菜过去，但这是自家人才有的做派，赵小科不敢造次。有天人民银行发了两大包洗衣粉，赵小科想着送这个应该没关系，散步的时候就提了一包过去。李冬娥正在井边洗衣服，用的是马头牌肥皂。赵小科把洗衣粉递到她面前的时候，井边所有的人都望着他们。有妇人笑着高声说，娥妹子，你对象就好啦，给你买起这样的高级东西来。国家干部硬是不同些。

李冬娥耳朵都快烧融了，低着头，不肯接。手伸在半空，赵小科收回也不是，不收也不是。两个人就僵在那里了。又有人说，娥妹子，你不要，我们就拿过去了。

李冬娥不应，心里竟有点恨赵小科，蹲下去继续洗衣服。赵小科的犟劲也上来了，把洗衣粉往地上一放，说，这是我送给你奶奶的，谢谢你们那餐饭，然后转身就走。他走得飞快，低着头，一路前冲，好像下定了决心，永远不会回头。看着他的背影渐渐成为一个小黑点，李冬娥心里腾起百般滋味，一时竟忘了手中的衣服还没洗完。

洗衣粉拿回了家，李奶奶看到了，问清来历，自是一番感慨万千，说，赵干部是个讲情义的人啊，我们这样的人家，他也肯送礼，然后又大有深意地看了孙女一眼，说，娥妹子，你年纪也不小了，总不能守着我过一辈子。

一听这话，李冬娥翘起嘴巴说，我就要守着你过一辈子。

李奶奶摇摇头，小毛子，净讲些空话。告诉你，找个好对象，奶奶也可以跟着你们一起过。最好找个李干部这样的人，对你好，对奶奶也好。

李冬娥不应她，说，要做饭了，就拐到后面厨房里去，心里想，我才不找他呢，丑又丑死了。

李奶奶却不死心，老是念叨着要杀只鸡，喊赵干部到屋里吃餐饭，也算还了他的礼。有时李冬娥在井边洗衣服，感觉有人走近，以为是赵小科来了，正准备把脸板起，谁知又不是他，心里竟然涌起一阵失望。她想那天自己是不是做得太过分了。人家毕竟是个国家干部,这样对他,也太折他的面子了。下次见到他,定要陪个笑脸,才对得起人家。但过了两个星期,赵小科连个影子都没出现。李冬娥倒有了气,心想,不来就不来,谁稀罕。但深夜不眠时,眼前却老是晃动着赵小科那张脸,丑陋,但亲切。尤其是望着自己时的那种眼神,是毫不掩饰的深情流露。不像蔬菜场那些游手好闲的年轻人,眼睛里全是贪婪,像是一口要把自己吃掉似的。又想起自己的身世,李冬娥心里悲感愈深,眼泪就无声地流了出来。

第二天早上,奶奶从坛子里摸出一打鸡蛋,装在篮子里,盖上块布,说是要去李干部那里看看。拖着她,李冬娥硬是不肯放。奶奶挣她不过,喘着气说,你现在大了,力气也有了,我也奈你不何了。

李冬娥眼泪马上就奔出来了,边哭边用手背擦着眼睛说,街上车多,我是怕你撞了。上次你一个人跑去算命,回来后才告诉我,我怕得要死。你要是在家里坐不住,就在蔬菜场串串门好了。

小毛子,还来拦我的路。飞龙县的哪一条街,我没有走烂过。我这把老骨头,还动得了,不用你来操心。

见奶奶气呼呼地硬要冲出去,李冬娥心里一急,说,那我就去替你送好了。此话一出,她的脸无端就红了,仿佛发现自己早就藏有这个心思似的。

李奶奶马上眯笑眯笑地看着孙女,你要去,也好,莫把蛋打烂了。记得跟铺子里请个假。

应了一声,李冬娥进了里屋,换上唯一的好衣服。这衣服还是出师那天,师娘特意给她做的。穿了三年了,还是没退色,足见料子好,过得旧。她还不知道人民银行的门开在哪一向,等李奶奶给她交代清楚了,才出了门。心跳了一路狠的,也不知走了多久,才到了人行。门卫王东春以为又是找赵小科算命的,不耐烦地说,他上班不算命,你下班再来。李冬娥连忙声明自己不是来算命的,是来给他送鸡蛋的。王东春又上下把她刮了一眼,问,你是他哪个喽?

妹妹。

王东春这才客气了一点,让李冬娥过关,并告诉她往左边的小铁门拐进去。

到了发行股,大家听说是赵小科的妹妹,都很客气,让座的让座,倒茶的倒茶。钱威说,你来之前怎么不打个电话喽,赵小科到市里搞培训去了。

心里一阵失望,李冬娥几乎想哭出来。李锦成端上来的水,她碰也没去碰,就站起来,说要走。怕她远道而来,连个住的地方也没有,钱威就要她先住在行里招待所。李冬娥忙说自己家里就在城里。大家笑着目送她挎着个篮子走远,心里却嘀咕,赵小科还有个城里妹妹,怎么一直没听他说过?

赵小科在中支搞了半个月的反假培训。本来依他的水平,可以到这里来讲课了。黄建国的意思,本想派另外的同志,但赵小科坚持要来,也只好批了。这里并没有什么新的业务可学,他只不过想逃避而已。如果还在飞龙,他真不知道自己能忍住几天不去蔬菜场。但男子汉的自尊又告诉他,不要再去丢人现眼了。在中支的半个月里,赵小科也没怎么听课,就拿着本《周易》在看。到了晚上,闭上眼睛就晃动着李冬娥的娇小玲珑的样子。不怪她无情义,只恨父母没把自己生好。从小到大,因为这副丑样,不知遭了多少白眼和冷嘲。他只想着这世间,总会有一个人不在乎他的长相,而更看重内涵,所以硬撑到如今。本以为找到了,到头来却是一相情愿。早知如此,真不必到这世上来走一遭。他是很少流泪的,心里早结了层壳,但在中支的这十五个晚上,倒有十个晚上眼睛是湿的,总是到半夜才入睡。等培训结束后,他整个人竟瘦了一圈,不过精神倒上来了,不像培训期间那样神色恍惚。因为他想好了,等到父母过世后,就辞去人行的工作,到南岳去出家,在山中好好把《周易》读透,青灯黄卷,了此一生。

回到飞龙,大家看到赵小科,都以为他在那边发狠学习业务,不然怎会瘦了这么多?感动之余,钟浩告诉赵小科,他城里的妹妹来过。

赵小科一时倒懵了,我城里没有妹妹啊?

见他不信,钟浩用手比画了一阵:就这么高,小小巧巧,眼睛很大。还没等他比画完,赵小科就猛然想起是谁了,顿时堕入一种突如其来的巨大喜悦中,半天说不出话来。大家看到赵小科眼睛亮得出奇,都意识到他这个城里妹妹来历有点蹊跷,你看看我,我看看你,面露神秘之微笑。

当天下午,查了库后,赵小科跟黄建国请了假,提着两包南山奶粉,两包蜂乳精,直奔蔬菜场而去。到南岳出家的念头,早就被他抛到了云南四川去了。

半年后,赵小科带着李冬娥到人行大院里正式亮相。这乃是真正的新闻,大家纷纷赶来鉴赏。那些错过了观摩的人,只有央求别人描绘赵小科对象的样子。宋小红连声追问别人,真的是很秀气?见对方很肯定地点头,绝无半点犹疑，宋小红便怅怅而去。待到下次见到李冬娥本人，并没有传说中的那么好看，宋小红这才称了心，然而对李冬娥格外热情，仿佛她是赵小科的姐姐一样。

赵小科结婚的那一天，龙向阳做了热情的发言。大家都有点奇怪，赵小科硬头硬脑，有几次都当面顶撞龙向阳。有次为了发纪念币的事，他态度激烈，几乎是在跟龙向阳吵架。要是换了别人，早就被龙向阳整到裤裆里去了。但赵小科却活得好好的，甚得龙向阳的信任，据说副股长的任命很快就要下来了。大家在背后琢磨了半天，最终只好叹服龙向阳到底不是一般人，知道赵小科最适合搞发行，而且跟他顶撞是性格使然，并非怀有异心，所以能容其小疵而用其所长。但钱威却始终很疑惑，自己绝没有像赵小科那样严重顶撞过龙向阳，怎么就得不到重用呢？

只有赵小科心里明白，这里面还有一个重要的原因，就是他能为龙向阳提供一项特别的服务。龙向阳在会上三句话离不开马恩列毛，平常做事也是下手重，做得绝，并不担心会有什么报应，好像是一个彻底的唯物主义者，然而知道赵小科能用《易经》预测凶吉后，他就把赵小科喊到办公室，关上门，请他算了一卦。卦象就四个字：亢龙有悔。龙向阳不懂，赵小科老老实实地解释了一通，意为飞得过高的龙，会有悔恨。脸色顿时阴了下来，龙向阳沉吟半晌，叮嘱他不要外传。此后龙向阳有什么举措，总要喊赵小科来算算凶吉。赵小科是个守口如瓶的人，行里人也就无从知道龙行长的某些英明决策还跟他有关，对此老龙很是满意。所以这个即将来临的副股长任命，有一半倒是搭帮了《周易》。他还明白，几年后副股长将变为正股长，而他在发行的岗位上，将干上一辈子，在股长这个职位上退休。但赵小科已是很满意了。看着身边笑靥如花的李冬娥，他觉得没有什么不满足的了。而他以后要做的，就是保持住这份完满，正如《周易》上所说：乐天知命，故不忧！

编号:022

姓名:钱　威

钱威身高不到一米六,长着个四四方方的大脑袋,一双眯眯眼四处乱瞟,走起路来像是在蹦。他是飞龙人行第一个正牌本科生,一九九二年从财经学院毕业。刚分下来的时候,自觉学历过硬,昂首四顾,踌躇满志,晋见龙向阳的时候,也是挺着胸脯,毫无谦卑之态。本来赵人瑞很想把他要过去,作为笔杆子培养,在行务会上特意提了这事。龙向阳开始也有此想法,但看到钱威一副武大郎的形象,居然在他面前摆出武松的姿态,心里未免不快,决定杀杀这个本科生的威风,把他放到发行股做管库员。

满以为自己会受到重用,没想到却被发配去金库搬票子,钱威极度不爽。在谈话临将结束时,龙向阳要他好好工作,他勉强用鼻子应了一声。龙向阳本来只打算把他在底下压个一年,再提上来搞材料,但见钱威居然以鼻音来回答他,顿时决定把时限再延长。

进行的头三年,钱威就困在发行股数票子。要说这个活计,他还干不过李锦成、陈卫东这样的中专生——人家在三湘金融学校的时候,受了三年的专业训练,指法又快又准,闭着眼睛都不会点错的。钱威在财经学院苦心操练的那些高深理论,全无用武之处,只好屈尊向李锦成他们学习点钞基本手法。只是他的手指又粗又短,点起钱来像是在一张一张地往下扒,得到了股里同志的放肆嘲笑。好在钱威脸皮厚实,就算再多的人来围观,他也面不改色,有时还会跟着大家一起笑。见他这个态度,旁人也就不好再出言讥讽,反而热心地予以指导。奈何为天赋所限,钱威的点钞票技术始终只在入门水准线上徘徊。

钱威点钞功夫欠佳，打起算盘来也像是在练大力鹰爪功，经常带子，但没有人认为他水平差。这家伙非但博览群书，说起话来头头是道，而且心算能力极强。每天下午对库的时候，站在码成堆的人民币前，陈卫东把算盘打得飞快。但钱威总能在他们打完之前，把数准确地报出来。李、陈二人打得再快，也只能算作是在替他做复核。只是发行股多是些粗活儿，小学毕业的人，在这里混个两三个月，也能干下去。除了展示一下心算能力外，钱威在工作上简直找不到表现自己的途径，金融机构又随时会来出库，无法飙到外面去玩，简直是闷得死人。

钱威是好动的人，屁股在椅子上总粘不稳，扭过来扭过去，要么就把身子往后靠，脚架在桌沿上，眯着眼睛喝茶，要么就跪在椅子上，上身俯靠在桌面上，盯着一张《飞龙报》，半天也没看到翻页，要么就走过来走过去，把《驿动的心》哼得七零八落。只有当金融机构来出库的时候，还可以找点乐子。那些出纳和保卫人员都是老油条，看到钱威是个嫩伢子，格外喜欢开他玩笑，见了面不是问昨天晚上又把床戳了个大洞吧，就是说怎么你的裤裆还是湿的。钱威开始还面露一点羞涩，但很快就适应了这些痞话，一天不讲，竟过不得。金融机构的人一出现，他就蹿过去，笑嘻嘻地说，裤子里又没金子了？又跑到我们这里来出库了。那些老油条无言以对，只好慨叹现在的年轻人真是不得了。

痞话讲得一回就只一回，还有漫长的时间需要打发。看书？钱威认为自己在财经学院把该看的书都看了，实在没有继续攻读的兴趣。读报？那满版的八股新闻就好像一个板起脸的丑女，她不睬你你也不想理它。聊天？没有谁有精力八小时嘴巴动个不停陪你聊。真的是郁闷啊，如果不改变现状，钱威觉得自己肯定会闷出病来。

过得两个月，股里的同志早上进了办公室，几乎个个精神饱满，只有钱威呈现出一副没睡醒的样子，好像是歪着走进来，屁股刚挨着凳子，上半身就摊在桌子上。过得一会，鼻子就发出长长短短、高低不一的鼾声。睡到酣美处，口水也流了出来，在玻璃案板上汇集蔓延，几乎要水漫办公桌。

开始以为不过是偶然现象，同志们并不放在心上，后来发现天天如此，就开玩笑说他是不是把白天的事放在晚上做了？此话的弦外之音，钱威假装没听懂，照样做他的白日梦，有时侧过脸来，居然还露出甜美的笑容，不晓得是梦见了什么好路。

同志们不好说他，只有向黄建国反映。黄建国找钱威谈了次话，口水四溅地指出这个样子，被金融机构的办事人员看到，成什么体统，简直是有损中央银行的形象。钱威默不作声，黄建国的口水跳到了他的脸上，也好像感觉不到，颇有古人唾面自干的涵养。见他如此，黄建国就放缓了口气，说，你是我们行里第一个本科生，要发挥点作用嘛。在发行股有那么多空余时间，你可以搞点调研，写点材料嘛。

一听这话，钱威就气往上冲，说，我也想写，但又没把我放在那个位置上。

黄建国立刻严肃地援引名人名言，是金子，在哪里都可以发光。

钱威马上说，放在粪坑里也发光么？

黄建国简直是痛心疾首，说，你、你怎么能这样说呢？

钱威也知道自己说漏了嘴，笑了一下，以示补偿。

这笑，在黄建国看来，却是胜利后得意的示威。他板着脸，挥挥手，说，你先下去喽。

钱威把发行股比做粪坑的妙喻，立刻传遍全行。在星期四的政治学习会上，龙向阳说，有些年轻的同志，态度不端正，对自己没有正确的认识。自以为读了两天书，尾巴就翘到天上去了。他不晓得实践才是检验人才的唯一标准。这样的同志，如果不改变态度，是要栽跟头的。大家立刻从各个方向把目光投向钱威。这家伙正在呼呼大睡。坐在旁边的陈卫东推了推他。钱威嘟哝了一句，莫吵呢，把头歪到另一边去。有几个人忍不住笑了起来。陈卫东重推了他一下，说，还睡？钱威这才勉强醒过来，揉了揉眼睛，一脸茫然地问陈卫东，散会了？大家立刻迸发出快活的笑声。龙向阳想发火，看着钱威那个小丑样，也忍不住一笑。

钱威虽然扮出一副油条的样子，逃过大家的谴责，但心里还是很明白，想了些办法来补救：一是熬了两个晚上，写了篇《小额货币的结构性分析》，发在了《金融经济》上，帮股里完成了全年的发稿任务，同时也亮了一下自己的实力。大家虽然装做没看到这篇文章，但私下里还是慨叹：本科生终究是本科生。二是把做春秋大梦的地点从前头的正办公室转移到侧面放资料和杂物的小房间，在那里，就算是口水流了一地，金融机构的办事人员也瞻仰不到。要做事的时候，大家再把他喊醒。三是帮股里几个搞自考的代考了一下英语。此乃帮大忙，被帮之人顿时觉得钱威这人其实还好，对于粪坑一说也就慢慢淡忘了。

钱威摆平了股里的人,上班时可以安心做他的春梦。下了班,他第一件事就是跑到厕所边的水龙头下,掬捧冷水往脸上一抹,发出惬意的叹息之声,整个人立刻就变得活蹦乱跳,然后一路小跑冲进食堂。吃饭的时候,郑亮坐在他对面,忍不住聊起《金融经济》上那篇大作,感叹道,你有这个水平,应该多写两篇。

钱威立刻露出愤懑的表情,说了句,不在其位,不谋其政,然后低头使劲往口里扒饭。把肚子填饱后,他就往外面冲。干什么?看妹子去。

在财经学院读书的时候,钱威经常望着那些胸脯高挺的女同学流口水。但没有哪个女的会多看他两眼。钱威深受刺激,从此夜夜苦读到十二点,成绩冲到了全系的前三名。奈何成绩虽能扭转,容貌却难以改变。虽然也有个女生对他示以好感,还暗送过一回秋波。但该女的体形看上去颇像乡下装酸菜的坛子,脸上笑起来又好像个烂掉的柿子,钱威被她的秋波一送,转身想逃,却发现腿都被骇软了。从此他打消了在学校谈恋爱的念头,看到携手而过的情侣,马上把头扭到一边,撇着嘴,表示出十二分的藐视。只是晚上睡觉的时候,却难免在被窝里孤芳自赏,搞得床上经常散发出一股令人生疑的气味,日子过得不是很爽。

现在好容易熬出来,单位不错,口袋里又有钱,钱威发誓要把失去的好时光补回来,四处打听哪个单位有未婚女青年。他胆子大得很,不像陈卫东、李锦成他们还要成群结伴以壮胆气,经常是孤身前往。这样做,还有一个考虑,就是深知在外形上略逊陈卫东之流一筹,比起郑亮来更是差得天远,把他们喊过去,难免会抢了自己的风头。只是女孩们看到他一个武大郎的模样,却表现出西门庆的勇敢和风流,都感到比较别扭。好在钱威口才甚佳,又穿得好,每次都能混个脸熟,不至于被轰出门外。运气好的话,还可以请对方出去吃顿饭。那些肯跟他出来的,都是在街上混的妹子。花了他的钱,把嘴巴一擦,就说白白的。请她们去跳个舞都不肯的。钱威也无所谓,下次吃饭,照样很大方地把钱往外掏。结果飞龙所有出来玩的妹子都知道,人民银行有个姓钱的冤大头。

钱威每晚上就跟这些不太正气的妹子,搞些没有希望的路,花掉一些打水漂的钱。回到行里,往往已是子夜时分。他的精神却还旺得很,直奔孙建设或者晁荣宝的房间。这个时候,往往有人被老婆喊回去。他的及时出现，让在场的牌鬼都像看到救星一样，发出热烈的欢呼声。有时稍微回来得晚点，那些人还会把头探出窗户，深情地呼唤他的名字，搞得其他人睡觉不落。

钱威在牌场甚受欢迎，表现出的水平也是本科生级的：洗牌、组牌、算牌，都是一级棒，而且很快。跟他打对手牌的经常遭受埋怨——怎么不快一点喽？何解出张这样的牌喽？唯有在牌桌上，钱威才可以威风八面，尽情展示他的高超智力，所以不放过任何一个表现的机会。连孙建设也常被他奚落。但没办法。在牌桌上技不如人，挨了骂也是白挨。其实对方出错牌，钱威并不生气，他还要庆幸要大牌的机会又来了，能够把憋在心的气发泄出来。所以他越打越有劲，越打心里越痛快。什么被压制在发行股，什么遭受女人冷遇，统统都抛到脑袋后面。

直到窗外透露一点曙色，钱威才撤离战场。不像其他人那样，一头栽在床上，把睡眠补回来一点，他回去洗把脸，点根烟，站在阳台上吹风。早晨的风带着冷意，像只冰凉的手在他脸上摸来摸去。对钱威来说，这是一天最后爽快的时候。紧接着郁闷的白昼即将来临，而他也将躲进梦里头。

钱威这种生存状态，在赵人瑞看来，简直是堕落，浪费大好青春。很想把钱威培养成替手，将来挑起写大材料的重担，所以他对此感到痛心。有次赵人瑞特意把钱威喊到办公室，给他倒了杯茶，然后上了半个小时的思想教育课。赵主任到底谈了些什么，钱威没怎么听进去。倒是给他倒了杯茶，钱威记得很清楚。这杯茶，让他心里熨帖，觉得行里就赵人瑞晓得他的分量，还把他当个人看。走出来后，他也有那么点发愤图强的意思，但转念一想，反正龙向阳对自己有看法，再发狠也是空的，只有玩才是最实在的。走出办公区小门后，左边是通往住宅区，右边是通往大门。稍稍停了一下，他还是往右边走去。

跟钱威谈了话后，赵人瑞满以为他会扎扎实实搞两篇材料上来。等了个把月，没看到动静。下去一了解，还是老样子，他心里未免有点火，在路上碰到钱威，就不怎么理睬。钱威却不生气，他心里明白，赵人瑞是为他好，也想再搞篇把材料，但不知为什么，就是提不起劲头。再加上最近他认识了个妹子，好像有那么点希望，全部的精力都放到那头去，更加不想摸笔。

妹子叫赵燕，在资江对面的紫渡镇供销社当服务员，属于集体工。大眼睛，细腰身，不穿高跟鞋，也比钱威要高半个头。抛开容貌性格不说，光从身高来看，这两人就不配对。但钱威看到她，心里就欢喜，一趟又一趟地冲过资江大桥，往供销社跑。赵燕倒是个正经妹子，平常很少出来，晚上基本就待在宿舍里。钱威头两次来，她都不开门的，只是隔着门跟他说了会话，然后恳求道，你快走喽，别人看到不好。

她越是这样，钱威劲头越大，每晚都要光临一次。供销社的人都挤在一栋木板楼上，门对门，眼睛对着眼睛的。钱威来了后，总是一一跟各位打招呼，见到个男的，还要递上根烟。承蒙人民银行的干部如此看得起，那些人都激动不已，纷纷在赵燕面前说这个伢子要得，很和气。赵燕也就不好意思再把钱威挡在外头。只是钱威一进来，她必然喊住在隔壁的陈湘妹来陪，而且把门打开到最大限度，以示光明磊落，并无不可见人之事。钱威也很理解，从不试图把门关上。他每次来，都要带上一包零食，请姑娘们品尝，然后展示自己的口才。两个妹子里面，倒是陈湘妹跟他讲的话多，经常被他逗得咯咯直笑。钱威讲俏皮话乃是一等一的水平，赵燕在旁边听着，有时也忍不住捂嘴笑。搞熟了后，她觉得钱威虽然长得不那么出众，但人倒是蛮有味的。

这样混了三个月后，钱威除了携带零食前往之外，时不时还要附送一个精致的小首饰盒，或者是一个蛮可爱的布娃娃。起初的时候，赵燕怕羞得接都不接，把手藏到背后去，再三要他带走。但钱威不管，坚决把礼物放在桌上，说，我送给你，就是你的了。你要不喜欢，丢掉就是。

赵燕无言以对，等钱威走后，她对陈湘妹说，你拿走算了。陈湘妹吃惊得连连摇手。赵燕最终也没有丢，只是把礼物收拾在一个大纸盒子里，藏在柜子里面。

交往了半年后，中间有个把星期，钱威没有出现。供销社的人就问赵燕，怎么没看到小钱？

赵燕心想关我什么事，但嘴上还是好声好气地说，我也不知道。

对方就语重心长地说，小赵，要抓紧啊。小钱是个好伢子呢。赵燕更加觉得好笑——自己怎么会看上这个矮坨坨呢？然而回到宿舍，她却有点心神不安。钱威这个矮坨坨老在她眼前蹦来蹦去。想起他嬉皮笑脸的样子，赵燕的嘴角不禁浮现一丝微笑，但紧接着又马上抹掉笑容，变得严肃起来。她简直有点生自己的气了——想那个人干什么呢？

钱威没现身，是因为在牌桌上栽了跟头，输了个塘干水尽。这个把星期里，连餐票都是向别人借的。好在很快又到了月初，工资领到手，他马上蹿到街上的精品店，花十五块钱买了个淡绿色的花瓶，包装好后，晚饭也不吃，就喊上辆“慢慢游”，一路突突响地开到紫渡供销社。赵燕正在过道上炒菜，陡然见到他大摇大摆出现在楼梯口，把脸一板，装做没看到。钱威却探过头去，问，炒什么好菜呢？然后伸手作势往嗞嗞响的热锅里夹菜。

赵燕吓了一跳，说，烫了你的手我不负责。钱威却早已把手收回，立在一旁，仿佛是在现场学习厨艺。过往的人看到他，都点头说，好久没看到你了。钱威把花瓶夹在腋下，热情地发烟。

赵燕脸上有点发热，说，你站在这里干什么？

钱威笑嘻嘻地说，那你要我站在哪里？

赵燕咬着牙齿，骂了句，死脸皮，不晓得坐到屋里去。钱威这才得胜似的进了屋。

赵燕是跟陈湘妹搭伙吃的。菜上了桌后，陈湘妹问钱威吃过没有。钱威没直接回答，却说自己到乡里搞了一个星期的调研，才回来，就来看你们。陈湘妹问搞调研是做什么。钱威说，就是调查研究，回来好写文章。赵燕冷冷地说，你也会写文章？

钱威涨红了脸，说，我的文章还发表过呢。

陈湘妹笑他吹牛。钱威站起来，嚷着就要回去拿。陈湘妹连忙说，好呢，我相信呢。

她的相信显然不起作用，钱威看着赵燕。她脸上没什么表情，只是说，没吃饭就到这里吃。

第二天，钱威把发了文章的《金融经济》带过来。看到钱威的名字居然变成了铅字，陈湘妹大为崇拜，兴奋地说，那你岂不是出名了？

钱威傲然说，那当然。

赵燕眼睛也亮了一下，却淡淡地说，就只这一篇啊。钱威马上说，还有呢，以后拿给你看。赵燕这才微微笑了一下。

接下来的一年里，钱威很少在牌桌上出现了，却不断有文章在《昭市金融》、《飞龙报》、《金融经济》、《金融论坛》上发表，跟赵人瑞合写的一篇《论商业银行的经营模式》还上了总行的《中国金融》。以为是自己的那番谈话终于起了作用，赵人瑞大为满意，不断在龙向阳面前夸奖他。却不知龙向阳一向奉行毛家爹爹的指示：凡是敌人拥护的，我们就要反对。他对赵人瑞猜忌很深，凡赵人瑞夸奖的人，龙向阳都要压一压的。等到钱威在上面也有了名气，中支的办公室主任都几次问起他，再把这小子压在发行股就有点不像话了，龙向阳就把他调整到会计股，美其名曰全面熟悉业务，反正不让你升上去。虽然识透了龙向阳的用心，但钱威却不怎么气恼，他正在被美好的爱情所滋润着，心情畅快得很。

赵燕考虑到钱威个子是矮了点，但确实有内才，发了那么多文章，自己可是一个字也写不出来的。他又是正牌本科生，将来说不定有大出息。自己一个高中生，靠着他，说不定会过上好日子。再加上陈湘妹两次开玩笑，说，你不要他，让给我算了。赵燕心里就有了危机感，左思右想后，最终答应跟钱威上街排对子。尽管每次出去她都穿着平底鞋，低着头走路，但仍然比挺着胸脯的钱威高半个头，走在大街上，格外打眼。钱威却毫不怕丑，迈着欢快的步子，得意得很。行里的同志们看到了，都大为叹服，纷纷表扬钱威厉害，不愧为本科毕业。

钱威这场恋爱，一谈就是五年。这五年里，他为了陪赵燕去舞厅玩，把国标和霹雳舞跳得利落非凡；为了显示自己多方面的才华，无师自通地写起了情诗，居然不在汪国真之下；为了讨得赵燕家人的欢心，礼物是用车子装到乡下去的；为了把赵燕从供销社售货员变为会计，他陪紫渡供销社主任打了两个月的牌，输掉了千把块钱。最后他终于把结婚戒指戴到了赵燕的无名指上。洞房之夜，赵燕把钱威当初送她的那个淡绿色的花瓶放在床头，插上了一束红玫瑰。虽然觉得绿色预兆不好，但因为是自己送的，钱威不便说什么。好在当他满怀激动地进入时，赵燕那一声发自肺腑的惨叫，证明了这五年的苦追是值得的。

结了婚后，钱威的路似乎顺了一点。听说经管股的唐光华申请调下来时，他立刻抓住了机会，要求对换，并偷偷地送了龙向阳两瓶“剑南春”。这次龙向阳倒是很通情达理，二话没说就同意了，还勉励他好好干。他当然想好好干——江平稽核股股长都做了好几年了；郑亮当了经管股副股长，主持全面工作，很快就要扶正；而李锦成据说会填那个空出的位子；跟他同时进行的陈卫东当上了会计股副股长；就连晁荣宝这个活宝也混到了保卫股副股长。他能不急吗？那两瓶酒就是在这样的满怀焦虑中送出去的。

到了经管股后，通过对金融机构频繁的现场检查，钱威获取了大量的第一手资料，文章的分量越来越重，有一篇反映银行烂账的调查报告还上了国家领导的案头。虽然前头还挂着龙向阳和江平的名字，但大家都清楚这到底是谁写的。有了如此成绩，钱威的腰杆又挺了起来，除了对赵人瑞还略略表示佩服外，在郑亮面前说话口气都很硬。郑亮虽然不悦，但股里评先进个人，他还是报了钱威。只是龙向阳找他谈工作的时候，郑亮又反映钱威有骄傲自满情绪。结果评支行先进个人的时候，钱威被莫名其妙地刷了下来。他很不服气，却不敢去找龙向阳，只是质问直接负责此事的王庆生，为什么他在总行发了文章，也不能算做支行先进个人？

王庆生慢悠悠地说，先进个人，是看综合表现，不是看哪单方面的成绩。何况那篇文章也有龙行长和江股长的功劳嘛，你的名字还排在后面呢。

几乎被噎住了，钱威顿了一顿，不怒反笑，说，是呢，我的名字还排在后面呢。

王庆生笑笑地说，就是嘛。

这才晓得世界上还有远比自己脸皮更厚的人，钱威只好谢谢他的提醒，扭身走了出去。此后他对布置下来的材料，想尽一切办法拖延，实在躲不过，就随便乱划两下，让郑亮去大改。郑亮也不硬压他，反正他自己也能动手，最多就是辛苦一点。赵人瑞看在眼里，知道郑亮虽然性格爽朗，也难免忌惮钱威的学历，心中暗叹。有次在外面吃饭，赵人瑞对钱威说，别人压你不要紧，你自己要是不上进，就没希望了。

苦笑了一下，钱威替自己倒了杯酒，仰脖一气吞了下去。

工作上没希望，钱威家庭也不见得如何幸福。赵燕原指望靠着钱威，跳出那个快要垮掉的鬼供销社，像郑亮的老婆那样，到信用社去上班。但人家股长副股长地都上去了，钱威还是原地不动。手里没权，说出的话就没人听，金融机构的一辆车都调不动，更不要说调工作了。有次赵燕忍不住说，你这个本科生，怎么还当不得那些中专生？钱威赫然震怒，在桌子上猛拍了一掌。赵燕却毫不怯火，叉着腰说，有本事到外面威风去，在自己老婆面前充什么狠？钱威气往上冲，跳了起来，把赵燕踢倒在地，一顿乱踩。满楼都听得到赵燕的尖喊尖叫。

这一顿暴打后，人民银行又多了个怨妇。赵燕开始和宋小红、吴丹艳她们同病相怜，经常凑在一起哀叹自己命不好。她们像比赛一样，竞相诉说自己不幸的境况，似乎生怕其他人比自己活得更惨。许多不堪的事都抖了出来，许多细节被无限夸大，最后连她们自己也不知道是真是假，反正彼此红着眼睛感动着，共同把悲伤的气氛推向高潮。有次赵燕说到伤心处，情难自禁，恨恨地编排了一句，钱威根本就不行，在外面不行，在屋里也不行。

宋小红捂嘴窃笑，庆幸原来赵燕也有这种苦恼。吴丹艳却很哀怨地说，晁荣宝就是太行了。赵燕这才醒悟到自己失言，但已没办法把这句话抓回来，再咽到肚子里去。

不到一个星期，全行的同志都知道钱威“不行”。晚上搓麻将的时候，孙建设面露神秘的微笑，猛然迸出一句，钱威就是打麻将行。

钱威一愣，然后冷笑道，就你行，也没看到搞出个什么名堂来。

孙建设的脸顿时变得铁青，因为他小时候发高烧，把睾丸烧坏了，虽不影响做爱，但无生育能力，儿子是抱养的。其他人都不敢做声。这一晚麻将就打得很闷，只有抛子的声音格外响。最后一盘钱威要冲账，孙建设硬不肯，两个人几乎要打了起来。后来钱威还是甩下了四十块钱，才得以脱身。平常打麻将起码都到凌晨两点，这次却早早地散了。钱威走出一栋一单元，重重地吐了口气，点燃一根烟，抬头望了望星空，眼角突然有点湿润。在操场上转了两圈，他才往自己住的那一栋走去。

走到楼梯口时，钱威看到龙向阳从上面下来。龙向阳对他很亲切地笑了笑，说，小钱，才回来。钱威也咧嘴一笑。两个人擦肩而过时，钱威恍惚中闻到一股淡淡的香气。走到楼梯的拐弯处，钱威又往下看了看，楼梯口空空如也，仿佛刚才看到的只是一个幻影。这栋楼住的都是年轻职工，龙向阳平时很少涉足的。钱威满腹狐疑，突然想起有关龙向阳的一些传闻，心就怦怦地跳得厉害。

他几乎是冲到自己屋门口的。

开了门后，赵燕正坐在客厅的沙发上，在想什么事情。钱威进来后，她只当没看到。往常钱威都是去洗个澡，然后蒙头大睡。但现在他径直走到赵燕面前，死死地盯着她。赵燕没好气地说，你看什么看？说完却把眼睛转到一边，脸上似乎有些红晕没有消退。

龙向阳到这里干什么？

赵燕眼睛里掠过一丝惊慌，把嘴唇咬得铁紧。

你们做了什么？

钱威声音一高，赵燕却恢复了镇定，冷冷地说，人家是行长，到我这里来坐坐，我未必还把他赶出门去？

他跟你说了什么？

他说要帮我解决工作。

“啪”，钱威一巴掌，几乎把赵燕的脑袋打脱。

这一夜，除了花瓶碎在地上的声音外，钱威房子里倒是异常平静。第二天，供销社的同志惊奇地发现，赵燕又搬了回来住。但她只住了两个月。两个月后，她正式调到了城市信用社。不过这时候，她已经不是钱威的妻子。她后来又结了婚，老公在人民医院工作，老实巴交的一个人，长期埋首于业务。他经常值夜班，赵燕却毫无怨言，让他非常感动。

钱威有时也到信用社去检查，碰到赵燕，彼此都当做不认识。

龙向阳垮台后，陈卫东放出风来，说这件事是钱威在背后戳起别人告的。王庆生听到了，本来想把钱威再放到会计股的，马上就打消了这个念头。后来稽核股撤销，从经管股里分离出一个农金股，钱威还被提了个副股长。这个结果，倒是陈卫东意想不到的。钱威也没怎么欢喜雀跃，好像被提的是别人。他这时早已不写文章，天天打麻将到半夜。早上来股室打了个转，看看没事，就跑回去睡觉。只有到下面检查，钱股长才表现出一点积极性。

编号:023

姓名:陈卫东

陈卫东走起路来,眼睛总是盯着地上。就算是王庆生迎面走过来,他也当没看见。唯独跟龙向阳碰在一起,他的目光就变得敏锐起来,会抬起头来,很恭敬地喊一句,龙行长。刚进行的那段时间,同志们都反映小陈有点冷,不太爱跟人打招呼,龙向阳却不同意,说,我看他还好啊。大家就不做声了。当陈卫东在中支举办的珠算比赛中取得头名后,龙向阳又在大会上做了表扬,并宣布把他从发行股调到会计股,以便更好地发挥其才能。同志们见状,便纷纷称赞小陈这伢子要得,不多说话,脚踏实地。

孙建设虽然不太欢迎陈卫东过来,但人家是业务尖子,会计股又缺人,找不到拒绝的理由。他唯有板着脸,强调了一通会计股工作的重要性,告诫陈卫东不要随便离岗。依然是看着地面,陈卫东脸上没什么表情,最多是鼻子嗯两声,表示他在听。心里有点憋气,但孙建设就是发不出火。陈卫东,也就一学生娃娃,刀脸白净,镜片后面的目光闪烁不定,但孙建设对他就是有点畏惧。为什么? 不知道。

其实对孙建设那副土匪相,陈卫东也有点怯火,尽量不与之接触。就算业务上遇到什么问题,他宁可自己琢磨,也不想去看孙建设那张烂脸。每天除了做账,陈卫东就是把股里积存的那堆业务书一本一本翻出来看。后来省里举行会计知识竞赛,他冷不防得了个第二名,把江平都比了下去。股里的那些老同志顿时对他都敬畏起来,看到陈卫东埋首书本,经过他办公桌时,脚步都不由得放轻。他上班看业务书和自考书,下班回到宿舍,手里还是捧着本书,不过已变成了武侠小说。

陈卫东从小就喜欢看武侠，经常躲在被窝，打着个手电筒看，小学四年级的时候，就把眼睛看得鼓了出来。在三湘金融学校读书的时候，他桌上经常摆着一本书和一本笔记，听课时眼睛盯着书本，笔在本子上画，让老师认为他很专心。其实那本书的作者往往是卧龙生或者柳残阳。好在陈卫东总能考进前五名，就算被班主任撞到了，顶多是敲敲他的脑袋，绝对不会没收的。现在到了单位上，陈卫东更是得到了空前的解放。不过他从不买书，总是到街上的书铺租着看。有次晚上九点钟，冬雨敲窗，寒意如针。江平从王小容宿舍回来，在大门口碰到陈卫东，见他打着把伞，手里卷着本书，不停地吸着鼻子。

你到哪去？

还书。

这么冷，你不晓得明天还？

看起来劲了，只想把结尾看完。

见他兴致这么大，风刀雨剑都不能挡，江平只好叹服。走出几步后，只听得背后一声响。转过头去看，陈卫东正从泥地上爬起来，身上污痕累累，颇有武侠小说中的丐侠风范。

不要紧吧？

没事。陈卫东说完，撑着伞，继续在冷雨里行进。看着他的背影，江平摇了摇头。

第二天上班，陈卫东的鼻子吸得更加响。江平要他到医院看看，他还是说，没事，然后低头做账。要他多加件衣服，他外衣里面还是套件毛线背心。按陈卫东的说法，是穿多了感觉臃肿，牢不舒服。结果他吸了一冬的鼻子，所幸并没有发烧卧床，一直精神旺盛地工作着。

来年春天，县里搞社教，人民银行要抽个人到偏远的庙田乡去。龙向阳就点了陈卫东的名。这并不是个什么美差，孙建设还希望陈卫东以工作上抽不开身推脱，这样他也可以在股长会上请求行里另派人选，不要把这个业务好手弄去了。但陈卫东在老龙面前从不说二话，点头应了声好。这态度，让龙向阳大为满意，表扬陈卫东在关键时刻总是很拿得住。陈卫东一改冷傲之态，谦虚地说，哪里。

他这一去就是整年。一年后晒得黑黑地回来，还带了个妹子，让行里人大跌眼镜。妹子是盐业公司的出纳。她爸爸是陈卫东这个组的组长，天天混在一起的。他看陈卫东脑子活，是个有出息的模样，便断然把自己的千金介绍给了他。妹子叫艾荷，名字颇有诗意，奈何模样不敢恭维。行里人原以为陈卫东心高气傲，努力攒钱，怕是要找个仙女做老婆的，都骇得不敢跟他做介绍。现在看到艾荷，都松了口气。陈卫东却是一直没谈过恋爱的，急于探究女性的身体结构，二十三岁那年，就跟艾荷结了婚，竟然比李锦成他们还要早。钱威听到此讯，扁着个嘴巴说，陈卫东怕是饥不择食哦。其他人只是笑，觉得钱威不愧是本科毕业，这饥不择食四个字实在是用得好，用得妙。

陈卫东结婚后第二年，就生了个儿子，取了个小名叫伟伟。他母亲欢天喜地地从乡下跑过来，要带这个小孙子。艾荷却嫌乡下老人举止土气，又不太讲卫生，坚持让自己的妈妈来打招呼。陈母见插不上手，未免失落，经常坐着发愣。这一来，艾荷更觉得她碍眼，脸色难看得像是碰上了叫花子。陈卫东讲了她两句，艾荷的眼睛便鼓了出来，我刚跟你陈家下了崽，你就这么对我？你嫌我是不是？你嫌我我就带着崽出去，让你们耳目清静。然后又是抹眼泪又是抿鼻涕。伟伟受到惊吓，在她怀里大哭起来。慌得陈母连连批评陈卫东不懂事，并安慰艾荷，要她不要跟这个剁脑壳的一般见识。艾荷却不领情，冷着脸说，你的崽是剁脑壳的，那他的崽算什么。陈母无话可说，只有站在那里，讪讪地笑。过了两天，她就打上包裹回去了。

艾荷对陈母刁蛮，对陈卫东倒还不错，一日三餐，端茶送水，服侍得熨熨帖帖。她还垄断了陈卫东的买衣服权。婚后陈卫东身上从里到外，皆由艾荷亲自把关。料子当然是不错，内衣内裤和外裤也是蛮合身的，唯独外衣永远好像是大了一号，挂在陈卫东身上，有点空荡荡的感觉，颜色则普遍趋于灰暗。陈卫东倒是无所谓，衣服大一点就大一点嘛，穿着宽松，不拘束。尹桂花她们却在背后议论，说艾荷是怕把陈卫东打扮得漂亮了，在外面招妹子，所以故意买些这样的大号衣服来给他穿。

到了年底，人民银行刷新行风行貌，在昭市的金豹西装店给每人定做了一套行服，毛料，深蓝色。衣服运回来，大家都踊跃试装，似乎手脚慢一点，那套行服就不是自己的了。郑亮穿出来，那端的是玉树临风。钱威则活脱是个土坛，糟蹋了一身好料子。陈卫东的这身，因为艾荷未能跑到昭市去亲定尺寸，所以颇为合体；蓝色又很衬他的皮肤，配上金丝眼镜，乍一看有点小白脸的味道。头次在衣着上得到了同志们的赞扬，陈卫东兴头很足，还在郑亮的指导下打起了领带。下班后回到家里，艾荷瞄了他两眼，蹙起眉头说，丑死了。

别人都说好看。

别人是哄你的，你还悟起蛮有味。

陈卫东也懒得跟她争论，抓起本《快刀浪子》，眼睛就移不开了。写得再烂的武侠，他也能看得津津有味。什么人物塑造、小说语言，他都不管，只要打得热闹就可以了。看陈卫东二郎腿一跷一跷，艾荷心里更是不舒服，在厨房做菜的时候，把案板剁得雷响。

第二天爬起来，陈卫东去找衣服，却发现行服不见了，摆在凳子上的是件灰色羽绒服。陈卫东突然就来了火，穿着条短裤就冲到客厅，向艾荷追问行服的下落。艾荷眼睛一鼓，我告诉你丑死了，你还穿什么？

我就要穿。

哦，现在我买的衣服你不稀罕穿了？

这是行服，行里规定要穿的。

未必你不穿龙向阳就要开除你，我就不信呢。

你给我找出来。

我不找你怎么样？

那好，我今天就不穿衣服了。

你莫穿就莫穿，反正冻死的不是我。

刷牙洗脸后，陈卫东真的就穿着件毛线背心，准备下楼去食堂吃早餐。艾荷在背后喊道，陈卫东，你怕真的去现世。

又不是现你屋里的世。陈卫东冷冷地说了句，俯身去换皮鞋。等他站起来，一件衣服飞过来盖住他的头，伴随而来的是艾荷有点凄厉的叫声，你喜欢穿就穿一世。

行服只有一套，陈卫东不可能老是穿在身上。大多数时候，他还是披着大一码的衣服飘来荡去。过了个把月，行服上衣的袖子上多了两个可疑的洞。按艾荷的说法，是老鼠咬的，并表示马上得去买老鼠药，免得把伟伟咬着了。很久没听到老鼠响动了，陈卫东对此说法表示怀疑。透过镜片他去瞄艾荷，这女人的脸上没什么表情。转念一想，烂了烂了吧，太合体的西装，穿在身上绷得有点难受。

陈卫东被艾荷看得紧，无法像钱威那样到外面潇洒走一回，全部心思便都倾注在了业务上。中支举行的会计业务知识竞赛，他回回拿第一，得了个外号叫“东方不败”,为龙向阳挣足了面子。江平调到经管股去后,陈卫东更是成了会计股的顶梁柱。孙建设什么事都往陈卫东身上堆,反正不怕把他压死。任务交代下来,陈卫东从不讨价还价,应了声好,就立刻去做。有次孙建设突然来了兴致,要现场指导陈卫东两手。才讲了一句,陈卫东就说,孙股长,你要是信任我,就放手让我做。不信任我,就喊别人做,我没意见。

孙建设嘴巴像是被突然冻住了,张开在那里。旁边的人互相看看,吐了吐舌头。陈卫东却神情如常,继续盯着眼中的活计。看了他足足有两分钟,孙建设没做声,就青着脸走开了。事情传开后,王庆生提出是否找陈卫东谈谈。龙向阳说,不要找。以后孙建设照样当他的甩手股长,陈卫东照样做他的事,彼此倒也相安无事。

到了年底,行里评先进个人,孙建设没把陈卫东的名字报上去。结果出来后,大家私下里纷纷向陈卫东表示,自己是投了他的票的。晓得这件事无法查证,陈卫东只说了句,感谢,也没去行里反映。到了中心支行评先进个人,陈卫东的名字却赫然出现在榜上。本来获得中支先进个人提名,必须先是支行先进个人。但龙向阳却指示办公室,必须把陈卫东报上去。这等于当众打了孙建设一巴掌。孙建设还做不得声,只在背后骂了两句,见到陈卫东,脸青得更加难看。但陈卫东总是看着地下,他的脸色只能吓到别人。

四年后,孙建设在争总稽核一职上中箭落马,被流放到了保卫股。龙向阳提出由陈卫东出任副股长主持工作。王庆生担心指挥他不动。龙向阳笑了笑,说,亏你还是主管行长,根本就不了解陈卫东。他是个不要多管的人。工作上的事,你指派下去,其他的,根本不用操心。

王庆生还想替尹桂花争取一下,龙向阳却已开始下一个议题。这个小插曲,很快就有人传到陈卫东耳朵里。此后王庆生向他传达工作,他总好像没在听一样。但要指责他不上心,也无从谈起,因为他每件事都落实得很到位,屡次得到上级检查组的表扬。只要陈卫东把事做好,王庆生也就阿弥陀佛,不去计较他的态度了。

陈卫东提副股长的第二年,股里新分配来了一个小妹子,叫段菲,师范毕业,专业跟金融根本就不搭界。但因为她爸爸是小梁县人行的副行长,也就搭界了。段菲才十九岁,水色好,打扮入时。王庆生把她领到会计股报到的时候,陈卫东看了一眼,顿觉呼吸有点困难,不敢久视,遂低头去瞄桌面上的账本。段菲说,陈股长,多关照哦,然后发出一串笑声,清脆如早晨才担出来卖的时鲜水果。

定了定神，陈卫东就把自己兼起的国库复核那一块打给她。一般股里来新人，都是由事后监督谢明带一带。这次陈卫东却于百忙之中抽出时间亲自指点，每天都要亲密接触半小时以上。陈卫东在里面的那间小房子办公。段菲碰到什么小问题，总是不愿自己去想，一路飘到陈卫东面前，蜜笑着说，陈股长，你快来看看。

陈股长很听话，默不作声地站起，跟到段菲的办公桌前，瞄上一眼，两句话就讲清了。段菲说，陈股长，你好厉害哦。

钱威在一边说，陈股长样样都厉害，你要好好学一下哦。

陈卫东努力想板起脸，但嘴角边仍逸出一丝笑。

这阵子，艾荷发现陈卫东不太对头，动不动就发无名火，连伟伟都不太敢去沾他，总是缩在角落里孤独地玩着变形金刚；在床上也缺乏过去那股刻苦钻研的劲头了。艾荷翘着嘴巴说，是不是对老婆没兴趣了？

骂了句神经病，陈卫东就翻过身，留给她一个光光的脊背。他现在是当了副股长的人，艾荷也不敢像过去那样随便凶他，只是暗自留意，看看他到底还有什么古怪。但陈卫东除了脾气大点外，还是按时归屋，夜里也很少出去，基本上是缩在沙发上看武侠小说。艾荷坐在一旁看电视，有时也瞄陈卫东一眼。灯光下的陈卫东神情专注，看上去还像个大学生。心里冒出一丝愧疚，她想自己是不是对他太不信任了？

艾荷的愧疚还没持续两天，马上就化为满腹狐疑，因为陈卫东破天荒地自己上街买了套西装。艾荷质问他为什么不喊自己去参谋。陈卫东解释说他是到农行检查，在街上瞟到这套西装，顺便就买了。问不出别的什么，艾荷只有批评这套西装颜色太浊，价钱也贵了。陈卫东不管那么多，第二天就穿了出去。咖啡色西装，暗红的领带，虽然皮鞋没有擦，略显灰暗，但总体效果还是让人眼睛一亮。郑亮看到他，笑着说，哪里来的公子爷喽？

陈卫东几乎是羞涩地一笑，随即又恢复了冷调表情。进办公室的时候，段菲第一个喊出来，哟，陈股长你好帅哦。

陈卫东顿觉这一千块钱花得值，花得痛快。

陈卫东变得漂亮，艾荷顿觉压力大增，唯有加强自身修养，经常跟陈丽上街买时装，妆也化得比以前浓。又托人弄来了一瓶法国香水，每天早晚都要在颈脖和腋下洒上一点，然后往陈卫东面前凑。但陈卫东看着她那张兔子嘴就饱了，不耐烦地说，你以为自己还是个妹子婆？快三十岁的人了，还这样妖怪。

艾荷狂受打击，脸上顿时降到零下几度，鼓起眼睛说，我晓得哦，我早不是妹子婆了，妹子婆在你办公室里面。不过你也莫想。

脸刷地青了，陈卫东沉声说，你莫乱讲啊。

艾荷冷笑道，我不得乱讲，就怕有人乱来。

陈卫东的眼白都快喷出来了，你讲哪个乱来？

见他如此模样，艾荷心里有点怕，搂着吓得哭起来的伟伟，鼻子一抽一抽，说，你要嫌我老了，我就带着伟伟过，你要找妹子婆，随便你去找。

见她上升到如此高度，陈卫东叹了口气，你莫乱想啊。然后又招手让伟伟过来，说爸爸给你开火车。但伟伟不肯。

吵架的第二天，艾荷又刻意打扮了一番，带着伟伟前往会计股。见股长夫人和公子驾到，大家都奉献出十分的热情，让座的让座，倒茶的倒茶。艾荷则表现出领导夫人应有的平易近人，笑容满面地跟大家打招呼，说卫东还要大家多支持。其他人对视一眼，连说陈股长是个好领导。陈卫东在一边听着，觉得艾荷一个屁大的股长夫人，做出的姿态好像是国家第一夫人降临，心里臊死，恨不得一脚把她踢出去。

艾荷显然自我感觉良好，特意拉着段菲的手，说，哟，好漂亮的小妹子，现在真的是一代比一代出色。然后又让伟伟喊姐姐。陈卫东在一边听着，觉得姐姐二字极为刺耳，同时又隐隐觉得艾荷带伟伟来，为的大概就是喊这一声姐姐。段菲伸手去抱他，伟伟扭着身子不让。艾荷说，哟，看到漂亮姐姐，有些怕丑哦。伟伟更加把脸埋在艾荷怀里。大家都看着伟伟笑，气氛变得自然起来。陈卫东也有些感激儿子，同时很憎恶地看了艾荷一眼。艾荷正觉得自己的举止有理有节，有勇有谋，根本没感应到。

此后段菲对陈卫东依然热情，并没有把他当做道貌岸然的长辈看，让陈卫东暗自松了口气。同志们慢慢发现，要是提出添个什么取暖器，或是用小金库的钱到外面撮一顿，由段菲去讲，十有九中。宋小红很想股里组织到四十里外的瑶寨去玩，想了有两年了。但在孙建设手里，当头的是个老粗，绝无游山玩水的闲情逸致。陈卫东主政后，又是出名的讲究原则，轻易也不敢提的。现在有了段菲这个先锋，宋小红哪肯放过机会，在背后戳了好几次。起初段菲还有点犹豫，说你怎么不去提喽？

宋小红说，你小一些啦，讲话可以随便一些，放心喽，陈股长蛮看得起你的。

这后面一句话让段菲欣然领命。听说是这么桩事，陈卫东有点犹豫，因为那不是吃顿饭，一百两百就可解决的。才沉吟了半分钟，段菲就开始把身子扭起来了，陈股长，去喽！去喽！那娇滴滴的声音让陈卫东脑袋一热，就点了头。段菲马上飞了出去，宣布大功告成。同志们连忙及时地对她进行充分表扬。

到了星期五，会计股提前关了账。大家按陈卫东指示，陆续走到大门外，往前又行了两百米。地税局的车子正在这里等。此行全部由地税买单。按陈卫东的说法是，他们敢不买单，不买就不给他们退税。同志们一齐盛赞陈股长有威信，兄弟单位都要买账，并主动提出把股长夫人及公子叫去。但陈卫东猛摇脑袋，说，那不太好，除非大家都喊，我一个人是不得喊。

钱威说，你是领导，带两个人，我们都不得有意见的。都喊去，哪有那多车坐。

陈卫东坚决不同意。于是大家只好叹服陈股长坚持原则。

一路上段菲跟宋小红唧唧喳喳说个不停，钱威想插两句，都是水泼不进。坐在后面，陈卫东看着窗外的景致，听着段菲出谷黄莺一样的声音，心里愉快得很。

在路上吃过饭，车到瑶寨，夜色已把大山裹了个严实。有客自城里来，花瑶自然要举办篝火晚会。大嫂姑娘们都很热情奔放，围着篝火，以大腿将会计股的男同志顶起来，谓之“顿屁股”。钱威被顿得高声叫，那声音似乎很痛苦，又似乎极快乐，听者无不现出暧昧的笑容。陈卫东避之唯恐不及，却被个三十多岁的大嫂一把捞住，捧起就顿，差点连眼镜都顿落。放下来时，他瞟了一眼段菲。段菲的脸被火光映得分外娇媚，正笑吟吟地看着大家玩闹，并无不悦之色，陈卫东这才放下心来。

第二天大家去爬山。陈卫东从小看着山长大的，瑶寨风光虽好，对他并没有太大的吸引力。段菲却是城里妹子，很少跑到这山窝窝里来，处处皆觉好奇。她看风景，陈卫东却在看她。其他人好像心有默契，特意让他们两个走在一起。到了一棵松树下，前面的人已走远，后面的人还没跟上来。段菲说，歇歇吧，然后靠在树上，不住地喘气，胸脯一起一伏。妹子身上那股新鲜芬芳的味道随风袭来，让陈卫东身子有点飘。见他呆呆地有点不对头，段菲对他粲然一笑。这笑却让陈卫东平添几分勇气，他想自己实在该做点什么了。往前才挪了半步，心就在胸壁上猛擂个不停，陈卫东感到有点喘不过气来。段菲正在看山谷下的风景，感觉有点异样，侧过头来，又对他嫣然一笑，说，这里好漂亮。陈卫东正想说句，哪有你漂亮，后面就传来脚步声。他一阵懊恼，同时又大大地松了口气。

回来的路上，陈卫东一直在想，那时要是说出那句话，该会出现什么情况呢？钱威坐在他一边，发现平时冷峭的陈卫东时而露出微笑，时而又现出迷惘，心里便暗自发笑。不过陈卫东很快就神色如常了，因为他对自己说，来日方长，机会多得是。

到了家里，艾荷坐在沙发上，边打毛线边看电视，看到他回来，眼睛转也不转一下。伟伟没看到冒头，大概是玩得累了，早睡过去。陈卫东在路上吃过饭了，也没有要求艾荷的地方，不发一言，脱下外衣，换了鞋，靠在沙发的另一头，准备松口气后再洗澡。艾荷突然冷冷地冒出句，跟嫩妹子要得欢吧？

陈卫东心里有鬼，发不出火，只说了句，你看你这个人，股里搞活动，未必我这个当股长的不去？

他说得是正理，艾荷没话反驳，只把两道黑得过分的眉毛紧紧锁住，好像要嵌进肉里去一样。怕她再寻出什么话来，陈卫东起身往卧室脱衣服。

第二天早上，陈卫东找出那套新西装来，发现上衣背后赫然有一个大洞，好像是被火烧出来的一样。顿时气直往头顶鼓，他拿起西装的手抖了起来。抖了两下后，人已冲到客厅里。艾荷正从卫生间里出来，看到他正一副雷霆之怒将要发作的样子，却并不慌张，淡淡地说了句，忘记跟你说了，昨天伟伟玩打火机，把你的衣服烧烂了。

陈卫东的目光射向伟伟，是你烧的么？

伟伟嘴巴嚅动了两下，眼泪就泻了出来。艾荷竖起两道铁线眉，说，你莫把崽骇病了！

陈卫东并没有打算再追问下去。他不抽烟，火机平时都放在抽屉里，伟伟很难找得到的。这件衣服到底是谁烧的，想都不用想。自己在外面硬挺得很，屋里却有这样恶毒的婆娘，当初真的是找急了，找拐场了。把火气按进心里，他又去卧室取了件衣服。出门的时候，他把门关得很轻很轻，心里却毅然作出决定，去找段菲，跟她说清楚。只要她是那个意思，老子也豁出去了。

下楼后，照旧在食堂吃饭。宋小红坐在他对面，说，陈股长，你脸色好像不太好。

陈卫东摇摇头，把头勾下去喝稀饭。现在他一句话都不想说，只暗暗地蓄积力量。想到自己居然要为伟大的爱情拼搏一把，他突然觉得自己格调很高，与他人不同。

吃完饭，和宋小红从食堂里出来，陈卫东习惯性地在水池边站上一站，眼睛望着内大门。才瞄了一眼，他的脸突然就白了。一个帅哥骑着部摩托拐了进来，段菲正坐在后面，搂着他的腰。摩托在坪里停住，段菲下了车，神情骄傲地对小伙子挥挥手，然后把头扭向陈卫东这边，热情地打招呼，吃过早餐了？陈卫东头脑一片空白，根本没有听到段菲在说什么。宋小红在一边回道，吃过了，同时对着段菲诡秘地笑。段菲突然面露羞色，眼睛看着地面，扭身向办公室走去。

编号:024

姓名:向大志

向大志在财经学院读书的时候,就从下河街倒了一些贺卡来,圣诞节的前夕在教学楼前的坪里摆了个小摊。女同学挤到摊前,说,哟,向大志,你还很有经济头脑。

向大志嘿嘿地笑了两下,眼睛眯成一条线,很潇洒地把手一挥,说,随便挑。

结果真的就随便挑了,而且没有付钱。望着扭身远去的窈窕背影,向大志也不计较那么多。至于男同学来了,哪怕是一个寝室的,也没得好多价钱讲。那些男生以威胁的口气说,要得喽,向大志,这么不讲情义。

向大志依然一脸奸笑,说,没办法,做生意嘛。

摊子没摆两天,学生会以影响不好,出面勒令停止。向大志到底赚没赚到钱,不知道,反正他的名声是出去了,大家都喊他向老板。此后向老板还倒卖过零食、随身听、单筒望远镜(用来远距离窥视女生),有次还神秘地把寝室门关上,掏出几盒避孕套,问哪位要不要。结果一盒都没卖出去,还得了个外号叫向避孕。这个外号及其由来传到女生那里,淑女们看到他,都捂着嘴巴笑,且绕道远走,似乎一跟向大志接触,就跟避孕扯上了关系。向大志大学四年,连个恋爱都没谈上,跟这事也不无关系。

分到飞龙县人行后,龙向阳见他是财经学院出来的,照例要压上一压,把他撂到保卫股。向大志好像一点都不在乎,整天咧开嘴巴嬉笑,人也愈见其胖。有人劝他利用这段时间,把经济师考到手,他却一挥手,说,我是再也不得看什么书,考什么试了。

此话传出，大家都说晁荣宝来了个知音。所不同的是，向大志就算真的不参加任何考试，那个全日制本科文凭还是硬邦邦地摆在那，足够他吃的。保卫股是值班一天休息一天。值班的时候向大志就跟谢解放下象棋。他的棋路凌厉，摆出的架势很吓人。谢解放却是守中有攻，稳重绵密。如果向大志在前十五着里将不了他的军，往往就会输棋。下了班后，向大志就骑部摩托，在飞龙县城乱冲。他是城里人，不稀罕单位的宿舍，照旧跟父母住一起，洗衣做饭都不用操半点心，潇洒得很。唯一的遗憾就是感觉少钱，经常动不动就向同志们叹气，没钱呢！

胡伟听不惯，说，你还要怎么有钱？你刚出来工作，一个月就有两三百。我那个时候好多？三十。你在屋里住，吃饭又不要你数钱，你说你还要好多钱？

向大志嘿嘿一笑，缄口不言，觉得老胡谈的根本就不是那回事。"燕雀安知鸿鹄之志哉"，他向大志的理想，岂是老胡这等乡里农民所能明白的。

事业尚未有头绪，向大志决定先把美人抱在怀里再说。在学校的时候他对女生虽然大方，而且口才也好，但有个毛病，到了真正喜欢的妹子面前，就胆颤心怯，放不出半个屁。到了单位上，向大志决心要痛改此病，以崭新的姿态迎接美好爱情的到来。有空他就骑着摩托车到处乱转，碰到个脸熟的人就发烟，这样混了一通，倒也真的刮上不少人。人多信息广，很快他就获取了一个信息——中医院有个妹子，叫郑绰，人年轻，长相算得上飞龙的一枝花。

为了考验自己的勇气，向大志拒绝人引介，没事就开着摩托到中医院门口蹲点。没蹲上两天，果然就看到个身材高挑的妹子，眉目如画，走起路来好像在地面飘。很想追上去，喊一声，郑绰，然后再勇敢地做自我介绍。但向大志发动了摩托后，手脚就发软，硬是没能冲上前去。后来他还是央人把郑绰约出来，几个年轻人在一起唱卡拉OK，互相作了介绍，才算是认识了。

在包厢的假皮沙发上一靠，向大志想找话说，平常滔滔不绝，到这场合就寻不出什么词，他只好深沉地喝着茶，一任别人向郑绰献殷勤。郑绰环顾四周，说了句，搞得好漂亮。

听到此语，向大志终于有了话题，扶了扶眼镜，迸出句，这不算什么。

见他口气很大，郑绰略带惊异地看了他一眼，看到的是一张月饼脸和镜片后的两只门缝眼，并无出奇之处，也就不放在心上，转过头去拿话筒，唱《千千阕歌》。她的声音有点沙哑，跟其清秀的外形略嫌不衬。向大志在一边安坐不动，等大家都唱过了，才点了首《滚滚长江东逝水》。他中气十足，唱得是声震屋瓦，大有要盖过原唱者的势头。一曲献毕，举座皆热烈鼓掌。向大志往沙发上一靠，端起茶来喝了一口，故意不去看鼓掌的诸位。在他的想象中，郑绰肯定也在拍着她的纤纤玉手，并大有情意地看着他。

过了一天，向大志穿上新买的皮夹克，吹了个中分，精神抖擞地守在中医院门口。等郑绰一出来，他就很响亮地喊了声郑绰。满以为她看到自己，定会立刻献出甜甜的笑容。但向大志看到的却是张矜持而略带惊讶的脸，他的一腔豪情立刻就瘪了下去，怯怯地提示对方，你不认识我了，我是向大志。

哪个向大志？郑绰脸上愈见迷惑。

前天晚上我们还在一起唱歌。你不记得了，我是人民银行的。

哦，我记起来了，你唱歌的声音很大。

你到哪里去？我搭你。

这句话像是把郑绰吓着了，她连说不用，急急地走开了。看着她窈窕的背影，向大志呆坐在摩托上，看上就像是一尊笨拙的塑像。

接下来的一个星期里，向大志有空就跟钱威混在一起。他们都是财院出身，又都受到压制，天然就形成了同盟关系。二人皆能喝会侃，喝到血管里烧起来的时候，就一起对着天花板骂龙向阳的娘。骂完后就把头伏在桌上，各自想心事。向大志口水流到桌上，嘴巴还在一动一动，像条躺在旱地里的胖头鱼。

钱威，你追过妹子没有？

鼻子重重地哼了声，钱威显然很不屑回答这个问题。

你莫哼要得么？我晓得你很有经验，传授两招儿喽。

钱威笑了一下。

自己兄弟，你还拿什么腔，摆什么势喽？快讲喽。

告诉你也要得，就是七个字：胆大，心细，脸皮厚。晓得么？

抬起头来，向大志晃着脑袋想了一阵，突然往桌子上重重地拍了一掌，叫了声，好！

钱威被他这一掌把头拍了起来，笑微微地说，是好吧？再喝一瓶，你请客。

要得。

这七字真言重新鼓起了向大志的勇气。在此理论的指导下，向大志没事就到郑绰的单位上去混，有次还跟到了她家门口，这就叫胆大；经常嘘寒问暖，看到她打个喷嚏就马上跑去买盒感冒药，妇女节、七夕节、圣诞节、情人节更是礼物不断，这叫心细；郑绰起初是敷衍，后来被纠缠不过，只得通过熟人传话，说他们之间做普通朋友可以，做对象是不可能的。向大志却不为所动，照样经常举办年轻人的聚会，大把大把地花钱，目的就是有个借口能把郑绰约出来。这样的聚会郑绰不好推脱，因为她也有很多朋友在里面。有时候整个晚上向大志都没能和郑绰讲上一句话，但他觉得很愉快，且乐此不疲，这就叫脸皮厚。

向大志有位朋友叫于存义，为人实在，在旁边看不过眼，怕他花冤枉钱，背后偷偷地跟向大志透露，郑绰是失过身的——中专毕业后她分到中医院，跟一个年轻的副院长好上了。那副院长是有老婆的，虽然誓死要为爱情做出牺牲，并且险些把中医院闹翻天，最终还是没离成婚。后来激情冷却，卫生局的领导又出面施加压力，这位副院长终于意识到爱情固然美好，前程更加重要，便跟郑绰做了了断，调到人民医院当副院长去了。郑绰此后一直都没谈恋爱。飞龙县的那些年轻伢子们又想吃到肉，又怕嘴巴臭，成天围着她打转，但很少敢公开追求她，怕别人笑话他是穿旧鞋。于存义讲完，目光炯炯地看着向大志，心想你现在总该醒悟了吧？

向大志听得眼睛都红了，沉默了一会，说，没办法，我就是喜欢她，看到她心里就舒服。

见他如此，于存义跺了下脚，重重地叹口气，掉头而去。

这天夜里，向大志平生第一次失眠。大胖男人，却像个小姑娘样，蜷缩成一团，把头蒙在被子里抽泣。第二天值班，他照例跟谢解放下象棋，下出来的棋虚飘无力，毫无平日的凌厉气势。连赢三盘后，谢解放把棋子按住，笑着说，你心神不定啊。

向大志鼓起腮帮，磨了磨牙，说，再来。再来仍然是输，不过那股气势倒慢慢恢复过来了。

此后他依然狂追郑绰。一九九五年初，手机刚出现在飞龙，价钱贵得吓人，向大志却立刻买了部，眉头都不皱一下。有了这家伙，他就经常站在郑绰住的楼下跟她打电话，一打起码是半个小时。郑绰虽然照旧是冷冷的，他讲上半天,最多就是回个五六句话,但不会挂电话,这就给了向大志无限希望。郑绰生日那天,向大志送了她一部“诺基亚”手机。郑绰不敢接,说她用不起。

向大志立刻拍着胸脯说,那我替你数手机费。

郑绰低着头说,向大志,我不值得你对我这么好的。

向大志哑着嗓子说,你只要肯让我对你好,那就是我的福气。

郑绰很凄然地笑了一下,说,你不后悔?

见事情有了转机,向大志精神陡长,声音提高了八度,不会。

郑绰又笑了一下,摇摇头,说,你会的。

向大志急了,说,那我发誓。

郑绰抬起头,凝视着他,眼睛又明亮又悲伤,说,发誓有什么用?誓言有什么用?如果不是真心,话讲得再漂亮也是空的。

向大志被她看得热血沸腾,大声说,我以行动来证明。

郑绰淡淡地说了句,看看吧。

在一九九五年秋天的早上,人民银行的同事们经常看到向大志骑着摩托掠过单位大门,向中医院的方向驶去。他的背后坐着一位苗条漂亮的姑娘。大家很快就知道了有关这位姑娘的风流韵事。

胡伟说,年轻人,观念硬是开放些。

陈卫东马上予以纠正,说,那也只是向大志看得开,像我们就不行。

宋小红则分析道,本科毕业的人就是不同些。知识层次比我们高,看问题也不一样。

尹桂花很疑惑,皱起眉头说,未必多学些知识,就不要找黄花女了?

大家都哄笑起来。

胡伟说,你着什么急?我包你陈小兵找的是黄花妹子。

尹桂花想起自己儿子是中专毕业,应该不会像向大志那么乱来,也就落了心。钱威在一边听着,重重地咳了一声。宋小红这才想起钱威也是正牌本科,连忙说,各人有各人的看法。像我们钱威,找的还不是黄花妹子?

钱威鼻子哼哼,说,那还用讲?

同志们的话,全被钱威在酒桌上传达给了向大志。涨红了脸,向大志恨恨地说了句,这些卵人,吃不到葡萄就讲葡萄酸。

钱威却笑道,老弟,这颗葡萄呢,要是别人没咬过,你就去摘。要是咬过呢，你就不要吃了。你一个本科生，工作单位又好，还怕找不到漂亮妹子？听得此话，向大志很狐疑地看着他。钱威眼睛眨都不眨，说，我是讲实在话，为你打算。你不爱听，就当我没讲过。来来，喝酒。向大志不吭声，也不跟钱威碰杯，猛往口里灌酒。

人民银行的风言风语，传不到郑绰的耳朵里。倒是中医院的一些小姐妹，批评向大志长相太粗，不配她。郑绰淡淡地说，只要他对我真心就行了。光只长得好看，心不真，也是空的。

见她态度坚决，姐妹们这才想起原来那位副院长风度翩翩，到头来却辜负了郑绰的一片痴心，连忙附和道，那是，反正男人无丑相，越看越好看的。

郑绰嘴角这才有了笑意，抬腕看了看手表，说，我要走了。

姐妹们都知道向大志在门口等着接她，故意说，着什么急喽？再耍一下呢。

笑着摇摇头，郑绰飘到门外，高跟鞋在走廊的瓷砖地板上敲打出一连串清亮的声音。

骑上摩托车后，向大志一直都没讲话。轻擂他的背，郑绰嗔道，你在想什么啦？

鼻子哼了声，向大志说，没什么，过了会，又说，我想开家歌厅。

郑绰想了一会，说，你哪来那么多钱？

贷款就是了。

我存了一万块，你拿去用吧。

那是你的钱，我不能用。

什么你的我的，你真的分得这么清楚啊？

叹了口气，向大志说，不是那个意思。我是挣钱给你花，哪能倒过来花你的钱呢？

郑绰不做声了，把脸贴在向大志背上。这情景被走在街上的陈卫东看到了，第二天连忙在行里宣传。陈卫东说，那样的女人硬是放得开些。艾荷跟我谈了半年，走在街上，连牵个手都怕丑。

宋小红撇了撇嘴，这你就不懂了。越是这样子，就越能迷倒男人。

陈卫东马上声明自己牢不会被这种女人迷上。这时向大志走进会计股来，大家互相看了一眼，都闭上了嘴。

向大志进来是找孙建设的，要他帮忙跟农村信用社打个招呼，贷笔钱。孙建设目中无人，对向大志却另眼相看——主要是向大志跟他打麻将，无论输了多少，脸色都不得变。孙建设对此颇为欣赏，并断定这个小伙子是做大事的。说明来意后，孙建设很爽快地打了电话，让向大志顺利地贷到了三万。这几天他专门在金融机构打转，跟行长主任们混得溜熟，总共搞了十多万。歌厅选在通往大桥的那条路上，房子是别人转过来的，设备却是全部更新。上班的时候，就是他姐在打招呼、管账目。郑绰有时也去转转，但基本上插不上手，未免有种被排斥的感觉。后来她干脆不去理会，向大志却跑来请她取名字。嘴巴一翘，郑绰说，你不晓得找你姐姐？她那么能干。

扶了扶眼镜框，向大志说，她就晓得数钱，哪有你这么灵性喽？

郑绰这才展颜一笑，很认真想了半天，最后取了个名字叫“真情园”。过了两天，招牌就做好了。粉红色的霓虹灯在夜色中闪烁流转，衬得这三个字格外入眼，郑绰仰头看了许久，觉得又骄傲又满足。

歌厅装修得不错，服务员也都算清秀，立刻把飞龙县那些耍得很无聊的青年们钓了过来。金融机构的人出来唱歌，也都喜欢跑到这来，因为有机会打折。生意火爆，向大志立刻就成了重要人物，每天手机响个不停，不是找他定包厢，就是要求给个优惠价。一般像行长、主任或者管信贷的股长找他，向大志都应承得很爽快。其他的闲杂人等，他就要摆摆架子，鼻子哼哼的，仿佛别人是在找他借钱。

龙向阳有次雅兴大发，带着个少妇出现在门口。向大志正好从二楼下来，在拐弯处瞄到了，往后退了一步，低头悟了几秒钟，然后飞步下来，满脸堆笑，龙行长，你怎么不打个电话给我？

向大志，你这里搞得不错啊！

向大志嘿嘿一笑，亲自开了个包厢，并喊来一个服务员，要求她站在门口，随时听龙行长的使唤。做完这一切，向大志说，龙行长，你玩得尽兴，我请客。

龙向阳嗯了两声，不置可否。等向大志退出后，那个少妇娇滴滴地说，龙行长，你好有面子哦。龙向阳咧嘴一笑，点起根烟，打量着包厢，觉得确实上了档次，不愧是读过本科的人，做出的事还看得。

这回后，龙向阳时不时带个女人来“真情园”玩，并要求服务员上好茶点后，就不要进来。向大志心领神会，专门选了一间偏僻的包厢，作为龙向阳的行宫。小服务员收拾房间时，发现了类似鱼鳔一样的东西，琢磨了一阵后，红着脸跑来跟向大志报告。向大志说，这有什么好奇怪的，并要求她不要跟其他人讲，把东西倒掉就是。这样玩了几次后，外面也没什么传闻。龙向阳很满意，把向大志从保卫股直接提到了稽核股。消息传出后，钱威坐立不安，跑来问他有什么秘诀。向大志打了个哈哈，欲言又止。

钱威恨得牙痒痒，要得喽，刚有点动向，就跟我来这套了。

向大志觉得过意不去，但又绝不好透露内情的，只有说，老龙那个人，你又不是不晓得？顺他者昌，逆他者亡。我看你还是低一下头算了。不就那么回事，没什么怕丑的。钱威不吭声。向大志拍了拍他的肩膀，说了句，来玩喽，然后叼着烟走开了。

向大志生意红火，在单位上也开始走得顺，憋在心里的那口气终于能吐出来了。对三湘金融学校毕业的那摊人，他是爱理不理。连江平带着王小容去他那里玩，向大志也不过是淡淡地打个招呼，就走开了。他现在成了飞龙的名人，走在街上，那摊小青年们都热情地打招呼。一些出来耍的妹子也乐于跟他这个年轻老板交往，向哥向哥的喊得亲甜。虽然清楚她们不过是想在自己身上撇点油水，向大志还是有点飘飘然。至于郑绰，向大志近来有点不太理会，总是说生意忙，经常几天几天地不去接她。郑绰心里虽然有点不舒服，但想着向大志确实是忙生意，并不是去粘其他女人，倒还替他的身体担心，要他莫太操心了。见她如此，向大志未免有点愧疚，但转念想到她以前那副高傲的样子，竟有种报复的快感。他想，都说女人贱，看来真没讲错。

郑绰摸不清向大志心里怎么想，她只想尽一个女友的本分，有时煮了夜宵，带过去让向大志喝。歌厅的小妹妹们都说向老板好福气，找了个这么漂亮贤惠的老板娘。听到表扬，郑绰忍不住地笑，向大志却没什么表情，低头吃他的夜宵。郑绰是不错，人漂亮，心也好，但想起她是失过身的，向大志竟没有了以前的豁达，心头总像被什么东西梗住了。每天有大把的黄花妹从他面前走过，像是唾手可得，向大志想起钱威说过的那句话，觉得自己完全有条件去吃新鲜货，没必要去碰别人动过的。知道这样想是不道德的，向大志只有摸起话筒，怒吼一曲，聊以舒解心中郁闷。

这天晚上，郑绰替向大志煮好馄饨，用保温盒装着，提到“真情园”来。向老板正靠在大厅的沙发上，手脚都撒得很开，仰头看天花板，嘴里那根烟也是翘翘的。把保温盒放到茶几上,郑绰盈盈一笑。以前她这样一笑,能让向大志激动得失眠。现在却等于白笑,向大志沉着脸,依然抽他的烟,长长地吐着青雾。

郑绰推着他的身子,你怎么啦?

没什么。

你是不是觉得我很讨厌了?

你莫乱想。

你就是。

扫了她一眼,向大志发觉郑绰的脸绝没有以前那么新鲜动人了,几颗淡淡的雀斑不知何故,格外扎眼。

这时大门被推开,四五个人走了进来。当头那位三十六七的样子,举手投足间给人以风流倜傥的感觉,只是眼神锐利,像藏着两根针,跟其俊雅的容貌有点不太相衬。他往向大志这边扫了一眼,目光仿佛被胶住了,过了几秒钟才转投他处。开始向大志以为是在看自己,还摆出一副老板姿态,脸上微露笑容,但很快他就意识到对方是在瞄郑绰,脸上立刻就变了天,阴沉沉。郑绰低下头,咬着嘴唇,脸色有点苍白。看她这副神气,向大志马上就明白来者何人了,全身的血液立刻烧起来。副院长同志正在问领班的服务员还有没有包厢,向大志坐在沙发上大声说,没得了。领班小姐有点诧异地看了老板一眼,只好现出抱歉的笑容,说不好意思,欢迎下次再来。

客人才出了门,向大志就粗着嗓子对领班吼道,以后这家伙来,就说没空位了。见老板火气大得可以把房子烧着,领班怯怯地点了下头。

郑绰坐在旁边,脸色还没有回转过来。

你出什么神啦?

郑绰不做声。

你是不是还在想他?

你神经病哦。

"砰",向大志把保温盒打在地上。郑绰捂着脸,肩膀一耸一耸的。

你要哭出去哭,不要影响我做生意。

站了起来,郑绰低着头,快步走了出去。因为路面滑,几乎拐了一下脚。看着她文秀的背影,向大志心里突然涌出强烈的愧疚感,但他只是坐在沙发上,到底没有追上去。

几天之后，于存义来找他，说，当初你追郑绰，我劝过你。后来你们既然谈起，我就希望你们真的好下去。现在郑绰又跑到我那里哭。你说，你到底想怎么样？

见于存义板起脸，向大志冲出一句自己也意想不到的话，她把我当狗屎，我把她当金子。她把我当金子，我把她当狗屎。

于存义脸色铁青，盯了向大志几秒钟，说，你真的是变了，然后拂袖而去。

呆呆地坐在沙发上，向大志脑袋有点发懵，他不明白自己到底做了些什么。不过有一点他很明白，他不仅失去了郑绰，还失去了一个真正的朋友。

此后向大志的摩托车上依然不乏年轻妹子的身影。只是这些妹子的面孔经常变换，有两个还是飞龙著名的“公共厕所”。奇怪的是，人民银行的同志谈论他的时候，普遍都带着羡慕的口吻。信贷股的罗剑就经常以不胜神往的口吻说，向大志活得潇洒。这些话也传到了向大志的耳朵里，似乎有点高兴，但心里更多的是空落，他有点搞不清自己到底在追求些什么。

半年后，郑绰就远嫁长沙。听到这个消息后，向大志把自己关在包厢里，边灌酒边吼歌。到了子夜时分，外面路过的服务员，听到里面有哭泣的声音。她们很难想象，平常牛哄哄的向老板，也会像个小姑娘一样躲在房子里哭？但她们能够确定，包厢里面真的只有向老板一个人。

真的。

编号:025

姓名:罗 剑

罗剑在信贷股工作多年，人很听话，做起事来像乡里老人纳鞋底,细密,扎实,但就是上不去。为什么这样？大家都搞不懂。罗剑开头也想不明白,但后来慢慢就悟清了。参加工作的第三年里,龙向阳把他喊到办公室谈话,要他到金店去当经理,把黄建国替回来。怕荒废了业务,再就是金店经理到底是个什么级别,行里一直都没明确,罗剑没有点头。现在想起来,他险些把肠子都悔断。那时真是幼稚啊,一心想搞业务,错过了大好时机——这摆明了是龙向阳想用他。自己不听话,后来被他一直压着,也是活该。所以罗剑并不恨龙向阳,见了面总是很恭敬地打招呼,希望有朝一日,龙行长能改变看法,再次找他谈话。到那时,他一定果断地接受新的任命,绝不会有丝毫含糊。

因为怀着这点希望,罗剑心态还不错。尽管在信贷股,事情是他做,好处永远是股长程玲占着,罗剑还是没有和她闹翻,一张圆坨坨脸总是显得很和气。他是农村里磨大的,吃的苦太多,这点事,根本不算什么。能够坐在办公室里,还有空调吹,再想起现在还顶着毒日头在田里插禾的几个老兄,罗剑觉得自己应该满足了。更何况老婆邓丽娟还是程玲做的介绍,城里妹子,又在内贸局上班,就冲这点,自己也不能跟程玲对着来。

想当初为了找个城里妹子,罗剑不晓得遭了好多白眼。中国银行有个妹子叫赵琼,也是搞信贷的,有业务往来。言谈举止有种乡里妹子没有的时髦味道,让罗剑心里爱得哭。托人传话,想请她去爬大瑶山。赵琼回了句话,罗剑也不照照镜子？一个土包子,也想张起嘴吃天鹅肉。这句话,像把刀插在罗剑心上，让他滴血。后来程玲介绍了邓丽娟，虽然没有赵琼洋气，但也算逗爱。更重要的是人家也是城里妹子，肯跟他谈对象，罗剑心里非常感激，对邓丽娟百依百顺，生怕她飞走了。邓丽娟一副天真烂漫的样子，追她的人倒也还有几个。同事问她为什么要跟个农村伢子谈，她说，我就要找个老实听话的。

后来罗剑向她求婚，紧张得像是要去杀人放火。扑哧一笑，邓丽娟仰头看别的地方。以为她不肯，罗剑脑袋“嗡”的一响，感觉世界末日降临。邓丽娟却说了句，就怕你以后对我不好。听得此话，罗剑恨不得把自己的心掏出来给她看，以此证明自己就算做牛做马，也要让邓丽娟过得舒服。等罗剑语无伦次地表白完，邓丽娟悠然道，空口讲白话，做不得数的。

那我写出来好不好？

邓丽娟笑而不答。见她并不反对，罗剑急急寻来纸笔，详细地写了两页纸，连扫地拖地都归自己搞也以文字明确了。签上名，写上日期，还按了手印，然后罗剑双手奉上。邓丽娟很认真地读了，说，就怕你做不到。

罗剑苦着脸说，你还要我怎么样你才信？

我不要你怎么样了，只要你记得今天说过的话。

罗剑顿觉眼前有无限光明，望着邓丽娟，险些把脸都笑烂了。

结婚以后，罗剑果然遵守诺言，并没有搞到手就把邓丽娟当烂泥踩。做饭、洗衣、倒垃圾，他样样都干得很欢。邓丽娟纯粹就是少奶奶的态势，饭菜端到桌上来了，她还懒得去拿筷子。让她比较主动的事无非两件：聊天、看电视。下了班，她就在坪里跟一帮家属闲扯。别人虽是聊天，手里还拿着毛线在打，她的手里抓着的却是一把瓜子。等到太阳变成一颗快要融化的糖果的时候，罗剑就在阳台上伸出脑袋，请她回去吃饭。在别人羡慕的眼光中，邓丽娟昂着脑袋，哼着小曲，慢悠悠地上楼去了。

吃过饭后，邓丽娟就守在电视机旁，看那些似乎永远也不完的香港电视剧，什么《义不容情》、《我本善良》、《天地男儿》等等，有时看着看着眼泪就来了，不停地用手去抹。这个时候的邓丽娟，在罗剑眼里最为可爱，觉得城里妹子就是城里妹子，看个电视还有这么多表情。当邓丽娟把头靠在他胸膛上，眼睛望着电视，鼻子一吸一吸的时候，罗剑顿时就有种很幸福的感觉——自己家务活干得再多，也值。

然而邓丽娟的温柔可爱也就止于此，一旦回到日常生活里来，简直就不给罗剑台阶下。罗剑喜欢打篮球,夏天黑得迟,他下了班就不直奔家里,总要和郑亮他们在操场里切磋半个小时才回去煮饭。有次罗剑打得兴起,过了规定时限,还在那里东闪西转,运球上篮,嘴里"嗬嗬"有声。邓丽娟出现在阳台,拖长了声音叫道,罗剑,还不回来啊。

罗剑这边正打到七比五,十分一局,正是要分出高下的时候,收不住手。头也不回,他就喊了句,等一下,又开始龙腾虎跃。

在阳台上等了五分钟,邓丽娟又开始慢声长吟道,罗剑,饿的是你的娘,不是我的娘啊。

罗剑这才想起老娘这两天在自己家里住,只有退场。郑亮戳了他一句,你就这么怕邓丽娟?要她炒一下菜就不行?

罗剑抹了把汗水,抱歉地笑道,我还是回去算了,难得跟她吵,便匆匆地走了。郑亮只好把路过操场的谢明硬拖进来,补了罗剑的空位。

在一边看球的侯莉叹道,罗剑真的是个模范丈夫。

宋小红却撇着嘴巴说,男人太顺从了,就不像个男人了。

虽然在邓丽娟面前没有杀威,但罗剑到底还是把她的肚子搞大了,总算体现一点男人的雄风。只是邓丽娟怀了孕后,比英国的女皇还要大些。罗剑的妈妈快六十岁的人了,跑来伺候她,邓丽娟毫不客气,把她当个乡下保姆使来唤去。除了上厕所须得邓女皇亲自跑一趟外,其他的事,她都是用嘴巴在做。罗剑虽然读了三年中专,但在生育方面还是乡下农民的思想,想要个带把的。怕不太保险,他提议去做B超。邓丽娟把脸一沉,说,我是不得去的,要做你就去做。告诉你,生男生女都是你罗家的种,不是别个屋里的。我是不得为了生个男的去打胎的。那样伤身体的事,要做你找别的女人去做。

罗剑本来就不占理,被她嘴巴放机关枪一样,讲得无言以对,只有讪讪地笑。他娘老子在一边听着,也只有陪着笑,不敢置一词。背过身后,老人就跑到老庵堂去烧香,求观音菩萨保佑送个白胖孙子来,并得了支上上签。回来后她欢天喜地地告诉儿子儿媳妇听,邓丽娟倒也有几分高兴。

临盆那天,全家出动,邓丽娟的父母也早早跑来,在产房外密切关注局势发展。生产倒是很顺利,当里面传出婴儿的哭声时,罗剑恨不得一头冲进去。他的爸爸妈妈岳父岳母也全都簇拥在门口,等小护士出来时,一把兜住人家,捧上询问的笑脸。这情景,护士见多了,说了句,是个千金,然后就拨开僵住了的四位老人,匆匆往洗手间奔去。罗剑也沉着脸,呆呆地站着。罗剑的爸爸重重地咳了声，顿时惹来亲家母狐疑的目光。

出院后，见罗剑不太说话，邓丽娟就来火了，质问道，你是不是嫌我帮你生了个女的？有本事你去找个能干婆，再帮你生一个。

罗剑连忙捧出笑容，声明绝无此意。得到了安慰，邓丽娟声音就低了下去，你以为生个崽出来容易？痛得我要死。

罗剑看她眼泪都出来了，顿觉得小邓受了这么大的苦，自己还不满意，简直不是人。他的父母站在一边，半张着嘴，牢做不得声。

女儿出生后的半年里，罗剑都在说服自己，生个女还好些，女儿还孝顺一些，要是个崽呢，长大后不听话，等于是生了个仇家。他这套女比崽好的理论，不仅应用于内心，还经常加以宣扬，以示自己生了个女还过得好些，心里还畅快些。那些有崽的同事，都对他的说法深表赞同，并纷纷数落自己的儿子淘气得要命，拿着脑袋痛。慢慢地，罗剑就相信自己原来就是想要个女的。女儿眉眉越长越像他，圆脸大眼，那一身好皮肤却是传自邓丽娟的，看着像画上的刘海，比他们两个都要漂亮。罗剑在单位上受了压，心里不痛快，回来看到眉眉，什么气都消了，只有欢喜。

眉眉出生后这两年里，单位上变数大。龙向阳和江平相继垮台，赵人瑞提了副行长，郑亮也由总稽核转为副行长。罗剑盼望着自己也能有所变动，但王庆生的目光似乎还没有投到信贷股来。等来等去没有动静，罗剑唯有劝说自己，不要东想西想了，上好班，把眉眉带好，就可以了。眉眉现在成了他的命根子，一天不见，竟过不得。有次到中支搞培训，学了一个星期。这在往常，很容易就打发过去了，现在才过两天，就只想回去了。勉强熬到第四天，他把资料领到手，提着从超市里买的一大袋旺旺雪饼，一个人去东站搭班车。到了家，看到眉眉，抱起来他就亲了两口。想不到啊，自己居然会这么离不开女儿，罗剑愈加觉得世事不可料，唯有心平气和，顺其自然。

罗剑一心想念女儿，私自提前回来，却惊动了信贷科的领导。他是信贷系统有名的业务尖子，平常搞培训，都是扎扎实实，坚持到最后一刻的。要是换了别人，可能还引不起领导的注意。结果一个电话打下来，第二天程玲就质问他是怎么回事？以前在她面前，罗剑都有些软，还没开口就已打算妥协，唯独这次，罗剑心头火起，觉得自己提前回来看看女儿，你口气那么硬干什么？便冷着脸没做声。见罗剑居然摆脸色给她看，程玲颇觉惊异，本来想不问了，但转念一想，自己的男人才调到昭市去，罗剑就不服管了，什么意思？莫非沈正明不在飞龙，人民银行的人就把我程玲看轻了？于是坚持要问个明白。其实根本没想起沈正明已调到昭市工行去当办公室主任，罗剑只不过突然记起了过去所受的种种不公平，忍不住冲出一句，你喜欢培训你去好了！

程玲的脸顿时白了，你这是什么态度？

我就是这个态度，你看不惯就把我踢出信贷股。告诉你，我也不想待了。甩出这两句话，罗剑就冲出办公室，到厕所里转了一圈。出来后他的情绪已冷了下来，心里开始有点后悔。这是他第一次跟程玲吵，不知道后果会怎么样？自己有那么多次机会，占足了理的，为什么偏偏挑这次跟她吵？往自己的脑袋拍了一掌，罗剑盯着地面，有点无所适从。后来他想，妈的，顶多就是把我放下去，反正是个做事的小卒，到哪里都一样。把最坏的结果想清了，他心里反而轻松了许多，仿佛一个犯人，在最后关头已知不可避免，便坦然地闭上眼睛，等着那一枪的到来。

过了个把星期，这一枪还是没有打来。程玲对他反而客气了许多，讲起话来都是用商量的口气。罗剑倒有些看不起她了，觉得这娘们也就是只纸老虎，没什么了不起。又过了两天，新上任的主管副行长郑亮找他去谈话，问他在信贷股干了这么多年，有什么想法没有。以为自己会被放下去，罗剑把心一横，把多年来的苦水全倒了出来，一句话，就是做事是他的，评先进出去要就是程玲的。郑亮问，以前龙行长在的时候，怎么没听到你反映？

叹了口气，罗剑说，郑行长你不是不知道，龙行长跟程玲他男人是一伙的，我讲了又有什么用？

郑亮很爽朗地一笑，这么多年来，你也受了些委屈，这个我是知道的。

听到这句话，罗剑的眼泪差点掉了下来。

不过这次这个事，就事论事，是你不对。

罗剑不发一言。他等待着惩罚来临。

到底是什么原因，我也不想问了。只希望你好好工作，继续为行里做贡献。郑亮说完，站了起来，伸出手。罗剑赶忙上前跟他握了下。

出门后，罗剑想，郑行长到底是我们这一摊的人啦，在王庆生面前肯定帮我讲了好话。要是龙向阳还在台上，自己怕要被整死去，哪会这样轻描淡写就过去了？走进信贷股，他看了程玲一眼，突然有种得胜的感觉。这种感觉前所未有，让他觉得自己发生了一点微妙的变化。

有了这样的结果，罗剑已是非常满意，甚至是庆幸。但事情并没有完。到了月底，行里开职工大会，宣布人事变动，程玲到发行股任副股长，罗剑任信贷股副股长并主持工作，李竹天从发行股调信贷股任股员。这个任命一公布，罗剑脑袋都是懵的。以至于旁边的同志对他示以亲切的微笑，他都没能及时做出回应。以至于会后有人感叹，罗剑看着那么老实的人，听到自己当了副股长，就变了脸。这人啊，只要当了官，就露出真实面目来了。

这话很快就传到罗剑耳朵里，他想找那位同志解释一下，转念一想，解释也是空的，算了。何况他确实很忙，又要打移交给李竹天，又要接程玲的移交，还要依惯例请行长股长们吃饭。本来他还在担心，不请其他同志，怕有点不妥？但当天晚上喝酒的时候，看到王庆生、赵人瑞、郑亮对他露出亲切的笑容，罗剑突然迸出了终于进入圈子的意识，觉得自己白天那个想法简直是愚不可及。

此后几天里，罗剑都还有种如在梦中的感觉——怎么自己一下子就成了副股长了？后来慢慢地他就想清了，一是郑亮要培养他自己的班底；二是程玲以前跟龙向阳跟得紧，王庆生对她也有排斥心理；三是程玲的老公，工行副行长沈正明上个月调出飞龙了，没有什么顾忌；最后就是自己这一吵，给王庆生和郑亮提供了动手的借口。信贷股少得了程玲，却少不了他罗剑，这一点，连程玲自己心里都明白的。所以要调个人出去的话，只能是程玲。虽然在发行也是副股长，但上头还压着个股长，等于是降了级。宣布任命的那一天，程玲并没有到场，以免尴尬。好在她看得长远，打移交的时候，并没有故意刁难。帮她把桌子抬下去后，罗剑一身轻松，觉得自己第一次撒野，居然还搞了个副股长，真是世事难料。回到家里，他是笑容从心里直往脸上冒。眉眉蹦过来喊了声爸爸，罗剑更是心花怒放。看着女儿那一脸福相，罗剑想起此事因眉眉而起，便坚信是她带给了自己好运气。

罗剑荣升副股长，邓丽娟在外面也得到了熟人的贺喜，心里自是高兴。但到了屋里，她却故意把笑容减淡，以免罗剑过分得意，而忘了在屋里的身份。罗剑却根本没想过当了副股长，就要在家里摆摆架势。见他一切如故，邓丽娟也就放了心，庆幸自己当初没看错人——乡里的伢子，就是老实。要换了城里男人，肯定把尾巴翘到天上去了，还给你做家务活儿？唯一的不满就是：罗剑似乎对眉眉太好了，甚至超过了自己。而眉眉也跟罗剑要亲一些，有时明明是在她怀里玩，看到罗剑进门，马上就滑了下来，脚步还没站稳,就欢天喜地地扑过去。这情形,居然让邓丽娟有点妒忌,好像眉眉不是她的女儿,而成了她的情敌。又不肯对罗剑直说出来——妈妈吃女儿的醋,讲起来也蛮丑——邓丽娟只有把不满宣泄到眉眉身上,对她一天比一天严厉。越是严厉,眉眉就越是怕她,越是怕她,就跟罗剑越亲,越是跟罗剑亲,邓丽娟心里就越气,心里越气,对眉眉就越是严厉,最后搞得邓丽娟看到眉眉,就会条件反射似的收起笑容。

有天眉眉嘴巴子发馋,跑到罗剑面前,奶声奶气地说,爸爸,我要吃酸梅糖。

只要女儿开口,罗剑从没想过不答应,马上抽出一块钱,要她找奶奶带她去买。眉眉把钱攥在手里,似乎糖已到了嘴里,脸上笑出蜜来。看到女儿这么开心,罗剑也把脸笑成了椭圆形。父女俩这么高兴,邓丽娟却把脸一沉,说,就晓得吃糖,把牙齿吃得净是虫,不准去。

看着她这副青脸相,眉眉意识到糖可能吃不成了,心里一急,就咧开嘴哭了起来。

哭,就晓得哭。邓丽娟一边骂,一边去抽她手中的钱。没想到眉眉死也不肯放手,邓丽娟稍一用力,钱就断成了两截。想也没想,她甩手就赏了女儿一巴掌,眉眉放声大号。

本来不准小家伙吃糖,罗剑还没什么意见,但见邓丽娟毫无必要地做出副凶神恶煞的样子,把女儿骇脱了魂,他心里就不爽,说,你小点声要得么?

邓丽娟声音立刻又高了八度,我管女儿,关你屁事?

眉眉未必不是我女儿?

我晓得是你女儿哦。邓丽娟一脸冷笑,我晓得你爱你个女哦,你干脆带着个女过算了。

见眉眉在一边好像要哭得背过气去,罗剑急得很,也无心跟邓丽娟吵下去,一把抱起女儿,大步走出门外。没想到走到操场上的时候,邓丽娟的女高音又从二楼阳台上奔袭下来,罗剑,你有本事就莫归屋。见她整个人好像是失去控制一样,罗剑只有仓皇逃避,带着眉眉走出单位大门,慢慢地把女儿哄住。李锦成和沈芳带着李沈从外面回来,跟他打招呼,到外面去耍啊?

去耍。罗剑满脸堆笑地回答,同时心里升起一股悲哀之感。

这天晚上，罗剑就带着眉眉在外面吃了饭，又买了酸梅糖，在街上转到九点钟才回去。眉眉是早已破涕为笑，在大街上东张西望，兴致高得很，罗剑却愁得要死，只希望马路无限拉长，永远不要走到屋里就好。

开门的是罗剑他娘。客厅里只亮了盏节能灯，暗淡得很。桌子上摆着饭菜，似乎还没动过。想起还要六十岁的老娘煮饭做菜，罗剑心里就有点酸，也不问邓丽娟到哪里去了，把大灯打开，让屋里亮堂起来。他娘对着卧室指了指，示意他进去讲讲好话。本来一路上罗剑想的就是如何跟邓丽娟和解，但这时他却把心一横，说，你不要管，然后把电视打开。

你们吃点饭。

吃过了。

小邓还没吃呢。

饭菜是现成的，她有手有脚，还不晓得吃？

卧室里传来“砰”的一声，似乎有什么东西被狠狠摔在地上，然后就是哀怨的哭声。罗剑心里发虚，但坚持没有起身，眼睛盯着电视。倒是眉眉在一边推了推他，小声说，妈妈在哭呢！

罗剑的声音更小，让她哭，我们玩我们的。

眉眉很得意地笑了起来，似乎和他达成了什么秘密协议。罗剑想笑，脸部却有点僵硬。

自个玩了会后，眉眉就把头靠在沙发上，以跪着的姿态睡着了。让老娘把她带进儿童房去睡，罗剑继续看他的电视。电视上的人手持刀剑，在树上飞来飞去，打得很热闹。但为什么打？罗剑却一直没看明白。不过他至少在形式上看到了午夜十二点。等到几乎所有的台都出现空白后，他才把电视机关上。睡哪里？沙发软如人肉，他睡不惯，打地铺席子又收起来了，况且冬夜寒气重，没有被子，有点受不了。在客厅里徘徊复徘徊，最后罗剑咬咬牙，去推卧室门，果然已被锁上。虽然知道八成是被反锁了，罗剑还是摸出钥匙去戳。等到所有的希望都泡汤，他开始敲门。开始还是试着力，敲着敲着火气就敲上来了，最后像是在擂鼓，整扇门都在颤抖。

哪个剁脑壳的敲死敲骨头？

我要拿被子。罗剑的嗓门也被敲大了，吼了一声。

过了会儿，里面窸窸窣窣地响了起来。几乎是打开门的瞬间，邓丽娟就转过背去，留给他一个蓬头散发的影子，看上去像个鬼一样。本来以为她会扑上来撕扯，没想到却是这样一个软弱无力的姿态，罗剑心里一阵轻松。反手关上门，他就转了念头，开始脱衣脱裤。等他到了床上，邓丽娟骂了句，死不要脸。罗剑不理她，合上眼没几分钟，就发出响亮的鼾声。

第二天一早，眉眉就发高烧，额头烫得让罗剑胆战心惊。邓丽娟开始还在一边冷言冷语——你晚上带她出去耍得欢啦，耍得不想归屋了，现在好了，要出病来了——但当看到温度计上显示为三十九度时，她也慌了手脚，把眉眉抱在怀里，直掉眼泪。两个人赶快把女儿往医院送。偏生这天的"慢慢游"行运得很，每过一辆里面都塞着个人，急得罗剑直跺脚，邓丽娟一边看着眉眉哭，一边骂这些开"慢慢游"的早不载客，晚不载客，莫非想害死我个女？

又等了一阵，李建华开车载着赵人瑞和几个中支的科长从外面吃早餐回来。看到这情形，赵人瑞便要李建华赶快送一送。到了医院的时候，医生一检查，责怪他们怎么不早送来，要是再晚上一点，脑袋只怕要烧坏。听得此言，罗剑浑身直冒冷汗，简直不敢去想象那种结果。

眉眉得了病，倒让两人有了和好的机会。看到邓丽娟那样子，罗剑便明了老婆还是爱女儿的。邓丽娟呢，也没有再揪着昨晚的事不放，她的心思全被眉眉牵了过去，再就是潜意识里也不愿真的跟罗剑闹翻——她很清楚，像罗剑这样工作单位好，又完全顺从老婆的男人，少见。气跑一个，再想找，那就难了。结果眉眉吊了一上午的水，他们竟然没有红脸。从医院里出来的时候，虽然谈不上言笑如常，但也没有都青着张脸，好像彼此不认识。

此后邓丽娟对罗剑居然客气了一点，虽然还是惯于使用祈使句式，但命令的口气淡了许多。罗剑家务活儿没少干，但心里熨帖了许多，觉得什么事都是一顺百顺，看来自己开始转运了。有时他也暗自琢磨，自己以前任劳任怨，结果没人记得你的好，到头来什么都不是。现在跟程玲吵了一回，就搞了个副股长；跟老婆闹了一场，在家里的待遇立刻提高，看来这个世道是讲恶的。这个结论把罗剑自己都吓了一跳，因为他一向信奉的是"人之初，性本善"，但事实摆在面前，硬如铁，明如镜，锋利如刀，自己想否认，都不行。

此后一段时间，罗剑都处在矛盾之中。有时他像以前一样，笑脸对人，但大家并没有领会到这是罗剑升了官不忘本，反而觉得他没威仪，好使唤，找他办事时声调都没有降到应有的度数。有时罗剑被喊得烦了，硬下心肠，开始奉行“讲恶论”，把脸板起，看上去像块结实的乒乓球拍。一般的同事开口，只要有点不符合规定，他一拍就打了回去。同级的股长来找他，明明马上办得到的，罗剑有时也故意要拖上一拖。这样搞了几次，大家对罗剑渐渐有了畏惧感，见到他都要及时摆出笑容，生怕怠慢了他。

这种效果，开始让罗剑感到有点恐慌，受不起，甚至觉得迷惑。有时摆了一阵子架子后，又忍不住放下，重拾与人为善的旧传统。然而马上就轮到那一帮同事迷惑了——罗剑到底是怎么回事，一下子春一下子冬，没个定准。罗剑发现大家对他的客气竟然不太习惯，懊恼之余，居然有种放下了包袱的轻松。日子久了，他也就惯于摆出一副卖牛肉的相。这副相开始只限于别人求他办事的时候亮出，后来就成了种日常姿态，就算没人在场，也维持得很好。尹桂花说，小罗越来越像个领导了。这话传到罗剑耳朵里，竟让他暗自高兴了好一阵。

得到了领导的重视和同志们的敬畏，罗剑可谓走上了人生的顺途，但同时又添了块心病，此病来源于他唯一的下属李竹天。李竹天，也是三湘金融学校出来的，属于最后一届包分配的中专生。到行里这两年来，不时在《昭市日报》上发表些散文，让行里这些师兄师姐们颇觉惊奇。这小子，说老实也老实，可以整天不说一句话，抱着本小说在看。说不老实，也算得上一个，因为他经常带着妹子在院子里出入。原来李竹天在底下发行股做事，罗剑隔着距离看他，倒是有几分欣赏和羡慕。现在到了一起，隔着两张办公桌的距离，天天低头不见抬头见，罗剑对李竹天就开始有想法了。

对前任股长程玲，罗剑虽有不满，但自认为还是做到了谦恭和服从。现在他继承了程玲的衣钵，成了股长，觉得李竹天理所当然得继承他的衣钵，努力做一个谦恭和服从的股员。奈何李竹天虽然不太说话，但绝对和谦恭无缘。他在每个问题上都有自己的见解，跟罗剑合拍的，就做，不合拍的，便会提出异议。李竹天虽小，却是有名的才子，罗剑在他面前有压力。两人辩论一番后，结果往往是罗剑同意了李竹天的看法。

比如在任务分配上，罗剑想跟程玲一样，当甩手掌柜，提出贷款证、统计和大额现金管理都归李竹天搞，他就管利率，有了材料两个人一起写。李竹天却不接受，认为自己刚来，业务不熟，一口吞不下这么多东西。罗剑说他刚来，就是要多学业务。李竹天就提出搞业务就不写材料，写材料就不搞业务。那些枯燥无味的业务论文和调查报告，罗剑实在写厌了，现在好容易来了支新笔,他正谋划着以后自己只出思路,具体撰写就包给李竹天。李竹天这一提,直接就打乱了他的如意算盘,罗剑阵脚有点乱,提出材料还是一起写,大额现金那一块由自己来搞。李竹天却说他最多再加个贷款证,多了搞不下。罗剑当时居然也答应了,但事后想想,觉得有些憋气。“搞业务就不写材料,写材料就不搞业务”,李竹天居然用这种句式跟他说话,自己当初怎么就不能以上级的身份命令他一句,业务和材料都要搞。但想是这样想,到了下一次争论,最终又是他做了退让,罗剑自己都觉得莫名其妙。

但有时李竹天的看法又是对的。比如有次到农行搞利率检查,查到一张传票不对头,罗剑做了记录,李竹天却还要复印原件。觉得无此必要,罗剑说算了,李竹天却坚持复印了一张。检查完毕后,农行的人却把那张传票给换掉了。后来人行下处罚通知书的时候,双方还争了起来。最后罗剑把复印件一亮,对方才无话可说。罗剑获得胜利,当场就表扬李竹天,但李竹天脸上没什么反应,让他心里很不舒服。

李竹天喜欢坚持己见,面对领导脸上居然没什么笑容,罗剑忍一忍也就过去了。现在最让罗剑看不惯的,就是李竹天谈恋爱。每天听着李竹天在电话里跟妹子说笑,他的心就是紧的——想当初自己找对象找得那么苦,这小子,怎么轻易就能钓上个妹子喽?罗剑很不服气,为他寻找种种理由:家里是城里的,现在的妹子比较开放,银行单位好,等等。有次他还当面把这些理由抡出来说了一通,意思是李竹天不要以为是你自己有多狠?满以为李竹天会跟他争论一番,没想到他却冷冷一笑,转过身去拨电话。这神态、这动作,让罗剑深受伤害,感到自己的内心都被他看透了。坐在桌前,他全身的血液都燃烧了起来,却只能低头看着台历。李竹天低低的声音像电钻一样,从他的耳门钻进去,搅得他的脑神经生疼生疼。

要是李竹天只跟一个妹子谈,罗剑倒还好想一点。最让他恼火的是,李竹天似乎有两个女朋友,而且每个都确实不能算差,至少都比当年的赵琼要洋气。但听李竹天的口气,他的女朋友都还只是过得去而已。此言让罗剑简直是愤怒了。但他也知道自己的愤怒摆不到桌面上来,只有在背后跟人扯卵谈的时候,甩出一句,李竹天那些女朋友,晓得是些什么来路?

宋小红立刻贡献出自己的调查情况:有个妹子是邮政局的,另外一个是向阳街打字店的打字员。面对这份翔实而确凿的调查报告,罗剑无话可说,青着脸,重重地哼了一声。宋小红却不放过他,说,你怕是眼红了吧?

我眼红什么？我老婆那么漂亮。

小邓是还不错，但要讲漂亮，恐怕还比不上小李那两个女朋友。

看着宋小红那张薄得可厌的嘴，罗剑恨不得一拳把它打歪。但他发不起火，因为他隐隐约约知道自己是喜欢她的，只不过从开始就明白是没希望的事情，所以一直没敢去认真想这事。宋小红也明白像罗剑、钱威他们，对自己都有好感，所以说起话来肆无忌惮，也不去理会罗剑被她刺得心里滴血。不好跟宋小红计较，罗剑只有向李竹天开火。李竹天最喜欢读小说，上班没事就盯着本书看。他看起书来，整个人就完全融进去，不时发出会意的笑声，到了下班时间，也茫然不觉，直到食堂的牛师傅在操坪里扯起个烂喉咙喊他吃饭。开始关系好的时候，罗剑还提醒一下李竹天，后来对他烦起来了，就一声不吭地走了，让他陷在书里面。被宋小红戳得下不了台后，这天下午，五点半一到，罗剑走出门的时候，就把电灯关了，然后重重地带上门。到了走廊后，腿却有点发虚，有点担心李竹天冲出来。匆匆走到楼梯口的时候，见身后没有动静，罗剑才松了口气。

第二天上班，李竹天神色如常，让罗剑彻底放下心来，同时觉得人真的是怕恶的，看来以后还是要贯彻到底，决不手软。到了五点钟的时候，罗剑闲下来，坐在办公桌前翻阅新一期的《金融经济》，眼前突然就一暗，接着耳边传来“砰”的一声，仿佛有扇门狠狠地撞过来。待到明白是怎么回事时，李竹天早已失去踪影，罗剑气得手足冰凉，半天没做出反应。回到家后，他破天荒地只吃了一碗饭，整夜肚子都是鼓起的，里面的气牢不得出来。

到第三天，李竹天仍然是一脸漠然地来上班，好像什么都没发生过。几次想开口质问他昨天的行为，但话到嘴边又缩了回去。不禁暗骂自己的无能，但罗剑明白李竹天会怎样来应对，有可能还会把自己顶得开不了口，最后他只有躲到电脑房上局域网，眼不见心为净。好在李竹天并没有摆出要跟他结仇的架势，天天跟他搞对打，工作上还是该干什么就干什么。他这个态度，倒让罗剑安了心，想道只要信贷股的工作能照常运行，自己也就搂过去算了。真的大闹起来，别人马上会议论他没有能力，连一个兵都管不好，不划算。

虽然李竹天不太合作，但罗剑出去检查，还得带着他——人行的规定，到金融机构检查，不能单人操作。很快到了四月初，一季度利率检查又开始了，罗剑和李竹天整日就夹着个包在外面转。首先清理的对象是工行。工行的信贷股长陈利平是个老油子了，跟罗剑熟得很。罗剑他们屁股还没坐稳，他就摆出一副夸张的表情，检查个什么卵喽？我们做事，你们还不放心？到这里喝杯茶，扯下卵谈，等一下我们蒋行长从外面回来了，就到店子里坐起，先打几盘麻将再说。

对他的套路，罗剑早就熟透了，笑是那样笑，检查还是照常进行。李竹天第一次来，根本就不说话，只顾低头翻传票。陈利平对他却好像很感兴趣，不住地问他的情况。怕李竹天不理会，冷了场，罗剑主动做了介绍，还特意指出小李发了不少文章。陈利平瞪圆眼睛，说，那还是个才子啊。找了对象没有？

生怕李竹天说没找，罗剑抢先笑道，他比我们厉害多了，有几个妹子围着他转呢。

陈利平哈哈一笑，那有什么紧，只要还没扯屠宰证，再多谈几个又有什么关系？

罗剑感叹道，他们是碰上了好时代。

陈利平说，何解？你也可以再找几个嘛。

眼睛里闪过一丝憧憬，罗剑嘴上却说，你莫讲卵话？

检查搞了半天，快到傍晚的时候，管业务的副行长蒋佩健从外面回来了。四个人就坐在了工行斜对门的店子里。蒋佩健是新提拔上来的业务骨干，比罗剑只大了四岁，人显得精明，眼珠子一转，就好像在你心上刮了一道。罗剑祝贺他又取得了进步，蒋佩健脸上似笑非笑，只说了句，就这么回事，便开始发牌。本来是要打麻将的，但李竹天不会，又坚决不肯学，他们三个只好打字牌。李竹天靠在沙发上，眼睛盯着电视，手里端着杯茶，一副我行我素，绝不同流合污的态势。瞟了他一眼，罗剑突然就来了气，心神不定，结果发错了牌，一盘下来，输了四十。罗剑的口袋是经过邓丽娟严格过滤的，总数不会超过一百元。底气不足，手更加软，判断连连失误，很快就输了个潭干水尽。好在这时小姐端着盘鱼头王上来了，他就连呼饿了，拒绝了陈利平来最后一盘的提议。

到了饭桌上，蒋佩健和陈利平挟牌场之余勇，端着酒杯，围攻罗剑。陈利平还想跟李竹天厮杀，但被他一口回绝。怕场面僵住，罗剑只有证明李竹天从不喝酒。陈利平一脸疑惑，实在不敢相信现在还有这样的人，居然不抽烟、不喝酒、不打牌。蒋佩健表扬道，小李是个良好青年啊，找没找对象？

正在选择中。

觉得这句话确实回答得恰当,罗剑半是赞许半是妒忌地看了李竹天一眼,然后举杯对蒋佩健说,蒋行长,我敬你。

干了后,蒋佩健还是把目光转向李竹天,问他找对象有什么要求。李竹天说,也没什么,关键是看着顺眼。

那我帮你介绍一个怎么样?

罗剑立刻紧张起来,盯着李竹天。这家伙淡淡一笑,说了句,要得嘛。

眼睁睁地看着李竹天又有机会钓个妹子上来,罗剑忍不住妒火中烧,却还得感谢蒋行长这么关心人行的年轻同志。

罗剑他有次跟陈利平喝酒,听他说起赵琼的老公下岗了,心里一动,突然就来了劲。赵琼,他其实是经常碰到的,虽说生了小孩,但比过去更添风韵。人行和工行本来就联系紧密,自己当了副股长的事,想必她也会有所耳闻吧。人民银行的副股长,跟个下岗工人一比,显然不是一个级别。罗剑认为自己如果抓住这个有利时机,赵琼在他的成就和痴情面前,说不定就会动心。越想他越来神,那天晚上他又失眠了。

第二天上午,趁着李竹天去收费局领贷款卡的收费凭证,罗剑就把门关上,翻出从陈利平那里打听到的号码,拨通了赵琼的手机。

哪位?

我是罗剑。

哦,有什么事?

没什么,就想起跟你打个电话。

没事我就挂了。

哎,莫这样嘛。听说你男人最近下岗,你心情不好,我想请你出来喝茶,聊聊天。

我跟你有什么好聊的?我告诉你,莫说我男人下岗,就算没了男人,也不会来找你。你莫以为自己当了个芝麻大的股长,就以为是上了档次。告诉你,就算你当了人民银行的行长,你还是个土包子。

电话那头传来嘀嘀的挂机声。罗剑手执话筒,呆呆地看着对面。对面空无一人,只有一面无法逾越的墙,向他压了过来。

编号:026

姓名:谢　明

谢明个子小,长了张娃娃脸,说话细声细气。刚到行里亮相的时候,没有人把他当成是新来的同事,只以为是哪个学校的初中生,竟玩到人民银行的办公室来了。其实他是三湘金融学校大中专班毕业,二十二岁的人了,底下的毛早已长齐,就是嘴上不长毛,光光的像个小太监。看到谢明这么弱小,连龙向阳也不忍心把他发配到保卫股去磨炼。正好全国会计系统从手工联行转为电子联行,飞龙县人民银行会计股也鸟枪换炮,电脑全面升级,还专门搞了个电脑房,需要专人维护,谢明就顶上了这个差事。其实谢明读书的时候,看到电脑就烦躁,五笔拆字差点过不了级。但当龙行长亲切地询问他电脑学得怎么样时,谢明实在没办法把不行两个字说出口。大家也一致认为,三湘金融学校出来的,科班生,哪会不行喽?竟然都很放心,并觉得谢明运气不错,撞上了个好机会。

接受任命的那天晚上,谢明竟然没睡落觉。到了两三点钟,眼睛还是睁得很大,直瞪着天花板,好像很担心屋顶会突然塌掉,猛压下来。后来他干脆就翻身而起,把教材翻出来,狠狠地盯着WPS系统简明操作程序,似乎要用目光把书本戳穿。读中专的时候,学校总共才五台电脑,宝贝一样地藏着掖着,生怕学生去碰了。他们上机时间少得可怜,基本上是纸上谈兵,临考前发狠背诵那些咒语一样的程式命令,考过以后,就迅速忘掉了。学生如此,老师也好不到哪里去。有个四十多岁的焦老师,号称是教计算机的,但对硬件却一窍不通,有时机子启动不了,他连主机箱也不会拆,就在外壳上“砰砰”地乱敲一通,居然也能把机子敲转,还自鸣得意。就是这个老师,把谢明对计算机的兴趣全敲跑了。师生这样互相糊弄着,装模作样地上了一年计算机课,却没有几个认为自己是搞懂了电脑。没想到刚到单位,就有十多台586的电脑虎视眈眈地等着他,别人还认为他运气很好,谢明真的有欲哭无泪之感。初出茅庐第一战,要是打输了,他就会被行里人看扁去。想到这一点,谢明书也看不进了,焦虑满怀,竟这样枯坐到天明。结果上班的时候,他在电脑前睡着了,半个键盘都是口水盈盈。

好在第二天系统运行很正常,除了开关主机外,并没有要麻烦谢大维护员的地方。只不过他在会计股还有份差事,就是搞事后监督。对这个,谢明倒是满有信心,做起来很快就能找到感觉。孙建设在一边瞟了瞟,认定他是块搞会计的料,就很放心地走了。看到谢明第一次装订传票,就做得整齐漂亮,仿佛老手所为,尹桂花便叹道,你们这些正规学校出来的,就是不同些,以后我陈小兵也干脆去读金融学校算了。

谢明得到表扬,脸上生光,但很快就暗淡了下去,因为他又想到了电脑维护。听说以前陈卫东搞过阵电脑。谢明就走到陈的桌前,恭恭敬敬地喊了声东哥,请他传授经验。瞟了他一眼,陈卫东说,我也不太懂的。看到谢明还粘在桌前不肯走,一副老实巴交的模样,陈卫东又追加了一句,你反正试着去,只要不把电脑搞坏就要得了。

下班后,吃过饭,谢明也不回宿舍,又钻到机房里。他是发了狠心,不就是几台死机器吗,搞得通也要搞,搞不通,霸点蛮也要把它们收拾了。陈卫东说话虽然冷,但后面那句还是让谢明若有所悟。打开主机,摊开教材,他就按照上面排列的程式命令,一项一项地去试。这一试,还真试出味道来了。这些稀奇古怪的符号,打到电脑上,再把回车键一敲,效果马上就出来了。以前临考猛背的时候,也知道这个命令是查看文件清单,那个命令是改变当前目录,但什么是文件清单,什么是当前目录,脑袋里根本就没有实像,只是概念空转而已。现在坐在电脑旁,边学边用,以用促学,一切都很清楚直观,根本就不是以前那种云里雾里的感觉了。谢明简直有绝处逢生的喜悦,越敲越来劲,一项一项地试下去,根本就不知道时间过了有好久。直到有人重重地敲门,他才惊醒过来,满脸疑惑地去开门,看到的是一张同样满脸疑惑的脸。值班的晁荣宝问他,还在加班?

谢明嗯了一声,其音细若蚊音,给人以心虚气短之感。晁荣宝愈加疑惑,大步跨了进来。要不是退得快,谢明还要被他撞着。在机房转了圈,晁荣宝连一只犯罪的老鼠也没有发现，他还不放心，在主机前立定，看清了桌上所摊的乃是本电脑书，脸上这才松弛了一点，对谢明说，这么发狠啊？

谢明又一次得到表扬，抓了抓脑袋说，应该的。

第二天，很多同志都知道小谢发狠，晚上还在电脑房钻研业务，便纷纷表扬龙行长眼光好，最会看人了。龙向阳在大家的合力颂扬下，忍不住咧嘴一笑，对自己的相人能力更加自信。谢明看到自己的表现居然跟龙行长的声誉联系在了一起，惶恐之余，也有得到重用的良好感觉，此后愈发努力，日夜攻习，还买了本硬件方面的书，星期天就拿把起子，把台主机箱拆开，对着书，一个部件一个部件地去认。原以为电脑结构复杂无比，必然是藤缠树绕，没想到内部一目了然，比人脑简单多了。再想起两个星期前那种即将奔赴刑场似的沉重心情，谢明觉得有点滑稽，同时也深恨学校的电脑教育误人子弟。

没过两天，信贷股的机子出了毛病，股长程玲打电话喊谢明上去。其实他的责任是维护主机房，保证会计系统运行不出问题。但谢明根本就没想过这不属于他的工作范围，一蹿就上了二楼，带着兴奋和惶恐的心情直奔信贷股机房。以为是什么重大问题，他还带了把起子，准备软件搞不定时就看硬件。坐下一看，不过就是屏幕上出现彩条乱码，使用了一个清除命令就了事，连重新启动都不需要。程玲感叹道，这些新东西，也只有你们年轻人有办法。

这其实很简单，学一下就会了。

我们老了，不像你们，接受新鲜事物很快。

你才三十多岁，怎么就老了呢？

程玲似乎有点不高兴，坐在电脑前，重新打开统计程序。谢明水也没喝到一杯，就走了下去。

此后呼唤谢明的声音日益增多。客气点的，就打个电话。随意一些的，便站在走廊上，大喝一声，小谢，来搞一下电脑。谢明总是随喊随到，脸上还挂着笑容，似乎是他在求别人搞电脑。看他如此随和，同志们也就愈发觉得喊他来弄是理所当然的事。有时谢明忙了半天，连谢谢两个字也没听到。不过他的心思不在这上面，每次总是悬着一颗心，怕解决不了问题。而每当把问题搞定，就长长地吁了口气，哼着流行歌曲走了。若是连输几道程式命令都无效，他的额头上就会蹿出汗珠，耳根也开始发热。有的同志见状，还安慰一下他，要他别着急。刻薄一点的便现出冷笑，或者干脆说，小谢，你学得还不到家啊。这个时候，谢明便满脸通红，一句话也说不出。陈卫东碰到过两次这样的情形，便在背后说，谢明怎么那样蠢，又不该他管的事，他去做什么雷锋喽？结果费了力，还要被别人讲一顿。但当面他从不提醒谢明，只是面露若有若无的讥笑之意，让谢明看到他心里就发慌。

这样忙了大半年，谢明挨了不少嘲笑，红过十几次脸，总算积累了一些实战经验，一般性的问题都能解决。心里有了底，每次上阵的时候，心慌慌的感觉基本没有了。同时他也明白，电脑这个东西，弄起来是没有止境的，只有不停地看书、学习，才能不被它甩在后面。孙建设看到他桌上堆了一摞电脑书，便问，小谢，这都是你自己买的？

谢明觉得这问题很奇怪，眼睛睁得很圆，仰头看着满嘴络腮胡的孙大股长，是啊。

开了发票没有？

没有。

你要开发票啦，这都是可以在行里报销的。

我自己买书，行里还可以报？

你学电脑，是在帮行里做事，当然可以报。

谢明哦了一声，心想帮行里做事，我是领了工资的，买这些书是给自己充电，难道还要单位出钱？

见他一副疑惑的样子，孙建设提起一本书，看了看标价，说，何解这样贵喽？要是几块钱你自己出也就算了，二十多块钱一本，还不找单位报？

谢明只有点头应着好，感谢孙股长的提醒。下次他到新华书店买书，本想拿起书就走的，但猛地记起孙建设的话，觉得不开发票，有点对不住他的好意，便对收钱的店员说，麻烦开张发票喽。

谢明买东西还没有开过发票，本以为这个要求比较过分，一定会遭到店员的盘问，声音也是怯怯的，没想到对方头也不抬，就问了句，开哪个单位？

谢明大喜过望，连忙说是中国人民银行飞龙县支行。

开票的妇女觉得这名字又臭又长，说，就写个飞龙人民银行，要得么？

谢明觉得不太规范，但怕说出来，这位大嫂一怒之下，就不给开了，便勉强应了声好。

发票带了回来，收在抽屉里有个把星期。他动过填报销单的念头，但总觉得不好意思，抽出的笔又放了回去。孙建设看似粗豪，心里却很记事，看到谢明桌上的电脑书高了几层，知道他又去买书了，便问他有没有开发票。

开了。

报了没有？

还没有。

那你还不去报？

看到孙股长鼓着一双铜铃眼，谢明心里就害怕，连忙翻出报销单，仔细填好了，把发票附在后面。孙建设签了个名，就要他去找王庆生签字，再到总务室报销。谢明揣着报销单，慢慢地走上二楼，远没有去帮别人解决电脑问题那样有劲头。王庆生的办公室他还从来没进去过，看到门似关非关，他很想转回去，不报算了，难得麻烦。这时门突然开了，现出王庆生干枯的模样来。看到谢明，他似乎很高兴，小谢，找我啊。

王行长，我要报张票，请你看一下。谢明的声音低得几乎听不见。

听到要报票，王庆生脸上的笑容就没有了，眉头深锁，接过票，用目光烙了一遍，你这是买什么书喽？

电脑书。

是不是放在行里的阅览室？

不是，我自己看的。

那就不能报。

谢明好像行骗被戳穿一样，转身就要逃走。王庆生又喊了句，小谢。谢明心里一惊，以为王行长要教训他，没想到他只是把票递了过来。谢明更加羞愧，下楼的时候，就把票撕了，丢进水沟里。孙建设看他的样子不对头，问他报了没有。谢明把情况说了。孙建设就骂他，你就这么老实，他说不能报就不能报啊，你不晓得跟他再论一下。

我论什么喽？

你这是为了行里在学电脑。他不报，你就说要是电脑出了什么问题，你不负责。

谢明不吭声，心想这怎么行呢？

看谢明一副老实巴交的样子，孙建设想着要维护一下这个伢子，不能让他太吃亏了，便说，把票给我，我去跟他说。

谢明吓了一跳，我撕掉了。

你撕掉干什么喽？你撕的是你自己的钱呢。你何解这样老实喽？

看到谢明勾着头，不做声，孙建设也不好再训下去，叹了口气，就走了。钱威、陈卫东都站在旁边看把戏，脸上似笑非笑。尹桂花说，你要跟王行长讲啦，又不要紧的。

嗯了一声，谢明夹着本书，进了机房。钱威和陈卫东互相看了一眼，都直摇脑袋。

谢明没报成票的事，其他股室的人很快都知道了，大家都说这小谢太老实了，一个个摇头叹息，仿佛很有慈悲之心。但当电脑出了问题，使唤起谢明来，就更加不讲客气。谢明要是慢了一点，就很不耐烦。有次程玲在二楼用女高音喊谢明上去。谢明正在整理传票，闻声就要放下手中活计。孙建设正好在办公室，听到程玲扯气一样的女高音，心里就不爽，说，你做你的事，莫理她。谢明觉得这样不太好，但又不便违反孙股长的命令，犹豫了半天，只有重新坐下，继续理传票，心里却惴惴不安。过了一会儿，电话响了，尹桂花接着，要谢明过来听。话筒那边才幽幽地喊了句小谢，谢明就连忙说，程股长，对不起啊，我正在做事，等事做完了再上来。不好意思啊。

他的歉意还没表示完，那边就把电话挂了。谢明满面愁容地回到桌前，心里越想越窝火。把传票装订好了，他本想索性不上去了，但到底还是按下火气，帮程玲摆平了电脑。到了年底，行里评先进个人，股里的人基本都投了谢明的票。放到行务会上讨论时，程玲却说，小谢工作又不积极，电脑坏了，喊他半天才上来。

孙建设马上鼓起眼睛，小谢有小谢的工作，你信贷股的电脑坏了，他帮你修，是他做好事，不来修，也怪不得他，你自己不晓得搞啊？我看他够意思了，每次都帮你搞，你还这样讲他？

程玲脸顿时涨得通红，想了半天，才迸出一句，我又不是认为小谢不能评先进个人，只不过希望他改进一下作风。

孙建设下巴一扬，我看要改进作风的不是他。

看到孙建设气势如虎，压得程玲无法招架，龙向阳咳嗽了一声，说，小谢是还不错，但年轻人多做点事也是应该的。我看他就评行里的先进个人，中支的先进个人，暂时不考虑了。老龙发了话，孙建设傲然地看了程玲一眼，才鸣金收兵。

本来行务会只公布结果,过程要求保密,但这些具体细节,从来没有不外泄的。很快,连谢明也知道了此事。他的第一感受就是想不通:自己也算是任劳任怨了,程玲为什么还这样说他?第二个感受就是孙股长看上去凶,其实心蛮好,不像有些人,当面笑嘻嘻,背后戳刀子。此后他对孙建设就有了种亲近感,无论在什么地方碰见了,都要很恭敬地喊上一声。孙建设还是老做派,在谢明面前,并没有特意变得和蔼可亲,不过有什么事,第一个喊的就是他。这个态度,股里其他的人看在眼里,对谢明顿时客气了许多。连陈卫东跟他说话的语气,都变得柔和起来。谢明也懒得去揣测这些变化,他就把稳了一条,孙建设讲怎么做,他就怎么做。信贷股再喊他去搞电脑,他总是今天拖明天,明天拖后天。程玲拿着他没办法,只有在行务会上诉苦。孙建设毫不同情,冷笑道,他不肯去,我也没办法。

程玲不敢跟他吵,把求援的目光投向龙向阳。龙向阳说,小谢不是经常加班吗,给他多开几天加班费,行里的电脑,他就全包了。

孙建设说,他还自己掏钱买了好多电脑书,有几百块,行里也应该给他报了。

龙向阳手一挥,帮他报了。

王庆生马上说,那些书得放到阅览室,行里人都能去看。

孙建设面露讥笑,你讲放就放呢。不过那些书,除了他去钻,还有哪个得去看?

王庆生冷着脸不做声。这事就算通过。正好谢明要买台VCD,孙建设就叮嘱他带票回来,放到办公费里报了。至于那些业务书,谢明倒是老老实实交给赵人瑞编了号。但他今天借这本,明天又去拿那本,而且除了他,也真没人去啃这些天书。最后赵人瑞说,你干脆全部借去,年底再归还。结果这些书又堆在了谢明桌上。

有孙建设罩着他,谢明的日子过得比较舒服。其他股室的人喊他做事,都是电话相请,端茶递烟。只要别人对他客气,谢明总是加倍地奉还笑容,绝没有想到要扳翘。信贷股那边,程玲是不好意思喊他了,每次都是罗剑跑下来,笑嘻嘻地请他的大驾。虽然不太情愿,但谢明扛不过罗剑的笑脸,到底还是去了。大家这个时候都一致称赞,小谢不错。谢明听了,比较纳闷,自己以前那么百依百顺,也没得到这个评语,硬要孙股长这么一闹,你们才晓得我这个人不错。话说回来,能得到表扬,他心里还是高兴的,日子过得很滋润。

一晃就是两年,行里闪过一道霹雳,龙向阳发动突然袭击,把敢跟他硬着来的孙建设搞了下去,发配到保卫股守金库。听到消息,谢明比孙建设本人还要吃惊,张着嘴,半天没回过神来。再看看股里的人,他们大都低着脑袋,一句话都不说。孙建设冲天骂了阵狠的,也没人去劝解。谢明走到他身后,小声说,孙股长,这消息大概是假的,龙行长怎么会撤你的职呢?

回头看着他,孙建设长叹一声,小谢,有些事你不晓得啊,然后拂袖而去。谢明愣愣地站着,觉得这个世界真不可理解。

孙建设倒台后,又有人开始站在走廊上扯着个脖子,像公鸡打鸣一样地喊谢明上去。他装做没听见,有电话打下来,还是没动。谢明想,孙股长倒霉,我没能力,帮不了他什么忙。但他那种硬气,要学到手,不能丢他的脸。

陈卫东刚挂上副股长的牌子,正想立威,隔着两张桌子对谢明说,你有空就上去一下。

谢明头也不抬,我的事多得很。说完这句话,他的心怦怦的跳得厉害。这是他第一次跟陈卫东对撼,心里有点发虚。

宋小红在旁边拖长了声音说,那些人,把会计股的人当崽一样地喊,莫去理他们。

谢明本来很讨厌宋小红那张嘴,没想到这次如此仗义相助,感激地看了她一眼。陈卫东却知道宋小红没当上副股长,心里有想法,也不跟她去争,只是对谢明说,行里每个月给你开了补助,还是去一下得好。领了钱,就要做事。

谢明耳根发热,迸出句,我宁可不要那个钱,哪个想要哪个就去领。

没想到他变得这么强横,陈卫东一愣,心想连你都压不住,我还当什么股长,遂板起脸说,出了什么事你就要负责任。

谢明本来就不满他对卸任后的孙建设太冷淡,这下也豁出去了,该负的我就负,不该负的我就不得负。别个股里的电脑出了毛病,又不是我弄坏的,未必还要我去赔钱啊?

陈卫东眼镜后面闪了几下,不做声了。

很快就到了星期四,照例要开职工大会。龙向阳在会上说,有个别年轻的同志,思想不端正,缺乏全局观念,为大家服务的观念,要注意啊。听了这句话,谢明整个人都烧了起来,很想拍案而起。但他到底还是没站起,只是拼命忍住，低着头，不让人看到他的眼睛已经红了。会议结束后，回到股里，谢明不发一言，冷着脸，手撑着额头，盯着本摊开的电脑书，却连半个字都没看进去。在食堂吃饭的时候，他也单独坐张桌子，根本就不和钱威、罗剑他们说笑。匆匆扒完饭，谢明也不回宿舍，想到外面去散散心。走出大门没好远，看到陈卫东走过来，他脸一偏，想装做没看到，混过去。

陈卫东却一反常态，笑着说，到哪里去啊？

谢明拉不下脸，也笑了一下，就到外面走走。

本来以为敷衍到此，就该结束，没想到陈卫东拍着他的肩膀，压低了声音说，今天龙行长讲的那些话，你也不要太放在心上，说完他就走了。看着陈卫东长而弯的背影，谢明顿时感到疑惑起来，实在搞不清他是个什么样的人。

龙向阳发了话后，在走廊上扯气的人多了起来。横下心，谢明统统不予理睬。倒是罗剑，每次还是下来请他，谢明过意不去，说，你打个电话就行了。罗剑就在外面宣扬，谢明其实人很好，对他客气一点，他还是很肯帮忙的。不少人都嗤之以鼻，他的名字就那么金贵，喊都喊不得了么？不过说是这么说，电脑不动了，那是耽误自己的工。很快就有人又一次转变态度，在电话里小谢小谢的喊得亲甜。觉得这些人没意思，真的没意思。不过只要对方礼数到堂，谢明做还是去做，但再也没有以前那种热情了。只有保卫股打电话来，他一飙就过去了，劲头大得很。对孙建设，别人都改口喊老孙了，他还左一个孙股长右一个孙股长。等他走了，胡伟感叹道，小谢要得。孙建设却蹙起眉头，担心龙向阳把他当成自己这一派的人在整。

谢明倒觉得龙向阳在会上讲是那么讲，见了面还是比较随和，并没有摆出一张阎王脸来。只是连续三年，股里都报了他的先进个人，行里总是通不过。陈卫东要他别有什么想法。谢明说，我有什么想法喽？不评先进个人，还不是这样过。

以为他在发牢骚，陈卫东看着地上，感叹道，行里有些事，真的是讲不清。

明白他是两面做好人，但谢明不去戳穿，只是说，我把自己的工作干好就要得了，其他的事，懒得去悟。

陈卫东要的就是他这个态度，连忙说，我也是这样想的。

宋小红却说，那你陈股长就想得比我们要远些啊。

陈卫东恨不得用刀子戳烂她那张嘴，强忍住不快，笑道，你们都这么能干，我还要想什么。

宋小红酸声酸气地说，我哪有你陈股长能干喽？

听着他们两个人斗嘴，谢明恨不得把耳朵捂死。对这两个人，他都没什么好感。相对而言，更烦宋小红，虽然她总是刻意在拉拢自己。陈卫东，至少有个好处，不多嘴，何况他做事也确实过细，值得佩服。陈卫东呢，到外面搞检查，总是要喊谢明去。两个人不怎么说话，到了金融机构，都是埋头工作，效率颇高，倒也算配合默契。谢明有什么事情要请假，他能通融就会通融。只是龙向阳要卡谢明，他从不去替谢明争取。好在谢明也无所谓。那次在中支获得计算机比赛一等奖，按规矩行里要奖八百块钱，但到了年底，标准却莫名其妙降了，只发了四百。宋小红大为抱不平，要谢明去争。他却说算了，有什么好争的，难得浪费口水，说完，目光转移到电脑上，继续玩扫地雷游戏。下次见到龙向阳，还是不咸不淡地喊声龙行长，敷衍过去。龙向阳依然很亲切，还问他找了对象没有。看他表面功夫做得这么好，谢明心里发寒，觉得这些领导的心术，远非自己所能及。唯一的对策就是，你玩你的手段，我过我的日子。抱着这种态度，他倒也很平和地又混过了三年。

三年后，龙向阳奉命去昭市组建商业银行，王庆生扶了正。宋小红私下里对谢明说，老龙终于走了，要庆祝啊。谢明一脸木然，并不觉得有什么好庆祝的。后来龙向阳因贪污而被抓了起来，行里不少人都拍手称快，纷纷表示早就知道老龙没什么好下场了。看着这些人"义正词严"的嘴脸，谢明又一次疑惑起来，实在搞不清这些事后诸葛亮到底是不是以前那些在龙向阳面前摇尾巴的家伙？大家还在口水四溅，他却偷偷地潜回机房，翻开最近买的电脑书，一头扎了进去。他现在才明白，电脑比人脑其实要简单得多，也忠实得多，对就是对，错就是错，绝不会混淆是非，出尔反尔。与其跟人打交道，他宁肯天天和电脑泡在一起。

陈卫东现在扶了正，空出个副股长的位置，股里的空气顿时变得微妙起来。好几个人都在摩拳擦掌，宋小红尤其积极，除了往领导办公室殷勤跑动外，她还频频约艾荷出去购物，并送了她一套"雅芳"护肤品。谁都明白，在副股长的任命上，陈卫东的推荐有很大的作用。孙建设暗地找谢明谈了次话，要他也去争取争取。谢明苦笑了一下，孙股长，我是个什么人，你还不知道？这种事，我是不想争，也不晓得怎么去争。

想了半天，孙建设最后无奈地说了句，要是我还当股长，你肯定是副股长。

半个月后，在职工大会上，赵人瑞宣读了人事变动，谢明任会计国库股副股长。几乎所有人的目光都聚焦在谢明脸上。这小子靠在椅子上，眯着眼，头一点一点，显然是昨晚熬了通宵，正在神游世界。直到被罗剑用胳膊肘捅了几下，他才睁开眼睛，耳朵就感受到一阵热气，谢明，要请客啊。

请什么客？

你当副股长了。

谢明蛮不高兴，你莫来哄我。

你不信，刚刚宣布的，不信你问别人。

谢明再看看周围的其他人。都在冲着他笑呢。宋小红笑得格外起劲。陈卫东坐在不远处，低头看着桌面，神色如常。实在搞不懂是怎么回事，谢明只有傻傻地笑。

后来弄清了，是陈卫东的推荐起了关键作用。这内幕，是孙建设从郑亮那里打听来的，错不了。谢明听了，默然良久，觉得这个世界真是不可捉摸。

编号:027

姓名:段　菲

段菲水色好,长得像个瓷娃娃,见人就蜜笑蜜笑,眼睛弯成两个小月牙。尤其是做错事的时候,笑得尤其甜,每每让对方不忍责怪。从小到大,她就是这样一路笑过来的,虽然读书不甚用功,但也照样得到父母和老师的宠爱。初中毕业会考的时候,居然有男同学甘冒被抓的风险,自愿把卷子给她抄。后来她进了小梁师范,这位男同学来找她。见了面,段菲就左一个哥哥右一个哥哥,喊得清甜。既然是哥哥,那就不能对妹妹有非分之想,否则就是破坏了那份纯洁的感情。段菲读了三年中专,竟然认了十多个哥哥,当中有学生会干部,有体格强壮的校篮球队队长,还有一个居然是才分配来的年轻老师。有这么多哥哥罩着她,段菲在小梁师范的日子自然过得舒心。

毕业后,别的同学都去吃粉笔灰,段菲却突然改变主意,不愿教书了。她老爸,小梁人民银行的段副行长,只好三番五次地往中支跑,在万行长办公室一泡就是半天。本来那年万行长想从财院进个本科生,但衡量半天,他还是遵循了优先解决子弟这一不成文的规定,把指标给了段行长的千金。就这样,中专生段菲打败了财院的本科生,欢笑着进了人民银行。不过,遵照直系亲属不得在同一单位的原则,她被分到了与小梁毗邻的飞龙。

乍然有这样一个漂亮的嫩妹子从天而降,钱威、罗剑他们都望着流口水,只恨自己找老婆找早了。待到听说是分配在会计股时,这些人又齐声恭贺陈卫东好福气。陈卫东努力想板起脸,却忍不住地笑,连红色的牙龈肉都露了出来,嘴上却说,这关我什么事喽?

有人调侃谢明,说你也有希望啊。

陈卫东听着就不太高兴了，心想谢明若敢妄动，马上就报告此人在人民医院工作的女朋友，让他鸡飞蛋打两头空。所幸谢明只看了段菲一眼，就被她的艳光压得抬不起头来，心里根本就不敢有什么想法。段菲环顾人民银行一圈，觉得基本都属于歪瓜裂枣，只有郑总稽核还算得上美男子，但那已是叔叔级的人物了。心里未免失望，但她脸上丝毫不露出来，笑得依然甜美。

段菲到了会计股后，这地方顿时就热闹了许多，连黄建国这样的老同志不时也来串一下门，找机会亲切地拍拍小段的肩膀。每当此时，陈卫东总要从里面的办公室走出来，一面跟大家说笑，一面监视众人的一举一动，看到有谁挨段菲近一点，心里顿时就紧张起来。只是段菲并非他的专宠，人家老黄抚摸一下小段的背，或者是钱威讲油话，逗得段菲笑到出气不赢，他只能是心里疼，面上还不敢露出来。至于一旦有人给段菲做媒，陈卫东就恨不得飞起一镖结果了此人。然而提起这事的人实在不少，甚至连王庆生也掺和进来凑热闹，陈卫东那把镖只好藏在心里。好在段菲在这上面有自己的想法：男朋友一定要帅，否则的话，哼哼，坚决不嫁。段菲的这等大志，行里人并不清楚。替她做介绍的，都是从单位、家境和人品上来考虑。结果考虑了半天，自以为样样都替段菲想到了，领来一见面，段菲看在眼里，不是猪八戒就是孙悟空，从没有英俊的唐僧哥哥出现。有次尹桂花发狠要做成这个媒，通过精心物色后，喜滋滋地跑来跟段菲说，这个单位好，又长得一表人才。

本来对这些老同志的审美观已经抱有怀疑，段菲还是动了心，对着镜子打扮了一番，穿着件新买的连衣裙前去见面。对方果然是一表人才，鼻子是鼻子，眼睛是眼睛，安放得端端正正，绝无错位之嫌，皮肤也白净，身材也高大，表情也很诚恳，但就是跟段菲心目中的帅气搭不上边。小伙子叫韩阳，在法院工作，谈过两个对象都不满意，这下看到段菲，竟然有种微醉的感觉，第二天就跑来献花了。段菲脚步轻巧地躲到陈卫东办公室，把门关上，又央求陈卫东把那韩阳喊走。陈卫东欣然从命，踱了出去，反手把门关上，拿出领导的口吻，对韩阳声明这是上班时间，金融重地，请勿打搅。

韩阳当然不敢得罪段菲的领导，一口一个那是，点着头，陪着笑，倒退着走了出去。但他很有韧性，手持十一朵玫瑰，立于内门之外，单等段菲下班。这个情况，自有人飞速通报到会计股。段菲倒不慌，只是把尹桂花喊到一边，撒娇似的说，尹姨，你要他先回去喽，这样子不好看呢。

以为是小姑娘家怕丑，尹桂花笑着应承了，出去将韩阳劝走，并许诺说机会多得是。韩阳当然相信机会，之后隔一天就向段菲发出一次约会邀请。在电话里段菲都是应得很好，但每次都没看到她的影子出现。接连三次都是如此。最后一次，韩阳在电影院门口等到电影散场，直到里面涌出一堆脚步声，轰轰地撞击着耳门，他才醒悟到段菲是在以这种方式拒绝他。在飞龙，韩阳本不乏有女孩子仰慕，骤然受此冷遇，胸中顿时涌起一股愤激之情。甩了甩头发，他大步走开了。

韩阳跟段菲没有谈成，尹桂花颇为失落，最后竟至起了愤愤之心，在背后说，段菲怕是要找个县委书记的儿子才心甘。大家想了想，觉得除了这个分析外，也找不出别的理由来解释段菲的扳翘。那些业余媒婆，度量自己跟县委书记家里实在搭不上边，纷纷撤销了继续搭桥的打算。原来都是竭力称赞段菲的，现在提起她，便是一副皱眉努嘴的表情，有的还趁段菲在场的时候自言自语，要求不要太高了。但段菲装做没听到，只顾跟宋小红说着悄悄话，并发出脆亮的笑声，好像一串玻璃球在大理石地面上弹跳。

听到行里那些业余媒婆数落段菲，陈卫东不动声色，心中却未免窃喜。他认为这些人都想偏了，段菲并不是硬要找个高干子弟才甘心，她恐怕是喜欢成熟的男士。不然自己崽都有两三岁了，她却为何对自己格外亲热，记账程序搞不清了，别的人她不问，总是要跑进来向自己请教，一声声的陈股长真是喊得荡气回肠，还要把身子摇来摇去，好像边说话边在听什么音乐。想起这些，心里就美得很，在办公室不敢笑，只有夜里躺在床上对着天花板笑。

其实陈卫东心里悟什么，段菲明白得很。从小那些叔叔伯伯打着慈爱的名号，小心翼翼地抚摸她时，段菲就看懂了他们眼神中的欲望。这很正常，她喜欢被周围的人宠爱，最好是所有的人都来喜欢她，这样她就会活得很爽、很风光，很多问题都会有人帮她解决。至于如何又跟大家亲近又能保持距离，她认为自己天生就懂得这方面的技巧，一遇到那些敏感而危险的场面，就会像小鹿一样敏捷地跳过去。像当初龙向阳曾问她想不想去办公室工作，不知道为什么，凭直觉段菲马上就笑着回绝了。后来她隐约听说了龙的一些事情，便更加确信自己在这方面具有逃避危险的天赋，交起朋友来愈发放心大胆，在社会上认识了不少人，天天晚上都被喊去唱歌跳舞。

那些跟她要得起的年轻男女，有单位上的，也有待在家里不做事的。段菲没有身份意识，只要对方言语漂亮，穿着时尚，她就觉得是自己一伙的。大家也乐于跟她结交，尤其是那帮男青年，如果当中有谁能把人民银行的段菲喊出来，乃是大有面子的事，颇能得到同伴的钦服。段菲的叩机从早到晚总是叫得很欢，以至于钱威调侃她是不是在腰里养了只蝈蝈。

每当看完叩机，段菲总要自言自语，是哪个喽，然后去回电话。如果是女孩子喊她，段菲除了立刻应承外，还要唧唧喳喳地说上一通，若是男的，她就要问清有哪些人，当中有多少女孩子，然后说声到时再看喽，就把电话挂断，把对方的心吊了起来。其实只要有别的女孩子在场，她都会准时赴约，而且定会在镜子前磨上半个小时，把自己修饰得耀眼而不过分夸张，赢来一番必然的称赞。

段菲在三件事上最有天分：打扮、跳舞和唱歌，以至于读师范时她的音乐老师感叹道，你应该去当明星的。但段同学胸无大志，只要吃得好，穿得好，要得开心，将来再有个甜蜜的小家庭，她就很满足了。凡是需要下苦功钻研的事，她都不做，所以辜负了老师的殷切期望，唱歌只能唱到街头的卡拉OK厅，跳舞也就是在单位的文艺晚会上冒充一下舞蹈家而已。但在小圈子里，这种水平已足以让她艺压群芳。每次高歌还未完毕，掌声就冲上来了。这种场面，她经历得太多，早已觉得理所当然。所以当有人不鼓掌时，倒引起了段菲的注意。

不鼓掌的这人叫陈广，一九七三年生，跟段菲是同年，老家在离县城不远的紫渡镇临资乡。但自从技校毕业后，陈广就没有回过家，在蔬菜场边上租了个房子，专门在社会上混，三教九流都能攀上交情。他做的事也很杂，今天在拉保险，明天又变成了卖芦荟养颜膏的。嘴巴子很会说的，但除了做业务外，很少开口，嘴里不是叼着烟就是含着酒。段菲唱歌的时候，他在很享受地吸着烟，唱完了大家猛鼓掌，他还在悠然地吐着烟圈，对段菲的精彩演唱仿佛充耳不闻。段菲未免有点生气，多看了他两眼。陈广似乎感应到了，偏过头来，对她笑了笑。他笑起来透着股野性，在暗色中有金属的质感。段菲什么人没见过，偏偏被他的笑弄得有点慌乱，赶忙把目光挪开，脸却似乎有点发热。好在又有位靓妹站起来献歌，把大家的目光抓了过去，段菲也刻意地冲着那靓妹笑，表示并不在意刚才的碰触。

话筒是随意传的，但每个人都要唱到。本来想早点回去的，但段菲想看看那个不鼓掌的家伙到底唱得怎么样，居然敢不给本小姐鼓掌。其他的男青年模仿港台歌星的做派，把身子痛苦地扭来扭去，放声长嚎，竭力想用歌声唤起段菲的注意。但段菲眼睛看着MTV，耳朵却根本没听进去。终于有人嚷道，陈广，你怎么不唱？认识的人都望着他，起哄道，阿广，来一首。

陈广并不做扭捏状谦虚状，点了首《缠绵》，也不站起，就靠在沙发上，跷着二郎腿，很随意地唱了起来。他的声音低沉而透着磁性，还带点忧伤，很能煽情。那些美女和假冒美女们一个个都上身前倾，托着下巴，用心倾听。段菲不太服气，心想，你也就是嗓子还行，又没受过专业训练的。但她也承认，这个叫陈广的家伙声音真不错。一个男的就要有这声音，才叫酷。歌厅的光线有点暗，但段菲一点五的眼睛，还是能确定这家伙长得也很酷，尤其是侧面相，越看越像金城武。看着看着，段菲的那点不快就消失了。等大家都鼓起掌来，段菲才意识到陈广唱完了，也很兴奋地拍着巴掌。

散伙的时候，段菲和另一个也住在开发区的妹子打算坐"慢慢游"回去。站在街边才两分钟，一辆摩托滑了过来，陈广坐在上面，很认真地说，摩托出租，要不要送？

两个妹子对视一眼，都捂嘴而笑。陈广偏了偏头，说，上来吧，这次免费，机会难得。段菲正在犹豫，那个妹子已经坐了上去，一只手还牵着段菲。想着反正有两个人，不怕，段菲也坐了上去。陈广问声坐稳了没有，摩托一飙就出去了。只听得风在两边叫，街道的树木和房屋一闪一闪的。段菲从没坐过这么快的摩托，心里有点发虚，但又觉得刺激。那个妹子叫道，陈广，你开得太快了。

陈广大声说，不快怎么叫飙车？

觉得他很有个性，段菲心里欢喜，倒一点都不怕了。

陈广的技术很好，明明快要撞上前面的卡车了，他却毫不减速，一拐就从边上掠了过去。从大桥边冲到三里外的开发区，好像就是眨一下眼睛的事。前面那个妹子屋里正好挨着开发区，先下了。段菲说那我走进去算了。陈广说，走黑路不安全，反正送到这里了，我再送一下。那妹子也在旁边劝她。段菲就装做不太情愿地又一次上了摩托。这一次陈广开得很慢，好像段菲坐的不是摩托，而是板车。陈广一直沉默着，段菲倒耐不住了，说，你唱歌唱得蛮好的。

没有你好。

段菲冲口而出，那你又不鼓掌。才说完，她就觉得不妥，脸烧得厉害。好在黑夜中没人看见。

我都听醉了，忘记鼓掌了。

这话，让段菲有点醉，不过还没有蛮醉，她说，你太会讲话了。

没有，我只是实事求是。

好像才讲了两句，就到人民银行门口了。段菲下来后，说了句，拜拜，转身要走，却又回头看了陈广一眼。陈广正望着她笑。感觉到他的笑能够穿透夜色，直抵心间。段菲慌慌的，也笑了一下，才向门口走去。一脚跨进大门，耳边似乎没有听到摩托发动的声音。忍不住又回头一望，陈广骑在摩托上，还在盯着她看。见她回望，他大声说，你的叩机是多少？

段菲用同样大的声音说，1278663329，然后另一只脚才跨进大门，脸上净是笑意。

第二天，只要叩机上出现陌生的号码，段菲的心就跳得厉害。但打过去，没一个声音带磁性，搞得她心情很坏，把所有的约会都推掉了。陈卫东特意关照她，给她从总务室搞来了一个台式文件柜，段菲也只淡淡地说了声谢谢，并没有跳起来，用惯有的夸张表情说声哇噻，太好了。搞得人家陈股长琢磨了半天，以为是那个文件柜样子太古板，不中段菲的意。后来看到段菲把凭证和账簿分类归入文件柜，他才落了心。钱威从别的股室串门回来，看到这个宝贝，顿时嚷道，陈股长，你好偏心喽，也没看到给我搞一个！

女士优先，你不晓得啊？

那宋小红也是女士。

陈卫东一时语塞。宋小红发出尖利的笑声，说，人家陈股长是嫩妹子优先。

股里的人基本上都哄笑起来，陈卫东也毫不脸红地笑。只有段菲觉得一点都不好笑，装做没听见，继续整理文件。这个态度，又被陈卫东理解为妹子怕丑，就算心里高兴，也要做个样子给大家看。

段菲的不开心也只是白天，到了晚上，又活了起来，和宋小红她们在一起打麻将，嘻嘻哈哈的很是快活，陈广似乎被她忘记了。

第二天清早，还在食堂里吃早餐，段菲的叩机就响了。因为昨晚没睡好，还没完全清醒过来，她充耳不闻，只顾低头喝粥。李建华提醒她机子响了，段菲慢应了一声，心想是哪个背时鬼，这么早打叩机。直到吃完早餐，她才瞄了一眼,又是个陌生号码。本想不回的,但走到办公室,一时还没什么事。为了破解无聊,她拿起了电话,接通后,有气无力地说,哪个打我叩机喽?那边才应了一声,段菲立刻精神起来,嗔道,这么早有什么事喽?

我听说跟你约会还要排队,只好早点打过来,应该没有人比我更早吧。

段菲骂了句剁脑壳的,眉梢眼角却净是春意。宋小红在一边瞟到了,等她挂了电话,斜着眼睛,笑容闪烁地说,小段,找到男朋友了吧?

哪有?段菲不敢去看宋小红,转身回到座位上,竟然愣了半天,不知道干什么好。

陈广是单独约她的,段菲琢磨着要不要带个女伴去。后来她想,他又不会把我吃了,怕什么。然后又在悟穿什么衣服好,化妆浓一点还是淡一些。这些本来是驾轻就熟的事情,现在居然有点想不清。想了一天,脑袋都是懵的。直到下了班,她才决定不化妆,就穿前天的衣服——不能让陈广那家伙太得意。

陈广也没有换什么新衣服,只把头发吹了下,前面两绺染成金黄,一副港台小生的架势。两个人站在一起,街上很多人都在看他们。这就是段菲要的感觉:他,潇洒俊秀,我,青春靓丽,其他的,都不重要。

两个人很有默契,也不用多说话,在小馆子里吃了饭,然后陈广开着摩托带她去兜风。在郊外转了一圈,折回城里,两个人又到"百乐门"跳舞。到了深夜,陈广就送她回人民银行。觉得很舒服,很自然,唯一让段菲感到意外的就是,陈广太大胆了,在郊外的时候抱着她就猛吻,还在她胸脯上摸了两把。段菲推他、打他,都只能让他抱得更紧。直到段菲整个人都被他吻醉了,陈广才松开。没想到自己的初吻就这样完成了,段菲又气恼又兴奋,狠狠地盯着这个坏家伙。陈广丝毫没有对不起的意思,也看着她,眼神邪邪的,又有着说不出的酷。拿这家伙没办法,段菲在他胸脯上擂了一拳,以示报复,然后就要陈广带她回城。这一幕,段菲就像放电影一样,在脑袋里回闪了不知多少回。直到第二天早上起来,到了办公室,她还在放映这个场景,就好像一个影痴,无数次地观看同一个经典片段。所不同的是,这个片段是由她参与演出的。除了她和陈广之外,其他人都看不到。

整天段菲都出奇地安静,既不闹也不跳,钱威开她的玩笑,她只是很温柔地笑。宋小红看在眼里,愈发断定她是在谈恋爱。只有陈卫东还不通味,看到段菲突然变成了淑女,呈现出别一种风韵,心里好像被个小猫爪子轻轻地挠，痒得几乎快忍不住了。

接下来的几天，段菲都想好了，陈广如果约她，一概拒绝。不能让这小子觉得太容易了，得吊吊他的胃口。没想到陈广好像知道她的心思，还格外的加以体谅，居然一个星期没跟她联系。段菲开始还忍得住，后来不晓得暗地里骂了多少句剁脑壳的。直到星期五中午，还是没动静，段菲气得不想在飞龙待了，想趁双休日回小梁去散散心。陈广却一个电话打了过来。本来预想接到他的电话就马上挂了，但真听到他的声音，段菲冲口而出的就是，你死到哪去了？

还活着呢，这几天到昭市拿货去了。

那你也要告诉我一声啦。

要得，以后一定记得报告。为了表示我的歉意，请你出来吃饭，看电影。

不出来。

那我到你行里来啦。

不要。

那就在大门口等你。

也不要。

那就在岔路口等你。

到时再看喽。

放下电话，段菲猛然醒悟到自己又输给了陈广，很不甘心，顺手把本《金融会计》往地上一甩，然后又扑哧笑了起来。

有了陈广，段菲就不太爱跟其他男人周旋了，整个人安静许多。让她感到麻烦的是，陈卫东看她的眼神好像越来越怪，有种黏着来的感觉。段菲想陈卫东这么精明的人，怎么就想不到自己不可能对他有意思呢？但陈是股长，段菲还需要他的关照，必须打点出笑容来。因为要刻意掩饰，所以笑得格外灿烂，这只能让陈卫东误会更深。

很快又到了双休日，会计股集体去大瑶山玩，在山道大家故意让段菲和陈卫东走在一起。在个山头上歇息的时候，陈卫东似乎想表白什么，搞得段菲紧张得要死，却还要装出不知道的样子。幸好后面的人跟了上来，才解了这个局。在大瑶山玩了两天，倒还是很有意思。从山上下来，已是星期天的傍晚，食堂里没饭吃，段菲就把陈广叩过来。两个人在馆子里吃了饭，段菲觉得有点累，说要回去。

那你先到我那里躺一下，再出去玩。

段菲其实也舍不得这么快就离开陈广，想了想没有摇头。看了她一眼，陈广嘴角似乎冒出点笑意，但若有若无，很难确定。

他租的是栋老砖屋，单门独户。屋主七老八十了，跟着儿子住单位上的房子，享福去了，这栋老屋，很便宜就租给了陈广。陈广就把这变成个杂货铺。段菲一进门，就看到地上摆着一箱箱的洗发精、清洁剂什么的，抽出两瓶来看，都是没听说过的杂牌子。

这么多，我拿两瓶吧。

那个你可用不得，明天我送你两瓶好的。

好呢，你是不是在卖假货？

陈广耸耸肩膀，我什么货都卖，然后拉着段菲进了里屋。四面墙上到处贴着明星照片，也没床，就在地上摆了张席梦思床垫，被子倒是折得很整齐。房子里还散发着一股香水味道。陈广脱了鞋子，盘腿坐在床垫上，把角落里的录音机打开，里面就传出陈百强蓝色忧郁的声音。房子里没有凳子，段菲只有坐在床垫上，揉着已开始酸疼的小腿。陈广瞟了她一眼，说，你躺下休息一会儿，然后又去调录音机的音量。

段菲看他听着音乐，头一点一点的，很放松的样子，受到了感染，往垫子上一躺。刚闭上眼睛，立刻就有很深的倦意涌出。什么都不管了，她只想好好地睡上一会儿。这一觉睡得很香甜，几乎没有做什么梦。直到突然有尖锐的疼痛插进她体内，段菲才猛然醒过来。陈广正压在她身上，用力箍着她的腰，而她的双腿不知道在什么时候，已变得完全赤裸。

第二天醒过来，段菲哭了一阵，又笑了一阵，然后让陈广送她去上班。陈广邪邪地笑道，我要送就送你到里面。

段菲看着他，说，随你送我到哪里。

然后在快要上班的时候，行里的很多同志都看到段菲坐着一个帅哥的摩托，从外面冲了进来。陈卫东如遭雷击，整天都没说话。宋小红她们则忙于刺探这个帅哥的来历，无奈没找到什么可靠线索。还是程玲神通广大，七弯八拐地打听到了陈广的情况。她先闷在心里，等段菲到中支去领凭证的时候，就跑来会计股宣布。尹桂花、宋小红她们连忙围上来，伸长了脖子问，哪个单位的喽？

没有单位。

不可能喽。

是没有。

那是哪个当官的崽喽。

那伢子屋里都是农民,在城里读了个技校,就不肯回去,就在社会上混,东戳一下,西戳一下。

你怕是搞错了吧?

哎呀,我何得搞错喽?我有个熟人,就住在那个伢子旁边。

但不管程玲怎么证明消息来源的可靠,大家都摇脑袋,各自走开了。最后连程玲自己也怀疑起来,以段菲的条件,怎么会找个那样的人,怕是搞错了吧?

编号:028

姓名:吴　华

吴华和段菲都属于人行子弟,但段菲是县级行子弟,他是中支子弟,自然高了一格。他高中毕业后,在三湘金融学校的成教班混了两年。档案还在省分行人事处,底下的几个支行就都抢着要。最后还是龙向阳面子大,把他争了过来。本来是要直接安排在办公室的,但吴华的爸爸、中支稽核科科长吴雄头脑还是很清白,晓得这个宝贝儿子到底是几斤几两,打电话拜托龙向阳把吴华安排到发行股,从最基本的业务学起。不明白此中内幕,吴华怨气冲天,班也不上,跑回家里,对吴雄说,飞龙支行不给你面子啊,把我安排去点票子。以后他们来找你办事,你莫理他们……

他口水四溅,吴雄的脸色却沉了下来,在沙发扶手上一拍,喝道,你懂什么?

吴华的滔滔不绝被他一掌就拍断了,愣愣地站着,脸色有点发白。吴雄深深抽了口烟,再猛地喷出后,说,你给我马上回飞龙去,老老实实干。

吴华不敢跟他老爸顶,只横着眼睛看窗外,牙齿磨得咯咯响。吴母心疼儿子,说,老吴,小华也是三湘金融学校毕业的,也算有本事的人,下去也要分个好股室呢。

吴雄冷笑道,他有本事?他有本事,进个成教班就不用我到长沙去讲好话喽!考试经常不及格,要不是我跟他们校长熟,就他那个成绩,能毕业?

吴华停止了磨牙,脑袋有点栽栽的,心里却嘀咕着,在单位上混,又不靠那些,你怎么知道我没本事?

吴母放低了声音说,小华既然回来了,还是吃了饭,休息一下才走吧。

吴雄鼻子哼了一声，起身到书房去了。

从昭市回来后，吴华依旧很牛气。赵小科考虑到他新来，业务不熟，安排他做替补管库员。听到替补两个字，吴华心里就不爽，把下巴一扬，他扔石头一样扔出一句，要我当替补，不做。

赵小科一愣，看到吴华翻着白眼，跷着二郎腿，一抖一抖的，火气就冲了上来，也不管他爸爸是不是科长，把桌子一拍，你不做就莫来发行股。

没想到这个丑八怪还这么嚣张，吴华竖了起来，指着赵小科说，这句话是你讲的！

是我讲的，何解？

看到赵小科鼓起眼睛，像一头怒气冲冲的猿猴，像是随时要扑上来撕咬，吴华心里有点发虚，甩下句，你以为老子想到你这里来，就赌气走了出去。也不回宿舍，直接往街上，找了家电子游戏厅，钻进去玩"三国志"，很快就忘了刚才的事。他在这里玩得不亦乐乎，人民银行那边却搞得气氛紧张。很快有人报告了黄建国，黄建国马上去找龙向阳。两个人商议了一阵，就把赵小科喊了上来。赵小科怒气丝毫未减，进了门就喊道，我是不得要这个人的。

黄建国劝解道，你受点委屈算了，要考虑大局。

赵小科不做声，脖子的血管还是胀得很大。

龙向阳眯着眼睛，抽着烟，等赵小科脖子上的血管消隐后，笑着说，小赵，我看就这样，把他喊回来，他不愿做替补管库员，你就把替补两个字去掉，让他和李竹天轮流管把钥匙，一个人管一个月。

明白这件事最终是要妥协的，赵小科总觉得不甘心，把头歪向一边，挤出句，反正我是不得去喊他。

黄建国马上说，我去。

他先是跑到单身职工宿舍楼，试着手敲门，生怕敲重了，又把吴公子的火气敲了出来。但敲门加上喊门，里面毫无反应。想了想后，他又折到传达室，问王东春看到吴华出去了没有。王东春看电视看得有点入迷，回忆了半天，才犹豫着说，好像是出去了。黄建国想飞龙也有这么大，晓得他蹿到哪去了？正好食堂牛师傅从外面走进来，黄建国便问吴华订了餐没有。牛师傅很肯定地说，他今天早上就挂了长餐的。黄建国就落了心，返回办公室，专候中午下班铃响，自己好去食堂守株待兔。

新来的人拒当替补管库员，是行里少有的新闻。中午大家在食堂吃饭，十六张嘴有十五张在议论此事。只有黄建国不做声，眼睛盯着门口。但是等到大家都扒空了碗，还是没看到吴华的影子。他的那份饭菜，凉在靠厨房门的桌子上，被牛师傅用只碗倒扣着，免得苍蝇来光顾。牛师傅比黄建国还哀愁，靠在门口，用望穿秋水的表情说，他到底来不来吃喽？不来也要说一声，我好销餐。

赵小科刚好吃完，抹着嘴巴从他身边经过，说，他没销餐你就挂他的账，怕什么？

牛师傅摇着脑袋说，他刚刚来，不晓得规矩。

赵小科甩下一句，他要晓得规矩就好了。

钱威笑着说，别个是昭市的，规矩肯定跟飞龙不同些。

黄建国在一边背着手默然而立，只希望他们快点走，免得被吴华听到这些议论，又起风波。同志们也没有耐心在食堂恭候吴公子，剔干净牙齿的肉后，都陆续撤离。只有黄建国和牛师傅像一对怨妇，守着寂寞的食堂，等候在外游荡的吴华归来。等到那份饭菜凉得只有苍蝇才光顾时，黄建国才确定吴华是不会来吃了。往地上重重地吐了口痰，他也走了，剩下牛师傅在为那份饭菜到底挂不挂而发愁。最后牛师傅决定，留下做晚餐，给他热了吃。

下午快上班的时候，黄建国又去宿舍楼敲门，还是毫无动静。到传达室一问，得到的还是很模糊的回答，好像没有回来。看着王东春那副爱答理不答理的样子，黄建国就有气，心想你要不是王庆生的亲戚，守厕所都没人要你。但既然是王副行长的亲戚，他就不能发火，尽量使脸色平和，走到大门外，茫然四顾，心里实在有点急。吴华才来飞龙，又不熟，万一出了事，实在不好向中支交代。等了一阵后，他只有再次去向龙向阳请示。龙向阳正在跟哪个女人打电话，有说有笑的，见黄建国进来，马上一脸肃然。才听黄建国讲了一句，他就挥挥手说，找一找，然后又把嘴巴贴近话筒，眼睛还在看着黄建国，脸上的笑容将起未起。黄建国连忙退了出去，到上下几个股室串了一遍，把那些手头没活计的同志都牵到坪里，分成四个小组，分头去找。

当天的太阳光很刮人，同志们在飞龙转了一圈，无论男女，脸上都被刮出一层油汗来。吴华却躲在阴凉的电子游戏厅，吹着电风扇，为终于打了通关而昂然四顾。旁边几个观战的小屁孩都崇拜地望着他,让吴华很有成就感——没本事,没本事的人能打通关?在金融学校的时候,吴华就经常翘课,在电游厅泡上一整天。现在终于逃离学校,没有了班主任盯他的梢,吴华觉得完全解放,根本没想过单位上还有考勤制度。他从上午打到中午,到旁边的饭店点了两荤一素一汤一瓶啤酒,享用了个把小时,又劲头十足地重返战场,从中午打到下午。“三国志”打了通关,就打“街头霸王”。机子里面的人物兔起鹘落出手如电,机子外面的吴华也是手不停地动腿不停地抖,打到激烈处,嘴里还“嚯嚯”有声,仿佛他就是里面那个力战群雄的泰拳手。到了傍晚,吴华终于把其他各国高手全部打得魂魄出窍,轻飘飘地倒在地上。挑开游戏厅的帘子,他挺着胸脯,站在门口,目光霍霍地扫视了一圈,确定再没有其他武林高手在外面等着挨揍,才沿着街道往前走去,肩膀一晃一晃的。走得饿了,又闯进路边的一家饭店点上三四个菜,喝了瓶啤酒,才打着饱嗝出来。

这时天全黑了,街道上的灯光左闪一下,右晃一下,人声仿佛就在耳边流动,又仿佛隔得很远。吴华脑袋一片茫然,不知道要干些什么好。站在人行道的栏杆边,呆立了许久,酒劲稍微消除了一点,他才继续往前走动。待到看见路边有家录像厅,门口竖了块一人高的牌子,上面刷了些五颜六色的字体:惊险、香艳、刺激、票价两元、连放三场、随到随看,至于片名,无非是少女日记、荡妇思春之类的东西。吴华精神陡长,终于找到了事做,一头就扎了进去。到了十一点,另外又数了十块钱,看完了加映的毛片,他才弯着腰,从黑如洞穴的录像厅钻出来。到旁边的小摊上买了包烟,点上一支,又东瞅西看了一阵,确定无事可做时,才伸手招来辆“慢慢游”。上了车,他又不开口,只顾吸烟。师傅问,到哪里?

吴华把烟气慢悠悠地吐尽,又弹了弹烟灰,才说,人民银行。

师傅心里有气,回头看了他一眼,觉得这家伙做派像街上的痞子,也就忍住没做声,只把点火器踩得轰响。

车子摇到人民银行门口,还没下车,吴华就看到传达室里人影晃动,烟气缭绕,似乎传达室兼营录像放映业务,同志们正挤在一起看毛片。数了两元钱,他快步走了过去,才进门,所有的目光都绞在了他身上。乍一看到吴华,黄建国上前两步,打量了他一遍,确定没有缺胳膊少腿后,才叹了口气,说,你到哪里去了喽?

甩了甩头发,吴华说,我就在外面耍了一下。看到同志们都摸着个手电筒,表情严肃,他伸出鲜红的舌头舔了下嘴唇,笑着说,没什么事呢,我回去睡觉了,就晃着肩膀从两边的队列中走过。

他的背影刚消失在门后,胡伟就铁青着脸说,他要是我的崽,我就打他一顿饱的。黄建国重重地叹了口气,向胡伟摇了摇手。

吴华把金库大门钥匙挂在屁股上,开始倒还有点劲头,每次开门都是抢着插入。后来那把钥匙摸熟了,也就觉得没什么意思。每天的工作就是把那扇沉重的保险门推开又关上, 在充满霉味的库房里把缴库的票子码起来,又把出库的票子运出去。吴华非常不理解,那些金融机构,干吗辛辛苦苦地把票子用车子拖到人民银行,入了库,又要从金库里拖些票子出去。这些蠢猪,就不晓得把钱用完了再来拖啊?这个问题,他发现股里的人没一个提出,顿时就兴奋了起来,满以为表现的时候到了。在月末股里开工作总结会的时候,他就把这问题端到了桌面上。

开始以为吴华在开玩笑, 但看他难得的一本正经的模样, 大家才醒悟到他是根本不懂。赵小科本来就不爱答理吴华,看到他提出这么草包的问题,心里更是不屑,嘴角边逸出一丝冷笑。见赵小科不做声,吴华以为难住了他,嚷得更是大声。见吴华出了丑还不自知,程玲便向他解释准备金是怎么回事。才讲了两句,吴华大声说,准备金我还不晓得,在学校里早就学过的。

听了这话,其他人更加难受,都低着头,不再做声。见大家一片沉默,吴华以为他们这么久都没发现的问题被自己想到了,都不好意思了,也就胜利地结束发言,露出高傲的笑容。

此后吴华总认为自己比其他人都聪明,发行股的业务,看一眼就晓得了,根本不用学。赵小科也懒得教他,查库的时候从不要他点数,复杂一点的货币分配,金银鉴别,发行会计,更加不要他插手。李竹天看不过眼,说,吴华,你真的是当领导的相啊,什么事都不用做。

吴华点着头说,你这句话是讲对了,我这个人,是做大事的。

李竹天和旁边的赵小科迅速交换了一下眼神,露出蒙娜丽莎似的神秘笑容。

吴华在发行股,每天出了那点库,简直无事可做。看到赵小科、李锦成他们一天到晚捧着本书,他心里就骂,傻瓜,工作了还读什么鬼书?像他这样的聪明人，每天做完了事，就是串股室，找人聊天。有些同事看在吴科长的面子上，跟他敷衍一下，倒水递烟，笑脸相向。吴华也就愈发随便，经常闯进别家股室，一屁股坐下，脚就架在了办公桌上，一双在厕所里踩过的鞋面对着别人的脸晃来晃去，然后抽着烟，昂头对着天花板发言，不是炫耀刚买了件夹克，“七匹狼”的，三百多块，料子几好，就是感叹这个月不太顺，要去买个玉观音戴戴了。有时候他也传递一些来自中支的小道消息，给对面那个好像要打瞌睡的人提提神。但这些小道消息有个中心主题，就是他爸爸很有威望，很有权力，而且很有可能会当副行长。每当这时，对面的同志都要打点出笑容来，点头表示同意。吴华得到赞同，还不甚满足，有时还要追加一句，我很像我爸爸。每当听到这句话，同志们只是嘿嘿地笑，下巴并不抖动。

靠聊天熬到下班铃响，吴华总是第一个冲出办公室，很有监狱中的犯人放风的态势。他行踪非常之飘忽，让食堂牛师傅很是头疼——吴华经常挂了餐在那里，而人却并没有出现。下次问起，吴华就飞快地旋出尖而软的舌头，舔了一下嘴唇，几乎是得意地一笑，出去耍，忘记了。其实他中午一般还是在食堂吃，下午大概一个月在食堂吃个三五餐，有十七八次饭菜都是凉在那里，最后被牛师傅带回去喂猫。李锦成看他这么浪费，就建议他下午干脆不挂餐，想吃的话，中午跟牛师傅说一声就是。吴华叉开五指，把中分头望后一梳，大声说，难得麻烦。我想去吃就去吃，不想去吃，挂我的账就是。不就是几十块钱吗，哪个还在乎这些？然后晃着身子往大门走去，把潇洒的背影留给有点愕然的李锦成。

吴华到底在外面耍些什么，行里的人很少能查探个明白。因为他结交的圈子，似乎远离人行诸位的触角。倒是王东春，因为守夜的缘故，倒能够看到吴华带女人回来。女人似乎经常换，但又似乎差不多是同一个人，都是嘴唇鲜红，身上的衣服好像舍不得用足料子，到处都现出水豆腐一样的白肉，让王东春眼睛发眩，呼吸也有点凝滞。这些女人，都是到第二天十点钟左右，才沿着墙边独自走出大门，喊上辆“慢慢游”飙走了。此时吴华正在办公室跷着腿跟人聊天，所以这些女人也跟他没什么关系。这个情况，王东春偷偷地向他叔叔反映了。听说还有这事，王庆生眉头几乎挤到一块去。低头想了很久，他以痛心疾首的表情说，你不要跟别人讲。

王东春领会了这个意图，倒也守口如瓶，只是单独看到吴华的时候，笑嘻嘻地说，小吴，不错啊。没想到吴华把脸一板，高昂着头走远了。王东春张着嘴巴愣了半天，才悻悻然打开电视，心想，老子要是有个好工作，搞的女人比你还多。

吴华搞女人的事，王庆生专门向龙向阳做了次汇报。本来对这种靠着父母吃饭的家伙，龙向阳骨子里是看不起的，当听说他也能搞女人时，倒有几分欣赏了。但龙向阳绝不能把这个意思流露出来，只是否定了向吴科长报告的建议，指示王庆生找吴华谈次话，要他要的话就在外面要，不要在行里造成什么不良影响。

从龙向阳那里出来后，王庆生打电话把吴华请到自己办公室。关上门，两人侧对着坐下。他先是表扬了吴华入行以来，工作干得不错，能够积极主动提出问题，也乐于跟同志们交往。吴华靠着沙发，双手插在裤袋里，对王行长的赞扬怡然受之。接下来王庆生嗓音就低了下去，似乎生怕窗外有人在偷听。吴华开始还有点听不清，只看到他嘴巴在嚅动。后来总算听明白了他的意思，马上厉声说，这是哪个在造谣？喊他出来，我崽不打他一顿饱的。

见吴华态度如此激烈鲜明，王庆生倒被他骇住了，心里嘀咕着王东春是不是看错了。见王庆生表情迷惘，吴华更加来劲，站了起来，嚷着要去找那个人算账。

王庆生连忙把他拉住，说，小吴，有则改之，无则加勉。有没有这回事，保卫股是二十四小时录像，查一下就知道了。不过我是不主张去查的，也相信没有这回事。

吴华这才想起大门口是安了电子监控器的，顿时不吱声了。此后有一段时间，他倒很少带些不三不四的女人过夜，只是回来得更加晚，经常要到深夜两点多钟，把铁门踢得轰响，直到把王东春从被窝里轰出来为止。

过了两个月，吴华向赵小科提出休探亲假。本来发行股是多他一个不多，少他一个不少，赵小科也乐得眼前清净，表示同意。发行股通过了，人秘股也不会做恶人，拦着不批。张凤华还特意告诉吴华，说办公室明天要去中支开会，要他等一晚，搭顺风车回去。但吴华说回去还有事，下午打了移交就要走。张凤华问，是不是回去相亲喽！吴华抓抓脑袋，干笑了两声。

过了个把星期，龙向阳接到吴雄的电话。一番寒暄后，吴雄就问起吴华在那边干得怎么样？

吴华不错，就是夜里出去玩得太晚，怕不太安全。

这小子就是爱玩，等他回来，我好好跟他说说。

他不是在休探亲假吗？

吴雄一怔，就把话题扯开了。等他放下话筒，脸色就沉了下来。

为了查明吴华的确切位置，吴雄特意跑到底下隔壁的科员办公室，用吴华不熟悉的座机打他的叩机。连打了三次，等了足足十五分钟，倒也等来了几个电话，但都不是那小子油滑的声音。打叩机失效，吴雄又翻出个人记事本，上面有吴华在昭市的几个朋友的电话。一一打去，那头都说没看到吴华，语气很果断，不像在做伪证。

打完最后一个电话，吴雄的双眉锁得更紧。靠在皮椅上，他掏出烟来，点燃了深吸一口，吐出一大片烟雾，似乎连带火气都吐了出来，心里开始变得清明。吸到第二支的时候，吴雄突然想起老婆这个星期中午都在加班，没回来过，下午也比平时回来得要晚一些。说是要接受省局的检查，得做点准备。因为老婆向来对他全心全意，吴雄也绝不疑有他。但猛然出了吴华这桩事，吴雄就觉得老婆的表现值得琢磨。她在商业局是做工会工作的，怕真的有好多事要准备喽？越想越觉得蹊跷，吴雄等到十一点钟的时候，从抽屉里翻出朋友帮忙搞到的驾驶证，溜到楼下，跟管车队的陈队长打了个招呼，自己客串司机，把台做机动用的旧奥迪车开了出去。

吴雄最能沉得住气，在商业局对面足足等了有半个多小时，才看到老婆走了出来。她往左侧行了有两百米远，钻进一家酒店。吴雄又等了二十分钟，才看到老婆出来，手里拎了个大保温瓶，站在路边张望。等辆18路公共汽车掠了过去，老婆身影消失后，吴雄才发动油门，稳稳地跟了上去。

吴夫人是在中心医院门口下车的。她没往门诊大楼走，而是直接进了旁边的住院部，拐到第三栋大楼前，人又一次消失。吴雄悄悄跟着她进了楼，突然觉得自己堂堂一个科长，怎么像国民党特务，不禁对老婆和儿子生出恨意，越发要探个究竟。看着老婆进了三楼的一间病房，吴雄真想冲进去，审问个明白。但到了房门边，他又往后退了两步，背着手站着，好像小时候被老师罚站一样。正好从病房里出来位护士，吴雄连忙叫住她，问，同志，请问302病房里的吴华得了什么病？

吴华，302没有这个人啊？

那他可能用了化名，就是那个年轻小伙子，二十二三岁，瘦瘦的，梳了个中分头。

哦,你是说他啊。你是他什么人?

我是他二叔,来看他的。问他得了什么病,他却死活不肯告诉我,你讲烦不烦?

看了他两眼,护士把身子一扭,就走远了。吴雄正想追上去,护士却回过头来,说,他得的是风流富贵病,当然不敢告诉你了。

听到这话的那一刻,吴雄感到走廊上所有的人都在盯着他,勤奋工作二十多年来积累起来的尊严感,顿时像张皮一样被剥了下来,让别人踩在脚下。他的整条脊椎骨变得冰凉,心里却腾起一点火,瞬间大燃起来。极冷与极热让吴雄脑袋膨胀,眼睛红得可怕。

吴华正嫌饭店里的鸡汤熬得不好,喝了两口就放到一边,再不肯吃饭,让他妈妈心疼得不得了,他心里却很快意。正想着要妈妈出去给他买包烟,他的头顶上猛地腾起一阵剧疼,耳边刮过妈妈的惊呼。吴华是在外面打惯了的,反应倒还快,头还没完全转过去,却已感应到有个人拿着类似皮带的物体又抽过来。身子一躺,他一脚踹了出去,结结实实地踢在那人的胯骨上。这一脚借了全身的力,很沉,明显把那家伙踢得弹在对面的病床护栏上,又滑在地上。只是妈妈的惊呼声更加刮耳朵,让吴华好生不满,怎么我搞赢了你也叫?

等吴华得胜地坐了起来,一看,顿时就傻了眼——吴雄正坐在地上瞪着他,眼睛像要喷出火来。吴华看清后的第一个反应就是想拔腿就跑,但看到吴雄歪着头,靠在护栏上,似乎动弹不得,才稍稍落了心。吴夫人去抱丈夫,却怎么也抱不动。吴华却还坐在床上没动,等妈妈喊他时,才回过神来,跳下床,勉力把身躯肥壮的吴雄拖了起来。感到吴雄有一边身子好像完全硬了,吴华这才腾起一些愧疚。

在将要提拔的前夕,吴雄却因中风而倒在病床上。万大同前来看望这位老部下的时候,吴雄紧紧握住他的手不放。万行长饶是铁石心肠,眼睛也红了,轻声问,老吴,你还有什么要求,尽管讲。吴雄嘴唇抖了半天,最后却只长长地叹了一口气。

吴雄因中风而提前退休——万大同很讲义气,虽然副行长那个位置吴雄没福气坐,但还是坚持帮他搞了个副处级助理调研员。但才五十的吴雄为什么会突然中风,而且正好倒在医院?个中情况,吴雄生死不肯吐露,他的老婆和儿子更是一听到这个问题，就怒目相向。久而久之，大家也就打消了探询的念头。吴雄内退一年后，吴华调到了中支。这次他坚决不肯到发行，而是进了保卫股。每个星期值两天班，其他时间就是叼着根烟，满世界游逛。同事们有时调侃他，说你老爸受罪你享福。每当听到这话，吴华总是会翻着白眼，甩下一句，我这个人，是靠自己的本事，然后晃着肩膀走开了。

编号:029

姓名:李竹天

李竹天上初中的时候,老师在上面讲课,他就在下面蒙头看武侠小说,看到热血沸腾处,几乎要跳到课桌上拳打脚踢一番。三年里也不知道被收缴了多少本小说上去,但他总能缠着老师,把书追回来。好在李竹天上课从不讲小话,那些课任老师最后也懒得管了,让他一个人在武侠世界里游荡。放任的结果,就是李竹天数学考出了二十分的好成绩,英语、化学也是一塌糊涂。唯一分数好看点的就是语文, 但那显然不是因为上课专心, 而纯属天赋。

挨到初三毕业,李竹天的妈妈终于面对现实,打消了让儿子上清华、北大的夙愿,利用自己在人民银行昭市支行工作的优势,让他去考三湘金融学校的委培。但李竹天只考了五百零几分,离委培线还差了一大截。成绩出来后,李竹天的妈妈气色黯然,走起路来都是低着头,似乎考出如此成绩的不是李竹天而是她。看在眼里,李竹天心里难过,整个暑假都没说几句话,在家里也待不住,经常跑到郊区的江边山间游逛。后来妈妈安排他到另一家中学复读,继续向三湘金融学校发起冲锋。李竹天虽然想读高中,但看了看妈妈憔悴的面容,冲到喉咙的话又缩了回去。发了一年狠后,他考了七百多分,把家里人都骇了一跳。

到了三湘金融学校,李竹天才醒悟自己根本不该到这来。但为时已晚,委培费已经交了。他只有强忍住把算盘砸烂的冲动,接受枯燥无味的专业训练:珠算加减乘除、心算一口清、点钞指法练习,还有键盘输入。好在这里的管理远比初中要宽松,上课只要不干扰别人,就算把武侠小说摊在桌上看，老师也是睁只眼闭只眼。自习课更是自由，有戴着个耳机在座位上点头晃脑如处无人之境的，有前面的人反过来跟后面摆龙门阵的，还有聚集在靠后门处打牌的。像李竹天这等埋头读闲书的，要算是一等一的好学生。

他现在不光是眷念武侠，也对图书馆的文学书籍产生了浓厚的兴趣。这些书，初中时老师提倡读，他倒没怎么响应，现在没人要他读了，他却热情陡增，天天跟鲁迅、沈从文、张爱玲、北岛、苏童他们打交道，混得溜熟。借书证用了还没一年，就被磨得像油炸出来的一样。看得多了，手也痒起来，时常偷着写些文章，有时是连着写，黑压压一大块，似乎是散文，有时又分行写，而且分得过于频繁，似乎又是诗歌。偶然被他语文老师发现，大为惊讶，推荐到校报去发表，又把同学们骇了一跳，没想到这个终日沉默的家伙还有这一手。于是李竹天就混进了校报和文学社，还当上了头头，捧了一大堆荣誉证书回去，让他妈妈既惊且喜。

毕业后，李竹天分配到飞龙县人民银行，进了发行股。有同志说，又来了一个中支子弟。马上就有人说，他妈妈又没当官，不怕他跳诈。李竹天其实压根没想过自己是中支下来的，要摆出个什么架势来，像往常一样，他沉默着，尽量不跟人接触，没事就捧着本书看。

领到第一个月工资，李竹天就去定做了两个书柜一个书桌，杉木的，摆放在书房里，沉稳结实。单位的居住条件让李竹天觉得很满意，因为他从来就不是一个喜欢群居的人。在金融学校三年，最大的心愿就是能独自住间寝室，哪怕是楼梯间放扫把的那种没窗子的小黑房，也可以。现在居然拥有了两室一厅，一想到这一点，李竹天总要兴奋得在房子里蹦上几蹦，差点要蹿到天花板上去了。现在他终于可以随心所欲，哪怕通宵读书写作，也没人干涉。

同事们见李竹天总是闭门不出，也有喊他去打牌的，也有叫他去喝酒的。但李竹天对这些事情绝无兴趣，也不肯跟别人敷衍，一概谢绝。于是就有人说他太高傲，怕是看不起县里的人。这些话，因为他妈妈只是中支的普通干部，同志们讲起来没什么顾忌，李竹天隐约能够听到，但他懒得去分辩，每日里埋首书卷，有了灵感就写上一通。到了双休日，也很少回去，就在飞龙附近的山水里游逛，寻幽访古，倒也悠然自得。

过了两个月，向大志闲来无事，读《昭市日报》的时候，猛然看到李竹天的名字，眼睛像被烫了一下。抹了抹眼睛，他盯住那三个字，看了足足有一分钟，确定不是李竹地或者李木天，就提着心把文章看下去。原来是篇散文，描写大瑶山的。看完后，他想，是另一个李竹天吧。但是越想越觉得有可能就是行里的李竹天，心里愈发不安，最后他拿着报纸，屈尊来到了一楼的发行股。进了门，就看到李竹天的背影横在那，似乎正在伏案攻读什么。见向大志来了，大家都惊讶起来，赵小科说，向行长，你也舍得回来看看？

“嘿嘿”干笑了两声，向大志踱到李竹天身边，大喝一声，小李，看什么书？

李竹天慢慢地转过头，看了向大志一眼，说，《我是你爸爸》。

同志们都哄笑起来，向大志也红了脸。知道大家误会了，李竹天转过身子，把书举起，说，书名就叫这个。

向大志趋近一看，然后直起身子，笑骂道，这是哪个鬼写的书喽，起个这样的鸟名？

王朔写的，写得好。

向大志又干笑了两声，把报纸竖在李竹天面前，点着那篇文章说，小李，这篇文章是你写的吧？

应该是的吧。

听说李竹天发表了文章，大家就围拢来，把脖子扯直，嘴里嚷道，在哪里？让我看一下喽，让我看一下喽。

向大志手捏着报纸躲闪着，就是今天来的报纸，你们股里又不是没有。

于是就有人去翻今天的报纸，却没看到《昭市日报》。又四处搜索，仍然是了无踪影。赵小科就说，肯定是传达室漏送了。李竹天不做声——那份报纸正放在他抽屉里。没别的意思，他就是不想让股里的人知道他发了文章。但瞒得了发行股瞒不过向大志，于是只好领受同志们的恭维，小李，看不出啊。

李竹天在学校里听表扬听得太多，只是略略一笑，并没有什么谦虚的话来应对。见他这个态度，大家就沉默起来。过了一会儿，向大志问赵小科，这种散文不晓得算不算任务？

赵小科嘿嘿地笑，并不回答。但另外有人马上高声答道，只有业务文章才算任务的。

大家又都瞟着李竹天，看他有什么反应。但他根本就没反应，又伏在那里读小说。觉得这小子简直有点目中无人，向大志发了一下愣，走了出去，有意无意间把报纸滑落在走廊上。

中午吃饭的时候,同志们云集食堂。像往常一样,李竹天从厨房里端着碗出来,找了张无人的桌子坐下。还没扒两口饭,对面蹿起一个嘹亮得有点尖利的声音,李竹天,你文章写得好啊。

李竹天抬头一看,原来是稽核股股长郑亮。虽然没打过什么交道,但李竹天的直觉并不排斥这个人。他微微一笑,说,过奖了,同时感觉到许多目光都聚集到这张桌子上来。有人刚从厨房打饭出来,见郑亮坐在这边,也凑了过来,这张桌子顿时就热闹起来。李竹天觉得有些不自在,埋头吃饭,只希望郑亮跟其他人聊天,不要以自己为中心。但郑亮显然对李竹天兴趣浓厚,等他扒完两口饭,略略抬头的时候,又说,你文笔这么好,可以一边搞文学创作,一边学着写业务文章嘛。

另一张饭桌边马上传来向大志的声音,小李写业务文章,怕还要过两年,把业务搞懂才行。

李竹天本来对写业务文章了无兴趣,但听到向大志这么一讲,便对郑亮说,我是想学着写一下业务文章,在战争中学习战争。

见李竹天接受自己的意见,郑亮很是高兴,告诉他若是投稿的话,投哪些刊物比较有把握。同桌的几位见郑亮对李竹天比较友好,也很热情地鼓动李竹天,向他指出在人民银行只有搞材料才有出路。李竹天频频点头,其实没怎么听进去。

过了两天,李竹天在过道上碰见龙向阳,正想跟他打个招呼,没想到龙向阳先对他一笑,露出著名的黄板牙,小李,工作还舒心吧?李竹天连忙表示很舒心,等他擦过去以后,才松了口气。还没进行的时候,他妈妈就特意向他渲染了龙向阳的铁腕形象,叮嘱他千万不要得罪此人,搞得李竹天见到龙向阳就有点紧张。听说他很少主动跟下属打招呼,这次怎么心血来潮,询问起自己的工作来?

走了几步后,赵人瑞又从墙角处拐了出来,慢悠悠地荡着八字步。在行里,李竹天对他的感觉也比较好,见面时脸上露出的微笑还算自然。微笑过后,李竹天就想走过去,赵人瑞却止住步子,把脸侧过来,李竹天,下了班一般做些什么?

看看书。

你也搞创作吧?

有时也搞一点。

我看你功底很扎实啊。

哪里。

现在行里年轻人能写的少。你要是有空的话,也可以写点业务文章。

李竹天略略点头。赵人瑞对他一笑,然后荡着八字步走开了。回头望望他的背影,李竹天心里纳闷,怎么都说要写业务文章,不写不行啊?

过了个把月,李竹天又有篇散文在《昭市日报》副刊上发表,两千字的长文,还弄了个头条,很打眼。大家聚在食堂里,又是一番议论。向大志昂着头说,散文,我读大学的时候也写过,只是后来不想写了,写了没用。

李竹天本来在专攻碗里的饭菜,听到他这样说,实在忍不住,高声道,文学创作,本身就是种乐趣,你怕是讨老婆哦,还要它有什么用?

向大志被这句话顶到墙壁上,几乎下不得地。大家都望着他笑,他也只有干笑了两声,说,小李还蛮懂哦。

李竹天低下头去扒饭,没理他。

过了两个星期,新一期的《昭市金融》发了下来,上面赫然有李竹天的一篇《反假工作浅探》。赵小科很是高兴,表扬李竹天,说今年股里的材料任务算是完成了。李竹天写这种文章本来毫无快感,却偏偏说,写这种文章,小意思,比写散文还要容易一些。

这话,他本是传给向大志听的。向大志当然是听到了,但他又迅速把这话用加大的扩音器传了出去,变成了李竹天看不起写业务文章的。赵人瑞和郑亮只是姑妄听之,但其他有些搞过材料的同志就有意见了,鼻子哼哼地说,李竹天还是个小毛子,懂什么喽?

撂出了那篇业务文章后,李竹天觉得可以向郑亮、赵人瑞交差了,同时也反击了某个无事生非的家伙,心里愉快,又去搞他的文学,并开始向昭市以外的报刊投稿。有篇散文在《湖南文学》上发表了,引起了昭市文联的注意,打电话来要他加入市作协。听说还要寄材料过去,李竹天觉得麻烦之极,说,难得寄哦,我还是算了吧。

那边却说,你就不要寄材料了,就寄张照片,三十块钱办证费。

觉得对方纯粹是好意,李竹天也不好再推却,便应承了下来。等收到那个小红本子的时候,他放到手里掂了掂,心里却还有点得意。正好郑亮来发行股串门,看到李竹天拿着个小塑料证件在端详,也凑过来共同鉴赏。待到看清上面的作家字样时，便一把抢过，打开来看了看，高声说，不错啊，李竹天，你是作家了。

股里的同志们都猛地抬起头，很惊讶地看着李竹天，似乎作家不应该出现在这种地方。李竹天脸有点发烧，觉得有些羞愧。大家又嚷着要他请客。李竹天口里说，这有什么好请的喽，到底还是出去称了半斤瓜子。大家吃他的嘴软，一致恭维李竹天很快就会成为著名作家。李竹天剥着瓜子，心情舒畅，说，我只在股里比较著名呢，大家都晓得我的名字。同志们连忙发出笑声，表示自己能够领会作家的幽默。临走时，郑亮伏下身子，拍拍他的肩，小声说，站好最后一班岗。

很快就到了年底，有天李竹天被喊去谈话，告知他将被调到会计股。李竹天觉得在发行股很自在，并不想去会计股。但领导说得很明白了，是想让他多学些业务，他能说不学么？所以到底还是没吭声，闷闷地出来了。他被喊到楼上去的时候，消息就已经传了下来。回到股里，同志们都以异样的眼神看着他，同时恭喜他高升了。虽然也听说过，在基层股室，发行地位略高于保卫，会计地位又略高于发行，但李竹天觉得这有点像《红楼梦》中的丫头排座位，硬要分出个三六九等，其实说到底，谁也不比谁强。见他全无喜色，赵小科倒惶惑了，到里面的小屋里打了个转身，拿出一套第三版的人民币，说是代表全股同志送给他的。李竹天脸上这才活络起来，觉得这玩意到手，比换个股室有意思得多。

李竹天到会计股才去没多久，龙向阳就奉命去昭市组建城市商业银行。他走的时候，正好是上午九点九分九秒。车子开到龙向阳屋门口相接，行里所有的大小头目都站在马路边送他，普通职工则留在办公室做事。江平和郑亮一个拿了封“大红袍”电光炮，把整条街都轰了起来。听到鞭炮声，会计股的同志基本放下了手中活计，往窗子外张望。尹桂花喃喃地道，走了，走了。李竹天手里还捧着本小说，心里却想着龙向阳虽以整人出名，对自己还算不错。不去送送他，似乎有点过意不去。但转念一想，龙向阳跟普通职工握手，脸都是转到一边的，自己去没去送他，老龙根本就不会放在心上。心里释然，他又继续投入《笑傲江湖》的恩怨情仇中，为令狐冲跌宕起伏的命运而心跳不已。

正看得入神，对面的宋小红对他说，小李，有人出库。抬头一看，柜台那边有个女孩正递了张现金支票过来。李竹天目光直直地审视了女孩一番，看得别人低下了头，面露羞涩之色。又审视了支票一番，是邮政的，大小写正确，日期正确，印鉴似乎是真的，就是背面没盖现金股的章，李竹天把支票放到柜台上，说，你到二楼计划股盖个章子来。

女孩见自己业务出错，脸都红了，拿了票就逃走了。看着她的背影，宋小红自言自语地说，这妹子怕是第一次来出库，然后颇有深意地看了看李竹天。

李竹天低头盯着书本，却感觉得到宋小红在看他，而且明白宋小红在窥测自己对那女孩有没有意思。他尽量装出木然的样子，心里却在暗笑，老子搞文学社的时候，漂亮妹子见得多了，你怕我是屋顶上的野猫子，看到个雌货就叫春哦。

李竹天认为自己没有动心，但接下来的两天，那个妹子没有出现，他倒有点盼着再见到她。到了第三天，妹子又出现了，依然还是穿着上次那件黑色的风衣，苍白，瘦弱，眼神有点忧郁。看到她站在面前，李竹天倒没什么感觉了，很淡然地接过支票，审查，记账，登记，盖章，然后交给宋小红复核。宋小红复核无误，把票甩过来，李竹天夹在传递簿里，起身送到发行股去。大步迈进发行股的时候，那妹子正从里面走出来，可能是想来会计股看看票弄好没有，两个人遂撞了个满怀。发行股的人都哄笑起来，邮政局有个中年胖子目睹此景，满面生光，说，撞得好啊，都是黄花崽崽，要多撞几下才出味。

听得此话，那妹子的表情像是要哭出来，倒让李竹天觉得她又好笑又可怜——现在的妹子都大方得很，怎么还有这种古代贞女喽？但就因为这种表情，李竹天倒生出了维护她的冲动，高声对那胖子说，把你女儿喊来，我跟她也撞几下，你看要得么？

那胖子毫不生气，笑嘻嘻地说，我就是没有女儿喽。要有个女儿，把她嫁到人民银行来，我也不吃亏。

知道跟这些人缠下去没什么好话出来，李竹天也就不再做声，只把支票传给吴华。打转身的时候，他看到妹子站在走廊栏杆边，低头弄着自己的指甲。觉得她像个受了委屈的小女孩，样子蛮有味，李竹天说，嗨，不好意思啊。妹子看了他一眼，不做声，只把头埋得更深。李竹天就从她背后走了过去，闻到了她身上淡淡的香味。

到了会计股，李竹天继续攻读金庸的大作，几次聚敛精神，却怎么也看不进去。有点烦躁起来了，他对自己说，拜托，你是要找美女的，干吗想着她？她不是黄蓉也不是任盈盈，顶多算个程灵素。而且只是样子像程灵素，又没有程那么能干，你在这里发什么痴喽？这样劝说了自己一番，他才静下心来，进入了铅字背后的诡异江湖。但到中午吃饭的时候，他又回想起跟那妹子相撞的情形，一口饭在嘴里嚼得都快融化了，也没咽下去。

过了几日，李竹天发现自己年初订的《奥秘》老不见踪影，问王东春，他说邮局还没送过来。怕邮局漏订了，他打电话去查，但查来查去总不得要领，那边不是推到这个部门就是推到那个部门，或者干脆说负责此事的人没来。李竹天却并不生气，等邮局那妹子来出库的时候，请她帮忙去查，并趁机问到她的名字，叫王雅如。就算王雅如心里不愿意，她也不好拒绝的，因为李竹天有支票审查权，随便找个借口就能让你出不成库。何况她好像也比较积极主动，当天下午就打电话给李竹天，告诉他杂志来了，过两天出库再给他带过来。

李竹天却说，我只想看到那本杂志。

电话那边沉默了一会儿，然后有个很细微的声音说，那怎么办？

李竹天提议六点钟去邮局拿。王雅如忙说，那不好。

李竹天叹了口气，那就只有在影剧院门口等你喽。见那边没出声，他说，就这样，再见，然后放下了话筒，深吸了一口气，觉得通体舒泰。

跟王雅如的第一次约会，开头似乎很平淡，无非是接过杂志，道了谢，然后王雅如就要走。李竹天问她吃过饭没有。王雅如说，我回去吃。李竹天说，既然出来了，我请你吃吧。见王雅如低着头，很犹豫的样子，李竹天说，走吧。吃过饭后，李竹天又提出请她看电影。王雅如却说回去晚了怕家里骂。觉得她简直是个小学生，李竹天也不多说，先去买了票。王雅如只好跟了进去。

电影放到一半，王雅如却硬是不肯再看了，说到九点了，再不回去就要挨骂。见她坐立不安的样子，李竹天觉得有些沮丧，只好站起来。王雅如却说，你看吧，不要送了。听得这话，李竹天简直有点窝火，一言不发，走了出去。在影剧院清冷的过道上，他突然回过身，抱住王雅如，在她唇上印了一下，然后松开手，等待着一个巴掌扇过来。但王雅如并没有动手，只是泪水在眼眶打转，说了句，你欺负我，然后快步走了。看着她清瘦的背影，李竹天心中涌起的不是兴奋，也不是惶恐，而是怜惜。怕她出事，李竹天遥遥地跟着她，直到王雅如走进邮电局大门才落了心。

回来的时候，他低头慢慢地在道路的暗影中走着，始终想不通：自己怎么会突然转过身去吻她呢？这好像是在做文章，开局平常，却有个意想不到的结尾，连作者本人都感到惊讶。只是初次吻她的感觉，很平淡，淡到只有在黑夜的回想中，才引起一些激动。

第二天早上才上班，段菲就嬉笑着说，李竹天，找女朋友了吧？

她话音刚落，对面的陈卫东抬起头，对着他嘿嘿地笑。李竹天也笑了一下，快步走到自己的办公桌前。对这两个人，他不太有好感。原因很简单，前阵子营业厅有几个灯泡坏了，李竹天和段菲的工作区域便不甚明亮。李竹天到总务室领了四个灯泡，把凳子放到办公桌上，正准备装，陈卫东就说，你给段菲留两个。

听到这话，李竹天心里很疑惑，我好像没打算独占吧，只用鼻子低低地嗯了一声，算是应承。段菲却在那边喊道，李竹天，先给我装。李竹天心里窝火，但看在她是女的份上，也就不多计较，勉强帮她装了两个，段菲还在不停地说，多装一个喽，再多装一个喽。

此后李竹天看到他们两个，总是爱理不理。陈卫东本来对人比较冷，但见李竹天也像自己一样，板着张脸不做声，倒对他还客气了一些，只是出去搞检查，从不带李竹天，好像生怕他多学了业务似的。段菲却是没有城府的人，依旧跳来跳去，口无忌讳，对什么事都很关心。李竹天的恋爱事业才刚刚起步，她就问人家打算好久结婚了，搞得李竹天啼笑皆非，只有对自己说，跟这种人认真，没必要。

王雅如再次来出库的时候，股里同志的目光都在会计记账柜上会师，似乎两个人会当众做出什么有伤风化的举措，需要集体监督似的。但李竹天和王雅如的表情都很冷淡，好像两个陌生人在打交道，又让同志们很失望。等李竹天从发行股返回的时候，宋小红撇着嘴巴说，小李，你对人家妹子要好一些才行？

心里正不耐烦，李竹天冲出一句，关你什么事？

股里的同志都大惊失色，似乎从未听过有人这么说话。宋小红倒是表现出了少有的涵养，面露微笑，只是那种笑好像是用刀子在脸上一条条刻出来的。知道自己失言，李竹天干脆又走了出去。营业厅的门刚刚关上，会计股就炸响起来，好像里面住了一窝麻雀。尹桂花猜测李竹天大概是被邮电局那妹子拒绝了。

宋小红说，要是你屋里陈小兵在人民银行，根本不要去追，妹子是赶着他来。

尹桂花翘着嘴巴说，那还用讲。

后来王雅如出库的时候，李竹天一直没怎么跟她说话，股里的同志就认定他们是没谈成。尹桂花本来就心藏愤恨的，因为李竹天跟他儿子是同届毕业，一个在人民银行上班，一个却只能在郊区信用社工作，这下自以为抓到李竹天的痛脚，特意跑到他面前说，要是我陈小兵在人民银行，追他的妹子不晓得有好多。

李竹天本来在清理传票，听到这没头没脑的一句，愣了一愣后才悟清楚什么意思，心里却不怎么生气，也不理会，继续弄他的传票。见李竹天不做声，尹桂花得胜似的走开了。宋小红仔细观察了李竹天，发现他嘴角边有丝冷笑。

李竹天当然会冷笑，因为他跟王雅如一直在约会。第二次约会，还是王雅如主动发出暗示。王雅如说，本来以为你好坏的。李竹天笑笑的，那你还跟我来往。王雅如说，要不是那天晚上你一直送我，我才不会再理你。李竹天很惊讶，你又没回头，怎么知道？王雅如微微一笑，我就知道。李竹天搂着她的腰，亲了她一口，很是得意。王雅如大嗔，你再这样，我就不出来了。李竹天抬头看天，淡然一笑。他知道那不可能。在王雅如面前，他有种控制自如的感觉。只是每次见到她，感觉都很平淡，而分开之后，倒时时回味。他弄不清楚，这到底是爱情呢，还是一种舒缓寂寞的温情？他所能确知的是，王雅如虽然看上去冷冷淡淡，其实却陷得很深。有时想到这一点，李竹天竟然有些害怕。

后来会计股的人渐渐知道了李竹天仍然在谈恋爱。只是王雅如不再来出库，所以他们也搞不清到底他换了女朋友没有。想起李竹天年纪轻轻就找了个这么好的工作，在外面又是发文章又是谈恋爱，还总是摆出一副傲傲的样子，股里的同志便起了同仇敌忾之心，故意对他的恋爱状况不闻不问，只在背后进行热烈的探讨。

这正是李竹天乐意看到的效果。他既对刺探别人的隐私毫无兴趣，也不希望别人来关注他的生活。为了避开公众的目光，他甚至要王雅如换了个工种，不再需要来人民银行。这种隐秘的恋爱，能让他品尝到更多的乐趣。几年以前，他就以这种方式跟文学社的一个女孩谈过恋爱。直到李竹天离开了三湘金融学校，大家才慢慢知道这事，搞得他的语文老师在电话中发表感慨，李竹天，你把大家都骗了。李竹天当时嘿嘿一笑，很是得意。他知道自己并不想欺骗任何人，只是遵循自己的内心喜好行事罢了。

王雅如的性格跟李竹天比较相投，不张扬，喜欢看书。跟她在一起，没太大的激情，但李竹天觉得很舒服。有时他想，王雅如更像是他的知心好友，而不是恋人。只是他经常对这个好朋友动手动脚，那又是恋人的搞法了。王雅如在这方面既软弱又警惕。软弱是李竹天摸她的时候，她从不反抗。警惕是她不肯到李竹天的宿舍去。三番五次地被拒绝后，李竹天心里冒火，冷冷地说，你是不肯走进我的世界。

听到这话，王雅如又委屈又着急，连忙说不是。但李竹天不听，提前结束了约会，把她送上了“慢慢游”。冷了王雅如一个星期后，李竹天才打电话给她。

你还记得我？

当然记得。

……

出来玩么，我下午请你吃饭。

我不想出来。

那好，再见。

过了半个小时，李竹天的叩机响了，看了看电话号码，他绷着的脸就活络起来。

这次约会，李竹天把王雅如带到了宿舍。她穿了件白色的连衣裙。一个小时后，这条裙子染上了王雅如的血，像是有只红蝴蝶扑在上面。但红蝴蝶很快就被蘸水的刷子抹去。本来李竹天不忍心这样做，他想把这条裙子留下来做纪念。但考虑王雅如不可能换身衣服回家，也只好作罢。在当夜的日记中他写道，诗意总是被现实抹杀掉。但还有句话他没写，那就是，性爱原是如此轻易而简单。

第二天上班，李竹天看到同事们一个个衣冠俨然，很正经地坐在办公桌前，突然想起他们昨晚可能干过这种事，心里就兴起很荒谬的感觉。再推而广之，那些在媒体上频频亮相的大人物，道貌岸然，回到家里也就是这样脱光了衣服干，说不定比平常人更猴急。正这样胡思乱想，一个电话下来，他被喊到郑亮办公室谈话。郑亮这会已经是总稽核了，不过还是原来那副明快的做派，并不摆出一副深沉莫测的官架子。他不摆架子，李竹天那张严肃的脸也就松弛下来，微笑着说，郑总，有何指示？

来根烟。

本来不抽烟的，但李竹天还是接了过来。郑亮又给他点燃。这情景恰好被经过的罗剑看到，大为惊讶，跑下去一传播，大家就都知道李竹天架子大，还要郑亮给他点烟。唯有郑亮神色泰然，并不觉得有何丢格，李竹天便对他多了几分敬意。

最近写了什么？

随便写了一点。

写业务论文没有？

没有。我要到商业银行去搞素材，陈卫东又不准。

那没关系，以后总有机会的。

那是。

听说你找了女朋友啊？

我朋友里面是有女的。

年轻人，谈谈恋爱，是很应该的。但你还是要注意一下影响。有人跟我反映，说你宿舍里很晚还有妹子在那里。

我又没带到他宿舍里，关他什么事？

李竹天，你要晓得，飞龙是个小地方，大家的观念还是很传统。你要是在北京、上海那些大地方，就不要紧。

还想争辩下去，但转念想到郑亮是为了他好，李竹天也就强行忍住。又寒暄了几句后，他就起身告辞，心头的火却很旺——发行股的吴华经常带妹子过夜的，没人讲。我才带了一回，就有人打小报告了。未必硬是要有个当科长的老子，才可以带妹子回来过夜。老子就是要带，还要多带，让你们眼睛红烂。

这次谈话后，李竹天看到谁都是青着张脸，总以为对方就是打小报告的那个家伙。见他小小年纪，就摆出副领导相，陈卫东有心要杀杀他的傲气。到了星期五，李竹天提出下午请假回去，陈卫东硬是不批。李竹天勃然大怒，说，我个把月没回去了，一个月请次假总可以吧。你批不批无所谓，我反正中午就回去。

你试一下。

你看喽。

两个人顶在一起，股里的人都带着震惊的表情，在一边看把戏，没一个人上来打圆场。李竹天咬紧牙齿，回到座位上，往后一靠，看起小说来。陈卫东盯了他两秒钟，低头走进里面的办公室去。

吃过中饭后，李竹天把密码修改成八个零，写在纸上，连同章子放进信封里，粘好，丢在桌面上，就背着个包走人。到了昭市后，他先不回家，把叩机也关了，在新华书店泡了个下午，买了两本书，才上了18路公共汽车。晃到家里后，老妈正坐在沙发上发呆，对李竹天视若不见。看到她这副神色，李竹天背上有点发寒，觉得自己没怎么考虑老妈的感受。但既然事情已经做出来了，他只有硬扛到底。

整个晚上，母子俩都处于僵持阶段。李母要求他打电话给王庆生、江平和陈卫东，对自己的行为做出道歉。李竹天倒觉得陈卫东故意为难他，要给他道歉才行，坚决不肯。争论到最后，李母抹着眼泪说，找个这样的好工作不容易，你不珍惜，万一被下了岗，到外面去，哪个得要你？

这句话甩出来，却勾起了李竹天的心事。他说，我根本就不喜欢这种工作，当初真不该去读金融学校，然后起身走进卧室，把门反锁上。

回到飞龙后，王庆生和主管行长江平都找他谈了话。在两个领导面前，李竹天都把腰杆挺得笔直，痛斥陈卫东压制他，不给他出去调研的机会，每个月回去一次，也不给批假，简直是冷酷无情，没有半点当领导所必有的仁爱之心。说到动情处，他还挥动着手臂，一副愤怒难抑的表情。至于未经批准就跑人，那简直是迫不得已的反抗之举。如果领导因此要做出惩罚，他李竹天无话可说。

不防他还有这样一番表演，领导们倒觉得无话可说了。不过党组的决定还是要执行的：扣掉一天的工资，在会计股做检讨。对前一项，李竹天倒没意见，但说到做检讨，打死他也不做。陈卫东也很强硬，放出话来，不做就别来上班。不上就不上，李竹天有自己的事做，不怕闲着。最后还是领导们集体给陈卫东做工作，答应明年搞岗位轮换的时候，就把李竹天调出会计股。陈卫东考虑到自己兼任会计记账，也太失身份，便勉强答应了。李竹天又大摇大摆地去上班。股里的人见他居然取得了胜利，倒有些佩服。宋小红还说，小李，你蛮厉害嘛。

李竹天说，哪里有压迫，哪里就有反抗。这句话，瞬间传遍了人行上下，成了李竹天的名言之一。

接下来的半年,李竹天基本没跟陈卫东说过话。有什么事情,都是谢明代传。股里的人也不太来接近他,怕给陈卫东撞见,误会成是李竹天一党。李竹天也乐得清净,天天埋头看书。不过他现在手里捧着的是自考书。跟母亲的那番争执,倒让他开始考虑以后的路怎么走。想了几个晚上,他决定还是跟着兴趣走,第一是多写作品,第二是要把中文专业的本科文凭搞到手,为以后的转向做好准备。想到就做,回到飞龙,他就去打听自考的情况,得知上半年的考试已过,七月份还可报次名,十月份开考,便去自考办,买了几本公共课程的书,先行钻研。

心中立了目标,李竹天的气色都好了很多。他上班搞自考,下班就写写文章,谈谈恋爱,小日子过得很是充实。唯一不爽的就是,王雅如始终在为破身一事而懊恼,竟不愿意再到李竹天宿舍来。李竹天也不勉强她,连约会的次数也开始减少。王雅如又怨他不把自己放在心上,哭了好几回。李竹天就觉得她跟一般的女孩没什么两样,兴趣渐渐消失,大部分时间都躲在宿舍里,潜心写作,倒也出来不少东西。只是发表似乎没有过去那么顺畅了,十投九落空。不过李竹天倒没有什么挫败感,还是笔耕不休,发不了就放在抽屉里。反正是种乐趣,不写白不写。这期间行里出了件大事,江平因为当年到北海炒地皮,涉嫌贪污,和龙向阳一起被抓了起来。大家的目光都被牵到这上面来了,唯独李竹天既不感到惊讶,也不参与讨论,只是埋头做他的事。

过了阳历年,行务会上就开始讨论岗位轮换问题。赵人瑞提出把李竹天放到办公室,发挥他的特长。向大志这时已是办公室的负责人,马上说李竹天那样的人,自己管不了。赵人瑞还要开口,郑亮就抢着说,计划股正缺人,干脆放到计划股算了。负责计划股的程玲知道自己要被下到发行股去,进谁不进谁跟自己没什么关系,便闭目缄口。王庆生也不愿意李竹天一步登天,在底下犯了错误,还能到机枢重地的办公室来,便马上拍板。赵人瑞只有眼睁睁地看着李竹天被主管计划的郑亮抢了过去。

这个决议拿到职工大会上宣布的时候,底下便交头接耳,不少人觉得李竹天升得未免太快。郑亮便提高了嗓门说,把李竹天放到计划股,并不是因为他娘老子在中支,照顾关系,而是因为他笔杆子要得好,是个人才。听得郑亮这样说,大家便不吭声了,都看着李竹天。这小子一脸漠然,看不出喜怒哀乐。

到计划股后，李竹天觉得自由了许多，不用像在会计股那样，七小时之内要死守岗位。罗剑虽然也是俗人一个，但至少没有陈卫东那么苛刻。除了写材料，他还接手贷款证。打移交的时候，他看到费用账里有张白水条子，上面写着遗失“古汉养生精”一箱，价值六百元，特此证明，落款是程玲和司机李建华，便问罗剑是怎么回事。

罗剑告知是程玲私人买的东西弄丢了，就用贷款证的钱来补，并叮嘱李竹天不要做声了。

李竹天倒没说什么，只在心里冷笑——程玲好歹也是有身份的人，看上去气度雍容，没想到私下里还干些这样的勾当。以后见了程玲，他根本就不打招呼。晓得李竹天知道了自己的隐私，程玲恨得牙齿痒痒。有次李竹天从发行股经过，程玲正好在门口，一反往常的端庄举止，迅速转身，“砰”的一声把门重重关上。觉得此人分明是个泼妇，李竹天愈加看轻了她。过了半个月，程玲到办公室拿传真。李竹天从洗手间出来，看到她从办公室走出来，也是如法炮制，等着她经过门口，甩出一声巨响，几乎把门框撞碎。程玲以后看到李竹天倒显得客气，但是一有机会就放他的臭。王雅如的几个同事都跟程玲熟，问起李竹天的情况，程玲大摇脑袋，那个伢子，脾气坏得很，又不跟人打交道的，你快告诉王妹子，快莫跟他谈了。

这个看法自然传到王雅如耳朵里，王雅如微微冷笑，心想我跟李竹天谈恋爱关她什么事？但下次约会，她又劝告李竹天要多交际，不要太封闭自己。李竹天横了她一眼，说，我就是不喜欢交际，你喜欢交际，你去。说完就自个往前大步走去，也不理会王雅如跟不跟得上。

心里气苦，但王雅如又不能停，只有远远地尾随在后面。她现在是越来越怕李竹天，总担心会被他甩掉。但李竹天从不说分手的话，只是冷着脸不做声。见他经常忧思忡忡的样子，王雅如柔声说，你有什么心事，可以跟我讲嘛。

凝视着她，李竹天说，可以讲出来就不叫心事了。

王雅如很无奈地一笑，觉得她根本就把握不了坐在对面的这个人。

李竹天冷淡王雅如还有个原因，就是他认识了一个叫张虹的妹子。张虹在向阳街打字店做事。有阵子行里的复印机坏了，材料复印就定点在这家打字店。计划股要复印的报表材料一大堆，李竹天经常往店子里跑，对这个低眉向着打字机、半天不说一句话的小靓妹产生了兴趣，靠着说笑话跟她混熟了。后来行里的复印机修好了，李竹天还是照样往打字店跑，逮住机会就请张虹的客。店里还有其他小妹子，李竹天有时也拿零食来封一下她们的嘴巴，省得她们在一边打烂锣。张虹家住河边上，回去的时候，李竹天总要送她到老码头。送了十多回后，有次李竹天大着胆子去搂她的腰。张虹眼睛看着前面，嘴角露出微微笑，过了几秒钟后就轻轻把腰一扭，从李竹天手中滑了出来。心里有了底，下次送她的时候，在条小巷子里，李竹天箍紧张虹的小蛮腰，狠狠地吻了她一通。

奇怪的是，李竹天吻张虹的时候很有激情，吻过后倒有些失落，觉得不过如此。最让他倒胃口的是，张虹似乎吃了饭不漱口的，嘴里有股微微的臭气。这样外表清纯的妹子却不注意细节修饰，简直让李竹天痛心疾首。为了把她改造成为表里如一的佳人，李竹天特意买了几本书送给她，一本是《傲慢与偏见》，一本是《七里香》，还有一本是谈人生修养的。过了半个月，问她看得怎么样了，张虹瞪大了眼睛，很诚实地说，看不出什么味。李竹天便明白张虹跟自己不是一路人，但又舍不得就这么放弃，反而愈加想享受她的身体。只是张虹远比王雅如有定力，每当李竹天手往下伸的时候，她就拼命抵挡。等李竹天兴趣索然，住了手，她又说，你莫急喽，到时候会给你的。听得这话，李竹天只有在心里苦笑，觉得这小妹子比自己还会吊别人胃口些。

李竹天和别的妹子在河边散步，王雅如也听到了些风声。她不肯相信，还怀疑是别人挑拨离间。为了表示自己对李竹天的信任，她把别人的话又转述给李竹天，末了还加上一句，我才不信那些人的话呢。

看着她苍白瘦弱的脸，李竹天心里涌出一股内疚。他笑了笑，说，也许别人说的是真的。

握紧他的手，王雅如感到有些恐惧，说，你不是那样的人。

你又不肯走进我的世界，怎么知道我不是那样的人？

王雅如把头靠在他胸膛上，说，别抛弃我，我们都那样了。

以后王雅如完全顺从了李竹天的欲望。每当做爱后，她躺在床上，眼神迷茫，现出一副无助的神态，李竹天就想起了暴雨中一朵弱小的白花。对王雅如，他的怜惜之情远胜过爱意。看清这一点，让李竹天心悸不已。

有一晚，做爱后，王雅如对他说，我爸爸妈妈想见见你。

为什么？

因为，因为我们在谈恋爱啊。

我是跟你谈，又不是跟你爸爸妈妈在谈，为什么要见？

盯了他许久后，王雅如穿上衣服，一言不发地走了。听到门关上的声音，李竹天的心里剧烈地痛了一下。不过他有感觉，王雅如还会来找他的。

因为心怀愧疚，李竹天有个把月没去找张虹。他主动请缨，担任一个大材料的执笔，天天往农发行和各粮库跑，对粮食流通体制改革做了一番调查。其实写任何非文学性的东西，都只会让李竹天感到痛苦，但这痛苦又能让他忘了许多事情，就像喝酒，明知到嘴的滋味很苦，还是要喝，而且是拼命喝。趁着这股类似喝酒的劲头，李竹天搞出了个七千多字的猛稿，挂上郑亮、罗剑和他三个人的名字，上了总行的《金融参考》。郑亮大为高兴，在行党组会上特意提到这事，大肆表扬了李竹天，似乎生怕其他领导不晓得他很赏识此人。王庆生和赵人瑞听了，都默然以对。

似乎老天爷为了弥补李竹天搞这类文章的痛苦，又让他在各种文学报刊上频频露面。有篇怀想李白的文章甚至还上了《散文》，又被《散文选刊》予以转载。青年散文家李竹天的表现引起了省作协的注意，打电话给昭市文联，询问此人情况，并邀请他参加省作协举办的活动。盛情难却，李竹天往省里跑了一趟，结识了不少名家。这些人士，往常只能在报刊上瞻仰其大名的。现在一接触，李竹天的感想是：他们的谈吐见识举止风采并不见得如何之高超啊，结论是：我也可以成为名家的。

自信心陡增后，李竹天写文章更加放得开，专朝汪洋恣肆那一路走。省里一位老评论家很欣赏他的文风，特意撰文指出李竹天的作品继承了中国古代散文的优良传统，气势和见识都很好，有“韩潮苏海”之风。该老资历非凡，他的点评意味着李竹天在文坛排上了座次。评论引起了反响，连市作协主席都打电话过来，祝贺他年纪轻轻就取得了如此成绩。

李竹天取得这些成就，却从不跟行里的同志讲。为了减少大家对他的特别关注，李竹天甚至停止了向《昭市日报》投稿，作品只在外地报刊发表。本能告诉他，这样做对自己的发展更为有利。向大志他们每看《昭市日报》时，都要搜寻李竹天的名字，待到确认没有时，就松了口气。很久没看到了，就断定李竹天是因为谈恋爱和写材料，放弃了文学创作，心里都暗自高兴，同时又担心李竹天专攻材料，搞不好又是一个赵人瑞，得给他泼泼冷水才行。于是向大志找机会踱到李竹天面前，慢吞吞地说，小李，我觉得你的文学作品比材料要写得好,你要多搞文学创作啊!

李竹天没抬头,边盯着书本边说,我的材料是写得不好,不过也上了《金融参考》。

罗剑半是打圆场半是抗议地对向大志说,我认为李竹天的材料写得可以。

看到罗剑毫不含糊的表情,向大志想起他也是该文章的挂名作者,便自觉失策,笑着说,我不是那个意思。我是说他的文学作品写得更好。

对他的破例表扬,李竹天根本没反应,依旧盯着书本。等向大志退了出去,他才骂了句,鸟人。

这时叩机响了,他回了过去,是王雅如。依然是很细微的声音,我有话想跟你说。

李竹天毫不觉得意外,跟她约好了时间后,就挂了电话。

这天晚上,在李竹天的宿舍,王雅如其实也没说什么。两个人又做了次爱,配合得很好,妙到毫颠。李竹天明白她是想用一腔柔情来感化自己,最终把自己拖进围城之中。知道王雅如会徒劳无功,但李竹天还是不能拒绝她,也没办法把结局告诉她。他只有再次深入王雅如的肉体和灵魂深处,让彼此都暂时沉醉在性爱的迷幻世界中。

此后李竹天形成了一个惯例,只和王雅如在宿舍会面,而轧马路和看电影这样的事,他则邀请张虹。有次跟张虹去跳舞,在路上碰见了王雅如。李竹天笑着跟她打了个招呼,就带着张虹走了。蛮以为这次王雅如会跟他断交,李竹天还替自己打气,不要太伤心,你是注定要做个李敖那样的情场浪子。但王雅如只不过是很小心地问,她是谁啊?

见王雅如这样,李竹天简直想大骂她一顿,骂她太善良,太柔弱,太看重一个叫李竹天的混蛋。但他到底没有骂出口,只是说了句,不要问。见自己口气太硬,又变柔了腔调,说,雅如,你不要对我太好了。

我只对你好。

李竹天眼泪都快出来了,默然许久,他咬咬牙,说,你要知道,我是不会娶你的。

我知道。

那你还对我这么好?

我也不想,但我控制不住。

为什么？就因为你跟我上了床？

这也是一个原因吧。

那还有什么，喜欢我的坏脾气？

我就喜欢你这种性格。男人太柔了，我是不喜欢的。

李竹天无话可说了。这一晚，他没有跟王雅如做爱。两个人躺在床上，抱在一起，在黑暗中听陈百强唱《今宵多珍重》。王雅如闭着眼睛，缩在李竹天怀里，仿佛这样就很满足。李竹天却瞪大眼睛，看着天花板。他看到张虹的身影出现在那里，轻盈一转，又瞬间消逝。他还看到初恋情人那张苹果般红润的脸和青涩的笑。青春正一点一滴地流失，而他只是在拼命经历，却好像什么也没抓住。无论是王雅如还是张虹，还是那个叫许慧芸的小姑娘，都不是他所要真正追寻的人。而那个人到底在哪里，会不会真的存在，李竹天拼命用直感去探测，却只感知到一片茫然。他觉得自己就像处身于旷野大雾中的行者，只能好好把握近在咫尺的事物。这些事物就是女人、山水和文学。舍此之外，李竹天不知道生命还有什么意义。

第二天，李竹天坐在办公室，给王雅如写了首情诗，打算邮寄给她。就算不会有结局，李竹天也要尽量让对方享受到过程的浪漫。至于张虹，她是不需要情诗的。只要不断地给她提供零食，带她出去玩，这个一九八一年出生的妹子就会很快乐。李竹天去找她，她很高兴，李竹天不理她，她伤心一下，又找别的人玩去了。她喜欢李竹天正好像李竹天喜欢她那么多，这既让李竹天感到没什么心理负担，又令他觉得有些遗憾。在张虹单纯的外表下，李竹天还能感受到她的心计。每一次身体的接触，张虹都能把握好分寸，既能让李竹天尝到甜头，又不会把自己的底牌打出去。这张底牌，她是留着有大用的。有次张虹说了句，我好想工作的，似乎她在打字店的那份工作不算数。明白她的意思，李竹天却佯装不知，甚至还对她起了反感。但后来一想，张虹一个中专毕业的小妹子，父母在农贸市场做小生意，她只能靠自己的相貌和身体来改变处境。真的没什么好责怪她的。李竹天反而恨自己没能力，否则的话，就是不打算娶她，也要帮她找个正式工作的。

过了几天，王雅如不期而至，还给李竹天带了礼物：一件"梦特娇"衬衣，四卷本的《张爱玲文集》。看着她罕见的好气色，李竹天问，我今天生日？

不是，你生日要到冬天去了嘛。

那你打算让我送这些东西给你，先买了来，要我付钱。

你真是异想天开。

那是为什么？

我收到那封信啦。

哪封信？

就是，就是你给我写的那首诗。

那我寄错了，是寄给别人的。

你明明写了是送给我的。

那就是送给你的喽。

看到王雅如脸上涌现的欢喜，李竹天真的很感动。仅仅是一首小诗，就可以让她如此快乐。看来自己还可以付出更多一些，让她至少感觉到现在很幸福。

其实就算李竹天不这么想，还是会做得很好，因为他天生就懂得在女人面前交替运用冷淡独断和小意温柔。秋天里王雅如和张虹的生日依次来到，她们虽然隔了四岁，长尾巴的日子却在同一个月份。王雅如生日那天正好是星期六，李竹天带她到昭市逛街，买了套“秋水伊人”的冬装，一个“金姬美”品牌手提包，还有个小小的鲜奶蛋糕。中午两人在昭市著名的“上岛”休闲屋开了个包厢，把灯熄了，点上蜡烛，你喂我一口，我喂你一口。蛋糕还没吃完，李竹天突然性欲勃发，把门反锁上，按住王雅如，两人做了一回无声无息的爱。陌生的环境让王雅如快感如潮，但她拼命忍住，不敢哼出来，手紧紧抓住李竹天，以至于隔着毛衣都在他身上留下了指痕。在沙发上休息到三点，又花两百块钱打“的”回到飞龙，正好赶上王雅如家里为她准备的生日晚宴。

玩这一趟，差不多花了李竹天两个月工资。但他觉得很爽。挣了钱就是用来花的，花在自己喜欢的女人身上最痛快。这天唯一的遗憾就是，王雅如跟他分手时眼神哀怨。明白王雅如是想要自己到她家去，但李竹天知道这事是开不得头的，只有硬起心肠说拜拜。

过了两个星期，又是张虹的生日，李竹天送了她一套“小护士”护肤品做礼物，又召集那些经常跟她玩在一起的妹子，到“金帝”吃了餐饭，又到“水晶宫”唱了通歌。唱歌的时候，他听到有个妹子对张虹说，李竹天好大方哦，对你好好哦。虽然看不清张虹的表情，但李竹天却能感受她脸上迸发的光彩。暗叫一声惭愧，李竹天想，要是张虹知道自己为王雅如花了多少钱，一定会面上生霜，掉头而去的。但没办法，王雅如在自己心中的地位跟她还是不同。虽然迷恋张虹的清纯模样，但李竹天从来就很清楚，若论对自己的情意，张虹比王雅如差得太远。

在情场上李竹天游刃有余，但在单位上，他越来越觉得处处受掣肘。罗剑一开始想笼络他，把他培养成心腹，但后来发现李竹天独立性太强，并非处处听他指挥，再加上其他人在一边打烂锣，便渐渐地转变了立场，脸色不是那么好看了。李竹天本是寡言之人，见罗剑摆出副烂脸，干脆就不跟他说话。这样对待上级的态度，在飞龙人民银行是前所未有。想起自己过去受过的冷遇，罗剑愈发不平，心想我受得了气你就受不了，你怕真的是公子少爷？他开始强行给李竹天指派任务，但李竹天根本就不理会。相持之下，罗剑往往不由自主地妥协了，这让他十分苦恼。但李竹天的苦恼并不亚于他，因为顶头上级要给你穿小鞋，那机会是无处不在的。虽然能够抗争，毕竟心情不爽。好在计划股除了一间办公室外，还有间单门独户的电脑房。两人最后都采取了回避对方的态度，如果李竹天在办公室，那么罗剑就在电脑房，反之亦然。后来又发展成罗剑专门在电脑房玩游戏，聊以舒解心中郁闷，李竹天则专心在办公室看自考书。

罗剑虽然和李竹天不对路，但终究还要靠着他做事，在请假评优等问题上不太敢卡。向大志在办公室，就没这么多顾忌了，能踩李竹天一脚的机会，他就决不会放过。其实向大志心底比较佩服李竹天——自己谈恋爱是屡败屡战，李竹天不是本地人，却能手到擒来。这小子，有狠。但越有狠向大志就越看不惯他。这一年，李竹天在总行举办的迎国庆诗歌大赛中获得了三等奖，这在整个中支地区都是绝无仅有。但向大志年底写总结材料的时候，故意不提此事。

报告在会上读完后，李竹天马上去找王庆生，提出抗议，说李锦成在中支象棋比赛中得了个第三名，报告中也提了一笔，自己的奖是总行级的，为什么不提半个字？莫非别人得的奖才算得奖，我得的奖屁都不如。

见李竹天一脸愤怒，王庆生只有安慰他，说去查查看，若果真如此，会对向大志提出批评的。

过了十几分钟，王庆生和赵人瑞就拿着报告来找他，说向大志是忘记了，你就莫计较了。

李竹天冷笑道，怎么别人没忘记，专门忘记我？

王庆生不高兴了,说,已经向你解释了嘛,你还要怎样?

李竹天嗓门不自觉地提高了,我一个普通职工,无权无势,除了任人欺压,还能怎样?

王庆生被他噎住了,青着脸站在那儿。赵人瑞在一边打圆场,小李,我审稿的时候也没注意。是我们工作失误,请你谅解。

向大志自己出了错,不站出来承认,还要你们给他擦屁股,他这个办公室主任就当得好啦。李竹天攻击了向大志一句,心中之气才稍稍平舒,板着脸回到座位上,继续看书。

听到李竹天跟王庆生争执,向大志心中窃喜,觉得自己简直就是一石二鸟,不但打击了这小子,还让他得罪了王行长。正在得意时,王庆生背着手走了进来,发作了他一通。赵人瑞也再次批评他工作粗心大意。心中本来有鬼,向大志只有勾着头不做声,心里对李竹天恨得牙齿痒痒。等两个行长走了后,他踱到计划股,对正在伏案攻书的李竹天说,小李,有什么意见可以跟我说嘛,不要动不动就告到行里去。

李竹天一拍桌子,说,你搞老子的名堂,还要老子不告到行里去,你怕真的是无法无天了。

见李竹天如此不给面子,向大志嘿嘿冷笑了两声,甩袖而去。

过了两天,其他股室都在盛传李竹天跟王庆生吵了起来。跟一把手对搞的人,在群众眼中,基本是条死鱼了,简直可以不去敷衍。然而李竹天独来独往,丝毫不给群众表示冷淡的机会。郑亮还是依然赏识他,甚至因为李竹天得罪了王庆生,他觉得更有必要关照这个小伙子。赵人瑞本来也对李竹天有所期待的,但看他渐渐被郑亮拉了过去,也就冷了那份心,不过骨子里还是有些欣赏的,觉得他跟当年的自己有几分相似。

对这一切,李竹天心里有面镜子,照得一清二楚。无论对他好的还是不好的,都不知道他的真正目标。明白自己隐藏得越深,到时就越会让他们吃惊。想象他们惊讶的样子,是李竹天的隐秘之乐,甚至成了他奋斗的动力之一。爱情和人际都让李竹天失望,倒迫使他全力以赴地投入计划中去。为了早日搞到文凭,只要不是科目轮空,他总是一次报四门,而且是专、本科混着考。好像自考办也知道他的心思似的,由一年考两次改为四次。这让李竹天狂喜,一年里一口气过了十六门,让发放单科合格证的人感到震惊。为了让自己心无旁骛地专注于创作,他连电视也不买,却花两万块钱买了个笔记本电脑，还在行里率先上了网，通过电子邮件和QQ跟外面的世界进行沟通，寻找机会。为了将来走的时候没什么累赘，他中止了买书，只在新华书店读者俱乐部办了张证件，有空就去借书看。至于原来存下的书，除了留下特别喜欢的几本经典外，李竹天都打包陆续带回了家中。为了让自己有个好身体，能够扛得住外面的风雪，他天天早上起来跑步，到了冬天还在洗冷水澡。这一切在常人看来都属于苦行，但李竹天独得其乐，劲头十足。有时他也觉得孤独，感到有向人倾诉雄心和抱负的冲动。但行里的大部分人，他是不屑于与之交流的。跟郑亮吧，他又不好讲。至于王雅如、张虹她们，李竹天觉得可与之分享快乐，但没必要跟她们讨论自己的前途。

日子紧张充实起来，总是过得很快。似乎是才躺在床上读完了一本小说，就又过了两年。李竹天拿到了专科和本科毕业文凭，两个文凭让他在行里弄了两千八百块钱的奖金，还把大家骇了一跳。李锦成、赵小科他们都是在自考中磨过来的，深知其中甘苦，见他四年就拿到本科，还不耽误谈恋爱，实在是佩服，见到他都是主动打招呼。李竹天却没什么欢喜之色，心头反而沉沉的。因为他知道，摊牌的时候到了。

外面已经联系好了的，是北京的一家文学杂志，有个朋友在那当副总编，请他过去做编辑。朋友在电话中热情洋溢地说，过来吧，要搞文学，还得到北京来。这句话让李竹天激动了一阵，但很快就冷却下来。他现在要做的不是热血沸腾地畅想未来，而是要跟王雅如和张虹彻底掰开。原以为自己会干脆利落，冷酷无情，但好几次约会，话到嘴边又缩了回去，总是对自己说，下次再讲。下次又推到下次，眼见得时间一天天流逝，北京的朋友又来电话问他辞职的事情办了没有。李竹天觉得不能再拖了，悟了个通宵，把脑袋都想懵了，最后他哑然失笑——现在根本就不要提，到时走人就是。到北京后再给两人写信，信上想怎么说都说得出来——也许张虹还不需要自己的信。

让李竹天想不到的是，真正的阻力来自家中。母亲听说他要辞职，眼泪马上就冲了出来，后来竟至于以头撞地。李竹天被骇得手脚发软，一瞬间几乎要打退堂鼓。见没办法说服母亲，他只有先逃回飞龙。静思了两三天后，他的决心又坚定起来了。看看单位上这些面目可憎、言语无味的人，李竹天觉得自己必须走了，不要再把大好青春年华浪费在这个勾心斗角的糨糊桶里。虽然母亲不同意，但好在经济上已独立，可以进行自由选择了。他喊了两个拖板车，把书桌和书架运到江边的旧货市场，随便卖了。听说北京工商银行是老大，遍地都是，他又办了张牡丹卡，把大部分钱打了进去。行装也差不多打点好了，就是一个装衣服的行走箱，一个大背包，再把那台手提电脑带上，宿舍里除了张床外，就没留下什么东西了。一切都像他当初设计的那样，李竹天对此很满意。只是临到交辞呈的时候，他心里突然涌起深重的无助感，就像突然陷入深谷雾海中，简直迈不出那一步。不过他也明白，想走自己的路，必须要克服这种感觉。他的办法就是不多想，一咬牙，先把辞呈交了再说。

辞呈交上后，李竹天才明白行里居然有这么多人是无比地珍惜与他相处，殷勤地劝他留下。连向大志也郑重其事地来劝阻他，竭力地渲染外面多风雨，不如留在这里过安稳日子的好。李竹天开始还有些感动，不过很快就想通了，在心里冷笑一声，谢谢啦，我不会再陪你们耗下去了。

见李竹天去意已定，他母亲只有在中支活动，帮他搞了个停薪留职，以两年为期。这个结果倒是李竹天想不到的。不过这只是对母亲的一种安慰而已，跟他其实已没什么关系。想好了，就算冻死在北京的大街上，他也不会再回来了。

上火车的那天，天空明朗得让人心胸为之一阔。坚持不要父母送，李竹天背着包，一手拖着箱子，一手拿手提电脑，从昭市人民银行大院里走了出来。他昂着头，对遇上的每个熟人点头微笑，但心里仍有些伤感。在等公共汽车的时候，李竹天看到一个似乎熟悉的身影从条小巷里走了出来，面容憔悴，一身西装灰扑扑的，像是许久未洗了。待到这个人钻进一家小粉面店，李竹天才想起他是龙向阳。心里涌起百般滋味，李竹天深吸了一口气，看着公共汽车缓缓地驶过来。